U0055575

Stephen King

史蒂芬金選

如果它流血

If It BLEEDS

史蒂芬・金
Stephen King

楊沐希——譯

導讀——

大疫時期，慶幸我們還有史蒂芬・金

【本文涉及部分情節設定，請斟酌閱讀】

作家／吳曉樂

打開恐怖大師史蒂芬・金的作品，我總是自動進入坐立難安的狀態。我更傾向英文的說法 on the edge of my seat（處於位置的邊緣），暗示著我可能會墜落，史蒂芬・金的作品總是能讓我離開既有的位置，就像強納森・法蘭岑（既然史蒂芬・金屢屢以這位作家做梗，我也要從善如流）曾在受訪時說過，「大量廣泛閱讀的人——尤其是讀小說的人——往往較能意識到自己的內在世界」，史蒂芬・金無疑是喚醒讀者內在世界的佼佼者。我屢屢隨著他的筆觸，腦中跳躍出我曾經擁有過，卻不知如何名之的情感，明明他所描寫的角色，背景與我如此懸殊，但我們心中所升起的惶惑竟如此近似。我尤其鍾愛史蒂芬・金在角色塑造上的爐火純青，一場短促的對話或須臾閃逝的念頭，就足以讓我們了解到推動劇情的角色「是哪一種人」。

《如果它流血》分別由〈哈洛根先生的電話〉、〈查克的一生〉、〈如果它流血〉、〈老鼠〉構成。首先，〈哈洛根先生的電話〉呈現了史蒂芬・金典型的「帶點暖調的恐怖」。小男孩克雷格受僱於神秘的鉅富哈洛根先生，以勉勉強強的薪酬為其朗讀，對談中，兩人無形建立深刻的情誼，哈洛根先生也不吝嗇告知克雷格他待人接物、白手起家的哲學，而在克雷格意外從哈洛根先生的贈與中致富，他知恩圖報，且有些冒險地送了一台iPhone給哈洛根先生，這個舉止自然給兩人的關係注入了有趣的化學反應，史蒂芬．金將十一歲孩童的心聲給描述得歷歷在目，讀者立即被拉回那個「青黃不接」的少年階段，憶起一些不被應允的奇想，像是「電話鈴聲若在陰間裡響起會是怎樣一回事」。史蒂芬．金把他擅長的詭譎元素與當代通訊的反思交織得恰如其分，其中哈洛根先生對於科技的「預言」，再擱十年，我相信亦能沉澱出絕佳風味。

〈查克的一生〉，我猜有些讀者可能會在結束後仍一頭霧水，容我調度後記的內容作為委婉的提示，史蒂芬．金相信「每個人腦袋裡都有一整個世界」，如此一來，你或將恍然大悟，為什麼這篇必須從第三幕倒述回去。我們姑且可以想成，馬蒂．安德森所身處的世界，也就是網路無故斷訊，鳥類魚類大量死亡，甚至「加州就跟老舊壁紙一樣慢慢剝落」的世界，是查克．法蘭茲內心所幻想出的場景，而這個世界的枯朽，自然與查克即將病逝脫離不了關聯。第二幕，視角轉換成查克，彼時他尚未被病魔侵襲，風頭正健，一回出差，他不知怎地被寂寞的街頭鼓手所吸引，隨之搖擺身軀，最後甚至與一位年紀足以當他女兒的陌生女子共舞翩翩。查克為什麼會在中年時刻放手一舞？第一幕，時間軸再次往前大幅推進，來至查克的童年，同時釋放另一則懸念，查克成長的房子有個神祕的圓頂閣樓，閣樓裡埋藏著驚人的祕密，也就是「生命」本身。在此我不再透露更多，只想提醒讀者，盤整這篇小說的時序與邏輯時，請把第一幕「我包羅萬象」銘印心底，如此一來，你將對查克的即興一舞，以及馬蒂最終所做的選擇——千方百計趕到前妻身邊——有著無以復加的心領神會。史蒂芬．金以詩意的勾勒與超自然的背景，將知名的拉丁古諺「勿忘你終有一死」（Memento mori）以及德國哲學家海德格所說的「向死而生」，做出了獨特且動人的詮釋。

〈如果它流血〉，有些忠實讀者也許會驚喜地發現荷莉．吉卜尼又展開了新的冒險，荷莉也許是「金氏宇宙」裡最長青的主角，「比爾．霍吉斯」三部曲與《局外人》都能找到她的身影（好消息是，全數皇冠出版社有引進），我曾與朋友討論過史蒂芬．金為什麼如此偏愛荷莉，我猜作家本人也時常被如此問道，才會在後記寫出交代原委：「我愛荷莉，就是這麼簡單」。而篇名典出媒體圈的名句「如果它流血，它就領先」（If it bleeds, it leads.），這回荷莉與局外人再次交手，對方以吸食恐懼為生，他長期棲身於媒體圈，方便搶快抵達災難現場，大快朵頤瀰漫在空氣中的絕望跟無助，荷莉察覺到被動等待悲劇降臨無法滿足這位貪婪的局外人，她必須動身阻止下一場人禍。局外人的行兇動機看似可怖，但若置於時代脈絡下，又顯得合乎常情，這幾年一種特異型態的犯罪動機頻仍出現，兇手落網時宣稱他們渴望「被看見」，這個理由之所以成立，得建立在人類確實克制不了對於慘案的著迷。然而，誰能否認呢？查詢點閱率排行榜，越是殘忍的畫面越能佔領閱聽者的注意力。史蒂芬．金雖賦予這些物種「局外人」的稱號，但環環相扣，都能連結至每一個人面對災難時，內心隆隆騰起的畸形興奮。

最後是〈老鼠〉，我得引用書中的句子，「身為一位老師跟讀者（這兩者不盡相同，但顯然是有血緣關係）」，我身為創作者與讀者，這篇許多細節無一不是勾起了我千絲萬縷的情緒。主角德魯某日如獲天啟，深信自己即將寫出代表作，他興致沖沖地告知愛妻，豈知妻子興致缺缺，甚至還略帶擔憂，原來這不是德魯第一次「興致發作」，而他上一次幾乎要把自己搞瘋，德魯不顧妻子勸阻，執意要去父親留下的山中小屋寫稿，暴風雪隨之降臨，諸多場景讓我想起奠定史蒂芬．金地位的小說《鬼店》（The Shining），裡頭男主角都身兼教職、有志難伸，渴望藉由眼下的作品奮力一博，但，也有明顯的不同，德魯獨自前往，一個人面對創作的心魔，或許象徵著史蒂芬．

金再也不若年輕時，擔憂自己的創作焦慮會導致家庭分崩離析，他如今想說的是純粹的、個人獨處時與自身的對話，這個設定與疫情時代有著絲絲縷縷的呼應。〈老鼠〉可以延伸至任何「發想」的時刻，我們都曾經有過那麼一瞬間，計上心頭，卻苦於不知如何轉譯成具體的方案，輕如規劃一場小旅行，重如解決人類的生存危機，我們看似想法的所有者，感受上更像是受其所役，史蒂芬．金把創作之中的「施虐與受虐」描繪得相當精彩，老鼠的存在更是隱約有「浮士德」的倒影。許多人已知悉《鬼店》有史蒂芬．金半自傳的色彩，〈老鼠〉又何嘗不是，如今人人空談「自我實現」，但史蒂芬．金則提醒我們莫忘每個閃亮的願望背後也許都有血腥的歷程。

史蒂芬．金綿延不輟地創作了四十多年，以創作週期而言，或許已進入所謂「寫一本少一本」的狀態。我們可以從橫亙這四篇的主題，找到他此刻特別想留給讀者的信號。以我而言，篇篇似乎都能隱約連結至「對既有狀態的知足」。在新冠病毒不斷變種的當下，讀到這部作品，宛若從睽違多年的老友手上接著一份貴重贈禮，慶幸我們還有史蒂芬．金。

來自各界的好評！

這麼多年來，史蒂芬．金的短篇故事和他的長篇小說一樣扣人心弦……這部短篇集最亮眼的就是與眾不同的〈查克的一生〉……當你覺得事情演變到非常古怪的時候，故事忽然有如頓悟般全都嵌扣在一起，你會看到最關鍵的主幹……的確，史蒂芬．金的恐怖事業還是無人能敵，但這位傳奇的作家會讓你徹夜不眠，沉迷在這四則探討人類夢境與脆弱的故事之中。

——《今日美國報》布萊恩．圖伊特

本書收錄四則全新短篇故事，引人入勝，再次肯定史蒂芬．金對於類型小說的嫻熟……中等長度的敘事最適合他的才華，足以擴張，又能恪守、控制手邊的素材。成果就是這四則意外涉入情感領域，但還是能一口氣讀完的故事……這部小說集充滿驚人、有時也令人不安的樂趣。作者在本書繼續從豐富多變的故事寶庫裡擷取文字。他最優秀的語言表現就是充滿深刻同理，卻又流暢好讀。希望他的寶庫永遠不會枯竭。

——《華盛頓郵報》威廉．席恩

這些故事講述科技的誘惑與腐敗，日常生活裡的絕美與極惡，以及我們完全無法理解的宇宙運作機制，這就是我此刻想讀的書……我已經很久沒有讀過如同〈查克的一生〉如此怪異、如此動人的故事了……隨著我布魯克林住所窗外的警笛聲響起，新聞標題每天都讀起來愈來愈末日，我也許會開始一一讀起史蒂芬．金過往的作品，黑暗裡有他作伴，甚佳。

——《紐約時報書評特刊》茹絲．法蘭克林

這四則故事出版前，在史蒂芬．金的腦袋之中存在多年，但這些故事今天感覺起來卻非常必須，到了詭異的程度。本書保有作者過去十年來格外樂觀的轉折，同時也留下他最拿手的噩夢點綴。不確定的狀況如此多，我們在這本書裡得到的是不小的慰藉，此時此刻，我們需要的是任何形式的慰藉。

——《匹茲堡郵報》溫德琳．萊特

在新冠肺炎肆虐的年代讀史蒂芬．金的新小說選集有一種詭異的後設感。除了預期的超自然恐怖主題外，這四則短篇故事都加強了更入世的恐懼，好比對於年老及死亡的不確定感；帶著嗜血天性的二十四小時循環新聞，滋養著大眾對於痛苦與災難的胃口；天候不佳、孤寂與病體所帶來的幽閉恐懼；以及就算是最樂觀的人，也會注意到的末日不安跡象……其中最精華的莫過於本書同名的短篇故事……史蒂芬．金選擇將「局外人」偽裝成電視記者的模樣，嫻熟地說起了邪惡本質的老生常談。

——《波士頓環球報》麥克．羅溫

坐困家中，需要新鮮讀物……本書就是你最好的選擇。

——《聖路易郵電報》

史蒂芬．金的四篇小說篇幅都不長，但他的拿手絕活卻閃閃發亮，令人緊張不安……作者的高明之處在於，用對世界的好奇心來調節他對生活黑暗面的探索。

——**《美國退休人員協會雜誌》**

懸疑刺激……這本小說集令人深思、害怕，有時也迷人得不得了，顯示出史蒂芬．金作為說故事大師的廣度……替他已經非常受歡迎的全集作品又增加了一本力作。

——**《書單》雜誌**

這部選集裡的四篇從未曝光的作品顯示出恐怖大師史蒂芬．金的顛峰狀態，用離奇神秘的故事演奏死亡、創意的代價，以及對物品依戀帶來的意外後果……相當感人……作者顯然很愛他筆下的人物，細心發展其個性，此舉必將讀者引入這些角色令人不安的經驗之中。這部絕佳的小說集的確呈現出史蒂芬．金讀者期待的故事表現。

——**《出版家週刊》**

大師回來了！

——**《寇克斯評論》**

· CONTENTS ·

懷想羅斯・杜爾。
想念你了，老大。

哈洛根先生的電話

Mr. Harrigan's Phone

我的老家是一處人口數六百左右的小村子（雖然我搬走了，但人數還是差不多），但我們跟大城市一樣也有網路，所以我跟父親愈來愈少收到私人信件了。通常奈杜先生送來的不過是每週一冊的《時代雜誌》、寄給「敬啟者」與「親愛的鄰居」的廣告傳單，還有每個月的帳單。不過，自從二〇〇四年，我九歲那年開始替山丘上的哈洛根先生打工後，我就可以期待一年至少四回能夠收到親自寄交的信封——二月的情人節卡片，九月的生日卡片，十一月的感恩節卡片，還有可能會在放假前或放完假之後才會收到的聖誕卡。每一張卡片裡都會夾著緬因州樂透公司的一元刮刮卡，而簽署的字句都一樣：**哈洛根先生祝你好運**。簡單也正式。

我爸的反應也是每次都一樣，先是一陣大笑，然後歡快地翻個白眼。

「他真的有夠吝嗇。」一天爸說。這應該是我十一歲時的事，我已經收到兩年卡片了。「付你最低薪資，給你最便宜的獎券，也就是霍伊雜貨店裡的幸運鬼刮刮卡。」

我指出，一年四張的彩票，至少有一張會刮到兩塊錢獎金。中獎時，爸爸會替我去霍伊雜貨店領獎，因為未成年人不該玩樂透，就算是人家送的也不行。有次我中了五元大獎，我請老爸幫我再買五張一元刮刮卡，他拒絕了，他說如果放任我賭博的癮頭，我的母親會在墳墓裡打滾。

「哈洛根先生買給你已經夠糟了。」爸說。「再說，他應該要付你一個小時七塊錢，甚至八塊。鬼都知道他出得起。時薪五元是合法，畢竟你只是個孩子，但也會有人覺得這叫剝削童工。」

「我喜歡替他工作。」我說。「而且我喜歡他，爸。」

「這我明白。」他說。「是說讀書給他聽，替他澆澆花什麼的不會讓你變成二十一世紀《孤雛淚》的主角，但他還是很摳。他願意花錢寄卡片倒是令我意外，從他家信箱到我們家信箱不過短短四百公尺。」

展開這場對話的時候，我們坐在自家前院門廊上，喝著雪碧，老爸用拇指比了比我們家到哈洛根先生家的路（跟多數哈洛鎮的道路一樣，都是泥巴路）。他家是貨真價實的豪宅，有室內游泳池、日光室、我**很愛**搭的透明電梯，後面還有一個溫室花房，原本是擠奶場（我出生前的事了，但老爸記得很清楚）。

「你知道他關節炎很嚴重。」我說。「現在他有時需要用到兩根拐杖，走下來會要了他的命。」

「那他可以直接把那該死的賀卡給你就好啦。」爸說。他講這話時沒有不滿，主要是在開玩笑。他跟哈洛根先生處得還不錯。我爸跟哈洛的每個人都處得不錯。我猜這就是他之所以是優秀銷售員的原因。「鬼知道你成天泡在那裡。」

「那不一樣啦。」我說。

「是嗎？哪裡不一樣？」

我解釋不上來。多虧我讀的書，我懂很多詞彙，但生活經驗卻平淡無奇。我只知道我喜歡收到那些卡片，期待收到，期待我拿出我的幸運十美分硬幣刮開，也期待看到他那老派扭曲的字跡寫著：**哈洛根先生祝你好運**。回想起來，浮現腦海的是「儀式性」這個字眼。這就好像每次我們開車進城的時候，他總會打著窄窄的黑色領帶，在我去獨立雜貨店聯盟替他採購清單上的物品時，他就坐在他那輛低調實用的福特汽車駕駛座上，讀他的《金融時報》。購物清單上一定會有鹹牛肉馬鈴薯泥，還有一打雞蛋。哈洛根先生有時會說只要活到某個年紀，人就可以完全只靠雞蛋與鹹牛肉馬鈴薯泥過活。我問他那是幾歲的年紀，他說六十八歲。

「一個人活到六十八歲的時候，他就再也不需要維生素了。」他說。

「真的假的？」

「假的。」他說。「我這麼說只是要替自己不健康的飲食習慣找藉口而已。克雷格，你到底有沒有替這輛車訂購衛星廣播系統？」

「有啊。」用家裡老爸電腦訂的，因為哈洛根先生沒有電腦。

「那在哪啊？我只聽得到羅許．林博（Rush Limbaugh）這個長舌公。」

我教他如何轉到ＸＭ電臺，他自己轉動旋鈕，差不多跳過了一百個電臺，才找到專門播放鄉村歌曲的電臺。現正播放〈伴他左右〉（Stand By Your Man）。

這首歌至今還讓我毛骨悚然，我想應該會一直如此。

在我十一歲時的這天，我與老爸一起坐著喝雪碧，望向山坡上的大房子（沒錯，哈洛人就是這樣稱呼它的，「大房子」，彷彿那裡是袞山監獄〔Shawshank Prison〕一樣），我說：「收到真正的信件很酷耶！」

老爸又翻起白眼。「**電子郵件**才酷，還有行動電話。這些東西對我來說跟奇蹟一樣，你太小了，不會明白。如果你在四戶共用一條多方分機線路的地方長大，這四戶人家還包括永遠不閉嘴的愛德森太太，你就會覺得有差。」

「我什麼時候才可以有自己的手機？」這年我經常問起這個問題，在第一代 iPhones 上市後，更是問個沒完。

「等我覺得你夠大的時候。」

「隨便啦，爸。」換我翻白眼了，因此逗得他放聲大笑。之後他嚴肅起來。

「你知道約翰．哈洛根有錢到什麼程度嗎？」

我聳聳肩。「我知道他是好幾座磨坊的主人。」

「他擁有的可不只磨坊，他退休前是一間超大型公司的霸主，這間公司叫橡樹企業，擁有自己的海運路線、購物中心、連鎖電影院、電信公司，我不曉得還有什麼。提到大行情板，橡樹就是最大的。」

「大行情板是什麼？」

「股票市場，有錢人的博弈。當哈洛根清空手邊資產的時候，交易內容不只登上《紐約時報》商業版，更上了頭版。那傢伙卻開著車齡六年的福特，住在泥巴路的盡頭，付你一個小時五塊錢的薪水，一年寄四張刮刮卡給你，那位老先生的家產遠超過十億耶。」爸笑了笑。「而我最爛的那套西裝，如果你媽活著，她會逼我拿去捐給慈善二手店那套都比哈洛根穿去上教堂的西裝體面。」

我覺得這一切很有意思，特別是想到哈洛根先生家裡沒有筆記型電腦，連電視也沒有，卻曾經是電信公司與電影院的大老闆。我敢打賭他從沒看過放映的電影。老爸說他是「路德分子」（他用過很多字眼形容過他啦），就是不喜歡科技產品的人。衛星廣播則是破例，因為他喜歡鄉村音樂，但討厭WOXO電臺的廣告，而他原本的車上廣播只收得到這個西部鄉村音樂頻道。

「克雷格，你明白十億是什麼概念嗎？」

「一百個百萬，對嗎？」

「試試**一千個**百萬吧。」

「哇。」我說，但只是配合演出而已。五塊錢，我明白，五百塊我也懂，這是深卡路車行賣的二手摩托車價錢，就是我看上的那輛（祝我好運囉），我明白理論上的五千塊，差不多就是老爸當銷售員的月薪，他在城門瀑布村的帕姆魯曳引機與重機具公司工作。老爸的照片總是掛在牆上，因為每個月的最佳銷售員都是他。他說那沒什麼，但我很懂他。他每次成為最佳銷售員的時候，我們就會去城堡岩的上好餐廳馬賽小館吃晚餐。

「『哇』是對的。」爸說，然後拿起飲料。比起大房子，那裡有許許多多哈洛根先生根本不會使用的房間，還有他厭惡但不得不裝的電梯，因為他有關節炎與坐骨神經痛。「『哇』是很恰當的反應。」

在我告訴你彩券大獎、哈洛根先生過世，以及我在城門瀑布村高中讀高一時被肯尼・揚科找碴之前，我該先聊聊我是怎麼開始替哈洛根先生工作的，是因為教堂。我跟爸爸會去哈洛的第一循理會，同時也是哈洛唯一的循理會。原本鎮上還有另一座教堂，是浸信會教徒去的，但在一九九六年燒掉了。

「有人為了慶祝新生兒出生，放起煙火。」爸說。我那時不可能超過四歲，但我記得，大概是因為煙火讓我著迷。「你媽跟我想說，去他的，咱們就以燒**教堂**來歡迎你吧，克雷小祖宗，真是很美的一場大火。」

「別講這種話。」我媽會說：「你會讓他誤以為真，等到他生小孩之後，還真的放火燒教堂。」

他們很常互開玩笑，就算我聽不懂，我也會跟著笑。

我們三人以前總會一起走去教堂，靴子在冬天緊實的積雪上踩得咯吱作響，上好的鞋子在夏日裡踏出飛塵（進教堂前，媽媽會用紙巾替我們擦拭鞋面），我總是左手牽著爸爸，右手牽著媽媽。

她是一位好母親。二〇〇四年，我開始替哈洛根先生工作時，我還是很想她，明明她已經過世好幾年了。如今，十六年後，我依舊想她，但她在我記憶裡的面容逐漸模糊，照片喚醒的印象也非常有限。那首唱沒媽孩子的歌唱得很好：他們可難熬了。我愛我爸，我們總是相處融洽，但那首歌又唱中了另一點，那就是：你爸有太多事情無法理解。好比說，在我們家後面的大塊空地上編雛菊花圈，戴在你頭上，然後說你今天不只是一個小男孩，你是克雷格國王。還有當你在三歲的時候，開始閱讀超人、蜘蛛人漫畫書時，她會很高興，但不會搞得這好像是什麼大事，還到處吹噓。以及當你半夜夢到八爪博士追殺你的噩夢時，她會坐在床邊陪你。最後就是當某些大傢伙，好比說肯尼．揚科這種人，把你揍得要死的時候，她會擁抱你，告訴你沒關係。

那天，我實在需要這種擁抱，那天，母親的擁抱可能會造成巨大改變。

從來不吹噓我是多麼早熟的讀者，這點是父母給我的禮物，我很早就了解擁有某些天賦並不代表你比別人好。不過，消息傳開了，在小鎮都這樣，我八歲時，穆尼牧師問我是否願意在家庭主日學時朗讀《聖經》課程。這也許是他別出心裁的新主意，他通常會請高中生擔任這項殊榮。那個禮拜日，讀的是《馬可福音》，禮拜過後，牧師說我念得很好，如果我願意，以後每個禮拜都讓我讀。

「他說一名小小孩將帶領他們。」我告訴爸。「這在《以賽亞書》裡。」

爸哼了一聲，彷彿這話沒有觸動到他一樣，之後他又點點頭。「行，只要你記得，你只是媒介，不是訊息本身就好。」

「啥？」

「《聖經》是上帝的話語，不是克雷格的話，所以別自以為是。」

我說我不會，接下來十年，直到我離家去念大學、學抽大麻、喝啤酒、追女生之前，每週的主日學都是我負責讀經。就連狀況最糟的時候，我也負責讀經。牧師會提前一週給我經文的參考資料，就是那四個字所言——「引經據典」。然後，週四晚的青年團契上，我會給他一張列表，上頭全是我不會念的字。因此，我很可能是緬因州唯一一個不只讀得出尼布甲尼撒（Nebuchadnezzar），還拼得出來的人。

全美其中一位最有錢的男人搬來哈洛，此時距離我展開週末對長輩讀經的工作還有三年。

換句話說，就是世紀交接之時，他剛賣了他的一堆公司退休，當時他的大房子甚至還沒有完工（水池、電梯、鋪平的車道都是後來的事了）。哈洛根先生每週都會來教堂，穿著他那身褪色的西裝，坐在凹陷的座椅上，還打著他那條很不時尚的窄窄黑領帶，他稀疏的白髮卻梳得整整齊齊。禮拜天之外的其他日子，他的頭髮會到處亂翹，就像忙著解開宇宙之謎的愛因斯坦下班後的模樣。

那時他只拄一根拐杖，大家起立唱讚美詩的時候，他會靠在拐杖上，我猜到我死的時候，我都會記得這些詩歌……還有〈古舊十字〉（The Old Rugged Cross）的副歌，唱起耶穌傷口流出的水與血，每次唱到這我都會打起冷顫，就跟〈伴他左右〉的最後一段，女歌手譚米·溫尼特（Tammy Wynette）宣洩全部的力量一樣。總之呢，哈洛根先生其實不會唱歌，這是好事，因為他的聲音刺耳又尖細，但他會無聲地做出嘴型。這點他跟我爸倒是挺像的。

二〇〇四年秋天的某個禮拜天（我們這部分的世界樹木開始變顏色了），我讀起《撒母耳記下》，做我平常的工作，向教堂裡的會眾朗讀我根本不明白的經文，但我曉得穆尼牧師會在他的布道時解釋，這段經文如下：「以色列啊，你尊榮者在山上被殺！大英雄何竟死亡！不要在迦特報告；不要在亞實基倫街上傳揚；免得非利士的女子歡樂；免得未受割禮之女子矜誇。」

我坐回長椅上時，老爸拍拍我的肩膀，在我耳邊說：「你講了真多。」我得伸手掩蓋浮上的笑容。

隔天晚上，我們剛洗完碗（爸爸洗，我負責擦乾收起來），哈洛根先生的福特就駛進我們家車道。他的拐杖在我們家大門階梯發出叩叩聲響，爸在他敲門前就開了門。哈洛根先生婉拒客廳，跟家人一樣坐進廚房餐桌。他接受爸爸送上的雪碧，但不要杯子。「我都從瓶子裡喝，我老爹都這樣喝。」他說。

身為生意人，他直接切入重點。如果我爸允許，哈洛根先生說他想請我一個禮拜替他讀書兩、三個小時。為此他會給我一個小時五元的報酬。他可以提供另外三小時的其他工作，如果我願意替他照料花園、做點別的事情，好比說雪天剷掉階梯上的雪，一年到頭撣撣有灰的地方。

一個禮拜就能賺二十五，甚至三十塊，半數時間只是負責念誦書裡的文字而已，叫我免費讀書我都願意！真是不敢相信。存錢買摩托車的念頭立刻浮上心頭，明明距離合法上路還有整整七年的時間。

這份工作聽起來也太棒了，該不會是做夢吧？我擔心爸爸拒絕，但他沒有。「別給他讀一些有爭議性的東西就好。」爸說。「不准讀瘋狂的政治文本，也不要太暴力。他朗讀起來像大人，但他才九歲，剛滿九歲。」

哈洛根先生對此承諾，又喝起雪碧，他咂咂皮革般堅硬的嘴。「他念得很好，沒錯，但這不是我想要雇用他的主要原因。就算讀到他不懂的內容，他也不會小和尚念經般有口無心。我覺得這點很不錯，沒有到很了不起，但很不錯了。」

他放下瓶子，靠了上來，用銳利的目光死死盯著我。我通常會在這雙眼睛裡看到興味，但很少看到溫暖存在於其中，二〇〇四年的那個晚上，這兩種情緒都缺席。

「克雷格，你昨天念的那段。你懂『未受割禮之女子』是什麼意思嗎？」

「不太清楚。」我說。

「我想也是，但你的聲音還是捕捉到了憤怒與哀慟。對了，你懂『哀慟』的意思嗎？」

「哭喊什麼的。」

他點點頭。「但你不會過度誇張，你不會畫蛇添足，這樣不錯。朗讀者是載具，不是創作者。穆尼牧師會協助你的發音嗎？」

「是的，先生，有的時候。」

哈洛根先生又喝了幾口雪碧，然後站起來，靠在他的拐杖上。「告訴他是念『亞實基倫』，不是『鴨屎基倫』，我猜他是不小心搞笑的，但我不太有幽默感。那我們禮拜三下午三點先試試看？你那時放學了嗎？」

哈洛小學兩點半就放學了。「是的，先生，三點可以。」

「咱們先說四點結束吧？還是這樣太晚了？」

「四點可以。」爸說，他似乎對整件事很感興趣。「我們六點才吃晚餐，我喜歡看地方新聞配飯。」

「這樣不會消化不良嗎？」

爸大笑起來，但我覺得哈洛根先生不是在開玩笑。「有時會喔，我不是布希總統的『粉絲』。」

「他就有點傻。」哈洛根先生附和道。「但至少他身邊的人都是搞得清楚狀況的人。克雷格，那就星期三下午三點，別遲到。我沒耐心枯等遲到的人。」

「也別讀什麼不入流的東西。」爸說。「等到他長大，還有足夠的時間了解那方面的事情。」

哈洛根先生也保證了這點，但我猜了解商業行為的人，大概也明白承諾是很容易打破的東西，因為提出承諾不用付出什麼代價。《黑暗之心》完全沒有什麼下流的內容，這是我替他朗讀的第一本書。讀完之後，哈洛根先生問我是否了解其中內容。我覺得他不是想替我上課，只是好奇。

「不太理解。」我說。「但那個庫爾茲滿瘋的，這我還懂。」

下一本書也不下流，要我提出謙卑的意見，我會說《織工馬南傳》（*Silas Marner*）無聊死了。不過呢，第三本《查泰萊夫人的情人》倒是讓我大開眼界。我遇見康絲坦思·查泰萊與她性慾勃勃的獵場看守時是二〇〇六年的事，我十歲。這麼多年過去，我還是記得〈古舊十字〉的歌詞，梅勒斯撫摸夫人，低聲地說「妳真美」的細節在我腦海裡也是栩栩如生。他對待她的態度是男孩該學的一課，也是值得憶起的畫面。

「你明白你剛剛讀的內容嗎？」在一段非常情色的描寫後，哈洛根先生問起，同樣只是出於好奇。

「不懂。」我說，但這不完全是實話。相較於馬洛與庫爾茲在比屬剛果的一切，我更了解梅勒斯與康絲坦思．查泰萊在樹林的行為。性很難理解，這點我在上大學之前就懂了，但狂熱更令人費解。

「好。」哈洛根先生說。「但如果你爸問起我們在讀什麼，我建議你跟他說狄更斯的《童貝父子》（*Dombey and Son*），反正我們接下來就要讀這本。」

我爸沒問過，至少這次沒問，我們真的開始讀《童貝父子》的時候，我鬆了口氣，而這也是我第一次喜歡上大人的書。我不想欺騙爸爸，我會過意不去，但我相信哈洛根先生對於說謊根本一點芥蒂也沒有。

哈洛根先生喜歡聽我讀書，因為他的眼睛容易疲勞。他大概不需要我幫他照料花草，我想負責替他除起幾畝草地的彼得．波士維克會樂意接下這個任務。還有愛德娜．果耿，他的管家，她也樂意替他收藏的一大堆古董雪球及紙鎮撣灰，但這是我的工作。他其實只是喜歡有我在身邊。一直要到他過世之前，他才跟我提這件事。我只是不懂其中的原因，至今還是不太確定。

有次，我跟老爸從城堡岩的馬賽小館回家路上，爸忽然問：「哈洛根會用你不喜歡的方式碰觸你嗎？」

距離我冒出鬍碴還要好幾年的時間，但我曉得他在問什麼，拜託，我們三年級的時候就學過

「陌生人的危險」以及「不恰當的碰觸」了。

「你是說他有沒有對我毛手毛腳嗎？沒有啦，老天喔，爸，他又不是同性戀。」

「好啦，克雷小祖宗，別氣成這樣。我不得不問，因為你老是泡在山上。」

「如果他想對我毛手毛腳，他至少得寄給我兩塊錢的刮刮卡。」我說，此話逗得老爸大笑。

我一個禮拜就賺三十塊，老爸堅持要我至少存二十元進我的大學儲蓄帳戶。我也乖乖照存，雖然我覺得這麼做很蠢，因為青少年距離我似乎還非常遙遠，而大學更是下輩子的事。不過，一個禮拜多十塊錢還是一筆大錢。一部分的錢花在霍伊雜貨店的簡餐櫃檯，大部分的錢都花在城門瀑布村達利的二手書店裡，買了一堆老舊平裝本書籍。我買的書步調都很快，跟讀給哈洛根先生聽的書不一樣（就算是《查泰萊夫人的情人》，夫人與梅勒斯沒有激情演出的時候，步調也很慢）。我喜歡犯罪小說與西部小說，好比說《吉拉河灣大決戰》（*Shoot-Out at Gila Bend*）跟《炙熱領頭路》（*Hot Lead Trail*）。替哈洛根先生念書是工作，不是粗活兒，但還是工作。像約翰．D．麥克唐納（John D. MacDonald）的《週一我們殺光他們》（*One Monday We Killed Them All*），這種書則是純粹的享受。我告訴自己，除了大學基金外，我該另外存點錢買新的蘋果手機，二〇〇七夏天，這支手機問世，但手機非常貴，差不多要六百美金，一個月存十塊錢，這樣要存一年多。而當你十一歲正要滿十二歲的時候，一年是非常漫長的時光。

再說，那些封面色彩斑斕的平裝本小說呼喚著我。

二〇〇七年的聖誕節早晨，這時我已經替哈洛根先生工作了三年，距離他過世還有兩年的時間，這天，樹下給我的禮物就只有一份，爸要我晚點開，他要先盡責地讚嘆起我送他的變形蟲花樣背心、拖鞋與石楠木菸斗。他忙完後，我拆開唯一一份禮物的包裝，看到他送我的是我渴望已久的禮物，我欣喜尖叫起來，那是一台 iPhone，功能超多，讓老爸的車用電話看起來跟古董一樣。

之後狀況又改變不少。如今，老爸在二〇〇七年聖誕節送我的 iPhone 也成了古董，就跟他說過，他小時候用的多戶共用分機電話一樣。改變了太多，進步了太多，而且速度好快。我的聖誕 iPhone 只有十六個應用程式，還是預先裝載好的。其中一個是 YouTube，因為當時蘋果跟 YouTube 還是朋友（這點也變了）。還有一個叫 SMS，就是古時候用的訊息（沒有表情符號，那時這個詞都還沒出現呢，除非你自己製作表情符號）。以及一個通常都不太準的氣象程式。不過你可以用一個放在屁股口袋的裝置打電話，而且，上頭還有 Safari 瀏覽器，可以連結外面的世界。當你在哈洛這種沒有交通號誌、只有泥巴路的小鎮長大，「外面世界」就是一個古怪也極具吸引力的地方，你渴望用電視聯播網之外的方式碰觸這個世界。至少我是這樣。感謝電信公司 AT&T 與史蒂夫．賈伯斯。

就算是在那麼開心的早晨，手機上還有另一個應用程式讓我想起哈洛根先生。比他車上的衛星廣播系統酷多了。至少對他那種人來說啦。

「謝了，老爸。」我說，伸手擁抱他。「超級大感謝！」

「別用過頭，電信費貴得要死，我會監控喔。」

「會降下來的。」我說。

這我倒是料對了，而老爸從來沒有因為帳單對我發過脾氣。反正我沒有多少朋友可以打電話聯絡，但我喜歡那些 YouTube 影片（老爸也是），我也喜歡探索當時所謂的三個 W，也就是全球資訊網。有時我也會研究起《真理報》，不是因為我看得懂俄文，只是因為我連得上去。

差不多一個多月後，我放學回家，打開信箱，發現哈洛根先生老派的字跡出現在給我的信封上，是我的情人節卡片。我進屋，將課本擺在桌上，然後拆開信封。卡片不花哨也不肉麻，哈洛根先生的風格就是不來那套。卡片上是一位身穿燕尾服的男人，拿著大禮帽，在一片花田前面鞠躬，內頁的萬用卡訊息印著：**祝你擁有一整年滿滿的愛與友情**。下方則是：**哈洛根先生祝你好運**。鞠躬的男人舉起帽子，祝福，沒有扭扭捏捏的東西。這就是徹頭徹尾的哈洛根先生風格。現在回想起來，我很意外他覺得情人節值得送卡。

二〇〇八年的時候，「松柏藏金」取代了幸運鬼刮刮卡。小小的卡片上有六棵松樹，如果刮開時，下方出現三個同樣的數字，那你就能贏得數字顯示的金額。我刮開松樹，看著刮出來的結果。一開始，我以為這是搞錯了，還是什麼玩笑，但哈洛根先生不是會開玩笑的人。我再次看仔細，還用手指指著刮開的數字，拍開老爸（一邊翻白眼一邊）說的「刮刮屑」。數字都是同一個。我也許笑了，但我想不起來，但我記得我立刻放聲尖叫。歡喜的尖叫。

我從口袋裡掏出新手機（手機跟我形影不離），連忙打去帕姆魯叟引機公司。我轉到總機丹妮絲那邊，她聽到我氣喘吁吁，便問我是不是出了什麼事。

「沒事，沒事。」我說。「但我必須跟我爸講一下話。」

「好喔，等等。」然後，她又說：「克雷格，你聽起來像是從月亮背面打來一樣。」

「我用手機打的。」老天，我真喜歡這麼說。

丹妮絲哼了一聲。「那玩意兒滿是輻射，我說什麼也不會用。你等等。」

我爸也問我出了什麼事，因為我之前從來不會打電話去他的公司，就算是沒搭上校車那天也沒有。

「爸，我收到哈洛根先生寄來的情人節刮刮——」

「如果你是打電話來說你得到十塊錢，那可以等我——」

「不，爹地，是大獎！」對當時的一元刮刮卡來說，這個獎項的確很大。「我贏了三千塊！」

電話另一端是一陣靜默，我以為他斷線了。當時的手機，就算是新手機，也總是莫名斷線。貝爾媽媽不是天底下最棒的母親[1]。

「爸，你還在嗎？」

「嗯哼，你確定嗎？」

「確定！我正看著彩票呢！三個三千！最上面一排，還有下面兩個！」

又是一陣長長的靜默，然後我聽到爸爸跟某人講話：我想我孩子贏了點錢。不一會兒，他又回來。「把彩票放在安全的地方，等我回家。」

「放哪？」

「食物儲藏室的糖罐怎麼樣？」

「好啊。」我說。「好啊，沒問題。」

「克雷格，你確定嗎？我不希望你失望，你再檢查一遍。」

我再檢查一遍，不知為何相信我爸的疑慮會改變我看到的結果，也許至少有一個三千會變成別的數字。但還是一樣。

我告訴他，他大笑起來。「哎啊，那好，恭喜啦。今晚馬賽小館見，你請客。」

這話逗得我哈哈大笑。我想不起上次體驗如此全然的歡樂是什麼時候。我需要打電話給別人，

【本書註釋全為譯註】

1. 指的是貝爾系統電信公司，但此時該公司已經併入美國電報電話公司（AT&T）之中。

於是我聯絡哈洛根先生，他接起他那反對科技產品的市內電話。

「哈洛根先生，謝謝你的卡片！也謝謝你的彩券！我——」

「你是用你那裝置打來的嗎？」他問。「肯定是，因為我根本聽不清楚。你聽起來跟在月亮背面一樣模糊。」

「哈洛根先生，我贏大獎了！我贏了三千塊！非常感謝你！」

他停頓了一下，但沒有我爸停那麼久，然後他開口的時候，他沒有問我是否確定。他對我也是很講禮貌。「你真是走運。」他說。「你真不錯。」

「謝謝你！」

「不客氣，但用不著謝我。那玩意兒我會買一大捆，寄給朋友與生意夥伴，有點像是……可以說是我的名片吧。已經寄好多年囉。遲早有人會中大獎。」

「爸會逼我把大部分的錢存進銀行裡，我想這樣不錯。肯定可以增加不少大學基金。」

「如果你願意，可以交給我。」哈洛根先生說。「讓我替你投資。我想我可以保證投資報酬率遠高過銀行利息。」然後他像是對自己講話，不是說給我聽的一樣。「找些安全的標的。今年市場會很不好過，我在地平線上看到了。」

「當然好！」我又想了想。「至少應該可以啦，我得先跟我爸談談。」

「當然，這樣比較恰當。跟他說我也願意保證還本。你今天下午要不要讀書啊？還是你現在是大財主了，你要拋下這份小事業了？」

「當然，但老爸到家時，我也要回家。我們今晚要出門吃飯。」我停頓了一下。「你想一起來嗎？」

「今晚就算了。」他回答得毫無遲疑。「你知道，反正你要過來，你根本可以當面跟我說，但你就是喜歡用你那設備打電話，是不是？」他沒等我回答，根本沒這必要。「你為什麼不投資一點你的橫財到蘋果公司的股票裡？我相信這間公司在未來會很有起色，我聽說 iPhone 會讓黑莓機長霉，抱歉開了個諧音玩笑。總之呢，你現在不用回答，先跟你爸討論討論。」

「我會的。」我說。「我馬上過去，我用跑的。」

「年輕就是好啊。」哈洛根先生說。「可惜浪費在孩子身上。」

「什麼？」

「很多人講過這種話，但喬治．伯納．蕭說得最好。別管啦，你快跑吧，提著鞋跟跑過來，因為狄更斯正在等我們啦。」

去哈洛根先生路上，我跑了四百公尺，但回來的時候卻慢慢走，一路上，我有了個主意。雖然他說不用謝他，但我還是想到一個感謝他的方式。我們在馬賽小館共度高檔晚餐時，我把哈洛根先生提議替我將意外之財拿去投資的事情說給老爸聽，也告訴他我想送的謝禮。我就知道爸爸會有疑慮，果不其然。

「讓他投資這筆錢，沒問題。至於你的想法……你也知道他對那種東西有什麼感覺。他不只是全哈洛最有錢的人，他可能是全緬因州最有錢的人，但他也是唯一一個家裡沒有電視的人。」

「他有電梯耶。」我說。「他也會搭啊。」

「因為他不得不搭。」然後爸爸對我笑了笑。「但那是你的錢，如果你想拿百分之二十出來這麼做，我也不會阻止你。再說，如果他拒絕，東西可以轉送給我。」

「你真的覺得他會拒絕？」

「真的。」

「爸，他為什麼一開始會來這裡？我是說，我們這兒就只是個小鎮，前不著村、後不著店的小鎮。」

「好問題，有空問他吧。大金主，現在要不要吃甜點啊？」

差不多一個月後，我送給哈洛根先生一台全新的 iPhone。我沒有費心包裝什麼，因為那時不是假日，而且我知道他不喜歡那樣，太花哨了。

他用因為關節炎而扭曲變形的雙手將盒子翻來翻去幾回，看起來很感興趣的樣子。然後又將盒子還給我。「克雷格，謝謝你。你的好意我心領了，但不了。我建議你把這送給你爸。」

我接下盒子。「他說你會這樣說。」我失望，但不意外。也還沒有要放棄。

「你的父親相當睿智。」他靠向前，雙手交握在伸得長長的膝蓋上。「克雷格，我很少給你建議，因為給人建議基本上就是在浪費力氣，但我今天會給你一點建議。亨利．梭羅說，不是我們擁有物品，而是物品擁有我們。每件新東西，無論是一間房子、一輛車、電視，或像這樣的昂貴電話，都是我們額外要扛在身上的物品。我因此想起《小氣財神》裡，雅各．馬利告訴史古基『這是我在生命裡鍛造的鎖鍊』。我沒有電視，因為如果我有，就算每天淨播些亂七八糟的節目，我也會看。我家沒有收音機，因為我會聽個沒完，我所需要的只是，在長途開車時有鄉村音樂可以打破單調的寧靜而已。如果我有**那個**——」

他比了比裝了手機的盒子。

「——我肯定會用它。我訂了十二本不同的刊物，我所需要的商業世界資訊及整個世界的悲慘消息，這些報章雜誌上都有。」他靠回椅背上，嘆了口氣。「好啦。我不只提供建議，還發表長篇大論。上了年紀狀況不知不覺就惡化了。」

「我可以讓你看一個東西嗎？不，兩個。」

他出現一種表情，我見過他用這種表情面對他的園丁與管家，但從來沒有對我展現過，直到這天下午，就是銳利、狐疑的神情，還滿醜的。多年後，我明白，這是洞察力絕佳的憤世嫉俗之人相信自己看透對方，期待接下來沒好事的表情。

「這就證明了那句好話，好心沒好報。我開始希望那張刮刮卡沒刮中大獎了。」他再度嘆氣。「哎啊，好吧，快點示範吧，但你不會改變我的想法的。」

看到他那表情，疏遠又冰冷，我以為是真的，我最後還是會把手機轉送給老爸。不過，既然我都走了這麼遠，我就繼續挺進。手機已經充飽電，我充的，確定手機有電，然後把裡面整理得井然有序。我打開手機，讓他看第二排的一個圖示。圖示上有起伏的鋸齒線條，有點像心電圖。「看到這個了嗎？」

「看到了，我也看到上頭說什麼，但，克雷格，我真的不需要股票市場報告。你知道，我訂了《華爾街日報》。」

「當然。」我同意。「《華爾街日報》不能這樣。」

我點下圖示，打開應用程式，道瓊工業平均指數出現。我完全不曉得這些數字代表什麼，但我看得出來它們正在上上下下。一四七二〇漲到一四七二八，又掉到一四七〇四，接著又漲到一四七一六。哈洛根先生睜大雙眼，嘴巴也開得老大。彷彿是有人用魔杖打了他一下。他接過手機，拿到面前，然後又看看我。

「這是**即時**數據嗎？」

「對。」我說。「呃，我猜可能慢了一、兩分鐘，我不確定。手機是透過摩頓那邊新蓋的手機基地台接受訊號。基地台這麼近也算運氣很好。」

他靠向前，嘴角泛起一個不情願的微笑。「真是見鬼，這就像是大亨家裡會有的那種股價電報紙帶。」

「噢，比那還好。」我說。「電報紙帶有時會慢上好幾個小時，這是我爸昨晚說的。他很迷這個股票玩意兒，他總會拿我的手機去看。他說一九二九年有次股市大跌就是因為愈多人交易，紙帶的資訊就愈慢。」

「他說得沒錯。」哈洛根先生說。「在大家能踩煞車前，事情就發展得太過火了。當然，這種裝置也許能夠加速拋售，現在還很難說，因為科技還很新。」

我耐心等候，我想告訴他其他事，讓他相信，但我只是個孩子。不過呢，有個感覺告訴我，緩一緩是正確的選擇。他持續盯著道瓊指數的小小數字變化。他在我眼前活脫上了一課。

「但。」他說，目光沒有移開。

「但什麼，哈洛根先生？」

「在某個實際懂得市場的人手裡，這玩意兒……大概可以……」他沒說下去，思索起來。然後他說：「我該曉得這種東西存在，退休不是藉口。」

「還有另一個喔。」我說，我實在不想繼續等候下去。「你知道你收到的那些雜誌吧？《新聞週刊》、《金融時報》還有《富鼻子》？」

「是《富比士》。」他的目光還盯著螢幕。他讓我想起我四歲的時候，緊盯著生日收到的神奇八號球占卜玩具。

「對，就是那個。手機可以借我一分鐘嗎？」

他挺不情願地把裝置交過來，我相信我釣到他了。我很高興，但也覺得自己有點糟糕。就跟馴化的松鼠跟你要堅果吃，你還要先敲敲牠的小腦袋瓜一樣。

我打開 Safari 瀏覽器。當時的 Safari 比現在的版本原始許多，但還是可以用。我在 Google 搜尋起《華爾街日報》，不一會兒，頭版就出現了。其中一個標題寫著：咖啡牛宣布關閉。我讓他看。

他盯著看了一會兒，然後望向我進屋時放在安樂椅旁邊的報紙。他望向頭版，說：「這上頭沒寫。」

「因為那是昨天的報紙。」我說。我每次過來的時候，都會將他信箱裡的信件拿上來，報紙都跟其他東西用橡皮筋綑在一起。「你收到的是昨天的報紙，每個人都一樣。」假期時，可能會晚上兩天，有時三天。用不著我提醒他，十一月、十二月的時候他動不動就為此抱怨。

「這是今天的？」他望著螢幕，然後，又看看上方的日期。「還真的是！」

「當然。」我說。「新鮮的新聞，不是舊聞，對吧？」

「根據這篇報導，他們列出了關閉門市的地圖。你可以教我怎麼看嗎？」他的語氣忽然變得無比貪婪，我有點嚇到。他先前提到馬利與史古基，我倒覺得自己像《幻想曲》（*Fantasia*）裡的米老鼠，施展了自己不甚了解的咒語，喚醒了掃把。

「你可以自己來。用手指滑螢幕就可以了，像這樣。」

我示範給他看。一開始，他滑太用力，捲了太遠，但他之後就抓到訣竅，真的，上手速度比老爸快多了。他找到正確的頁面。「看這個。」他讚嘆地說。「六百間店！你看這就是我跟你說的脆弱……」他話沒說完，盯著小小的地圖看。「脆弱的南方。多數倒閉的門市都在南方，克雷格，南方是領頭羊，幾乎每次都這樣……我想我該打通電話去紐約。馬上就要休市了。」他正要起身，他的市內電話在房間的另一頭。

「你可以用這個打啊。」我說。「這玩意的主要功能就是打電話。」當時還是啦。我按下電話圖示，小鍵盤面板出現。「撥打你要的電話號碼就好了，用手指碰觸數字。」

他看著我，雜亂白眉之下的藍色雙眼閃著光澤。「我在窮鄉僻壤可以用這打電話？」

「當然。」我說。「訊號很好，多虧了新的基地台。你有四格。」

「四格？」

「別放心上，儘管打你的電話。你講電話時我會迴避，記得如果聽不清楚時，就拿到窗——」

「不用，講不了太久，我也不需要隱私。」

他小心翼翼碰觸數字，彷彿是覺得東西會爆炸一樣。然後，他用同樣警惕的模樣將 iPhone 拿到耳邊，還看著我確認動作對不對。我點頭鼓勵。他聽了一下，對某人說話（一開始嗓門提得太高），然後，又等了一下下，跟另一個人交談。於是哈洛根先生賣光他所有咖啡牛的股票時，我就在現場，這場交易不曉得牽扯到幾萬美金。

他講完後，還曉得該怎麼回到主畫面。他在主畫面再次打開 Safari 瀏覽器。「這裡有《富比士》嗎？」

我查看了一下，沒有。「但如果你知道你要看《富比士》的哪一篇報導，你大概還是找得到，因為有人會貼。」

「貼……」

「對，如果你想要查某項資訊，Safari 可以用來搜尋，只要登上 Google 就好，看。」我靠在他的椅子旁，在搜尋欄輸入「咖啡牛」。手機思索了一下，然後吐出一堆連結，包括他剛剛看到的那篇《華爾街日報》報導，他就是看到這篇才打電話給他的股票經紀人。

「哎啊，你看看這個。」他讚嘆地說。「這是網路。」

「呃，對。」我說，心裡想的是，啊，不然勒？

「全球資訊網。」

「對啊。」

「這玩意兒存在多久了？」

我心想：**你應該要知道吧？你是大生意人，就算你退休，你還是應該要了解這些東西，因為你還是很感興趣。**

「我不曉得網路實際上存在了多久，但大家一直都泡在網上。我爸、我的老師、警察……真的，每一個人。」客氣補一句：「哈洛根先生，包括你的公司也是。」

「啊，它們再也不是我的了。克雷格，我是略懂略懂，就跟我雖然不看電視，但我對各種電視節目還是稍有了解一樣。我習慣跳過報紙雜誌上的科技報導，因為我不感興趣。如果你想聊保齡球球道或電影發行商網路，那就是另一回事了。換句話說，就是我經常涉獵，不至於荒廢的領域。」

「對，但你沒看到嗎……那些商業行為也會**用到**科技。如果你不懂這個……」

我不曉得該怎麼把話講完，至少不曉得要怎麼點醒他，又不失禮貌，但他似乎明白了。「你要說的是，那我就會被淘汰了。」

「我猜這不重要吧。」我說。「嘿，畢竟你都退休了。」

「但我不想被人當**傻子**。」他說得滿激動的。「你覺得我剛剛打電話齊克．拉法蒂，叫他把咖啡牛賣掉，他會意外嗎？完全不會，因為無疑已經有好幾個其他大客戶拿起電話，叫他賣了。這些客戶裡肯定有知道內線消息的人，其他的，可能只是碰巧住在紐約或紐澤西，可以在《華爾街日報》出版當天收到，得知這件事的人。跟我不一樣，窩在這上帝國度的北方邊陲地帶之中。」

我再次好奇起他一開始是怎麼來到這裡的，他顯然在鎮上沒有親戚，但此刻似乎不是請教他的好時機。

「我也許很自大。」他想了想，露出微笑，看起來就像從陰冷天氣裡穿透厚厚雲層出現的陽光。「我確實很自大。」他拿起手機。「我應該會留下這個。」

浮現在我唇邊的第一個反應是「謝謝」，但這時道謝很怪。我就說：「很好，我很高興。」

他望向牆上的賽斯．托馬斯老時鐘（然後，我樂得看著他又對照起 iPhone 的時間）。「咱們已經聊了太多，不如今天就讀一章就好？」

「我沒問題。」我說，雖然我很想待久一點，讀個兩章，甚至三章。我們已經快讀完法蘭克．諾里斯（Frank Norris）寫的《章魚》（*The Octopus*）了，我急著想看最後的結局。這是一本老派的小說，但還是充滿緊張刺激的元素。

等到我們縮水的讀書時光結束後，我會替哈洛根先生的室內植物澆澆水。這是我每天最後一項工作，只需要幾分鐘而已。澆完水之後，我看到他正把玩著手機，讓螢幕一下亮起，一下暗去。

「我猜如果我要用這玩意兒，你最好教我**怎麼**用。」他說。「首先，如何讓它不要死翹翹。我已經看到電量掉了不少。」

「多數功能你可以自己摸索。」我說。「還滿簡單的。至於充電，盒子裡有一條充電線，插在牆上插頭就好。我可以教你別的，如果——」

「今天先不要啦。」他說。「也許明天吧。」

「好。」

「但我還有一個問題。為什麼我可以讀到那篇咖啡牛的報導，還能看到計畫要關閉的門市地圖？」

我首先想到的是我們最近在學校課堂上讀到的文章，有人問起艾德蒙．希拉里（Edmund

Hillary）為什麼要要爬聖母峰，他說：「因為它就在那裡。[2]」不過他可能會覺得這種回答自作聰明，也的確是啦。於是我說：「我不明白你的意思。」

「真的嗎？像你這麼聰明的孩子不明白？想想，克雷格，思考一下。我剛免費讀了人家花錢才看得到的東西。雖然《華爾街日報》的訂閱費已經比去書報攤買便宜多了，一份還是要花我九十美分，但是這個……」他舉起手機，幾年之後，看搖滾演唱會的孩子都會用同樣手勢高舉這種裝置。「現在你明白了嗎？」

他這樣講，我就明白了，但我還是沒有答案。聽起來——

「聽起來很蠢，對不對？」他問，要麼是讀懂了我的心思，要麼是從我臉上看出來的。「將有用的資訊免費釋出，這跟我理解的成功商業模式完全背道而馳。」

「說不定……」

「說不定什麼？給我一點想法，我沒有在挖苦嘲諷。顯然你比我更了解這玩意兒，所以告訴我，你在想什麼。」

我在想弗賴堡農業園遊會，我跟爸爸每年十月都會去逛一、兩次。我們通常會帶上我的朋友瑪姬，她就住在順路的地方。我跟瑪姬會搭乘遊樂設施，三人一起吃炸麵糰跟不辣的義大利香腸，之後老爸就會拖著我們去看新的曳引機。要前往展示機具設備的棚屋前，會先經過賓果攤，超大的。我跟哈洛根先生說，麥克風前的男人會跟來來往往的人說，第一局免費。

2. 事實上此言出自英國探險家喬治・馬洛里（George Mallory）之口。

他想了想。「誘惑？我猜某種程度上合理吧。你說你只能看一篇或兩篇或三篇文章，然後機器就會……怎樣？趕你出去？跟你說，如果想玩，就得付錢？」

「不。」我老實說。「我想那跟賓果攤還是不一樣，因為你可以想看多少，就看多少。至少就我知道是這樣沒錯。」

「但那也太瘋狂了。提供免費樣本是一回事，但整間店都大放送……」他哼了一聲。「上頭甚至連一則**廣告**也沒有，你有注意到嗎？而廣告是新聞報紙與雜誌刊物的主要收入來源，占比非常大。」

他拿起手機，從現在黑黑的螢幕上看著自己的倒影，然後又放下，對我露出古怪、酸楚的微笑。

「克雷格，我們也許正看著巨大的錯誤，而鑄下這個大錯的人，對這玩意兒的實際層面、它所造成的後果，認知並沒有比我深。也許經濟大地震就要來了，就我所知，它已經到了。這場地震會改變我們取得資訊的方式，何時取得、在哪裡取得，因此也會改變我們看待世界的方式。」他停頓了一下。「當然還有處理資訊的方式。」

「我聽不懂。」我說。

「這樣想好了。如果你養了一隻狗，你必須教牠在外頭解決生理需求，對吧？」

「對。」

「如果你的狗沒有教好，牠在客廳大便，你會給牠獎勵嗎？」

「當然不會。」我說。

他點點頭。「那樣就會造成反效果。而克雷格，說到商業行為，多數人就像需要管教、訓練的狗狗。」

我不喜歡那個概念，直到今天也不喜歡，我覺得懲罰／獎勵機制解釋了哈洛根先生是如何獲得巨大財富的，但我什麼也沒說。我開始用全新目光看他。他就好像是一位白髮蒼蒼的探險家，踏上全新探索之旅，聽他講話非常迷人。我不覺得他是真的想教我什麼。他自己也還在學習，而就一位八十多歲的人來說，他學習速度很快。

「免費樣品很棒，但提供太多免費的東西，無論是衣服、食物、資訊，他們就會有所期待。就跟在家裡地上拉屎的小狗一樣，看著你的雙眼，心裡想的是『你又沒說不行』。如果我是《華爾街日報》……或《時代雜誌》……甚至是該死的《讀者文摘》……這小發明會讓我嚇破膽。」他再次拿起手機，似乎就是無法不去碰它。「這就好像是破裂的大水管，但漏出來的是資訊，而不是水。我以為我們在聊的是一部電話，但現在我看到了……開始看懂了……」

他搖搖頭，彷彿是要釐清思緒。

「克雷格，如果有人掌握了某種研發中新藥的專利資訊，想要讓世人讀到新藥的實驗結果？藥物的研發也許花了普強或 Unichem 這種藥廠幾百萬的成本？或是哪個憤世嫉俗的傢伙決定洩漏一些政府機密？」

「他們不會被抓嗎？」

「也許，大概會吧，但如他們說的，一旦牙膏擠了出來……哎啊啊。唉，別管這些了。你最好回家，不然吃飯就要遲到了。」

「我這就走。」

「再次感謝你的禮物。我大概不會常常使用，但我會想思考一下。至少是在我腦袋能力範圍裡啦，我的腦子已經沒有過往那麼靈光了。」

「我想還是很靈光的。」我說，我並不只是想阿諛他。那些新聞報導跟 YouTube 影片上怎麼

都沒有廣告呢？受眾一定得看的，不是嗎？「再說，我爸說思想最重要[3]。」

「這種格言通常是嘴巴在說，但身體沒有實踐的。」他說，看到我困惑的表情後，他又說：「別放在心上。克雷格，咱們明天見。」

我下山路上，全程踢著去年積起的雪塊，我想到他說的：網路就像破裂的大水管，漏出來的不是水，而是資訊。我爸的筆電就是這樣，學校的電腦也是這樣，全美的電腦都一樣，全世界都一樣。雖然 iPhone 對哈洛根先生來說還很新奇，他才剛搞清楚該怎麼開機，但他已經明白如果他所認知裡的商業模式要繼續生存下去，那就得修補破裂的水管。我不確定，但我想他已經提早一、兩年預見「付費牆」（paywall）的存在了，這時連這說法都還沒有出現呢。我那時顯然沒想到那麼多，我也不曉得該怎麼繞過這種付費限制，後來大家都說這叫「越獄」。付費牆出現，但此時大家已經習慣得到免費的東西了，他們不喜歡網站要求他們付費。撞上《紐約時報》付費牆的人會轉去CNN或《哈芬登郵報》（通常都是一轉眼就過去了），雖然那邊的報導不是很優質（當然，除非你想了解某種名為「半球側露」的時尚發展）。哈洛根先生完全說中了。

那天晚餐之後，碗洗完、收起來了，爸爸打開他放在桌上的筆電。「我找到新玩意兒。」他說。「這網站叫 previews.com，可以在上面看最新的預告。」

「真的嗎？咱們來瞧瞧！」

於是，接下來半個小時，我們就看起原本必須在戲院才看得到的電影預告。

哈洛根先生會激動到拔頭髮吧，他僅剩的頭髮。

二〇〇八年三月從哈洛根先生住所走回家這天，我相信有一件事他說錯了。他說，**我大概不會常常使用**。不過，當他在看咖啡牛門市關閉的地圖時，我注意到他臉上的表情，以及他立刻就上手用手機打電話給位在紐約的某人（我後來才知道，這人是他的律師兼業務經理，不是他的股票經紀人）。

而我是對的，哈洛根先生很常使用這支手機。他就跟某位老姨媽一樣，經過六十年的克制之後，終於實驗性地喝到一口白蘭地，結果只需一個晚上的時間，她就成了文質彬彬的酒鬼。不久之後，我每天下午過去，都會在他最喜歡的椅子旁邊小桌上看到手機。鬼才曉得他打給多少人，但我知道他幾乎每晚都會打電話給我，問我一些新手機的功能該怎麼用。有次，他說這支手機就像老派的拉蓋書桌，裡頭滿是小隔間、小抽屜、小格層，很容易漏看。

他憑一己之力找出大部分的隔間與抽屜（加上許多網路資源的協助），但你也許可以說，一開始是我助他一臂之力的。當他說，電話鈴聲是他討厭的呆板木琴音效時，我替他換成一小段譚米．溫尼特唱的〈伴他左右〉，哈洛根先生覺得很讚。我教他怎麼把手機調成靜音，這樣他午睡時就不會受到打擾，還教他設定鬧鐘，教他不想接電話時，可以錄製一個語音留言訊息（他真的是長話短說的楷模：「我現在不接電話。恰當時機回電。」）。他午睡的時候，會拔掉市內電話的電話線，我發現他愈來愈常不插回去。他會傳文字訊息給我，十年前，那叫即時通訊。他會拍他房子後面空地長出來的蘑菇，將照片用電子郵件寄出來，確定品種。他也會用手機的筆記功能

3. 原文the thought that counts是一句俗諺「禮輕情意重」，在此取的是字面上的意思。

做筆記，還找到了他最愛的鄉村歌手音樂錄影帶。

同年稍晚，他告訴我：「我今早浪費了整整一小時美好的夏日白天時光看喬治・瓊斯（George Jones）的影片。」語氣裡夾雜著羞愧與一點古怪的驕傲感。

我有次問他為什麼不去外頭買台屬於他的筆記型電腦，他就能做所有他在手機上學會的事情，螢幕還比較大，可以看清楚珠光寶氣的鄉村歌手波特・華格納（Porter Wagoner）。哈洛根先生只是搖搖頭，大笑起來。「撒旦，別跟著我啦。你好像是在教我抽大麻，讓我愛上大麻，現在你又說，『如果你喜歡大麻，你**肯定**也會愛上海洛因。』克雷格，我想還是不要。這對我來說就夠了。」他用充滿感情的手拍了拍那支手機，你也許會以為他在摸熟睡的小動物呢。就說是隻小狗吧，終於學會該在哪裡大小便的狗。

二〇〇八年秋天的時候，我們讀了《射馬記》（*They Shoot Horses, Don't They?*），某天下午，哈洛根先生提早喊停（他說那些舞蹈馬拉松讓他聽著都累），我們前往廚房，果耿太太留了一盤燕麥餅乾在那。哈洛根先生走得很慢，拄著拐杖慢慢走。我跟在他後頭，希望如果他跌倒，我能拉住他。

他坐下時面露難色，悶哼幾聲，然後拿起一塊餅乾。「愛德娜真好。」他說。「我喜歡這玩意兒，總是讓我的腸胃開工。克雷格，替我們各倒一杯牛奶怎麼樣？」

我倒牛奶的時候，一直忘記問他的問題浮現腦海。「哈洛根先生，你為什麼搬來這裡？你明明可以想住哪就住哪。」

他接下牛奶，做出舉杯的姿勢，他每次都這樣，我也跟他隔空乾杯，我每次都這樣。「克雷格，如果跟你說的一樣，你能想住哪就住哪，那你會住在哪裡？」

「也許洛杉磯吧，那邊會拍電影。我可以先去工地幹幹活，然後向上發展。」我跟他分享我最大的秘密。「也許我能替電影寫劇本。」

我以為他會笑，但他沒有。「哎啊，我猜那種東西還是該有人寫，為什麼不是你呢？你難道不會想家嗎？想看看你爸的臉，想去你母親的墳上放束花？」

「噢，我會回來的。」我說，但這問題，提到我的母親，讓我有點卡住。

「我想要斷得乾乾淨淨。」哈洛根先生說。「身為一個一輩子都住在紐約市的人，我在布魯克林出生，然後成為一個……不知道耶，有點像盆栽吧？我想在晚年時遠離紐約。我想住在鄉下，但不是觀光客會去的鄉下，好比說康登、卡斯丁、巴哈伯那種地方。我想要一個連路都沒鋪好的地方。」

「呃，你肯定來對地方了。」我說。

他大笑起來，拿起另一片餅乾。「你知道，我考慮過南、北達科他……還有內布拉斯加……但最後覺得那也跑太遠了。我請助理弄來緬因州、新罕布夏州跟佛蒙特州的漂亮小鎮照片，而我選擇在此安頓下來。因為有山，四面八方都有風景，但不是很**壯麗**的風景。壯麗的風景會吸引遊客，我可不想面對遊客。我喜歡這裡，我喜歡這裡的寧靜，我喜歡這裡的鄰居，我也喜歡你，克雷格。」

這話讓我開心。

「還有別的原因。我不曉得你有沒有讀過關於我工作生涯的資料，但如果你有，或你之後看到，你就會知道許多人認為，當我在爬眼紅但智商堪慮人士口中的『成功階梯』時，我冷酷無情。這種看法不算錯，我的確樹立不少敵人，我可以大方坦承這點。克雷格，做生意就跟打橄欖球一樣。如果你必須撞倒某人才能達陣，你最好用力撞下去，不然你根本一開始就不該穿上制服走進球場。不過，比賽結束後，我的比賽就結束了，雖然我沒有完全脫節，但一切結束後，你就脫下制服回家。這裡就是我現在的家。美國本土上一塊毫不起眼的小角落，只有一間商店，只有一所學校，我相信這所學校很快就會關閉。大家不再『過來喝個飲料』。我不用參加那種午餐會議，與會的人**總是**別有所圖。我不再受邀入席董事會議。我不用出席無聊死了的慈善活動，而我也不會在早上五點的時候，就被八十一街工作的垃圾車吵醒。我也會埋在這裡，榆樹墓園，旁邊都是南北戰爭時期的老傢伙，我也用不著動用人脈或賄賂墓園主管才能弄到好位置。這樣解釋了你的問題嗎？」

有也沒有。他對我來說還是一個謎，徹頭徹尾還超過的謎。不過，也許真的是這樣。我想我們多數時候是獨自生活的，跟他一樣，是自己選的，或是因為世界就是這樣。「多少吧。」我說。

「至少你沒有搬去北達科他州，我很高興。」

他笑了笑。「我也是。拿塊餅乾回家路上吃吧，替我向你爸打聲招呼。」

因為減少的稅金基礎無力支持，二〇〇九年六月，咱們只有六間教室的小小哈洛學校關閉了，我發現自己必須渡過安德魯科琴河，前往城門瀑布村中學讀八年級，那邊有七十個同學，而不是只有十二人。我在這年夏天首度親吻女孩，但不是瑪姬，而是她的好朋友蕾姬娜。哈洛根先生也是在這個夏天過世的，我就是第一個發現的人。

我曉得他行動已經愈來愈不方便，我知道他經常喘不過氣來，有時他必須用擺在他心愛椅子旁邊的氧氣瓶才能呼吸，這些我都接受，但除此之外，他走得沒有任何預警。事發前一天就跟任何一個日子一樣。我讀了《麥克梯格》（*McTeague*）（我問他能不能再讀一本法蘭克・諾里斯的書，他同意），然後哈洛根先生忙著瀏覽他的電子郵件時，我替他的室內植物澆水。

他抬頭望著我，說：「大家明白了。」

「明白什麼？」

他拿起手機。「明白這個，以及它真正代表的意涵，它能做的事情。阿基米德說過，『給我一根夠長的槓桿，我就能移動世界。』這就是那根槓桿。」

「酷耶。」我說。

「我剛剛才刪了三個產品廣告跟十幾個政治請求。我很清楚我的 email 已經洩漏出去了，就跟雜誌社販售訂戶地址一樣。」

「所幸他們不曉得你是誰。」我說。哈洛根先生的 email 化名（他喜歡用化名）是「海賊王一號」。

「如果有人持續追蹤我的搜尋，他們也不用知道我是誰。他們足以摸清楚我的興趣，用我的喜好向我兜售商品。我的名字對他們來說並不重要，我對什麼感興趣才重要。」

「對啊，垃圾資訊有夠煩。」我說，然後前往廚房，倒光澆水器裡的水，把東西放在雜物間。我回來的時候，哈洛根先生將氧氣罩擺在口鼻上，深呼吸。

「那是醫生給你的嗎？」我問。「是他用處方箋開的嗎？」

他放下面罩，說：「我沒有醫生。八十幾歲的人可以想吃多少鹹牛肉馬鈴薯泥就吃，而且不再需要醫生，除非得的是癌症。那醫生就可以負責開止痛藥。」他的心思根本不在這裡。「克雷格，你有想過亞馬遜嗎？那間公司，不是亞馬遜河。」

爸有時會從那邊買東西，但沒有，我沒有認真考慮過這間公司。我如實告訴哈洛根先生，然後問他是什麼意思。

他指著當代圖書館版本的《麥克梯格》。「這是在亞馬遜上買的，我用手機跟信用卡下的單。那間公司以前只賣書，真的，就像夫妻經營的小店一樣，但沒多久，它就會成為全美最大、最強的企業。它們的微笑商標會跟雪佛蘭車子的標誌一樣到處都是，或跟我們手機上的圖案一樣。」他拿起手機，讓我看上面那個咬了一口的蘋果商標。「垃圾訊息很煩嗎？沒錯，垃圾訊息成了美國商業行為裡的蟑螂，到處繁殖，到處亂竄？沒錯，因為這招管用，克雷格，因為它能擊中痛點。在不久的未來裡，大量垃圾廣告也能決定選舉動向。要是我年輕一點，我就會捏住這新收入來源的命脈……」他一手握拳。他只能握得鬆鬆的，因為他有關節炎，但我懂他的意思。「……緊緊捏住，不放手。」然後他眼裡又浮現我偶爾會看到的神情，這種神情讓我慶幸我不在他的黑名單上。

「你還有好幾年可以奮鬥啦。」我說，完全沒有注意到這是我們之間的最後一場對話。

「也許有，也許沒有，但我再跟你說一遍，我很高興你說服我留下這個。它讓我有素材可以思考，而當我晚上睡不著的時候，它也是很好的陪伴。」

「我很高興。」我說，發自內心的高興。「該走啦。哈洛根先生，咱們明天見。」

於是隔天，我見了他，但他沒見著我。

我跟平常一樣，從雜物間的門進屋，還喊著：「嗨，哈洛根先生，我到囉。」

沒有回應。我想他大概在洗手間，希望他沒有倒在裡面，因為今天果耿太太休假。我進入客廳，看到他坐在他的椅子上時，我鬆了口氣，氧氣瓶在地上，iPhone與《麥克梯格》在他身旁的桌上。只不過，他的下巴壓在胸口，整個人稍微歪斜。他看起來彷彿睡著了。如果是的話，這是他第一次睡到這麼晚。他會在午餐過後睡一個小時，等到我抵達時，他通常都雙眼有神，精神抖擻。

我走近一步，發現他的眼睛沒有完全闔上。我可以看到眼球的下緣，但藍色的眼眸不再銳利，看起來呆滯褪色。我開始覺得害怕。

「哈洛根先生？」

沒有反應，變形的雙手鬆鬆地交握在懷裡。一根拐杖靠在牆邊，但另一根倒在地上，彷彿是他先前伸手去拿，卻將其撞倒。我發現我可以聽到氧氣罩發出的穩定嘶嘶氣流聲，但沒聽到他有點刺耳的呼吸，這個聲音我已經聽得很習慣，已經不會特別注意到了。

「哈洛根先生，你還好嗎？」

我又前進兩步，想要伸手搖醒他，但我把手抽開。我從來沒有見過死人，但當下覺得我看著的就是死人。我再度伸手，這次我沒有害怕。我握住他的肩膀（襯衫下的肩膀骨瘦嶙峋），搖了他一下。

「哈洛根先生，醒醒！」

他一隻手從懷裡鬆脫，掛在雙腿之間。他的軀體更斜了。我看得到他嘴唇之間泛黃的牙齒。不過，在我聯絡任何人之前，我覺得我必須確定他不是只是暈過去或失去意識而已。我有一個印象，短暫但非常鮮明的印象，就是媽媽讀起小男孩說狼來了的故事。

我前往浴室，果耿太太都叫那兒為「洗手間」，我雙腿麻木，帶著哈洛根先生擺在架子上的小手鏡回來。我把鏡子擺在他的口鼻上，沒有呼吸的白霧。這時我就知道了（其實，現在回想起來，當我看到他手從懷裡掉下來，掛在雙腿之間時，我就知道了）。我跟一名死人一起待在客廳裡，要是他忽然伸手抓我怎麼辦？他當然不會這樣，他喜歡我啊，但我記得他講話的時候，那種可怕的神情，那只是昨天的事啊，他那時還活得好好的啊！他當時說，如果他年輕一點，他就會捏住新收入來源的命脈，緊緊捏住，不放手。現在的他一手稍微握拳示範起這個動作。

他說過，**你會知道許多人認為我冷酷無情。**

死人只有在恐怖電影裡才會忽然伸手抓你，這我很清楚，死人不會冷酷無情，死人根本什麼也不是，但我還是在從屁股口袋掏出手機時，從他身邊退開幾步。打電話給爸爸的時候，我的目光也緊盯著他。

爸說我大概是對的，但他還是會叫救護車，萬一嘛。我知道哈洛根先生的醫生是誰嗎？我說他沒有醫生（只需看他的牙齒一眼就會知道他也沒有牙醫）。我說我會等人來，於是我等了起來，但我在外頭等。出去前，我考慮要不要將他那懸掛的手放回他懷裡。我差點就動手了，但最後我實在不敢碰他。他的手會很冰。

我反而拿走他的 iPhone，我不是要偷東西。我覺得這是哀悼，因為失去他的感覺忽然真實了起來。我想要他的東西，對他來說很重要的東西。

我猜這是我們教堂頭一次舉行這麼盛大的葬禮。前往墓園路上也排成最長的送葬隊伍，大多都是出租車。當然，鎮上人不少，包括園丁彼得．波士維克，替他進行大部分房子工程的羅尼．史密茲（我相信羅尼因此賺了不少），還有管家果耿太太，以及其他鎮民，因為哈洛人都喜歡他，但主要來致哀的是來自紐約的生意人（**假設**他們真的是來哀悼，而不是來確認哈洛根先生真的死了）。沒有家人，我是說，真的，一個都沒有，連個姪女或是遠房親戚都沒有。他沒結婚，沒有孩子，這大概是一開始我去他家讓爸起疑的原因，而哈洛根先生又比所有的親人長壽。所以，發現他屍體的人才是住在山腳下、他花錢請來讀書給他聽的孩子。

哈洛根先生一定知道自己來日無多，因為他在書房桌上留下一張手寫的紙，詳細說明他希望自己的最後一程要怎麼進行。滿簡單的，二〇〇四年時，他存了一筆現金在海與皮伯帝葬儀社，這筆錢足以照料好一切，還會稍微多一點。不用瞻仰遺容，不用守靈，但他希望「能夠盡量整理得體面一點」，這樣葬禮時才能開棺。

穆尼牧師負責儀式的進行，我負責念《以弗所書》第四章的一些內容：「要以恩慈相待，存憐憫的心，彼此饒恕，正如上帝在基督裡饒恕了你們一樣。」我看到幾個生意人樣子的人互看了幾眼，彷彿是哈洛根先生從沒用恩慈對待過他們，或饒恕過他們一樣。

他指名要三首聖歌：〈與我同在〉（Abide With Me）、〈古舊十字〉與〈在花園裡〉。他希望穆尼牧師的長篇大論可以在十分鐘內解決，牧師八分鐘就搞定，進度超前，我相信是他個人最佳成績。牧師大多只是列出哈洛根先生在哈洛的事蹟，好比說花錢翻新「我發現了！」農莊、修繕皇家河的廊橋。他也大力替社區游泳池捐款，牧師說，他卻拒絕游泳池以他的名字命名。

牧師沒說原因，但我懂。哈洛根先生說，讓別人用你的名字命名事物，不只荒謬，更是不成體統，而且大家一下就忘了。他說，五十年後，或二十年後，你就是牌子上一個大家都視而不見的名字罷了。

我讀完經文之後，就坐回前排的位置，爸爸也在這。我看著頭尾都擺著百合花花瓶的棺材。哈洛根先生的鼻子如同船首般立起。我叫自己別看，別去想這景象是好笑還是恐怖（或兩者皆是），記住他先前的樣子。好建議，但我的目光一直飄過去。

牧師結束短暫致詞後，他對著集結的哀悼者伸出向下的手掌，做出賜福禱告。結束後，他說：「想要說幾句道別之言的人現在可以去棺材旁邊。」

大家一一起身時，傳來衣料摩擦聲及竊竊私語。維吉妮亞．哈倫[4]開始輕柔地演奏起管風琴，

4. 現實生活中，此人是緬因大學教授伯特．哈倫的妻子。這位老師對史蒂芬．金影響深遠，師母也會幫忙看手稿，提出指教。

我當時有股奇怪的感覺，但多年後，我才明白那叫超現實，因為她演奏的是鄉村歌曲合輯，包括費林・赫斯基（Ferlin Husky）的〈白鴿之翼〉（Wings of a Dove）、杜威・約肯（Dwight Yoakam）的〈我唱起迪克西〉（I Sang Dixie），當然，還有〈伴他左右〉。我心想：所以哈洛根先生還安排好了退場音樂，**他想得真周到**。大家排起隊伍，身穿休閒西裝外套與卡其褲的當地人與身穿西裝、油亮皮鞋的紐約商業人士穿插排隊。

「克雷格，你呢？」爸低聲地問：「想要見他最後一面，還是算了？」

我想要的不只如此，但我不能告訴他。就跟我無法解釋，我現在感覺有多糟一樣。我終於完全理解了，我讀經文的時候還沒，就跟我讀過那麼多書給他聽的時候一樣，但當我坐在位置上，看著他高挺的鼻子，忽然就感受到了。我曉得他的棺材是一艘船，將帶他迎向最後的旅程。這趟旅程會送他進入黑暗之中。我想哭，我**的確**哭了，不過是後來一個人偷偷哭。我顯然不想在這裡這麼多陌生人面前哭。

「好，但我想最後再去，我要當最後一個。」

感謝上帝，老爸沒有問我原因。他只是捏捏我的肩膀，先去排隊。我回到前廳，穿著西裝外套的我覺得不太舒服，肩膀的地方有點緊，因為我終於開始長壯了。當隊伍的盡頭已經排到主要走道的一半，我確定沒有人會繼續排下去的時候，我就站在兩名西裝男子後頭，他們正壓低聲音聊起亞馬遜公司的股票（生怕你不知道呢）。

等到我走到棺木前時，音樂已經停止，講道壇空無一人。維吉妮亞・哈倫大概偷溜去後頭抽菸了，而牧師則在祭衣間，脫下他的袍子，梳起所剩不多的頭髮。前廳只剩幾個人，壓低聲音竊竊私語，但教堂裡就剩我與哈洛根先生，如同我們在他那座山丘上大房子裡度過的漫長午後時光一樣，那裡的景色很好，但不至於**吸引遊客**。

他穿著一件我沒有見過的炭灰色西裝。葬儀社的人替他擦脂抹粉，讓他看起來稍微健康一點，只不過健康的人不會眼睛閉著躺在棺材裡，而最後的天光照著他們死氣沉沉的臉，之後他們將永遠入土為安。他雙手交疊，讓我想起不過幾天前，我才在他家客廳看到他雙手交疊的模樣。他看起來像真人大小的娃娃，我不喜歡看到他這副模樣。我不想留下，我需要新鮮空氣，我想跟我爸在一起。我想回家。但我得先做一件事，而我必須立刻執行，因為穆尼牧師隨時會從祭衣間回來。

我伸手進自己的休閒外套口袋，掏出哈洛根先生的手機。我上次見到他用手機的時候，我是說他還活著的時候，不是癱在椅子上，或看起來像擺在昂貴盒子裡娃娃的時候，那時，他說他很高興我說服他留下這支手機。他說晚上睡不著的時候，它也是很好的陪伴。手機有密碼保護，我說過了，東西只要吸引了他的注意力，他就學得很快，但我曉得他的密碼就是pirate1（海盜一號）。葬禮前一晚，我在臥室裡打開手機，使用筆記功能。我想留一條訊息給他。

我想過要不要說我愛你，但那樣不對。我是喜歡他，但我對他有所顧慮，我也不覺得他愛我。我不覺得哈洛根先生能愛任何人，除了在他爸離開後，獨自將他養大的老媽吧（對，我做了功課）。最後，我只有在筆記上輸入這段話：**替你工作是我的榮幸，謝謝你的賀卡，以及刮刮卡。我會想你的。**

我拉起他西裝外套的翻領，盡量不去碰到他潔白襯衫底下毫無呼吸起伏的胸膛……但我的手指關節還是擦了過去，這感覺我到今天都還記得。硬硬的，跟木頭一樣。我將手機塞進他的內袋裡，然後退開。時間抓得剛剛好。穆尼牧師從側門出來，調整起他的領帶。

「克雷格，道別了嗎？」

「對。」

「很好。正確的事。」他一手搭著我的肩膀，帶我遠離棺材。「我相信很多人都會眼紅你跟他的關係。你為什麼不去外頭找你父親？如果你願意的話，幫我個忙，請拉法蒂先生與其他的抬棺人進來，再過幾分鐘之後，就需要他們了。」

另一個男人出現在祭衣間的門口，他雙手交握在前方。只需看他的黑色西裝與白色康乃馨一眼，就曉得這是葬儀社的人。我猜他的工作就是負責闔上棺材，確保閂鎖緊緊封死。看到他讓我懼怕起死亡來，我很慶幸能夠離開室內，走到外頭的陽光之下。我沒有跟爸說我需要擁抱，但他一定察覺到了，因為他用雙臂環繞著我。

我心想：**爸爸，別死。拜託，千萬別死。**

榆樹墓園的儀式進行得比較順利，因為更為簡短，而且是在室外。哈洛根先生的業務經理，小名齊克的查爾斯．拉法蒂簡短聊起這位客戶的各種善行，在他說到他必須容忍哈洛根先生「令人存疑的音樂品味」時，還惹來些許笑聲。關於人情味的話題，拉法蒂先生就只能點到這裡為止。他說他「替、也與」哈洛根先生工作三十年，我沒有理由懷疑他，但他似乎不太清楚哈洛根先生活生生的一面，只曉得他「令人存疑的音樂品味」，因為他喜歡吉姆．里夫斯（Jim Reeves）、佩蒂．樂芙萊斯（Patty Loveless）及亨森．卡吉爾（Henson Cargill）。

我考慮要不要走上前，告訴聚集在還沒填土壙地周圍的人，哈洛根先生覺得網路就是破裂的大水管，但漏出來的是資訊，而不是水。我考慮要不要告訴他們，他手機裡有一百張菇菌的照片。我考慮要不要告訴他們，他喜歡果耿太太的燕麥餅乾，因為它們會讓他的腸胃開工，而當你八十歲的時候，你就不用吃維生素或看醫生了。你八十歲的時候，可以盡情享用鹹牛肉馬鈴薯泥。

但我沒有開口。

這次穆尼牧師負責讀經文，這段是我們每個人都會跟拉撒路一樣，在那個興起的早晨起死回生。再來一次賜福禱告，然後就結束了。等到我們離開，回去過尋常日子後，哈洛根先生就會潛入地下（多虧了我，帶著他的 iPhone 一起），泥土會覆蓋著他，而世人再也見不著他。

我跟爸爸離開的時候，拉法蒂先生跑來找我們。他說他要到明天早上才會搭飛機回紐約，他問傍晚的時候是否方便來家裡一趟。他說他有些事要跟我們討論討論。

我的第一個想法是，他一定是要談我偷走的 iPhone，但我覺得拉法蒂先生根本不知道我把手機偷走了，再說，現在東西已經物歸原主了。我心想，**如果他問起，我就會說，一開始也是我送給他的**。而且，一支六百美金的手機怎麼可能會是什麼大事？哈洛根先生的房產不曉得是這金額的多少倍。

「當然好。」爸說。「來寒舍吃飯吧，我來做我的拿手好料波隆那義大利麵。通常六點開飯。」

「我就接受邀請囉。」拉法蒂先生說。他拿出一個白色信封，上頭寫著我的名字，字跡我認得。「這也許能夠解釋我想和你們討論的話題。我在兩個月前收到的，上頭指示我必須一直等到……呃……這種時候才能給你們。」

我們一上車，老爸就爆笑出聲，狂笑不止，還噴出眼淚的那種。他一邊笑，一邊捶打方向盤，拍打大腿，抹完臉頰之後，他又繼續笑。

「怎樣？」他笑得差不多的時候，我問：「到底是什麼這麼好笑？」

「我實在想不出別的原因。」他說。他已經沒有繼續大笑了，但還是淺淺地「呵」了幾聲。

「你到底在講什麼？」

「克雷格，我猜你一定在他的遺囑裡，快打開信封，看看上頭寫什麼。」

信封裡只有一張紙，這是典型的哈洛根公報——沒有愛心，沒有花朵，甚至在稱謂上都沒有

「親愛的」，開門見山。我把內容讀給父親聽。

克雷格：你讀到這封信的時候，我已經死了。我用信託基金留了八十萬給你，信託人是你的父親與查爾斯．拉法蒂，拉法蒂是我的業務經理，現在是我的執行人。我估算出這個數字應該足以支持你讀完四年大學，以及你選擇的研究所課程。應該足夠讓你花用到進入你選擇的職業生涯。

你提過編劇，如果你想要做的就是編劇，那你當然必須朝這方向前進，但我並不贊同。關於編劇，有個粗俗的笑話，我在此就不贅述，但你可以用你的手機查一查，關鍵字是編劇與小明星。其中的內涵我想就算是你這年紀，應該也能理解。電影一下就退流行了，而書本，真正的好書，卻是永恆的，或接近永恆。你讀過許多好書，但還有等著人家寫出來的好書。我言盡於此。

雖然令尊有權否決關於你信託基金的所有安排，但他應該明智到不會拒絕拉法蒂先生提供的投資建議。齊克對於市場非常敏感。就算加上學費支出，等到你二十六歲時，你的八十萬應該可以增長到一百萬或超過一百萬，屆時，信託到期，你就可以任意使用這筆錢（或拿去投資，這當然是最明智的選擇）。我很喜歡我們一起度過的午後時光。

非常真誠的，

哈洛根先生

註：那些卡片及隨附的東西都不用客氣。

最後的附註讓我打起微微冷顫。他彷彿是在回應我把手機塞進他下葬外套口袋裡的 iPhone 訊息一樣。

老爸沒有繼續笑出聲音來，但他臉上掛著微笑。「克雷格，成為有錢人感覺如何？」

「感覺還好。」我說，感覺當然還好。這是一份厚禮，但曉得哈洛根先生這麼抬舉我也很不錯，也許感覺更棒。憤世嫉俗的人也許會以為我這是在裝聖人還是什麼的，但真的沒有。因為，你看，這筆錢就像我八、九歲時扔上我們家後院大松樹的飛盤一樣，我知道它在那兒，但我搆不著。不過這也沒關係，就目前來說，我衣食無缺，只是少了他。我現在週間的午後該做什麼呢？

「我收回先前說過他是小氣鬼的話。」爸一邊說，一邊將車子駛在某個生意人從波特蘭國際機場租的閃亮黑色運動型多功能休旅車後頭。「不過呢……」

「不過什麼？」我問。

「想到他這麼有錢，又沒有親人，他至少可以留四百萬，也許六百萬給你吧？」他看到我的表情，又大笑出聲。「小鬼，我是在開玩笑，開玩笑啦，好嗎？」

我搥了他肩膀一拳，然後扭開收音機，跳過WBLM電臺（「緬因州的搖滾軟式飛船」），調到WTHT（「緬因州第一名的鄉村電臺」）。我培養起聽西部鄉村音樂的品味，之後也一直延續下去。

拉法蒂先生來吃晚餐，他這麼瘦，卻吞了好大一盤老爸的義大利麵。我跟他說，我知道信託基金的事了，順道感謝他。他說：「別謝**我**。」然後談起想幫我投資。爸說就投資些看起來不錯的股票，記得跟他說一聲就好，他提議約翰．迪爾農具工程車輛公司是不錯的標的，因為這間公司不斷創新。拉法蒂先生說他會考慮，之後我才知道他的確投資了迪爾公司，但只投了一點點。

多數的錢都拿去買蘋果跟亞馬遜了。

晚餐後，拉法蒂先生向我握手，還祝賀我。「克雷格，哈洛根朋友不多。你很幸運能夠是其中一員。」

「能夠認識克雷格，也是他的福氣。」我爸低聲地說，然後一手攬在我肩上。我的喉頭因此有點卡卡的感覺，而當拉法蒂離開，我回到自己房間時，我掉了幾滴眼淚。我盡量沒有哭出聲，這樣爸爸才不會聽見。也許我哭得很小聲，也許他聽見了，但曉得我想獨處一下。

眼淚止住後，我打開手機，點開瀏覽器，輸入關鍵字「編劇」與「小明星」。這個笑話一開始出自編劇、小說家彼得．費布魯曼（Peter Feibleman），說一個小明星完全搞不清楚狀況，跟編劇上了床。你大概聽過這個笑話了，我是沒有，但我懂哈洛根先生想要說的重點。

這天晚上，遠方的雷聲讓我在半夜兩點醒來，再次驚覺哈洛根先生死了。我躺在床上，而他躺在六呎之下。他穿的西裝會永遠穿下去。他的手會交疊在一起，直到雙手化為白骨。如果伴隨雷聲之後而來的是落雨，那雨水也會滲進他的棺材。棺材沒有水泥蓋子或內墊，他特別在「遺書」裡囑咐果耿太太這點。最終，棺材的蓋子也會爛掉，那身西裝也是。由塑膠製成的 iPhone 也許會撐得比西裝或棺材久，但最後也會爛掉。沒有什麼是恆久遠的，也許除了上帝的精神吧？而就算只有十三歲，我也懷疑這點。

我忽然需要再聽聽他的聲音。

我發現我的確可以聽他的聲音。

這麼做有點詭異（特別是在半夜兩點的時候），而且挺病態的，我很清楚，但我也知道，之後我就能安心回去睡覺。於是我撥通電話，雞皮疙瘩爬起來，因為我明白手機科技的簡單事實，那就是在榆樹墓園的地下某處，死人口袋裡的手機會唱兩句譚米．溫尼特的〈伴他左右〉。

然後他平穩清晰的聲音在我耳邊響起，只因年邁有點刺耳，他說：「我現在不接電話。恰當時機回電。」

要是他**真的**打回來怎麼辦？怎麼辦？

我搶在嗶聲還沒響起就掛斷電話，爬回床上。我把被毯拉起來的時候，卻改變了心意，我起身，再次撥通電話。我不懂原因。這次，我等到嗶聲響起，然後說：「哈洛根先生，我想你。感謝你留給我的錢，但我願意用這筆錢交換你繼續活著。」我停頓了一下。「也許這話聽起來像謊言，但不是這樣的，真的不是。」

然後我回到床上，幾乎是一躺上枕頭，我就睡著了，沒有做夢。

我的習慣是，在還沒換衣服前，先查看一下「新鮮事」新聞應用程式，看看第三次世界大戰是否開打，有沒有恐怖攻擊。哈洛根先生葬禮隔天，我還來不及打開「新鮮事」，就看到訊息圖示上有一個紅色的小圓圈，這代表我有一則訊息。我猜可能是比利．勃根傳來的，他是我同學，他有一支摩托羅拉的「明」手機，也可能是瑪姬．沃許本，她用三星……但我最近很少收到她的信息。我猜蕾姬娜大概吹噓說我吻了她。

你知道人家說「然後血液就凝結」的感覺？這是真的，我懂，因為我的血液的確凝結了。我坐在床上，看著手機螢幕。訊息來自「海賊王一號」。

我聽到樓下廚房爸爸從爐子旁邊的櫃子裡拿出煎鍋的聲響。他顯然計畫要搞一頓熱騰騰的早餐，有時他會一週煮個一、兩次。

「爸？」我說，但聲響繼續，我聽到他說什麼「快出來，你這討厭的鬼東西」之類的話。

他沒聽到我叫他，這不只是因為我的房門是關的，我也幾乎聽不見自己的聲音。因為這封訊息讓我血液凝結，也讓我失去了聲音。

這封訊息之上是哈洛根先生過世前四天傳來的短訊。他說：**今天不用澆水，果耿太太澆了。**下面則是：**CCCaa**。

訊息是凌晨兩點四十分傳送。

「爸！」這次我喊得稍微大聲了點，但還是不夠大聲。我不曉得我是這個時候開始哭，還是下樓的時候才哭，總之我只穿了內褲跟城門瀑布村獅子隊的T恤。

爸背對著我。他終於翻出煎鍋，放了奶油進去加熱融化。他聽到我的聲響，說：「希望你餓了，我知道我很餓。」

「爹地。」我說。「爹地。」

我八、九歲之後就沒有這樣叫過他，他連忙轉身，看到我還沒換衣服，看到我在哭，看到我拿著手機。他完全忘了煎鍋。

「克雷格，怎麼了？出了什麼事？葬禮讓你做噩夢了嗎？」

這的確是一場噩夢，而且大概已經來不及了，畢竟他年紀這麼大了，但說不定還來得及。

「噢，爹地。」我開始哭訴。「他沒死，至少今天早上兩點半的時候，他還沒死透。我們必須把他挖出來，必須，因為我們活埋了他。」

我把一切統統告訴他，我是怎麼拿走哈洛根先生的手機，還把東西放回他的西裝外套口袋裡。我說：因為那對他來說很重要，因為那是我送**他**的東西。我告訴爸，我在半夜打電話給他，第一次直接掛斷，但第二次的時候，我留下語音訊息。用不著讓爸看我收到的訊息，他剛剛已經看過了。事實上，他是研究過了。

煎鍋上的奶油開始焦化。老爸起身，將鍋子從爐火上拿開。「猜你應該不想吃蛋了。」他說，然後回到桌邊，但他沒有坐在對面他平常的座位上，反而坐在我旁邊，用手握住我的手。「聽我說。」

「我知道做這種事很詭異。」我說。「但要是我不這麼做，我們永遠不會知道。我們必須——」

「兒子——」

「不，爸，聽著！我們必須立刻找人！挖土機，裝載機，甚至是挖掘工都好！他可能還——」

「克雷格，停下來，你被耍了。」

我愣看著他，嘴巴張得老大。我曉得被耍是什麼意思，但我從來沒有想過自己會遇上這種事，還在大半夜的。

「這種狀況愈來愈常見了。」他說。「我們甚至工作時還為此展開員工會議。有人入侵了哈洛根的手機，複製其內容。你懂我的意思嗎？」

「懂，當然，但，爹地——」

他捏捏我的手。「說不定有人想要竊取他的商業機密。」

「他都退休了！」

「但他告訴你，他沒有完全脫節。或者，也許他們的目標是取得他的信用卡資料。無論聽到你在複製手機上留下語音留言的人是誰，對方都想跟你惡作劇一下。」

「你怎麼能確定？」我說。「爹地，我們必須查看他的狀況！」

「我們不會這麼做，我這就告訴你為什麼。哈洛根先生是驟逝的有錢人，而且，他已經好幾年沒看過醫生了，我猜拉法蒂肯定念過他，因為這樣他就不能替老傢伙的保險加碼，來應付更多身後的開銷。基於這些原因，他們進行了驗屍，所以才曉得他是死於晚期心臟病。」

「他們把他切開？」我想起將手機放進他口袋時，指關節摩擦到他的胸口。在他上了漿的硬挺白襯衫與領帶之下，他有縫合的切口？如果老爸說得沒錯，那肯定有。縫起Y形的切口，我在電視上看過，在《CSI犯罪現場》看的。

「對。」爸說。「我不喜歡告訴你這些事，不希望在你小腦袋瓜子裡植入這些印象，但這樣總比你以為他遭到活埋好。他沒有活埋，不可能，他死透了。你明白嗎？」

「明白。」

「你要我今天在家陪你嗎？要的話也是可以。」

「不，沒關係。你說得對，我被耍了。」也被嚇著了，這也是。

「那你自己要幹嘛？因為如果你打算一整天想死人的事情，我就該請假。我們可以去釣魚。」

「我不會花一整天想死人的事情，但我該去他家，替他的植物澆水。」

「這是好主意嗎？」他謹慎地望著我。

「這是我欠他的。而且我想跟果耿太太聊聊，看看他有沒有留『那個不好說的東西』給她。」

「準備金，也真周到。她當然也許會叫你別多管閒事，她啊，是個老派的北方人。」

「如果沒有，我會希望分一點給她。」我說。

他笑了笑，親吻我的臉頰。「你是好孩子，你媽會很驕傲的。你確定你沒事了嗎？」

「對。」我吃了幾口蛋跟吐司證明，雖然我一點也不想吃。我爸一定是對的，密碼遭到盜竊，手機遭到複製，只是一個冷血的惡作劇。那一定不是哈洛根先生，他的內臟跟沙拉一樣翻攪過，血液用防腐液體取而代之。

爸去上班，我去哈洛根先生家。果耿太太正在吸客廳地板。她沒有跟平常一樣哼歌，但她很專注，在我替植物澆完水後，她問我要不要去跟她一起喝杯茶（她都說「來杯歡樂」）。

「還有餅乾喔。」她說。

我們去廚房，她等水開的時候，我跟她說哈洛根先生的信，以及他替我的大學教育留了信託基金的一大筆錢。

果耿太太以公事公辦的方式點點頭，彷彿是已經料到了一樣，然後說，拉法蒂先生也給了她一個信封。「老闆挺照顧我的，超乎我的預期，大概也超過我應得的數字。」

我說我心有戚戚焉。

果耿太太將茶端上桌，我們一人一大杯。杯子之間是一盤燕麥餅乾。「他喜歡這個。」果耿太太說。

「對，他說可以讓他腸胃開工。」

這話讓她大笑。我拿起一塊餅乾，咬了一口。我一邊嚼，一邊想起幾個月前，我在復活節青年團契儀式上讀的《哥林多前書》：「感謝後，他就掰開，說，拿去，吃掉，這是我的軀體，為你們而碎開，以此紀念我。[5]」餅乾並不是聖餐，牧師肯定會說這麼想是在褻瀆上帝，但我還是很高興可以吃一塊。

「他也很照顧彼得。」她說。指的是彼得．波士維克，他的園丁。

「真好。」我說，又伸手拿另一片餅乾。「他是好人，對嗎？」

「這就不太確定了。」她說。「他講究公平，好嗎？但你不會想跟他對著幹。你記得達斯帝．

5. 經文通常參考現今流通譯本，此處為配合後面劇情需要，重新翻譯。

畢洛杜嗎？不，你不認識他。他在你來之前就離開了。」

「是住在拖車公園的畢洛杜家族成員嗎？」

「哎啊，正是，就在商店旁邊，但我懷疑達斯帝還在不在那邊。那件事之後，他就管不著這麼多了。他是彼得之前的園丁，但做不到八個月，哈洛根先生就逮到他偷東西，開除了他。我是不曉得他偷了多少，或是哈洛根先生怎麼發現的，但炒他魷魚還沒完呢。我知道你曉得哈洛根先生替這鎮上做了一些建設，以及他有多熱心，但穆尼牧師在葬禮上根本還沒提到一半呢，也許他不知道，或是因為他有時間壓力，一下說不完。慈善事業對靈魂有益，但也賦予一個人權力，而哈洛根先生就用這點對付達斯帝．畢洛杜。」

她搖搖頭。我內心有點讚嘆。她臉上有北方人的銳利線條。

「我希望他至少從哈洛根先生的辦公桌、襪櫃或哪裡偷了幾百塊，因為那是他最後一筆從緬因州城堡郡哈洛鎮上得到的錢，他甚至得不到去老多蘭斯．馬斯戴拉農場鏟屎的工作機會，哈洛根先生確保他找不到任何工作。他講究公平，但如果你不是這樣，就求上帝保佑吧。再吃一塊餅乾。」

我再吃一片餅乾。

「再喝一點茶，孩子。」

我再喝一點茶。

「我猜我等等會去吸樓上的地板。大概會換個床單，不是扯掉就好，至少此刻再鋪一下新的床單。你覺得這棟房子會怎麼處理？」

「老天，我不知道。」

「我也是，一點頭緒也沒有，很難想像誰會買這裡。哈洛根先生是獨一無二的，這話也能套用在……」她張開雙臂。「……這一切上。」

我想到透明玻璃電梯，覺得她說得有道理。

果耿太太抓起另一塊餅乾。「那室內的植物呢？有什麼想法嗎？」

「如果可以的話，我可以拿個幾盆。」我說。「其他的我就不知道了。」

「我也是，而且他的冷凍庫很滿。我猜我們可以分三份，你、我跟彼得三人分一分。」

我心想：**拿去，吃掉，以此紀念我。**

她嘆了口氣。「我主要只是忙亂找事做啦，一件事拖得很久，彷彿有很多事要做一樣。我不曉得自己該做什麼，這是實話。你呢？克雷格？你有什麼打算？」

「現在我要去樓下替他那片森林澆水。」我說。「如果妳覺得可以，那我想回家的時候，我至少可以帶那盆非洲堇走。」

「我『單然』覺得可以。」她用北方人的口音講話：單然。「想拿幾盆都帶走。」

她上樓，我去地下室，哈洛根先生把他的菌菇擺在一個又一個室內植物造景觀賞箱裡。我噴水的時候，想到半夜收到那封來自「海賊王一號」的訊息。爸說得對，一定是惡作劇，但惡搞的人難道不會傳一些比較有智慧的內容，好比說：「救命，我困在棺材裡」，或至少老套點的「腐爛中，請勿打擾」？為什麼惡搞的人會傳來兩個 a，好像是你想講話的時候講不出來，在那邊「誒誒」的聲音，或是將死之人發出來的詭異聲響？而且，惡搞的人為什麼會打出我名字的第一個字母C？不是一次，也不是兩次，而是三次？

我最後拿了哈洛根先生的四盆盆栽，非洲堇、花燭、草胡椒跟花葉萬年青。我把盆栽放在自家各處，將花葉萬年青擺在我的房間裡，因為我最喜歡這盆。不過我只是在耗時間而已，我很清楚。植物都擺好之後，我從冰箱抓了一瓶思樂寶水果飲料，塞進腳踏車的掛包上，一路殺去榆樹墓園。

炙熱的午前時光，墓園空無一人，我直接走向哈洛根先生的墓地。墓碑已經立好，沒什麼特別的，就是一塊花崗岩，標明他的名字及生卒日期而已。墓前有很多鮮花（但維持不了太久），花束上大多夾著卡片。最大的一束花也許是從哈洛根先生的花床摘來的，這是出於敬意，不是為了省事，這束花來自彼得．波士維克的家族。

我蹲了下來，但不是要禱告。我從口袋裡掏出手機，握在手上。我的心臟跳得好快，害我眼前閃過黑點。我點開聯絡人，打電話給他。然後放低手機，低下頭，靠在剛填好的泥土上，尋找譚米．溫尼特。

我以為我聽到了，但也許只是我在想像。鈴聲必須穿過他的外套，穿過棺材板，穿過六呎的泥土，但我覺得我還是聽到了。不，更正，我很確定我聽到了。哈洛根先生的手機在他的墳墓裡唱起〈伴他左右〉。

我另一隻沒有壓在地上的耳朵聽到他的聲音，微弱但在這令人昏昏欲睡的寧靜之地還是聽得很清楚，他說：「我現在不接電話。恰當時機回電。」

但不管恰不恰當，他都不會回電。他已經死了。

於是我回家。

二〇〇九年九月，我跟我的朋友瑪姬、蕾姬娜、比利一起去城門瀑布村中學就讀。我們搭著二手小巴士過去，城門瀑布村的孩子很快就替我們起了「殘障專車乘客」這種嘲諷的綽號。我最後還是長高了（停在一百七十二公分，真讓我傷心），但在開學第一天，我是八年級裡最矮的學生。

這讓我成了肯尼．揚科的最佳目標，他是一個專惹麻煩的大塊頭，留級一年，他的照片應該印在字典裡的「霸凌」一詞旁邊。

我們的第一堂課並不是一堂課，而是替所謂「小地方」新生舉行的朝會，「小地方」指的是哈洛、摩頓及希洛教派區（Shiloh Church）。今年（以及接下來好幾年）的校長是一位高大但笨拙的光頭，頭光到好像打過蠟一樣。他是亞伯特．道格拉斯，同學都叫他「乾杯阿伯」或「醉醉上道」。其實沒人看過他喝酒，但當時大家都堅信他酗酒無度。

他站上講台，歡迎「這群優秀的新學生」來到城門瀑布村中學，還介紹起各種在未來這一學年裡等著我們的有趣活動。其中包括樂團、合唱團、演辯社、攝影社、美國未來農民青年會，還有各色各樣我們能夠參與的體育活動（只要是在棒球、田徑、足球、袋棍球的範圍內皆可，要到高中才會有橄欖球這個選項）。他解釋起一個月一次的「盛裝星期五」，男孩要穿西裝打領帶，女孩要穿洋裝（裙襬請至少到膝蓋上五公分處，謝謝配合）。最後最後，他告訴我們，絕對沒有什麼替外地學生舉行的新生入學儀式，換句話說，就是迎接我們的儀式。顯然去年有一位來自佛蒙特的轉學生在被迫灌下三罐運動飲料後，進了緬因中央總醫院，現在這些傳統嚴格禁止。然後他祝我們好運，送我們啟程，開始他所謂的「學業大冒險」。

我原本很擔心自己會在新的大校園裡迷路，結果這種恐懼根本毫無根據，因為這裡根本沒有那麼大。除了第七堂的英語課程外，我所有的課都在二樓，我也喜歡所有的老師。我本來很擔心數學課，但結果課程跟我先前的程度銜接得很好，所以也沒怎樣。我覺得新學校一切都很好，直到第六、第七堂之間的四分鐘換教室下課時間。

我低頭沿著走廊前進，正要前往樓梯間，我經過甩上的置物櫃、喋喋不休的孩子，以及食堂的番茄牛肉通心粉味。才剛抵達階梯上方，一隻大手就拉住了我。「嘿，新男孩，別急著走嘛。」

我轉過身，看到一個身高一百八十公分的巨人，他有一張粉刺肆虐的臉，頭髮油油的，一坨一坨披在肩上。小小的深色眼珠子從突出的額頭下盯著我看，喜孜孜的樣子，但很假。他穿直筒牛仔褲，還有磨損的騎士靴。手上握著一個紙袋。

「拿去。」

我毫無頭緒就接下了。其他人匆忙經過我身邊，下樓去了，幾個人速速轉頭看了這個黑長髮的孩子一眼。

「瞧瞧裡頭是什麼。」

我望向袋子裡面，有一條抹布、刷子，還有一罐奇偉鞋油。我想把袋子還給他。「我得去上課了。」

「嗯哼，新男孩，擦亮我的靴子才能走。」

再也不是毫無頭緒了。這是歡迎新生的入學儀式，雖然今天早上校長才說過這種行為是禁止的，但我考慮該不該動手擦鞋。然後我又想到在我們周圍連忙下樓的其他學生。他們會看到這個來自哈洛的鄉下男孩，拿著抹布、刷子跟鞋油下跪。這種事蹟會傳得很快。不過，我也許還是會乖乖聽話，因為這傢伙的塊頭比我大得多，而我不喜歡他的眼神。他的眼神似乎是在說：**我很樂意好好修理你一頓，新來的男孩，快給我一個揍你的藉口。**

我又隨即想到了哈洛根先生，如果他看到我跪下去，替這醜傢伙擦鞋，他老人家會怎麼想？

「不。」我說。

「『不』是你不會想鑄下的大錯。」他說。「你最好他媽的相信這點。」

「兩位？嘿，兩位？這裡有什麼問題嗎？」

開口的人是哈堅森老師，她是我的地科老師。她年輕貌美，大學剛畢業沒幾年，但她帶著一種很有自信的氛圍，意味著要唬她很難。

大塊頭搖搖頭，彷彿是在說：這裡沒問題。

「沒事。」我說，然後將紙袋塞給它的主人，「你叫什麼名字？」哈堅森老師問，不是在問我。

「肯尼・揚科。」

「肯尼，袋子裡有什麼？」

「沒什麼。」

「該不會是搞入學儀式的東西吧？」

「不是。」他說。「我得去上課了。」

我也是啊。原本一大群要下樓的學生人數變少了，很快就要打鐘了。

「肯尼，我相信如此，但你先等等。」她將注意力轉移到我身上。「克雷格，對嗎？」

「是的，女士。」

「克雷格，袋子裡有什麼？我很好奇。」

我考慮要不要告訴她。不是出於什麼男童軍的誠實為上策狗屁準則，而是因為我剛剛受到驚嚇，現在則氣壞了。而且（我也必須坦承）因為此刻眼前有大人可以介入。不過，我又想了想，

哈洛根先生會怎麼處理這種事？他會打小報告嗎？

「他剩下的午餐。」我說。「半個三明治，他問我要不要吃。」

如果她接過袋子，查看內容物，那我們兩人都會惹上麻煩，但她沒有……我猜她很清楚裡面有什麼。她只是叫我們快點去上課，然後她那雙剛好高到可以來學校上課的高跟鞋叩叩叩地走開了。

我正要下樓，但肯尼・揚科又拉住我。「新來的，你該擦我的靴子。」
這話讓我更氣了。「我剛剛才救你一命，你該感謝我才是。」
他脹紅了臉，這對他臉上那些爆發的火山口根本一點幫助也沒有。「你該擦我的靴子。」他正要走開，隨即轉身，蠢紙袋還握在手裡。「新來的，去你的感謝，也去你的。」
一個禮拜之後，肯尼・揚科惹上了工藝課的阿森諾老師，還用砂磨機丟他。肯尼在城門瀑布村中學待了兩年，得到的退學警告已經超過兩次，而這是最後一根稻草，在我與他於樓梯口的對峙後，我發現他還滿傳奇的。他被退學了，我以為我跟他之間的麻煩就此結束。

如同其他小鎮學校一樣，城門瀑布村中學非常在意傳統。「盛裝星期五」只是其中一項，還有「提起你的救火靴」（也就是站在購物中心前面，請路人捐款給消防隊），以及「奔馳千里」（體育課時繞著體育館跑二十圈），最後就是在每月朝會時大唱校歌。
另一項傳統是「秋季舞會」，很有珊迪・霍金斯日的味道，就是要女生去主動約男生。瑪姬・沃許本邀請了我，我當然答應，因為我希望跟她繼續當朋友，雖然我不喜歡她，你知道，不是「以那種方式」喜歡她。我請老爸開車載我們去會場，他樂意幫忙。蕾姬娜・麥可斯邀請了比利・勃根，所以這是兩對約會。這樣非常好，因為蕾姬娜在自習室的時候低聲跟我說，她之所以找比利因為他是我朋友。
我玩得很開心，直到第一節休息時間，我離開體育館，宣洩一下我剛剛喝的潘趣酒。我剛到男廁門口，就有人一手拉著我的皮帶，另一隻手捏著我的後頸，把我直接沿著走廊拖行前進，抵達通往教職員停車場的側門。要不是我伸手推開門上的碰撞桿，肯尼就會讓我一臉砸在門上。
接下來的事情我記得清清楚楚。我不曉得為什麼孩童時期與青少年早期的恐怖回憶都這麼鮮明，我知道它們就是這麼鮮明。而這是非常恐怖的回憶。

經歷過體育館裡的高溫後（更別說那些青少年「子實體」散發出來的濕熱），夜晚的空氣感覺冷得嚇人。我看到月光射在兩輛金屬車身上，這兩輛車屬於今晚負責舞會的兩位老師，泰勒老師與哈堅森老師（新老師都要負責監督這種活動，因為，你猜對了，這就是城門瀑布村中學的傳統）。我聽到九十六號公路上汽車吃力運轉時，壞掉的消音器發出來的車聲。肯尼．揚科把我推到停車場路面上，我感覺我的兩隻手掌都刮破了。

「給我起來。」他說。「你有事要做。」

我起來，看著自己的手掌，真的流血了。

在停靠的車輛上有個袋子，他拿著袋子，交給我。「擦亮我的靴子，擦，然後我們就扯平了。」

「去你的。」我說，然後朝他眼睛揮了一拳。

記得清清楚楚，好嗎？我記得他揍我的每一拳，總共五拳。我記得最後一拳把我打飛到建築物的煤渣磚牆壁上，我告訴自己的腿撐住，但它們拒絕。我只能緩緩往下滑，直到我的屁股坐在碎石路上。我記得依稀聽到黑眼豆豆合唱團的〈砰砰炮〉（Boom Boom Pow）。我記得肯尼站在我上方，氣喘吁吁，說：「敢說出去你就死定了。」不過，其中我能記得的，我記得最清楚的，其中珍藏的回憶，是我的拳頭重擊到他臉上那一刻登峰造極也殘暴的滿足感。我就只有打到他這一下，但這拳非常有力。

砰砰炮。

他離開後，我從口袋裡掏出手機。確定手機沒壞，我打給比利。我只能想到這個。電話響三聲他才接起來，在饒舌歌手佛羅．里達（Flo Rida）的歌聲中大喊我才聽得見。我要他來外頭，順便帶哈堅森老師來。我不想牽涉到老師，但就算我現在頭暈腦脹，我也知道老師遲早會介入，所以最好還是一開始就找老師來。我覺得哈洛根先生就會這樣處理。

「為什麼？怎麼了？兄弟？」

「我被人揍了。」我說。「我覺得我不該回到室內，我看起來很糟。」

三分鐘後，他出來了，一道出來的不只有哈堅森老師，還有蕾姬娜與瑪姬。我的朋友驚愕地望著我裂開的嘴唇與血淋淋的鼻子。我的衣服上有斑斑血跡，（全新的）襯衫也扯破了。

「跟我來。」哈堅森老師說。血、臉上的瘀青或腫起來的嘴唇似乎沒有惹她不悅。「大家都跟我來。」

「我不想去那裡。」我說，指的是不想回到體育館的附屬建築之中。「我不希望其他人看到。」

「不怪你。」她說。「走這。」

她領我們進到「教職員專用」的入口，用一把鑰匙讓我們進去，帶我們去教師休息室。這裡並不豪華，我在哈洛的草坪拍賣會上看過更高級的家具，但這邊有椅子，我找了一張坐下來。她找到急救箱，請蕾姬娜去廁所將毛巾弄濕，敷我的鼻子，她說鼻梁看起來沒斷。

蕾姬娜回來的時候露出讚嘆的神情。「洗手間裡有 Aveda 的護手霜！」

「那是我的。」哈堅森老師說。「如果妳要，妳可以擦一點。克雷格，這敷在鼻子上，握好。是誰送你們來的？」

「克雷格他爸。」瑪姬說，她正在張大眼睛環視這尚未探索過的國度。反正我很明顯沒有生命危險，她就仔細研究起教師休息室的一切，準備留著晚點跟她的女生朋友討論。

「打電話給他。」哈堅森老師說。「克雷格，手機交給瑪姬。」

瑪姬打電話給老爸，請他過來接我們。他說了什麼。瑪姬聽了一會兒，然後說：「呃，出了一點小麻煩。」她又聽了一會兒。「呃……這個……」

比利接過電話。「他挨揍了，但他沒事。」他聽了一下，然後把手機拿過來。「他想跟你講話。」

他當然想，問候我是否無恙後，他想知道是誰動的手。我說我不知道，但覺得應該是想要混入舞會的高中生。「爸，我沒事。咱們不要搞得好像很嚴重一樣，好嗎？」

他說這的確很嚴重，我說沒有，他說有。我們就這樣吵了很久，然後他嘆了口氣，說他會盡快趕來。我掛斷電話。

哈堅森老師說：「我不該給你東西止痛，只有學校的護士可以開藥，還要在家長同意的狀況下才可以，但護士不在場，所以……」她拿起小包包，包包還用掛鉤繫在她的外套上，她往裡頭看了看。「你們之中有人會去告狀嗎？也許會害我失去工作？」

我的三個朋友都搖搖頭。我也是，但幅度不大。肯尼的拳頭重擊我左側太陽穴。我只希望那個愛欺負人的混蛋手很痛。

哈堅森老師拿出一小瓶萘普生止痛藥。「我的私人存貨。比利，給他一點水。」

比利拿來一個紙杯。我吞下藥丸，立刻覺得好多了。這就是暗示的力量，特別是提出這種暗示的人是一位年輕貌美的女子。

「你們三個，動起來。」哈堅森老師說。「比利，去體育館，跟泰勒老師說，我十分鐘後會回去。兩位姑娘，去外頭等克雷格的父親，帶他從教職員的門進來。」

他們離開了。哈堅森老師靠了上來，近到我都聞得到她的香水味，超香的，我愛上她了。我知道這很肉麻，但我無法控制自己。她舉起兩根手指。「拜託別說你看到三或四根。」

「沒有，就兩根。」

「好。」她站直身子。「是肯尼動的手，對不對？」

「不。」

「我看起來很蠢嗎?跟我說實話。」

她看起來非常美，但這話我也無法從實招來。「不，妳看起來不蠢，但不是肯尼，這樣很好。因為，妳看，如果是他，我猜他會遭到逮捕，因為他已經被退學了。接著會打官司，我得在法庭上解釋他是怎麼揍我的。大家就會知道了，想想這樣會有多糗。」

「要是他對別人動手呢？」

這時，我想到了哈洛根先生，甚至可以說是在向他通靈。「那是他們的問題。我只在乎他跟我之間已經結束了。」

她想要皺眉頭。嘴唇卻扭出大大的微笑，我更愛她了。「這樣很冷血。」

「我只想好好過日子。」我說，這倒是上帝為證的事實。

「克雷格，你知道嗎？我猜你會好好待下去的。」

老爸趕來時，他檢視了我一番，然後稱讚哈堅森老師的「手藝」。

「我上輩子是職業拳擊賽的臉部急救人員。」她說，這話惹他大笑。他們都沒有提要去急診室，我真是鬆了口氣。

爸帶我們四個人回家，於是我們錯過了第二節的舞會，但沒人在乎。相較於跟著碧昂絲、傑斯揮舞雙手，比利、瑪姬、蕾姬娜有過更有意思的經驗。至於我呢?我不斷重回那令人滿意的驚喜瞬間，就是我的拳頭砸中肯尼·揚科眼睛的那一刻。那一拳會留下燦爛的青腫，真不曉得他會怎麼解釋。**呃，我撞到門。呃，我撞到牆。呃，我正在打手槍，然後手滑。**

到家時，爸又問起我知不知道動手的人是誰。我說我不知道。

「兒子，不太確定我信不信耶。」

我沒答腔。

「你想大事化小，小事化無？我聽到的是這樣嗎？」

我點點頭。

「好吧，行。」他嘆了口氣。」「我猜我懂，我也年輕過。這種話父母遲早會對孩子講，但我懷疑下一代會不會信。」

「我信。」我說，這是真的，雖然想像老爸在市內電話時代只是一個一百六十五公分的小個子感覺滿好笑的。

「至少告訴我一件事，光問這問題你媽就會生氣了，但她不在……你有還手嗎？」

「有，一次，但是很棒的一拳。」

這話讓他露出笑容。「好，但你必須明白，如果他又回來找你麻煩，那就要報警了。這樣懂嗎？」

我說懂。

「你的老師，我喜歡她，她說你必須保持清醒至少一個小時，確定沒有頭暈才行。想來塊派嗎？」

「當然。」

「順便來杯茶？」

「當然好。」

於是我們吃著派，喝起大馬克杯裡的茶，爸跟我說的故事不是電話分機，也不是去只有單間教室的學校上課，只能燒木頭爐子取暖，也無關只有三個頻道的電視（要是風把電線吹掉，那一台也沒得看），他說起他跟羅伊·迪威在羅伊家的地下室找到一些煙火，他們放煙火的時候，一枚煙火飛進法蘭克．卓思科儲放柴薪的箱子裡，引發大火，法蘭克．卓思科說，如果他們不賠他一考得（cord）的木材，他就會告訴他們的父母。他說，他媽聽到他叫希洛教派區的費利．陸伯「大酋長貝殼串串」，就逼他用肥皂洗嘴巴，完全無視他說他再也不會講這種話的承諾。他說他會在奧本的圓形溜冰場跟人家打架（他說這叫街頭鬥毆），里斯本高中的孩子跟老爸讀的愛德華．里特學生會打架，基本上每個週五夜晚都是這樣度過的。他說在白沙灘的時候，兩個大孩子扯掉了他的泳褲（「我只能包著浴巾回家」），以及有個孩子手持棒球棒追著他在城堡岩的卡賓街到處跑（「他說我在他姊身上留下吻痕，才沒有好嗎」）。

他**真的**年少輕狂過。

我上樓回到自己的房間，感覺還挺不錯的，但哈堅森老師給我的止痛藥藥效已經退了，等到我換下衣服的時候，良好的感覺也跟著衣服一起消失。我很相信肯尼．揚科不會再回來找我麻煩，但我也不是百分之百確定。要是他的朋友開始念他青腫的眼睛怎麼辦？為此開他玩笑？甚至嘲笑他？要是他生氣了，決定再來第二回合怎麼辦？要是事情發展成那樣，我很可能連體面的一拳都打不到他，畢竟我給他眼睛的那拳是出其不意的一擊。他可能會害我進醫院，也許更糟。

我洗臉（動作很輕），刷牙，上床。關掉電燈，躺在床上，回想事發經過。從身後被人拉著走，沿著走廊拖行，的確很驚嚇。胸口挨了一拳，嘴上挨了一拳。要我的雙腿撐下去，但它們說：**還是下次**。

我在黑暗之中，愈想愈感覺肯尼跟我還沒玩完。說得通，特別是你一個人躺在黑暗裡的時候，比這更瘋狂的事情感覺都說得通。

於是我再次開燈，打電話給哈洛根先生。

我沒料到可以聽到他的聲音，我只是想要假裝跟他說說話。我期待的是一片寂靜，語音留言會告訴我，我撥打的電話已經是空號了。把手機塞進他入土的西裝口袋已經是三個月前的事，第一代的 iPhone 電池續航力也才兩百五十個小時，就算是待機模式也撐不了太久。這意味著這支手機一定跟他一樣死透了。

但手機響了起來。它不可能響，現實條件完全牴觸這種狀況，但在五公里外的榆樹墓園泥土下，譚米．溫尼特唱起〈伴他左右〉。

嘟到第五聲的時候，他有點刺耳的老男人聲音在我耳邊響起。同樣，公事公辦，甚至沒有邀請來電者留下電話或訊息。「我現在不接電話。恰當時機回電。」

嗶了一聲，我聽到自己開口。我想不起來腦袋如何編織這些話語，我的嘴巴似乎是自行運作的。

「哈洛根先生，我今晚挨揍了。揍我的人是個蠢傢伙，名叫肯尼．揚科。他要我替他擦鞋，我不肯。我沒有報告師長，因為我以為一切都會結束，我是嘗試用你的方式思考，但我還是很擔心。真希望我能當面跟你聊這件事。」

我停頓了一下。

「我很慶幸你的手機還能用，但我不確定怎麼會這樣。」

再次停頓。

「我很想你，再見。」

我掛斷電話，看著通聯紀錄，確定我真的有撥這通電話。他的號碼就在上頭，還有通話時間，晚上十一點〇二分。我關掉手機，放在床邊桌上。我關掉檯燈，幾乎立刻就睡著了。此時是星期五晚上。隔天晚上，也許是禮拜天凌晨，肯尼．揚科就死了。他是上吊自殺的，但這時我還不知情，也不清楚任何細節，一直要等到一年之後，我才得知事情的全貌。

肯尼斯．詹姆士．揚科的訃聞一直到禮拜二才出現在《路易斯頓太陽報》上，而且上頭只有寫「因為悲劇意外驟逝」，但禮拜一的時候學校就傳遍了，而謠言磨坊當然全速轉動。

他正在吸強力膠，死於中風。

他正在清老爸的霰彈槍（據說揚科先生在家裡有規模不小的軍火庫），結果槍枝走火。

他正在用老爸的手槍玩俄羅斯輪盤，結果爆了自己的頭。

他喝醉，從樓梯上摔下去，跌斷了脖子。

這些說法沒一個是真的。

告訴我的人是比利．勃根，他一搭上通勤小校巴就跟我分享這個消息。他講的時候超級激動。他說他媽有個朋友住在城門瀑布村，對方打電話告訴她的。這位朋友就住在對街，眼睜睜看著擔架把人抬出來，周遭圍了一圈揚科家族的人，又哭又叫的。看來就算是慘遭退學的惡棍也有人愛啊。負責讀《聖經》的我甚至想像他們會悲痛到「撕碎自己的衣服」。

我立刻想到我撥給哈洛根先生的那通電話，也內疚了起來。我告訴自己，他已經死了，根本不可能與這件事有什麼關聯。我告訴自己，就算這種事情在恐怖漫畫故事之外可能會發生，我也沒有特別希望肯尼去死，我只是希望他不要找我麻煩而已，但這樣好像是在辯解。我一直想起在葬禮隔天，果耿太太所說的話，那時，我說哈洛根先生是個好人，因為他把我放在遺囑裡。

這就不太確定了。他講究公平，好嗎？但你不會想跟他對著幹。

達斯帝．畢洛杜就跟哈洛根先生對著幹，顯然肯尼．揚科也是，因為我不肯替他擦靴子，他就揍我。只不過，哈洛根先生已經**不再**會跟誰對著幹了。我一直告訴自己這點。死人**不會**跟誰對幹。當然啦，三個月沒充電的手機也不可能會響，還播放（或錄下）語音留言……但哈洛根先生的手機**的確**響了，我也**聽到**他刺耳的老男人聲音。所以我覺得內疚，卻也鬆了口氣。肯尼．揚科再也不會找我麻煩了。他已經滾出我的世界了。

後來，這天下課的時候，哈堅森老師來體育館，我正好在投籃，她叫我去走廊。

「你今天在課堂上心不在焉的。」她說。

「不，我沒有。」

「你有，我知道為什麼，但我要告訴你一件事。你這年齡的孩子有托勒密宇宙觀，我年紀沒那麼大，我還記得這是什麼感覺。」

「我不知道那是──」

「托勒密是古羅馬時期的數學家、占星師，他相信地球就是宇宙的中心，相信地球是一個靜止的點，而其他的星體都圍著地球轉。小孩相信世界是繞著**他們**轉的，這種認為自己是一切事物中心的感覺會在差不多二十歲的時候開始消失，但你距離二十歲還很遙遠。」

她靠過來，一臉嚴肅，她有全宇宙最美的綠色雙眼。而且，她的香水味讓我頭暈目眩。

「我看得出來你沒跟上，讓我將隱喻放去一邊。如果你覺得你跟揚科男孩的死有關，別這麼想，跟你完全無關。我看過他的檔案，他是一個問題嚴重的孩子，家裡有問題，學校有問題，心裡也有問題。我不曉得事情經過，我也不想知道，但我覺得這是一個祝福。」

「什麼？」我問。「他再也不能揍我了？」

她大笑起來，露出跟她其他部位一樣美麗的牙齒。「托勒密觀點又來了，不，克雷格，祝福在於他年齡不夠，還不能考駕照。如果他到了可以開車的年齡，他也許會帶著別的孩子一起死。」

好，現在回體育館，繼續投籃。」

我正要走開，但她拉住我的手腕。十一年後，我還記得那時觸電的感覺。「克雷格，孩童死掉我總是很傷心，就算是肯尼．揚科這種糟糕的孩子，但我慶幸出事的不是你。」

忽然間，我想把一切全盤托出，我也許就要開口了。不過呢，這時下課鈴聲響起，教室門開了，走廊上滿是有說有笑的孩子。哈堅森老師朝她的方向前進，我朝我的方向走。

這天晚上，我打開手機，一開始只是望著裝置看，鼓起勇氣。哈堅森老師早上的一席話很有道理，但她不曉得哈洛根先生的電話還能用，這根本是不可能的事。我沒機會告訴她，相信自己永遠都不會告訴她（事實證明，這點我是錯估了）。

我告訴自己：**這次不會打通。那只是電池的最後一點電，就這樣。跟燈泡在徹底熄滅之前閃個幾下一樣。**

我按下撥號，期待，應該說是希望，聽到一片靜默，或一個訊息，告訴我這支電話是空號。不過，電話響了起來，嘟了好幾聲，哈洛根先生的聲音再次出現在我耳邊。「我現在不接電話。恰當時機回電。」

「哈洛根先生，我是克雷格。」覺得很蠢，跟死人講話，他現在臉頰都生霉了吧（你看看，我是有做功課的）。同一時間，我又不覺得自己蠢。反而害怕了起來，彷彿是踩進什麼不潔之地。

「聽著……」我舔點嘴唇。「你該不會跟肯尼．揚科的死有關吧？如果有的話……呃……你敲一下牆壁。」

我掛斷電話。

我等著敲擊聲響起。

沒聲音。

隔天早上，我收到來自「海賊王一號」的訊息。只有短短六個字母：aaa.CCx.

沒有意義。

卻把我嚇得要死。

那年秋天我經常想起肯尼・揚科（最近流傳的說法是他想在半夜溜出家裡，結果卻從二樓摔下來）。我愈來愈常想到哈洛根先生與他的手機，現在的我只希望自己當時把他的手機扔進城堡湖。這是一種執迷，好嗎？執迷是我們都有過的詭異感覺，遭到禁止的行為。好幾次我都差點打電話給哈洛根先生，但我沒打，至少這段時間都沒打。曾幾何時，我覺得他的聲音能夠撫慰我，你可以說那是充滿經驗與成功的聲音，來自我不曾擁有過的祖父輩老人家。現在我記得的不是夏日午後，聊起狄更斯、法蘭克・諾里斯或D・H・勞倫斯時的聲音，也不是他說網路就像破裂大水管的那種聲音。現在我只能想到老人家沙啞刺耳的嗓音，如同磨得差不多的砂紙，跟我說如果恰當，他會回電。我也想到他在棺材裡的樣子。海與皮伯帝葬儀社的禮儀師無疑將他的眼皮黏起來了，但那膠水能維持多久？在下面的他，眼睛是張開的嗎？這雙眼睛會睜大望著黑暗，同時緩緩在眼眶裡腐爛嗎？

這些事一直侵蝕著我的心靈。

聖誕節前一週，穆尼牧師請我去祭衣間，這樣我們才能「聊聊」。大部分都是他在聊啦。他說，我爸很擔心我。我變瘦了，成績也走下坡。問我有沒有什麼事情想跟他說。我考慮了一下，覺得也許有吧。我不會把每件事都告訴他，但可以跟他聊一下。

「如果我跟你講，你可以不要說出去嗎？」

「只要無關自殘或犯罪行為，**嚴重**的犯罪，那答案是可以。我不是神父，這也不是天主教的告解，但多數有信仰的人都很會保守秘密。」

於是我告訴他，我跟學校同學打架，名叫肯尼．揚科的大塊頭，結果他把我揍得可慘了。我說我不希望肯尼死掉，我顯然也沒有這樣**祈禱**，但他**就是**死了，基本上，我們剛打完架，他就死了，而我無法不去想這件事。我跟他說，哈堅森老師說小孩相信事情總是繞著他們打轉，但事實並非如此。我說她的話讓我好過一點，但我還是覺得也許肯尼的死跟我有關。

牧師笑了笑。「克雷格，你的老師說得沒錯。我一直到八歲之前，都不敢踩人行道上的裂痕，這樣才不會不小心傷了我媽的背。[6]」

「你是說真的？」

「是啊。」他靠向前，笑容消失。「如果你不說出去，我也會替你保守秘密，你答應嗎？」

「當然。」

「我跟英格梭牧師是好朋友，他是城門瀑布村聖亞納教堂的牧師。揚科家的人都上這間教堂。他告訴我，揚科男孩是自殺的。」

我覺得我張大了嘴，肯尼死後，自殺是其中一個流傳的謠言，但我完全不相信。我會說，自殺這件事根本從來沒有出現在這欺負人的混蛋腦袋裡過。

穆尼牧師還是湊得很近，他用雙手握住我的手。「克雷格，你難道相信那男孩回家後心想，『噢，我的天啊，我揍了一個比我矮又比我小的孩子，我猜我還是自殺算了』？」

「我猜不會。」我說，而我吐出一口氣，彷彿這口氣已經憋了兩個月。「你那樣講，感覺就不會。他是怎麼自殺的？」

「我沒問，但就算英格梭跟我說過，我也不會告訴你。克雷格，你必須放下這一切。那孩子有問題，對你動手，只是他問題的其中一個症狀而已。你與他的死完全無關。」

「如果我因此鬆了口氣呢？這個，你知道，我不用繼續提心吊膽遇到他？」

「我會說，因為你是人啊。」

「謝謝。」

「感覺好一點了嗎？」

「對。」

還真的。

在中學畢業前夕，哈堅森老師站在我們的地科課堂上，臉上掛著大大的微笑。「你們大概以為再過兩個禮拜就能徹底擺脫我，但我有個壞消息。高中部的生物老師德萊瑟先生要退休了，我接了他的工作。各位可以說，我從中學部畢業，要去上高中了。」

幾個孩子誇張地哀號起來，但我們多數人都在鼓掌，而且沒有人拍得比我更大聲。我不用拋下所愛了。在我的青少年腦袋裡，這似乎是命中注定。某種程度也算啦。

6. 這是一句古老的韻文，帶有一點迷信的味道，原意為「踩到裂縫，媽媽的背會斷掉」（Step on a crack, break your mother's back）。

我拋下了城門瀑布村中學，進入城門瀑布村高中的高一班級。我就是在這裡認識麥可・尤布羅斯的，人稱「尤艇」，當時與現在，大家都這樣叫他，他現在是巴爾的摩金鶯隊的候補捕手。

在城門瀑布村高中，運動員跟書呆子不會混在一起（我猜在多數高中都是如此，因為運動員大多會集體行動），而且，要不是一九四三年的老電影《毒藥與老婦》（*Arsenic and Old Lace*），我懷疑我們也不會成為朋友。「尤艇」高二，我只是小高一，我們要當朋友更是不可能的事，但我們還是成了朋友，至今還有聯絡，但最近比較少見面。

許多高中都有畢業公演，但咱們城門瀑布村高中可不只如此。咱們每一年都有戲劇公演，雖然主辦單位是戲劇社，但每個人都能去試鏡。我曉得故事在講什麼，因為我曾在一個下雨的週六午後於電視上看過這部電影。我很喜歡，所以我去試鏡。麥可的女朋友是戲劇社的成員，說服他來試演，他最後扮演殺人成性的強納森・布魯斯特。我則飾演他匆匆忙忙的助手愛因斯坦博士。在電影裡，這角色由彼得・洛爾飾演，我盡量模仿他講話的聲音，每次開口都要嘲諷地說：「沒錯！沒錯！」模仿得並不好，但我必須說，觀眾很買單。你知道，小鎮嘛。

所以，我跟「尤艇」就是這樣成為朋友的，我也是因此才曉得肯尼・揚科到底怎麼了。事實證明，穆尼牧師錯了，而報紙上的訃聞是對的。那真的是一起意外。

在著裝彩排的第一、二幕間休息時間時，我在販賣機前面，機器吞了我的七十五美分，卻什麼也不吐出來。「尤艇」拋下女朋友，走過來，用手掌大力拍打販賣機的右上角，一瓶可樂忽然掉進取物籃。

「謝了。」我說。

「別客氣。你要記得拍右上角，就這裡。」

我說會記得，但我不確定自己能不能拍這麼大力。

「嘿，聽著，我聽說你跟那個揚科仔有過節，對嗎？」

沒必要否認，比利跟兩個女孩到處大嘴巴，而且都過了這麼久，實在也沒理由否認。於是我說，對啊，沒錯。

「你想知道他是怎麼死的嗎？」

「我聽說了一百種死法，你有別的理論嗎？」

「小朋友，我有的是真相。你知道我爸是誰吧你？」

「當然。」城門瀑布村警局的配置包含二十幾名制服員警，局長，還有一位警探。這位警探就是麥可的父親，喬治·尤布羅斯。

「你要是讓我喝一口汽水，我就告訴你揚科是怎麼死的。」

「好啊，但別吐回去。」

「我看起來像什麼動物嗎？拿來啦，你這沒屁用的起司蛋糕。」

「沒錯，沒錯！」我模仿起彼得·洛爾。他奸笑起來，接過飲料，喝了一半，然後打了個響嗝。他女朋友在走廊另一端，手指伸進嘴巴裡，做出嘔吐的動作。高中時期的愛情真的很成熟。

「我爸負責調查。」「尤艇」一邊說，一邊把飲料還給我。「事發兩天後，我在家聽到他跟『老家的』波克巡佐對話，他們都這樣叫警察局。他們在門廊喝啤酒，巡佐說揚科當時正在搞『斷氣摸摸』。老爸大笑，說他聽說那叫『比佛利山莊領帶』。巡佐說那大概是那孩子唯一能爽一下的方法，畢竟有那張火山爆發的臉。我爸說對啊，悲慘但就是這樣。然後他說讓他不安的是揚科的頭髮，驗屍官也覺得不對勁。」

「他頭髮怎麼了？」我問。「還有比佛利山莊領帶是啥？」

「我用手機查了一下，那是窒息式自慰的俚語說法。」他講這話的神情很謹慎，甚至還有一絲驕傲。「你上吊，然後快暈倒的時候自慰。」他看到我的表情，聳聳肩。「愛因斯坦博士，新聞不是我寫的，我只是負責報導而已。我猜那應該是一種極端的高潮吧，但我想我還是先不要。」

我想我也跳過。「他頭髮怎麼了？」

「我後來有問我爸。他不想告訴我，但既然其他內容我都聽到了，他還是說了。他說揚科一半的頭髮都變白了。」

這話讓我思考良久。一方面，如果我曾經想過哈洛根先生從墓穴裡爬出來，替我報仇（在某些睡不著的夜晚裡，這個想法雖然荒謬，卻還是會冒上我的心頭），「尢艇」的說法似乎扼殺了這種想法。想到肯尼．揚科在衣櫥裡，褲子脫到腳踝，繩子繞在脖子上，忙著搞「斷氣摸摸」，臉變成紫色，我實在覺得他很可憐。這是什麼愚蠢又沒尊嚴的死法啊？《路易斯頓太陽報》的訃聞是這麼寫的：「因為悲劇意外驟逝」，這種說法比其他孩子所知的死法都還要正確。

但話又說回來，「尢艇」他爸提到了肯尼的頭髮。我實在忍不住好奇，讓人一夜白髮的原因會是什麼。肯尼在衣櫥裡，忙著朝不省人事的暈眩中前進，手還用盡一切努力正在抽套他可憐的「丁丁」時，他到底看到了什麼？

最後，我去找了最棒的輔導員，也就是網路，我查到一堆不同的說法。有些科學家宣稱，讓人頭髮嚇白根本毫無科學根據。另外一批科學家則說「沒錯，沒錯！」這種事的確可能發生。這種突發的驚嚇足以殺死決定頭髮顏色的黑色素幹細胞。我讀到的一篇文章還說，被亨利八世處死的湯馬士．摩爾（Thomas More）及上斷頭台的瑪麗．安東尼都在行刑前白頭。另一篇文章則嘲諷地說，那只是傳說而已。到頭來，這就很像哈洛根先生有時會提到的買股票一樣：你付你的錢，自己做決定。

這些疑問與疑慮逐漸褪色，但如果我告訴你，那時與現在，肯尼．揚科完全離開我的腦海，那我肯定是在說謊。肯尼．揚科在衣櫥裡，脖子上套著繩索。也許在他能夠解開繩索之前，他就失去意識了。肯尼．揚科也許看到了什麼（也許而已），而這個「什麼」嚇到他了，把他嚇到暈倒。然後他就真的「嚇死了」。大白天的時候，這念頭看起來蠢到不行。到了夜晚，特別是風大，在屋簷發出嚎哮聲時，感覺就沒那麼蠢了。

波特蘭地產公司的「待售」牌子掛在哈洛根先生的房子前面，幾組人馬前來看房。他們大多從波士頓或紐約搭飛機過來（大概有幾個是搭私人專機來的）。這些人看起來就像來參加哈洛根先生葬禮的商務人士，他們花額外的錢租昂貴的車。其中包括我這輩子第一次見過的男同志伴侶，年輕，但顯然口袋不缺錢，而且熱戀中。他們開時髦的ＢＭＷｉ８油電混合車來，走到哪，手牽到哪，對庭院讚嘆個沒完。然後他們走了，再也沒有回來。

這些潛在的買家我見多了，因為地產公司（當然是拉法蒂先生找來的）留下了果耿太太與彼得．波士維克繼續工作，彼得花錢請我幫忙整理庭院。他曉得我很會照顧植物，也願意努力工作。一個禮拜工作十個小時，時薪十二塊美金，我雖然有一大筆信託基金，但這錢大學前看得到、吃不到，賺點小錢還是挺有用的。

彼得稱這些潛在買家為「過路富豪」。他們跟租ＢＭＷ的結婚同志一樣，讚嘆個沒完，但沒有掏錢。想到這棟房子位在泥巴路上，風景好，但沒有到非常好（沒山沒水，沒有石頭圍繞的海岸與燈塔），沒人買我是不意外啦。彼得跟果耿太太也是。他們戲稱這棟房子為「白象莊園」[7]。

7. 英文裡「白色的大象」指的是消耗龐大資源，但沒有價值或沒有用的東西。

二〇一一年初冬，我用我整理花園的錢將第一代 iPhone 升級到第四代。我在同一晚將聯絡人轉移過去，當我一一瀏覽起聯絡人時，我看到哈洛根先生的號碼。我沒多想，就打了過去。螢幕顯示：**哈洛根先生撥號中**。我把手機拿到耳邊，帶著驚恐又好奇的心情。

沒有哈洛根先生的留言訊息。沒有機器人的聲音告訴我，我剛剛打的號碼已經成為空號，連嘟嘟響都沒有，什麼也沒有，只有一片靜默。你可以說我的新手機，呵呵，安靜得跟墳墓一樣。

真是讓人鬆了口氣。

高二時，我修了生物課，哈堅森老師教的，她跟昔日一樣美麗，但已經不是我的最愛。我把我的感情轉移到單身（年齡也較為適合）的年輕女性身上。溫蒂・傑拉是住在摩頓的金髮嬌小女孩，剛拆牙套。沒多久，我們就一起讀書，一起去看電影（我爸或她爸媽會送我們去），然後在後排親熱。就是那些「肉麻兮兮」的青少年玩意兒，感覺挺不錯。

我對哈堅森老師的暗戀心情自然死亡，這是好事一件，因為這樣才啟開了友情的可能。我有時會帶植物去課堂上，也會幫忙清理實驗室，禮拜五放學後，化學社團的人會來用這間教室。

在其中一個週五下午，我問她相不相信鬼魂存在。「我猜妳不信，畢竟妳是科學家啥的。」我說。

她大笑起來。「我是老師，不是科學家。」

「妳懂我的意思啦。」

「我猜是吧，但我也是虔誠的天主教徒。這代表我相信上帝，還有天使，以及聖神的國度。不太確定驅魔跟惡魔附身，那似乎很遙遠，但鬼魂？咱們姑且說這很難定論吧？我顯然是沒參加過降神會，或玩通靈板的彌撒。」

「為什麼沒有？」

我們正在刷水槽，化學社團的人應該要在週末前搞定，但他們基本上都不清。哈堅森老師停下動作，露出微笑，也許有點尷尬。「克雷格，搞科學的人並不會對迷信免疫。惹我不懂的東西，我沒把握。我外婆都說，除非想要得到回應，不然根本不該呼喚。我一直覺得這條忠告挺好的，你覺得呢？」

我不會告訴她，我還會想起肯尼。「我信的是循理會，我們會提到『聖神』（Holy Spirit），只不過在欽定版《聖經》裡，是寫作『聖靈』（Holy Ghost）。我猜我是在想這個。」

「哎啊，如果鬼魂存在，我敢說他們不一定都是神聖的。」她說。

我還是想成為某種文字工作者，雖然我對電影編劇的熱情已經退燒。哈洛根先生關於編劇與小明星的笑話偶爾還是會浮現我的腦海，且在我想要踏入演藝圈的幻想上籠罩陰霾。

這年聖誕節，爸爸送我一台筆記型電腦，我開始書寫短篇故事。一行一行看的時候都很不錯，但一段一段的文字必須組織成故事，而我的故事卻不怎麼樣。隔年英文科的主任請我編輯校刊，我開始迷上報導，這項喜愛延續至今，我覺得應該不會改變。我相信當一個人找到自己的歸屬時，就會聽到喀啦一聲，不是你腦袋發出來的聲音，而是出自靈魂深處。你可以無視這種聲響，但說真的，何必呢？

我開始抽高，畢業前一年，讓溫蒂知道我有「保護措施」之後（保險套其實是「尤艇」買的），我們就拋下了處子之身。我以全校第三名的成績畢業（畢業生也才一百四十二人，但還是不錯啦），老爸買了一輛豐田的 Corolla 給我（二手的，但也不錯啦）。我錄取愛默生學院，對於有志投入新聞業的人來說，這是全美最棒的學校，我猜他們應該至少會提供部分獎學金給我，但多虧哈洛根先生，我並不需要，我真走運。

十四歲到十八歲間就是典型的青少年風風雨雨，但實際上沒有那麼多起伏，彷彿肯尼・揚科的噩夢某種程度已經預先支出了我大部分的青少年擔憂心態。而且，你知道，我愛我爸，而我們家就只有我們相依為命。我想這也有所影響吧。

等到我開始去念大學的時候，我幾乎已經不會去想肯尼・揚科了，但我還是會想起哈洛根先生。不意外，畢竟他替我鋪好了念大學的紅毯大道。不過，在某些日子我會特別想他。如果在這種日子裡，我回老家，我就會去他的墳上放束花。若我沒去，彼得・波士維克跟果耿太太會替我上花。

情人節，感恩節，聖誕節，還有我的生日。

在這些日子裡，我總會買一元刮刮卡。有時，我會贏得兩塊錢，有時五塊，有次我贏了五十元，但從來沒有得過什麼大獎。這對我來說沒有什麼關係。如果我贏得大獎，我應該會把錢捐給慈善機構。我買刮刮卡是為了懷念他，多虧他，我已經非常富有。

拉法蒂先生對信託基金非常大方，我在愛默生念大三的時候，已經可以自己租公寓了。只有兩個房間跟一個浴室，但房子位在後灣，這裡就連小公寓都不便宜。此時，我開始在藝文雜誌社打工。《犁頭》雜誌（Ploughshares）是全美最棒的刊物之一，主編是很厲害的人物，但堆積的稿件需要有人審閱，而這就是我的工作。我喜歡這份工作，但許多投稿都令人印象深刻，甚至可以說是特別經典的爛詩，詩名就叫〈我恨我媽的十個理由〉。看到這麼多努力寫作的人寫得都比我爛，實在替我打氣不少。講這種話可能聽起來很不厚道，大概是真的很不厚道吧。

某天傍晚，我正在進行這項工作，左手邊有一盤奧利奧餅乾，右邊則是一杯茶，此時我的手機震動起來。是老爸打來的。他說他有噩耗，哈堅森老師過世了。

我一度說不出話來。堆積如山的詩與故事在這一刻似乎都不重要了。

「克雷格？」爸問。「你還在嗎？」

「在，出了什麼事？」

他把所知的狀況解釋給我聽，兩天後，在城門瀑布村的《進取週刊》報導上線後，我得知更多細節。**受人敬愛的兩位老師命喪佛蒙特**，標題是這麼寫的。維多莉亞．哈堅森．柯利斯生前為城門瀑布村高中的生物老師，她丈夫則是旁邊城堡岩的數學老師。他們決定趁春假的時候，來一場橫跨新英格蘭地區的摩托車之旅，每晚都住不同的民宿。他們在回來的路上，經過佛蒙特，幾乎已經要到新罕布夏州州界，此時來自麻州沃爾珊三十一歲的迪恩．惠特摩橫跨二號公路中線，迎頭撞上他們。泰德．柯利斯當場身亡。維多莉亞．柯利斯則在送醫途中斷氣，這個女人是在肯尼．揚科揍爆我後，帶我去教職員休息室，還從包包裡給我一顆「非法」止痛藥的人。

去年夏天，我在《進取週刊》實習過，主要工作是倒垃圾這種事啦，還寫點體育新聞跟電影評論。我打電話給主編戴夫．加德納時，他提供了週刊沒有報導的背景資料。迪恩．惠特摩總共因為酒駕被逮捕了四次，但他爸是個有錢的避險經紀人（哈洛根先生非常討厭這些暴發戶），而高價的律師已經解決過前三次的酒駕。第四次，因為開撞進興罕的佐尼便利商店一側，他為了逃避坐牢，於是被吊銷駕照。他撞擊柯利斯夫妻的摩托車時是無照駕駛，而且酒駕。「醉到搞不清楚方向。」是戴夫說的。

「他的手腕會被輕輕抽一下，然後繼續逍遙法外。」戴夫說。「爹地會搞定一切。你等著看。」

「怎麼可能？」光這樣想就讓我覺得噁心。「如果你的資訊正確，這很明顯是車禍致死事件。」

「你等著看。」一樣的話他又講了一次。

葬禮在聖亞納教堂舉行，就是哈堅森老師（我還是很難把她想成維多莉亞）與她丈夫這大半輩子上的教堂，他們也是在此處結婚。哈洛根先生很有錢，叱吒美國商界多少年，但來哀悼泰德與維多莉亞・柯利斯夫妻的人數遠超過出席他葬禮的人。聖亞納是很大的教堂，但這天只能站著，要是英格梭牧師不拿麥克風，底下哭哭啼啼的，就完全聽不到他的聲音了。他們兩位都是很受歡迎的老師，非常相愛，而且年紀也都不大。

大部分來哀悼的人也是。我出席了，蕾姬娜、瑪姬來了，比利・勃根也在，「尤艇」也是，他特別從佛羅里達趕來，他在那邊打小聯盟。「尤艇」在我旁邊。他沒哭，沒有滿臉淚痕，但他紅著眼眶，這大傢伙竟然在吸鼻涕。

「你有上過她的課嗎？」我低聲地說。

「進階生物。」他低語。「最後那年，急著要畢業。她大發慈悲給我一個C，我也是她賞鳥社的社員。她替我寫了申請大學的推薦信。」

她也幫我寫了。

「這樣不對。」「尤艇」說。「他們只是騎車出去玩而已。」他停頓了一下。「而且他們都有戴安全帽。」

比利看起來沒變，但瑪姬與蕾姬娜看起來長大了，在妝容與大女孩的洋裝下，她們看起來跟大人沒兩樣。結束之後，他們在教堂外頭擁抱我，蕾姬娜說：「記得那晚你挨揍，她還照顧你嗎？」

「記得。」我說。

「她還讓我擦她的護手霜。」蕾姬娜說，又開始哭。

「我希望讓那傢伙坐牢到死。」瑪姬憤恨地說。

「沒錯。」「尤艇」說。「關起來，然後把鑰匙扔了。」

「一定會的。」我說，但我當然錯了，而戴夫說得沒錯。

這年七月，迪恩．惠特摩上法庭。他被判刑四年，但如果他願意前往療養中心，不定時接受尿檢，這樣待四年也行。我回到《進取週刊》工作，這次是有薪水的員工（雖然只是兼職，但已經不錯了）。我是有名無實的社區事件觀察員，偶爾寫寫專稿報導。惠特摩判刑結果出爐那天（如果這也叫判刑的話），我向戴夫．加德納表達強烈不滿。

「我知道，爛透了。」他說。「但克仔，你得長大。我們生活在真實世界，這個世界裡的金錢一開口，誰都得聽。惠特摩一案，金錢一定上上下下轉手流竄。你就信我這次。對了，你不是該給我工藝展的四百字報導了嗎？」

療養中心，大概還有網球場跟高爾夫球場呢，這樣根本不夠。四年的尿檢也不夠，特別是當你知道他們要檢查的時候，你可以花錢找人替你提供檢體。惠特摩大概會這麼做吧。

隨著八月燃燒殆盡，我有時會想起自己在課堂上讀到的非洲諺語，這句話是這麼說的：**老者逝去，如同圖書館付之一炬**。維多莉亞與泰德並不老，但這樣感覺起來更慘，因為他們的人生也許充滿了更多現在已經不可能實現的潛能。所有參加葬禮的學子，無論是他們現在的學生，還是如同我跟我朋友一樣的畢業生，都暗示了的確有**什麼東西**付之一炬，而這種損失無法重建、修復。

我想起她在課堂黑板上徒手畫的樹葉與樹枝，畫得非常美。我想起週五下午我們一起清理生物實驗室，然後替化學社團清他們那一半的工作，惡臭惹得我們發笑，她懷疑化學社團的學生裡是不是有傑基爾博士，變身成為瘋狂的海德先生，然後在走道上肆虐。我想起在肯尼揍我後，我跟她說，我不想回體育館，而她說**不怪你**。我想起這些事件，還有她的香水味，然後，我想到那個殺害她的混蛋，從療養中心出來，繼續他的人生，逍遙得跟在巴黎度過的禮拜天一樣。

不，這樣不夠。

這天下午，我回老家，翻起我臥室裡的抽屜櫃子，不想承認自己到底在找什麼……或為什麼。我要找的東西不在這裡，這讓我失望，卻也鬆了口氣。我轉身要走，然後又折返回來，踮腳探索起衣櫥最上方的架子，雜物莫名其妙都堆在這裡。我翻到舊鬧鐘，在車道滑滑板時，摔壞的iPod，還有打結的各種耳機。一盒棒球卡，一疊蜘蛛人漫畫。最後頭是一件紅襪隊的運動衫，對我現在的身體來說實在太小了。我拿起衣服，底下就是老爸送我的聖誕禮物，第一代 iPhone。那是我還是小個子時的事了。充電器也在，我替老手機充電，這時我還不承認自己想幹嘛，但當我現在回想起來（沒有距離多少年），我相信背後的動機是我們在清實驗室時，哈堅森老師講過的話，她說：**除非想要得到回應，不然根本不該呼喚**。這天，我希望得到回應。

我告訴自己：**電大概充不進去，手機都在那邊積灰多少年了**。不過，還真的充進去了。這天，老爸上床後，我拿起手機，看到右上角有一個充飽電的圖示。

老天，說到重溫過往。我看到許久以前的電子郵件，老爸頭髮還沒轉白時拍的照片，我跟比利．勃根來來往往的訊息。其中沒什麼內容，只是笑話，或是明確的「我剛放屁」，以及直截了當的「代數寫了沒」這種對話。我們就像兩個孩子，一人一手拿著用蠟線聯繫起來的傳聲罐頭。現代社會的溝通模式也差不多如此，你仔細想想，就是為了聊天而聊天。

我帶著手機上床，就跟當年我還不需要刮鬍子，或把跟蕾姬娜接吻當成大事的年代一樣。只不過，當年感覺起來太大的床，現在感覺起來變得好小。我抬頭望向對面牆上貼著的凱蒂．佩芮海報，對讀中學的我來說，她看起來就是性感有趣的縮影。我現在比那個小矮子更大了，但骨子裡還是同一個人。想到其中運作的道理實在很好笑。

哈堅森老師是這麼說的：**如果鬼魂存在，我敢說他們不一定都是神聖的。**

憶起這句話差點害我住手。然後，我又想到那個不負責任的混蛋在他的療養中心裡打網球，於是我就撥起哈洛根先生的號碼。我告訴自己：**沒事的，什麼事也不會發生，什麼事都不可能發生。這只是清理心靈桌面的方法，這樣你才能放下憤怒與哀傷，繼續你的生活。**

只不過，我隱約知道有事會發生，所以當我聽到通話的嘟嘟聲，而不是一片靜默時，我一點也不意外。我也不意外聽到他在我耳邊用沙啞的聲音說：「我現在不接電話。恰當時機回電。」這聲音來自將近七年前，我塞進死人口袋裡的手機。

「喂？哈洛根先生，我是克雷格。」我的聲音非常平穩，考慮到我是在跟屍體通話，而這具屍體可能真的在聽。「迪恩．惠特摩殺了我在高中最喜歡的老師與她丈夫。這傢伙酒駕開車撞死他們，他們是好人，我需要幫助的時候，老師非常幫忙，而兇手並沒有得到應得的懲罰。我猜就這樣吧。」

只不過，我想說的不只如此。我至少還有三十秒時間可以錄製留言，我沒有妥善利用這段時間。於是我說出剩下的話，真實的話，我的聲音低沉冷靜，所以聽起來有點像是憤恨不平的嘟囔：「我希望他去死。」

最近我在《時代聯合報》工作，這份報紙在奧巴尼與周遭地區發行。薪水微薄，我替網路熱門話題媒體公司或八卦網站撰稿賺得還比較多，但我有做為緩衝的信託基金，而且我也喜歡替真正的報社工作，雖然現在大多數都是網路新聞。就說我老派吧。

我跟報社的資訊人員法蘭克．傑佛森成了朋友，一晚在麥迪森乾杯屋喝啤酒的時候，我跟他說，我還能打通死人的手機，轉進語音信箱留言……但只有在我用老人家還沒死之前的舊手機才打得通。我問法蘭克有沒有聽說過這種事。

「沒。」他說。「但可能會發生。」

「怎麼說？」

「不知道，但早期的電腦跟手機都有各種詭異的小故障，有些已成傳奇。」

「iPhone 也會嗎？」

「特別是 iPhone。」他喝了一口啤酒。「因為他們當時急著量產，賈伯斯不會承認啦，但蘋果工程師擔心再過兩年，甚至是一年，黑莓機會全面霸占市場。第一代的 iPhone，有些每次打到 i 這個字母的時候，就會自動上鎖。你可以傳送電郵，然後上網，但如果你先上網，再傳電郵，有時手機就會當機。」

「這我遇過一、兩次耶。」我說。「我必須重開機。」

「對，各種狀況都發生過。你說的那樣？我猜對方的訊息不曉得為什麼卡在軟體裡，就跟軟骨卡在你的齒縫裡一樣。說那叫『機器鬧鬼』。」

「對，但不是神聖的鬼。」我說。

「啥？」

「沒事。」我說。

迪恩．惠特摩在他入住渡鴉山療養中心的第二天過世，這是位於新罕布夏州北邊一處提供短期排毒療程的豪華機構（的確有網球場，還有沙狐球跟游泳池）。事情一發生的當下我就知道了，因為我用他的名字訂閱了 Google 快訊，在我的筆電及我在《進取週刊》的電腦都有設定。沒有提供死因（你知道，金錢會講話），所以我走了一趟鄰近的新罕布夏州美德茲頓小鎮。戴上我的「記者帽」，問了幾個問題，然後支出了一點哈洛根先生的錢。

沒花多久時間，因為那是自殺，而惠特摩的自殺非常不尋常。可以說就跟一邊打手槍，一邊勒死自己一樣不尋常。在渡鴉山，入院的人稱為「客人」，而不是毒蟲或酒鬼，每位客人都有獨立的衛浴。迪恩．惠特摩在早餐前走進淋浴間，喝了一點洗髮精。看起來不是要自殺，而是要潤滑食道。然後他將一塊肥皂掰成兩半，一半扔在地上，然後將另一半塞進喉嚨裡。

這些內容大部分是從一位輔導員嘴裡問出來的，他在渡鴉山的工作就是替這些嚴重的毒蟲與酒鬼戒癮。這位老兄名叫藍迪．史奎爾，他坐在我的豐田汽車裡，直接就著瓶口喝起我花了差不多五十塊買來的野火雞威士忌（對，說起來還真諷刺）。我問起惠特摩有沒有留遺書。

「還真有。」史奎爾說。「其實還有點可愛，有點像在祈禱，上頭寫著『盡力給出所有的愛』。」

雞皮疙瘩爬上我的手臂，但袖子蓋住了，而我努力擠出一個微笑。我大可告訴他，那不是什麼祈禱，而是一句歌詞，來自譚米．溫尼特的〈伴他左右〉。反正史奎爾也猜不到，我也沒理由讓他往那邊想。這是我跟哈洛根先生之間的秘密。

我花了三天進行研究這檔事。我回去的時候，老爸問我是否享受我的迷你假期，我說的確很享受。他問我是否準備好再過兩週回到學校去上課，我說準備好了。他仔細望著我，問我是不是出了什麼事。我說沒有，不確定這算不算說謊。

我內心還是多少相信肯尼．揚科死於意外，迪恩．惠特摩大概是因為內疚而自殺。我企圖想像哈洛根先生向他們「顯靈」，害死他們，但我想像不出來。如果**真的**發生這種事，那我就是共犯了，道德上來說啦，不是法律上的共犯。畢竟，我的確希望惠特摩死。大概在我的內心深處，我也希望肯尼去死。

「你確定嗎？」爸問。他的目光依舊停留在我身上，我想起小時候，每次犯了什麼小錯，他就會用這種老派的探詢目光望著我。

「沒錯。」我說。

「好，但如果你想聊聊，我就在這。」

對，感謝他就在這，但這不是我能跟別人說的事情。怎麼講聽起來都像瘋子。

我回到房間，從衣櫃架子上拿出我的舊iPhone，電力保持得令人欽佩。哎啊，我到底為什麼要拿手機？我是想要打電話給墳墓裡的他，跟他道謝嗎？問他是不是真的還在？我記不得，但我猜這不重要，因為我沒有撥這通電話。我打開手機，看到我有一條來自「海賊王一號」的訊息。

我用顫抖的手指點開，上頭寫著：**CCCsT**。

我望著訊息，一個念頭在這夏末的日子裡爬上我的腦海，我這才恍然大悟。要是我某種程度是把哈洛根先生當成人質怎麼辦？用棺材板蓋上前，我塞進他外套口袋裡的手機綁住他，用我人世間的瑣事來煩他？要是我請他做的行為會傷害他怎麼辦？也許是在折磨他？

我心想：**不可能。想想果耿太太是怎麼說達斯帝．畢洛杜的。她說，他甚至得不到去老多蘭斯．馬斯戴拉農場鏟屎的工作機會，因為他偷了哈洛根先生的錢。哈洛根先生確保他找不到任何工作。**

對，還沒完呢。她說他講究公平，但如果你不是這樣，就求上帝保佑吧。迪恩．惠特摩公平嗎？一點也不。肯尼．揚科公平嗎？一樣沒有啊。所以也許哈洛根先生樂得插手。也許他樂在其中。

「前提是如果他真的還在啦。」我低聲地說。

他的確在。在我內心深處，我曉得他就是在。我也知道另一件事，我曉得那條訊息是在說：**克雷格夠了。**

因為我在傷害他，還是因為，我在傷害我自己？

我覺得到頭來，這並不重要。

隔天下了大雨，陰陰冷冷沒打雷的傾盆大雨，意味著再過一、兩個禮拜，第一抹秋天的色彩就會出現了。下雨很好，因為這樣還沒離開的夏日度假人潮就會窩在他們的季節性藏身處，而城堡湖會空無一人。我在湖的北端將車子停在野餐區，走到我們這些孩子稱為壁架之處，我們會穿著泳衣，放膽較量要彼此跳下去。有些人還真的跳了。

我沿著往下的地勢，前往湖畔的開口，松針消失，這邊開始都是光禿禿的岩石，這就是新英格蘭地區的終極真相。我伸手進卡其褲的右邊口袋，拿出我的第一代 iPhone。把手機握在手裡好一會兒，感受其重量，回憶起我在那年聖誕節早上打開盒子，看到蘋果標誌的時候有多開心。我有沒有樂到尖叫？我想不起來，但可能有。

手機還有電，但已經降到一半左右。我撥給哈洛根先生，而在榆樹墓園的黑暗泥土之下，在如今已經斑斑起霉的昂貴西裝口袋外套裡，我知道譚米．溫尼特唱起歌來。我再次聽起他刺耳的老男人聲音，跟我說，恰當時機他會回電。

我等待嗶聲，然後說：「哈洛根先生，謝謝你所做的一切，再見。」

我掛斷電話，將手臂往後彎，然後用盡全力將手機扔出去。我看著它以拋物線方式飛過灰色的天空。我看著它落水時，濺起的小小水花。

我伸手進左邊口袋，拿出我現在的手機，這是有彩色殼套的 iPhone 5C。我打算將它也扔進湖裡。我顯然可以靠市內電話生活，我的人生會輕鬆許多。再也不用為閒聊而閒聊，再也不用看到「你在幹嘛」這種訊息，愚蠢的表情符號也掰掰啦。如果我畢業後，得到報社的工作，需要經常聯繫，那我可以用借的，等到必要的任務完成後，就把手機還回去。

我彎起手臂，緊緊握著手機好一會兒，也許有一分鐘那麼久，可能是兩分鐘。最後，我把手機塞回口袋裡。我不確定為什麼每個人都對這些高科技的通話罐頭上癮，但我知道我上癮了，哈洛根先生也是。所以我那天才把手機塞進他的口袋裡。在二十一世紀的今天，我想手機就是我們與世界結合的方式。如果是的話，這場結合的婚姻倒是挺糟糕的。

或者，也許不然。經過揚科與惠特摩事件，又收到「海賊王一號」寄來的最後一封訊息，我其實對很多事都沒把握。首先，真實世界就是其一。不過呢，我只確定兩件事，而這兩件事跟新英格蘭的岩石一樣堅硬穩固。一，我死後不想火化，二，我希望下葬時口袋是空的。

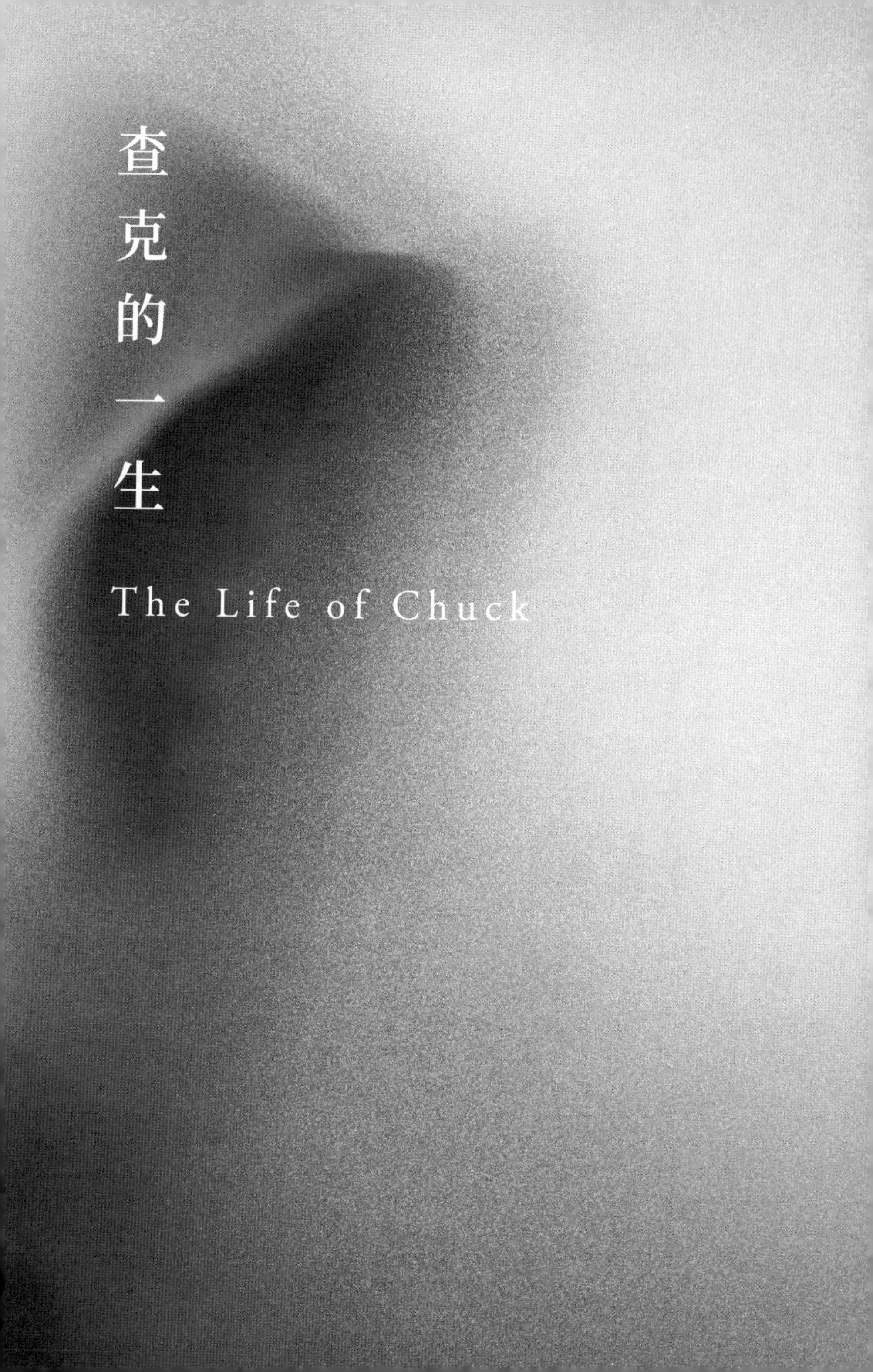

查克的一生

The Life of Chuck

第三幕：謝了，查克！

1

那天，馬蒂·安德森看到告示牌之後，網路就永遠斷線了。自從第一次短暫斷訊後，網路已經時有時無了八個月。每個人都同意完全斷網只是時間的問題，大家都同意原本由網路連線的世界最終會變成一片黑暗，而他們必須應付過去，畢竟，人類之前沒有網路，也都撐過來了，不是嗎？再說，問題不只這樣，例如，各種鳥類與魚類大量死亡，別忘了，還有加州啊，沒了，沒了，大概很快就要徹底掰掰了。

馬蒂很晚才離開學校，因為今天是高中教育裡最令人討厭的一天，也就是親師座談會。在今天的親師會裡，馬蒂發現家長並不想討論阿強與阿珍的進步狀況（或沒有進步）。他們大多想討論最後會徹底掛掉的網路，這樣他們的臉書與 Instagram 帳戶就會永遠沉沒。沒人提到色情網站 Pornhub，但馬蒂懷疑許多在場的家長（無論男女）也會跟著哀悼這個網站迫在眉梢的滅亡事件。

通常呢，馬蒂會開車走付費公路的偏僻小路，颼颼一會兒就能到家，但現在已經不可能了，橫跨水獺溪的橋垮了。那是四個月前的事，但沒有掛起修理的牌子，只立了幾個橘色條紋的木頭拒馬，這些拒馬看起來髒髒舊舊，滿是塗鴉噴上的符號。

偏僻小路關閉，馬蒂被迫穿過市區，跟其他住在東區的人一起前進，這才能回到他家所在的雪松巷。多虧了親師會，他無法三點下班，五點下班就遇上了尖峰時刻，原本二十分鐘的路程現在需要一個小時，說不定要更久，因為有些紅綠燈也壞了。一路走走停停，喇叭聲不絕於耳，尖銳煞車聲此起彼落，保險桿擦撞也沒停過，揮舞豎起的中指更沒少過。在市場街與主街的十字路口就卡了十分鐘，所以他有充裕的時間可以注意到中西信託大樓上的告示牌。

在今天以前，這塊看板上都是航空公司的廣告，達美航空還是西南航空，馬蒂不太確定。這天下午，手勾著手的歡樂空服員不見了，取而代之的是一張照片，臉圓圓的男人，戴著黑框眼鏡，同樣黑色的還有他梳得整齊的頭髮。他坐在辦公桌上，手裡握著一支筆，沒穿外套，但領帶緊緊繫在白色襯衫領口上。握筆的手上有一個新月形的傷疤，不知為何，傷痕沒有後製處理掉。就馬蒂看來，這位老兄很像會計師，他從盤據的銀行大樓高處向下笑望咆哮糾結的黃昏交通車流。在他的上方，藍色的大字寫著「查爾斯．克蘭茲」。辦公桌下方的紅字則是：「美好的三十九年！謝了，查克！」

馬蒂從來沒聽說過這位小名為查克的查爾斯．克蘭茲，但猜測他在中西信託應該是個大人物，才會在銀行的告示牌上擺上退休照，聚光燈還打在上頭，這張照片至少有四點五公尺高，十五公尺寬。而且這一定是老照片，如果他都將近四十歲，那他一定有白髮了。

「或沒頭髮。」馬蒂一邊說，一邊伸手梳了梳自己稀疏的頭髮。五分鐘後，他把握機會嘗試轉進主要幹道的十字路口，車流間剛好有一個開口。他將他的豐田 Prius 殺進去，繃緊神經做好擦撞的準備，他無視距離幾公分外差點直直撞上他車身的緊急煞車男子，以及對方揮舞的拳頭。

主街高處還有另一次僵局，然後又僥倖一回。等到他到家的時候，他已經完全忘記告示牌的事了。他把車開進車庫，按下按鈕，放下車門，然後坐在車上整整一分鐘，深呼吸，盡量不去想明天早上還再次承受同樣的氣。偏僻小路關閉，他其實沒有別的選擇。前提是，如果他還想回去工作啦，此時，請病假（他還有很多假可以請）看起來似乎是比較吸引人的選項。

「又不是只有我這樣。」他對著空蕩蕩的車庫說。他曉得這是實話，根據《紐約時報》（如果網路順暢，他每天會在平板電腦上讀），蹺班曠課人次在全球達到高潮。

他一手抓起他的一疊書，另一手則提著歷經風霜的老舊公事包，包包裡擺滿需要批改的報告。帶著這份重擔，他掙扎下了車，用屁股撞關車門。他的影子彷彿是在牆上跳放克舞蹈，這畫面害他大笑起來。笑聲嚇著了他，因為在這辛苦的日子裡，笑聲已經鮮少出現。他不小心弄掉手裡的書本，統統掉在車庫地板上，因此結束了剛剛才冒出頭的幽默感。

他撿起《美國文學入門》還有《短篇小說四則》（他正在高二課堂上講《紅色英勇勳章》），進了屋。他還沒來得及把東西統統放在廚房平台上，電話就響了。當然是市內電話，現在手機幾乎沒有收訊了。他有時會沾沾自喜，因為許多同事都已經不用市內電話了，他卻留著。這些傢伙真的慘兮兮，因為如果今年才想到要裝市話……哎啊，別想了，收費公路的偏僻小路可能在你排上等待名單前修好呢，而且就算是市話，故障也是家常便飯。

來電顯示已經壞掉，但他很有把握致電人是誰，於是他接起電話，直接說：「呦，菲莉希亞。」

「你去哪了？」他前妻問。「我打你電話打了一個小時！」

馬蒂解釋起親師會，還繞遠路回家。

「你還好嗎？」

「吃點東西就沒事。菲菲，妳好嗎？」

「過得去，但我們今天有六個。」

馬蒂用不著問六個什麼。菲莉希亞是市立總醫院的護士，現在護理工作人員都自稱為「自殺突擊隊」。

「很遺憾聽到妳這麼說。」

「時代所趨囉。」他可以聽她的語氣彷彿是在聳肩，想起兩年前（也就是他們還是夫妻的時候），一天六人自殺會撼動她，讓她心碎、夜不成眠，但看來人什麼都能習慣啊。

「馬蒂，胃潰瘍的藥還有在吃嗎？」在他能回答前，她繼續說下去。「我不是在嘮叨，只是關心。離婚不代表我不在乎你。」

「我知道，我有吃。」這話有一半是謊言，因為醫生處方箋開的斯克拉非現在已經無法取得，所以他只能仰賴奧美拉唑。他的回答虛實參半，因為他也還是在乎她。離婚之後，他們處得其實比以前更好。甚至還會上床，雖然沒有很頻繁，但感覺很美好。「謝謝妳的問候。」

「是嗎？」

「是的，女士。」他拉開冰箱。選擇不多，但有熱狗、幾顆蛋，一瓶可以當成睡前宵夜的藍莓優格，還有三罐哈姆啤酒。

「很好。多少家長出席？」

「比我想像中多，差點就全滿了。他們大多都在聊網路，他們似乎覺得我應該會知道狀況為什麼繼續惡化。我必須一直跟他們解釋，我是英文老師，不是資訊人員。」

「你知道加州的事了吧？」她壓低聲音，彷彿是在講什麼天大的秘密。

「知道。」今天早上的強震是這個月來第三起，震幅也最大，將另一大片「金州」送入太平洋。好消息是，那裡的居民都撤離了。壞消息是，現在有數十萬難民往東跋涉，內華達因此成為全美人口最多的州之一。內華達的汽油目前一加侖要價二十元，只收現金，前提是加油站尚未枯竭啦。

馬蒂拿起一公升裝的牛奶，裡頭還剩一半，他嗅了嗅，雖然味道聞起來有點可疑，但他還是就著瓶口喝了起來。他需要真正的「飲料」，但他從過往慘痛的經驗（及失眠的夜晚）知道他得先墊墊胃才行。

他說：「有趣的是，出席的家長似乎更關心網路，而不是加州地震。我猜這是因為加州的糧倉地區都還在吧。」

「但能保留多久？我聽到公共廣播電臺的科學家說加州就跟老舊壁紙一樣慢慢剝落。今天下午，又一座日本反應爐淹沒，他們說反應爐已經關閉，一切沒事，但我實在不太相信。」

「憤世嫉俗。」

「馬蒂，我們生活在憤世嫉俗的時代啊。」她遲疑了一下。「有人說我們活在『最後的時代』，不只是宗教狂熱的瘋子這麼說而已，不只他們了。這話你是從市立總醫院自殺突擊隊優秀成員的嘴巴裡聽到的。我們今天失去六人，但我們救活了十八個人，大多都是靠納洛酮的幫忙，但……」她再次壓低聲音。「……這種藥物已經不多了。我聽藥物主任說，我們應該到月底就完全沒有存量了。」

「爛透了。」馬蒂一邊說，一邊望向公事包，每一份等著批改的報告，每一個等著修正的拼錯單字，每一句等著紅筆圈起來的懸虛從屬子句與含糊結論。如同「拼字檢查」與應用程式「文法提醒」這種電腦提供的「拐杖」，似乎都不怎麼管用。光想到這裡，他就覺得累。「聽著，菲菲，我得掛了。我還要打考試成績，改《修牆》（*Mending Wall*）一詩的報告。」想到那疊等著批改的報告有多無聊，他就覺得自己好老。

「好啦。」菲莉希亞說。「只是……你知道，保持聯絡。」

「遵命。」馬蒂打開櫥櫃，拿出波本威士忌。他會等到她掛斷電話才開始倒酒，不然她聽到液體汩汩的聲響，就曉得他在幹嘛了。妻子的直覺都很準，前妻更似乎發展出了超靈敏的雷達。

「我可以說我愛你嗎？」她說。

「如果我也能對妳說就可以。」馬蒂回應，他用手摩挲瓶身的標籤：早期時代（Early Times）。他心想：對眼前這「後來時代」來說的確是很好的品牌。

「馬蒂，我愛你。」

「我也愛妳。」

這是很好的句點，但她還沒掛斷。「馬蒂？」

「怎麼了？親愛的？」

「世界就要完蛋了，我們卻只能說『爛透了』。所以我們很可能也要跟著完蛋。」

「也許就是喔。」他說。「但查克·克蘭茲要退休了，所以我猜在黑暗之中還是有點微光的。」

「美好的三十九年。」她說，這話還讓她笑出來。

他放下牛奶。「妳看到告示牌了？」

「沒有，是廣播的廣告。我跟你說的那個國家廣播電臺節目。」

「如果他們在國家廣播電臺插廣告，那還真是世界末日囉。」馬蒂說。她再次大笑，笑聲讓他覺得慶幸。「告訴我，查克·克蘭茲為了這種曝光，花了多少錢？他看起來像會計師，我從來沒聽說過這號人物。」

「不曉得。這個世界充滿謎團，馬蒂，別鑽牛角尖，我知道你在想這種事情。還是喝點啤酒吧？」

他掛斷電話，沒有笑出聲音，但臉上掛著微笑。前妻雷達，超級靈敏。他把「早期時代」放回架子上，反而抓起啤酒。他扔了兩條熱狗進煮鍋裡，然後在等水沸騰時，前往他的小書房，查看網路是否「健在」。

還在，似乎還比平常的龜速稍微快了這麼一點。他打開 Netflix，想著可能可以一邊吃熱狗，一邊重看一集《絕命毒師》（*Breaking Bad*）或《火線重案組》（*The Wire*）。歡迎畫面出現，展示的選單跟昨晚一模一樣（不久前，Netflix 展示的畫面每天都會換），但在他決定好今晚要看哪個壞傢伙，是華特．懷特，還是史金格．貝爾之前，歡迎畫面就消失了。出現的是「搜尋中」字樣，還有小小的憂慮圈圈不斷打轉。

「靠。」馬蒂說。「今晚就沒——」

然後憂慮圈圈消失，螢幕又回來了。只不過這不是 Netflex 歡迎畫面，而是查爾斯．克蘭茲，他坐在堆滿紙張的辦公桌後面，臉上掛著微笑，留疤的手握著筆。他上方寫著：查爾斯．克蘭茲，美好的三十九年！下面則是：謝了，查克！

「小查查，你到底是何方神聖？」馬蒂問。「你究竟花了多少錢？」然後，隨著他噴出的氣息，網路也跟生日蛋糕上的蠟燭一樣熄滅了，照片消失，螢幕上的文字成了：「失去連線」。

連線這天晚上都沒有恢復。網路就跟大半個加州一樣（馬上就會是四分之三個加州），消失到一去不復返。

第二天，馬蒂將車子退車開出車庫時，他率先注意到的是天空。這片天上次這麼清澈無雲是什麼時候的事啦？一個月前？六個禮拜前？現在烏雲下雨基本上已是常態（有時毛毛細雨，有時傾盆大雨），通常沒有雲的時候，天色通常還是灰濛濛的，因為中西部燃燒的黑煙，燻黑了大部分的愛荷華跟內布拉斯加，現在大風已將黑煙吹去堪薩斯州。

他注意到的第二件事是葛斯．威爾方提著碰撞大腿的大便當盒，拖著腳步走在街上。葛斯穿著卡其褲，但打著領帶。他是城市工務局的主任。雖然現在才七點十五分，他看起來卻疲憊不堪，狀態很差，彷彿已經過了漫長的一天，而不是正要開始。而且就算他的今天才剛開始，他為什麼是走回他位於馬蒂家隔壁的住所呢？而且……

馬蒂按下車窗。「你的車呢？」

葛斯短促的笑聲聽起來一點也不幽默。「停在主街丘人行道旁邊，周遭還有一百輛車。」他喘了口氣。「呼，我不記得上次徒步走五公里是什麼時候的事了，這大概讓你又更了解我一點了，但你大概不想知道啦。兄弟，如果你今天要去學校，你必須一路繞去十一號公路，然後轉回十九號。至少三十二公里喔，而且那邊肯定塞車塞得亂七八糟。你也許午餐時間可以到吧，但我是沒什麼把握。」

「出了什麼事？」

「主街與市場街的十字路口馬路坍塌，天啊，超大一個坑。也許跟我們這陣子下的雨有關，也許跟沒人維護更有關。感恩不是我的部門要負責喔。掉落坑底的車輛至少有二十輛，說不定三十，而且一些車上還有人……」他搖搖頭。「他們回不來了。」

「老天。」馬蒂說。「我昨晚才經過，卡在車陣裡。」

「所幸你不是今早在那。介意我上車跟你一起坐一下嗎？我累死了，珍妮應該已經回去睡回籠覺了。我不想吵醒她，特別是用壞消息吵她。」

「當然沒問題。」

葛斯上了車。「我的朋友，狀況可真糟。」

「爛透了。」馬蒂附和道，他昨晚也這樣對菲莉希亞說的。「我猜只能微笑默默忍受。」

「我可笑不出來。」葛斯說。

「今天打算放假一天嗎？」

葛斯伸出雙手，用手碰觸擺在大腿上的便當盒。「不知道，也許打幾通電話，看看有沒有人能來接我，但我覺得希望不大。」

「如果你要放假，別指望看 Netflix 或 YouTube 影片，網路又掛了，我依稀感覺這次是永遠壞了。」

「我猜你知道加州的事了。」葛斯說。

「我今早沒看電視，睡得有點晚。」他停頓了一下。「跟你講實話，我也不想看啦。有什麼新消息嗎？」

「有啊，剩下的也沒了。」他又想了想。「這個……他們說還有兩成的北加州還掛在那兒，這意味著大概只剩一成，但產糧地區已經沒了。」

「真是太可怕了。」的確是很可怕沒錯，但馬蒂沒有感覺到驚恐、驚嚇與哀傷的情緒，只有麻木的氣餒。

「的確可以這麼說。」葛斯同意。「特別是中西部成了一片焦土，南半部的佛羅里達基本上成了沼澤地，只剩短吻鱷待得下去。我希望你家食物櫃跟冷凍庫裡還有很多東西可以吃，因為這個國家**所有**主要生產糧食的地方都完了。歐洲也是，亞洲已經在鬧饑荒了，死了幾百萬人。我聽說還有腺鼠疫呢。」

他們坐在馬蒂的車道上，看著大家從市區走回來，許多人穿西裝打領帶。一位身著俏麗粉紅色套裝的女人把高跟鞋提在手上，踩著運動鞋走過來。馬蒂猜她應該是叫安卓雅還是什麼的，就住在一、兩條街外。菲莉希亞是不是說過她在中西信託上班？

「還有蜜蜂。」葛斯繼續說。「十年前蜜蜂就有生存危機了，但如今除了北美的幾處蜂巢外，全部的蜜蜂都已經滅絕。再也沒有蜂蜜了，蜜糖。少了蜜蜂傳播花粉，剩下的作物大概也……」

「不好意思。」馬蒂說。他下了車，追上粉紅色套裝的女子。「安卓雅？妳是安卓雅嗎？」

她謹慎轉身，提起她的高跟鞋，彷彿是要拿來當防身工具一樣。馬蒂明白，最近腦子有問題的人實在太多了。他站在一百五十公分外。「我是菲莉希亞・安德森的丈夫。」事實上是「前夫」，但「丈夫」聽起來比較沒有潛在的威脅感。「我想妳認識菲菲？」

「對，我跟她之前都是鄰里守望委員會的成員。安德森先生，有什麼需要幫忙的嗎？我走了好遠的路，我的車就卡在看起來是鬧區交通堵塞終點站的車陣之中。至於銀行……它歪了。」

「歪了。」馬蒂複誦道。在他腦海裡看到的是「歪了」的比薩斜塔。上頭還有查克・克蘭茲的退休照片。

「銀行位於坍塌大坑的邊緣，雖然沒有直接掉進去，但我看來岌岌可危，顯然不適合上去。我猜我的工作也走到盡頭了，至少市區分行是這樣啦，但我不在乎。我只想回家抬腿。」

「我對銀行大樓的告示牌很好奇，妳有看到嗎？」

「怎麼可能會錯過？」她說。「畢竟我在那裡工作啊。我也看到塗鴉了，到處都是，寫著『查克，我們愛你』、『查克萬歲』、『查克永垂不朽』，電視上也有廣告。」

「真的？」馬蒂想起昨天他在Netflix斷線之前看到的畫面。他那時以為那只是討人厭的彈出廣告而已。

「哎啊，地區頻道而已。也許有線電視就沒有了，但我們已經收不到有線電視了，七月開始就看不到了。」

「我們也是。」現在他得繼續扮演這個他自己搞出來的「我們」戲碼，最好還是繼續演下去。「只有第八台跟第十台可以看。」

安卓雅點點頭。「再也沒有汽車、血栓藥物及老伯折扣家具行的廣告了，只有查爾斯・克蘭茲，美好的三十九年，謝了，查克。整整一分鐘，然後回到原本節目表上的重播節目。非常奇怪，但這陣子什麼不奇怪？好了，我真的要回家了。」

「這個查爾斯．克蘭茲跟你們銀行有什麼關係嗎？從銀行**退休**的人？」

她稍微停歇，但又繼續往家的方向前進，提著她今天不會再穿的高跟鞋。也許這輩子都不需要再穿了。「我根本不曉得這個查爾斯．克蘭茲是哪號人物，他肯定是在奧馬哈總行工作。雖然就我所知，奧馬哈現在只是一個超大菸灰缸而已。」

馬蒂目送她離去。葛斯．威爾方也是，他剛剛下車走過來。葛斯對著返家員工的陰鬱遊行點點頭，這些人無法繼續行使他們的工作，無論是銷售、貿易、銀行、端盤子還是物流快遞。

「他們看起來像難民。」葛斯說。

「對啊。」馬蒂說。「他們也的確算難民。嘿，記得你剛問起我的存貨嗎？」

葛斯點點頭。

「我還有幾罐湯，一些印度香米，米麵速食餐。我相信還有一點早餐吃的燕麥圈。至於冷凍庫，我想我還有至少六盒微波電視晚餐，跟半品脫的班與傑利冰淇淋。」

「你聽起來一點不擔心。」

馬蒂聳聳肩。「擔心又有什麼用？」

「但，你看看，這很有意思。」葛斯說。「我們一開始都很擔心，我們想要答案。有人跑去華盛頓示威，記得他們推倒白宮柵欄，結果好幾名大學生遭到槍擊嗎？」

「記得。」

「俄國政府遭到推翻，印度與巴基斯坦發動四日戰爭。老天爺，德國還火山爆發，德國耶！我們告訴彼此，這一切都要完蛋了，但似乎還沒走到那一步，對不對？」

「是啊。」馬蒂附和。雖然他才起床，但他覺得累，好累。「還沒完蛋，還在惡化中。」

「然後是自殺事件。」

馬蒂點點頭。「菲莉希亞每天都親眼目睹。」

「我覺得自殺事件會逐漸變少。」葛斯說。「大家會等著。」

「等啥？」

「朋友，等結束的那一刻啊，一切的終結。我們經歷了哀傷五階段，你不懂嗎？現在我們已經來到最後一個階段，兩手一攤接受了。」

馬蒂沒有說話，他想不出來該說什麼。

「現在只剩一點點好奇的感覺了，而這一切……」葛斯伸手比了比。「莫名其妙出現。我是說，我們都知道環境出了問題，我覺得就算是右翼那群蠢蛋內心都偷偷相信這點，但這是『麻煩大了』的六十個不同版本同時上演。」他望向馬蒂的神情似乎有點是在答辯。「多久了？一年？一年兩個月？」

「對啊。」馬蒂說。「爛透了。」這似乎是唯一一句適合現狀的話語。

他們聽到上方傳來的嗡嗡聲，便抬起頭。這陣子附近城市機場進出的大型客機已經愈來愈少了，但這是小飛機，不太順暢地在罕見的晴朗天空上起起伏伏，機尾噴出白色的煙氣。飛機扭動傾斜，上下起伏，煙氣（或無論那是什麼化學物質）拼出文字。

「哼。」葛斯伸長脖子。「空中寫字的飛機，長大之後就沒見過了。」

飛機寫出「查爾斯」，然後是「克蘭茲」，接著當然是「美好的三十九年」當飛機繼續寫出「謝了，查克！」的時候，前面的名字已經開始消散模糊。

「搞什麼啦？」葛斯說。

「我也是這麼想的。」馬蒂說。

馬蒂沒吃早餐，所以他進屋微波了一份冷凍晚餐盒，瑪麗．卡列德的雞肉派，挺好吃的，然後端著「早餐」去客廳看電視。不過，他僅能收到的兩台現在卻展示起小名查克的查爾斯．克蘭茲照片，這位老兄坐在辦公桌前，筆永遠停在那裡。馬蒂看著照片，吃他的派，然後關掉電視，躺回床上。這似乎是最合理的行為。

他睡了大半天，雖然沒有夢到她（至少他不記得），他醒來時卻想著菲莉希亞。他想見她，見到她的時候，他會問可不可以在她那過夜，也許甚至留下來。葛斯是這麼說的：「麻煩大了」的六十個不同版本同時上演。如果已經走到末日，他可不想獨自面對。

菲莉希亞目前住在名為「豐收園」的規劃良好小開發區裡，就在五公里外，馬蒂沒打算冒險開車，於是他穿上運動褲與運動鞋。美好的午後時光，適合散步，天空還是萬里無雲的湛藍，很多人都在外頭閒晃。幾個人看起來似乎是在享受陽光，但多數人都低著頭。交談很少，就連三兩成行的人也鮮少開口。

公園大道東側的其中一條通行道路上，四線道塞滿了車，大多車上都沒有人。馬蒂穿過一輛汽車，在馬路另一側遇上一位身穿粗花呢西裝，戴著同樣花色短簷紳士帽的老人家。他坐在人行道上，將菸斗裡的東西倒進水溝。他看到馬蒂，露出微笑。

「只是休息一下。」他說。「我去鬧區看那個馬路坍塌的大坑，用手機拍了幾張照片。想說地區電視臺可能會感興趣，但他們似乎沒有在轉播了，只有在播那個克蘭茲老兄的照片。」

「對。」馬蒂說。「現在隨時隨地就是查克，曉得他——」

「不知道，我至少問了二十幾個人，沒有人認識他。咱們的克蘭茲老兄顯然是來自末日國度的神秘巫師。」

馬蒂大笑。「先生，你要去哪啊？」

「豐收園，不錯的小飛地，就在人煙罕至的小路旁。」他伸手進口袋裡，拿出一小袋菸草，然後裝進菸斗裡。

「我也要去那邊，我前妻在那。也許我們可以同行。」

老紳士面露難色起身。「只要你不催促就好。」他點燃菸斗，噴了幾口菸。「關節炎，我有藥，但關節炎愈發嚴重，藥物就沒有用了。」

「爛透了。」馬蒂說。「以你的速度走就好。」

老人家設定速度，果然很慢。老人家名叫山謬．亞伯，他是亞伯葬儀社的老闆兼首席禮儀師。「但我真正的興趣是氣象學。」他說。「少不更事的時候還夢想成為電視臺的氣象播報員呢，甚至進入什麼電視網，但他們現在都只喜歡年輕女孩，加上……」他用兩手捧在胸前，做出豐滿的樣子。「但我繼續這項興趣，讀科學期刊，我可以告訴你一件很神奇的事情，前提是如果你想聽的話。」

「當然。」

他們來到一座等公車的長椅，椅背後方模板噴漆的字眼是：「查克，查爾斯．克蘭茲，美好的三十九年！」、「謝了，查克！」山謬．亞伯坐了下來，拍拍身旁的位置，馬蒂跟著坐。這裡是亞伯菸斗的下風處，但沒關係，馬蒂喜歡菸草的氣味。

「你知道他們說一天有二十四小時嗎？」亞伯問。

「然後一週有七天，大家都知道，就連小孩也知道。」

「哎啊，大家都錯了。地球的一天原本是二十三個小時五十六分鐘，加上幾秒。」

「原本？」

「沒錯，根據我的計算，我可以向你保證，我的數字禁得起考驗。現在一天是二十四個小時又兩分鐘。安德森先生，你明白這代表什麼嗎？」

馬蒂想了想。「你這是在說，地球的轉速變慢了？」

「正是如此。」亞伯將菸斗從嘴邊拿開，比了比人行道上經過的人。午後時光逐漸步入黃昏，人更稀疏了。「我敢說他們很多人認為我們面臨的多重災難源自於我們對地球環境的破壞，但並非如此。我可以第一個坦承我們的確是對我們的母親非常糟糕，沒錯，大自然就是我們的每一個人的母親，如果還不算直接侵犯，那也已經猥褻她了，但相較於宇宙的巨大時鐘，我們根本渺小不堪，**微不足道**。不，不是那樣，無論眼前發生了什麼問題，都比惡化的環境還要嚴重。」

「也許是查克．克蘭茲的錯。」馬蒂說。

亞伯訝異地望著他，然後大笑起來。「又回到他身上啦？查克．克蘭茲要退休了，所以整個地球的人口，更別說地球她本人，也要跟他一起退休？這是你的理論？」

「總要把責任推到什麼東西上頭。」馬蒂笑了笑。「或某人身上。」

山謬．亞伯起身，一手壓在後背，伸起懶腰，面露難色。「抱歉啦，迷航太空的史巴克先生，但這樣說不通。我猜在人類生命裡，三十九年算是不短的時間，幾乎可以說是大半輩子了，但上一次冰河時期是很久之前的事了，更別說恐龍出現的年代。咱們繼續遛達吧？」

他們繼續遛達，影子在面前拉得長長的。馬蒂在內心責備自己，為什麼大好天氣的精華時段要拿來睡覺。亞伯的步伐走得更慢了。當他們終於抵達要進入豐收園的磚頭拱門時，老禮儀師又坐了下來。

「我想我會欣賞一下夕陽，順便等關節炎舒緩一點。你想一起嗎？」

馬蒂搖搖頭。「我想我要繼續前進了。」

「看看前妻。」亞伯說。「我懂。安德森先生，很高興與你聊天。」

馬蒂正要走進拱門，卻又轉頭。「查爾斯．克蘭茲**一定**代表什麼。」他說。「我很肯定。」

「你也許是對的。」亞伯抽起菸斗。「但地球轉速變慢……我的朋友，天底下沒有比這更嚴重的事了。」

豐收園的中央道路從短短的街道分支出來，是一條樹木林立的優雅拋物線。就馬蒂看來，街燈如同狄更斯小說所描繪的一樣，亮了起來，還投射出月光般的亮光。隨著馬蒂接近菲莉希亞住的蕨葉巷，一個小女孩踩著溜冰鞋出現，她優雅地停在巷子轉角。她穿了一件鬆垮的紅色短褲跟無袖T恤，衣服上有個人臉，大概是搖滾明星或饒舌歌手吧。馬蒂猜她約莫十或十一歲，看到她讓他心情愉悅了起來。溜冰的小女孩，在這不正常的一天裡，在這不正常的一年裡，還能有什麼更正常的事情呢？

「呦。」他說。

「呦。」她附和道，但她的溜冰鞋俐落地溜了起來，要是這位先生就是她媽警告過她的那種猥褻變態，她可是準備好要開溜了。

「我來找我前妻。」馬蒂站在原地。「菲莉希亞．安德森，也許她現在用回高登這個姓氏了，這是她娘家的姓。她就住在蕨葉巷十九號。」

小女孩在原地打轉，看起來毫不費力，但如果溜冰鞋上的人是馬蒂就會一屁股摔倒。「噢，對，也許我見過你。你開藍色的 Prius？」

「正是在下。」

「如果你來找她，她為什麼是你前妻？」

「我還喜歡她啊。」

「你們不會吵架嗎？」

「以前會，但離婚後處得比較好了。」

「高登小姐有時會給我們蜜糖薑餅，給我跟我弟弟羅尼，我更喜歡奧利奧，但……」

「但餅乾就是這樣碎的，對不對？[8]」馬蒂說。

「才不是咧，蜜糖薑餅軟軟的，不會碎，除非你塞進嘴裡嚼——」

說時遲，那時快，街燈全熄了，主要道路成了一潭陰影，所有的房舍同時暗了下來。之前城市的確斷電過，有時一停就是十八個小時，但電總會恢復，這次馬蒂不太確定。也許會吧，但他覺得他（跟其他人）這輩子都覺得理所當然的電力也許會跟網路一樣，永遠回不來了。

「可怕耶。」小女孩說。

「妳最好該回家了。」馬蒂說。「沒有街燈，這樣溜冰太黑了。」

「先生？一切都會沒事嗎？」

雖然他自己沒有小孩，但他也教了他們二十年，曉得雖然大人該在孩子滿十六歲時就不再騙他們，但遇到像這女孩一樣年幼的孩子，善意的謊言通常才是正確的舉動。「當然。」

「但你看。」她一邊說，一邊伸手指了過去。

他跟著她顫抖著手指望向蕨葉巷轉角處的房子。一張臉出現在俯瞰小小草坪的黑暗落地窗上，這張臉顯然閃著白色線條與陰影，很像降神會時出現的靈魂外殼。微笑的圓圓臉，黑框眼鏡，筆停在半空中。上頭寫著：「查爾斯．克蘭茲」。下方則是：「美好的三十九年！謝了，查克！」

「所有的窗戶都有。」她低聲地說。

她說得沒錯。查克．克蘭茲浮現在蕨葉巷每一間房子的正門窗戶上。馬蒂轉身，看到克蘭茲的臉一路延伸到他後方的主要大道上。好多查克，也許有幾百個，如果全城都這樣，那可能有千千萬萬個查克。

「回家。」馬蒂笑容消失。「好孩子，現在就回家找爸媽，快點。」

她溜冰撤退，溜冰鞋在人行道上發出隆隆的滾動聲，頭髮在身後飄揚。他看得見她的紅色短褲，然後她就消失在濃密的陰影之中。

馬蒂連忙朝著她撤退的方向前進，從每一扇窗戶上望著他的是查克·克蘭茲的笑臉。身穿白襯衫，打著黑領帶的查克。好像有一群鬼魅般的複製人在看你一樣。馬蒂很慶幸今晚沒有月亮，要是查克的臉出現在月亮上怎麼辦？如果**那樣**，他該怎麼辦？

在十三號門前，他放棄步行。接下來，他一路狂奔到菲莉希亞住的兩間臥室小平房，一路衝上前門的步道，然後敲起門來。他耐心等候，驚覺她可能還在醫院，也許一口氣值兩個班，但他聽到了腳步聲。門開了，她拿著一根蠟燭。燭光還不足以照亮她驚恐的神情。

「馬蒂，謝天謝地。你看到了嗎？」

「看到了。」那傢伙也出現在她前門的窗戶上。查克，面露微笑，看起來就像任何一個存在過的會計師。一個善良到不會嚇人的男子。

「它們就開始……冒出來！」

「我知道，我看到了。」

「只有這裡這樣嗎？」

「我猜到處都這樣，我猜已經差不多要——」

8. 原文that's the way the cookie crumbles，意指人生本無常。

然後她大力擁抱他，拉他進屋，他很慶幸她沒有給他機會把話說完，因為他原本要說的是「差不多已經要走到盡頭了。」

2

伊薩卡學院哲學與宗教系的哲學教授道格拉斯‧畢藤坐在病房裡，等著妹夫斷氣。唯一的聲音是心率監測器發出來的穩定嗶……嗶……嗶，以及查克緩慢但愈來愈吃力的呼吸聲。其他的儀器大多都關掉了。

「舅？」

道格轉頭，看到布萊恩出現在門口，還穿著他學校的字母外套，背著後背包。

「你提早離開學校？」道格問。

「有特別允許。媽傳訊息給我，說她要讓他們關掉機器了，是嗎？」

「對。」

「什麼時候？」

「差不多一個小時前。」

「媽呢？」

「在一樓的小聖堂，替他的靈魂禱告。」

道格心想：順便祈禱她做的是正確的事。因為就算神父說沒關係，剩下的交給上帝就好，感覺還是很不對。

「我猜我們該傳訊息給媽，只要他看起來……」布萊恩的舅舅聳聳肩。

布萊恩走去床邊，低頭望著父親蒼白的面容。父親的黑框眼鏡放在一旁，男孩覺得他爸看起來不像有高中生孩子的年紀，他爸自己看起來就像高中生。他拉起父親的手，迅速吻了吻他手上那新月形狀的疤痕。

「他沒有多老，根本不該死。」布萊恩說，他的語氣非常輕，彷彿是說給父親聽而已。「老天，道格舅舅，他去年冬天才滿三十九歲！」

「來這邊坐。」道格拍拍他身旁的空椅。

「那是媽的位置。」

「她回來，再還給她就好。」

布萊恩放下背包，坐了下來。「你覺得還會拖多久？」

「醫生說他隨時會走，肯定是今天的事。你知道機器協助他呼吸，對吧？還有點滴注射提供他營養。他……布萊恩，他沒有任何痛苦，那部分已經結束了。」

「膠質母細胞瘤。」布萊恩尖銳地說。當他面向舅舅時，他淚流滿面。「道格舅舅，為什麼上帝要帶走我爸？跟我解釋解釋。」

「我辦不到，上帝的作為本身就是個謎。」

「去他媽的謎。」男孩說。「謎團應該留在故事書裡，謎團就屬於那種地方。」

道格舅舅點點頭，一手攬著布萊恩的肩膀。「小鬼頭，我知道這很難熬，我也很難過，但我只能言盡於此。生是一個謎，死也是一個謎。」

他們陷入沉默，聽著規律的嗶……嗶……嗶，以及查爾斯．克蘭茲愈來愈慢的吃力刺耳呼吸聲，他的妻子、大舅子跟朋友都叫他查克。這種呼吸是他與世界最後的互動，已經壞死的大腦僅剩幾處得以繼續作用，就是這些部位保持他每一次的吸氣與呼氣（以及他的心跳）。大半輩子都在中西信託銀行會計部門工作的男人，現在正在進行最後的結算：少量入帳，大量支出。

「銀行業應該沒血沒淚，但他們都很喜歡他。」布萊恩說。「他們送了一堆花來。護理師把花拿去放在天井裡，因為他不該接觸花。他們在想什麼？覺得鮮花會讓他過敏什麼的？」

「他很喜歡在那邊工作。」道格說。「我猜這對偉大的生命藍圖來說不算什麼，他永遠不會得到什麼諾貝爾獎，總統也不會頒自由勳章給他，但他喜歡這份工作。」

「也喜歡跳舞。」布萊恩說。「他熱愛跳舞，他跳得很好，媽也是。他們可以盡情搖擺，媽是這樣說的，但媽也說他技高一籌。」

道格大笑。「昔日的他都以『窮人版的佛雷．亞斯泰爾（Fred Astaire）』自稱，小時候也接受過系統訓練。他的爺爺有一套舞蹈教程，你知道，他爺爺？」

「知道。」布萊恩說。「我知道他爺爺的事。」

「小布，他這一生過得很好。」

「還不夠。」布萊恩說。「他還沒有完成夢想，搭火車橫跨加拿大，他沒去過澳洲，他也想去。他永遠也看不到我高中畢業，他永遠也沒辦法聽著大家講好笑的致詞，領到他的金……」他用外套袖子抹抹眼睛。「他的金錶。」

道格捏捏外甥的肩膀。

布萊恩低頭看著自己交握的雙手講話。「舅，我想要相信上帝，我某種程度是信的，但我不懂為什麼事情必須走到這一步。為什麼上帝要這樣。這是一個謎嗎？你是哲學高手，你就只講得出這種話？」

道格心想：對，因為死亡會把哲學帶進廢墟。

「布萊恩，你知道他們是怎麼說的，死亡帶走精華的我們，死亡帶走剩下的我們。」

布萊恩想擠出笑容。「這是安慰人的話嗎？你得加把勁。」

道格彷彿沒聽到他的話。他望著妹夫，但在道格心目中，這個男人就跟他自己的親兄弟一樣。這個男人給他妹妹美滿的人生。這個男人協助他開始自己的事業，而這還是最不打緊的。他們一起共度了許多美好時光。不夠，但看起來也只能這樣了。

「人類大腦是有限的，就只是骨頭殼子裡的海綿狀組織，但大腦之中的心智則是無限的。其儲存空間大到不行，其想像力遠超乎我們能夠理解的範圍。我覺得一個人死去時，整個世界都會隨之崩塌，這個世界就是這個人曉得也相信的世界。小鬼頭，你想想，地球上有幾十億人，而其中也有十億個世界，就是他們心智構建出來的地球。」

「而現在我爸的世界正在凋零。」

「但我們的還沒。」道格說，又捏了捏他的外甥。「我們的世界會繼續多運行一下，你媽的世界也是。布萊恩，我們要替你媽堅強起來，盡量堅強。」

他們陷入沉默，看著病榻上的將死之人，聽著機器的嗶……嗶……嗶，以及查克．克蘭茲的吸氣與吐氣聲。呼吸一度中止，他的胸膛沒有起伏。布萊恩緊繃起來。然後又是另一次瀕死的辛苦喘息，胸膛又脹了起來。

「傳訊給媽。」布萊恩說。「現在就傳。」

道格已經拿出手機。「搶先你一步。」然後輸入：妹子，快來。布萊恩在這。我想查克已經接近盡頭了。

3

馬蒂與菲莉希亞在後院草坪，他們坐在從門廊搬過來的椅子上。現在整個城市都停電了，星星非常明亮。比馬蒂在內布拉斯加度過的孩提時代還要亮。當時他有一具小望遠鏡，從他的閣樓窗戶仔細研究宇宙。

「那是天鷹座。」他說。「老鷹。那是天鵝座，看到了嗎？」

「看到了，而那是北極——」她沒說下去。「馬蒂？你有沒有看到……」

「看到了。」他說。「它就這樣暗去，火星也沒了，再見，紅色行星。」

「馬蒂，我怕。」

葛斯．威爾方今晚是否會抬頭仰望天空？跟菲莉希亞同在鄰里守望委員會的安卓雅有在看嗎？禮儀師山謬．亞伯呢？還有那個穿著紅短褲的小女孩？星光光，星亮亮，今晚最後一批星星就只剩這樣。

馬蒂握起她的手。「我也怕。」

4

金妮、布萊恩與道格站在查克．克蘭茲的床邊，手拉著手。他們等著身兼人夫、人父、會計師、舞者、犯罪節目愛好者的查克，嚥下他這輩子的最後兩、三口氣。

「三十九年。」道格說。「**美好的**三十九年，謝了，查克。」

5

馬蒂與菲莉希坐在椅子上，抬頭望著星空，看著星星熄滅。一開始是一顆、兩顆這樣消失，然後是十幾顆一起消失，然後是幾百顆一起。隨著銀河化作黑暗，馬蒂轉頭面向前妻。

「我愛——」

徹底黑暗。

第二幕：街頭藝人

1

在擁有一輛老廂型車的朋友麥克協助下，傑瑞．法蘭克將他的鼓組擺放在他最喜歡的地點，也就是博尤斯頓街上，一邊是沃爾格林連鎖藥局，另一邊則是蘋果專賣店。他覺得今天會很順利。現在是週四下午，天氣好到不行，街上擠滿了期待週末的人潮，這種時候總是比週末更好。因為對週四下午的人來說，期待是純粹的。週五下午的人已經拋開期待，直接開始找樂子了。

「都好囉？」麥克問他。

「對，謝了。」

「兄弟，我要的感謝是我的一成分紅。」

麥克閃了，大概是去漫畫店吧，也許去邦諾書店，然後找個公園讀他剛剛買的書籍。麥克就是愛看書。等到該閃人的時候，傑瑞就會打電話給他。麥克會開著他的廂型車過來。

傑瑞將舊舊的禮帽（絲絨已經磨損，羅緞邊緣也破破爛爛的）放在地上，這是他在劍橋的二手商店以七十五分錢買的，然後又在帽子前面擺了一個牌子，上頭寫著：這是魔法帽！慷慨解囊，你就能得到雙倍回報！他先扔了兩塊錢進去，讓路人明白他的意思。就十月初來說，今天算滿熱的，他因此能穿他最喜歡在博尤斯頓街表演時的服裝——上頭印著「鼓」民法蘭克的無袖T恤、卡其短褲、寒酸的Converse高筒帆布靴，沒有穿襪子。不過，就算是寒風刺骨的日子，他如果有穿外套，還是會脫掉，因為當你抓到節拍，你就會躁熱難耐。

傑瑞拉開凳子，開始在鼓面上叮叮咚咚地敲起來。幾個人望向他，但多數人立刻走開，迷失在自己與朋友的對話、晚餐計畫、要去哪裡喝酒的思緒之中，而今天就跟許多日子一樣，統統流失進神秘的垃圾場裡。

此時距離八點還很遙遠，屆時波士頓警局的車會停在人行道上，一位警察會從副駕駛座上探出頭來，跟他說，該打包閃人了。那時他就會聯絡麥克。現在，還有大把鈔票要賺呢。他立好腳踏鈸，敲響銅鈸，然後加上牛鈴，因為感覺今天就是適合牛鈴的好日子。

傑瑞與麥克在紐波利街的「醫生唱片」打工，但日子好的時候，傑瑞街頭賣藝所賺的錢能追上打工的薪資。而且，在晴朗的博尤斯頓街上打鼓賣藝比在唱片行那瀰漫著廣藿香的空間裡工作好多了，在店裡還得長篇大論跟尋找戴維·范·洛克（Dave Van Ronk）〈民俗時期〉，或死之華樂團罕見版本黑膠唱片的發燒友聊天。傑瑞總想問這些人，淘兒唱片倒閉之後，他們都跑哪兒去啦？

他從茱莉亞音樂學院輟學，他說那裡是音樂知識學院（抱歉了，凱·科瑟）[9]。他撐了三學期，到頭來，那裡還是不適合他。他們要學生去想自己在做什麼，就傑瑞所知，節奏是你的朋友，而思考則是你的敵人。他會加入偶爾的表演，但他對樂團沒興趣。雖然他從沒說過（好啦，也許喝醉的時候提過一、兩次），他覺得音樂本身才是敵人。等到他進入狀況之後，他就不會去想這些問題了。等到他進入狀況之後，音樂成了鬼魅。那時只有鼓聲才重要，節奏就是王道。

他開始暖身，一開始先輕鬆點，緩慢的節奏，沒有牛鈴，沒有高架鼓，沒有壓鼓框，沒有在乎魔法帽裡只有他自己扔進去的縐縐兩塊錢紙鈔，以及一個滑板小鬼（不屑地）扔進去的二十五美分。時候到了，要進入狀況了。如同期待波士頓秋天週末的樂趣一樣，尋找進入狀況的方法算是樂趣的一半。也許甚至是大部分的樂趣。

珍妮絲・哈樂戴在「紙與頁」書店工作了七個小時，正要回家，她低著頭，包包關緊，拖著腳步走在博尤斯頓街上。在她開始尋找最近的地鐵站之前，她可能會一路走到芬威球場，因為她現在就只想走路。她交往十六個月的男朋友剛剛跟她分手了。用大白話來說，是一腳甩了她，把她踹到人行道上。他是用現代人的方法提分手啦，也就是發訊息。

我們不適合。哭哭表情符號。

然後是：妳在我心裡永遠會有一席之地！愛心表情符號。

接著是：友誼萬歲？微笑表情符號，祈求好運的手指交叉符號。

「不適合」大概表示他邂逅了某人，會跟對方一起去新罕布夏州摘蘋果度週末，之後還會在某間民宿上床。他今晚見不到珍妮絲了，再也見不到她今天這身俐落的粉紅色罩衫與紅色一片裙，除非她傳訊息給他，寫著：這就是你錯過的，你這個「一坨大便表情符號」。

出乎意料，所以她才走個不停，彷彿在妳正要穿過大門的時候，門忽然在妳面前甩上一樣。今天早上看起來還充滿各種可能性的週末，現在對她來說成了進入深淵的入口，而這個洞穴馬上就會縮小成矮矮的狹長空間，她只能用爬的。她一直要到禮拜六才要去書店工作，但也許她可以打電話給美寶琳，看看她是否願意幫忙值週六的班，至少值週六早上。禮拜天書店不開門。最好不要去想禮拜天，至少現在不要去想。

9. 凱・科瑟（Kay Kyser）是一九三〇到四〇年間的樂團團長，他主持過一檔名為《凱・科瑟音樂知識學院》（*Kay Kyser's Kollege of Musical Knowledge*）的廣播音樂益智節目。

「友誼萬歲個屁。」她對著自己的包包講話，因為她低著頭。她不愛他，也沒自欺欺人說自己愛他，但被甩還是讓她錯愕難過。他人不錯（至少她之前是這麼想的），在床上也還行，在一起很開心，他們都這樣說的。現在呢？她二十二歲，被人甩了，真是爛透了。她猜等到她到家後，她會喝點酒，大哭一場。掉掉眼淚應該不錯，具有療癒效果。也許她會點開她的「大樂團播放清單」，在房裡跳個沒完。就跟英國歌手比利．艾鐸（Billy Idol）唱的一樣：一個人跳舞。高中時她愛死跳舞了，週五夜晚的跳舞狂歡更是美好的時光。也許她能重新捕捉到當時的快樂。

她心想：不，那些歌曲，那些回憶，只會讓妳哭得更慘。再說，高中已經是多久以前的事了。這是真實世界，男生會無預警跟妳分手。

她在前方兩個街廓處聽到鼓聲。

朋友都叫他查克的查爾斯．克蘭茲正沿著博尤斯頓街前進，他身上的裝扮是會計師的盔甲：灰西裝、白襯衫、藍領帶。他的黑色山謬．溫莎鞋不貴，但耐走耐磨。他的公事包在身體旁邊擺動。他沒有注意到身邊湧出的下班人潮交談聲。他來波士頓參加長達一個禮拜的研討會，會議名稱是「二十一世紀的銀行產業」。他是**他的**銀行中西信託派來的，費用全包。非常好，尤其是他之前沒來過又名「豆子城」的波士頓。

舉行研討會的飯店再適合會計人員不過了，乾淨又便宜。查克喜歡與會的講者與座談會（在明天中午研討會結束前，他還有一場表訂的座談會要參加），但他不想下班後還無法擺脫另外七十名會計人員。他們說同一種語言，但他認為自己也會說別種語言。至少他曾經會說，現在他已經遺忘某些詞彙。

現在他舒適的山謬・溫莎牛津鞋帶著他來午後散步，不怎麼令人興奮，但還算愉快。對這陣子來說，**還算愉快**已經很不錯了。他的人生比他過往期待得還要狹隘，但他已經接受這點了，他明白這種狹隘是自然而然的事情。到了某一個時間，你就明白自己這輩子絕對當不上美國總統，反而接受自己成為美國青年商會的主席。這是好的一面。他有自己忠誠以對的妻子，聰慧幽默、正在讀中學的兒子。他同時也只剩九個月好活，但他還不清楚這點。讓他死亡的種子（也就是生命狹隘到剩最後一丁點兒的地方）埋得很深，外科醫生的手術刀完全劃不進去，這些種子最近忽然甦醒。它們馬上就會結出黑色的果實。

查克・克蘭茲周遭的人，也就是穿著鮮豔色彩裙子的女大生，反戴紅襪隊鴨舌帽的男大生，中國城裡打扮俐落的亞裔美國人，提著購物袋的已婚婦女，還有越戰退伍老兵，他老人家手裡握著一個大大的瓷杯，上頭有一面美國國旗，且寫著代表美國不會怯戰的「這些顏色不會褪」字樣。而在這些人之間穿梭的查克看起來肯定就像美國白人的化身，扣子扣得好好的，襯衫紮得好好的，就忙著追逐金錢。他的確符合這些條件，沒錯，在尋歡作樂的蚱蜢之間，他就是一隻在既定道路上認真勤奮的小螞蟻，但他也有其他的身分。或該說曾經有過。

他想起了那位「小妹」，她叫瑞秋還是蕾姬娜？芮芭？蕊內？他不太確定，只記得她是首席吉他手的小妹妹。

高二這年，他還不是中西信託這座山丘上辛勤工作的小螞蟻，當時，他是「復刻」樂團的主唱。他們之所以取這團名是因為他們都演奏一些一九六〇、七〇年代的玩意兒，著重在英國樂團，好比說滾石樂隊、搜尋者跟衝擊合唱團，因為這些樂團大部分的歌曲都很簡單。他們不碰披頭四，因為他們的歌曲總是充滿詭異的和弦，好比說變化七和弦。

查克必須當主唱的兩個原因：雖然他不會演奏樂器，他卻會唱歌，而且他爺爺有一輛上了年紀的運動型多功能休旅車，可以讓查克載團員出門表演，只要不是太遠就好。復刻樂團一開始功力很差，高二結束，樂團解散的時候也只是差強人意而已，但他們如同節奏吉他手他爸說的一樣：「在『堪聽幅度』上已造成巨大進步。」說真的，當你們演奏的只是戴夫．克拉克五人組（Dave Clark Five）的〈支離破碎〉（Bits and Pieces）跟雷蒙斯樂團（Ramones）的〈洛可威海灘〉（Rockaway Beach）時，真的無法造成什麼嚴重傷害。

查克的男高音聽起來還滿悅耳的，真是了不起，需要的時候，他也不吝於尖叫或用假音唱歌，但他真正喜歡的是間奏不用唱歌的時候，因為此時他就能跳舞，還跟米克．傑格一樣，在舞台上昂首闊步，有時他會在雙腿之間搖晃麥克風架，他覺得這樣有暗示意味。他也會月球漫步，每次來這招都會引發觀眾鼓掌。

復刻樂團是一個車庫樂團，有時他們的確會在車庫練團，有時則會在首席吉他手家樓下的休閒室。在後面這個場地的時候，吉他手的小妹（茹思？芮根？）通常會穿著她的百慕達短褲，唱唱跳跳下樓。她會站在他們的兩台 Fender 擴大機中間，用誇張的方式搖起屁股，手指插在耳朵裡，吐出舌頭。有次休息時，她湊上來壓低聲音對查克說：「這你知我知就好，你唱起歌來像老人做愛。」

未來的會計師查爾斯．克蘭茲也低聲回應：「猴子屁股，講得好像妳知道那是怎麼回事一樣。」小妹沒搭理他。「我倒是挺喜歡看你跳舞的。你跳起來像白人，但還是不錯。」

小妹本人也是白人，也喜歡跳舞。有時練團過後，她會播放起她自己錄的錄音帶，他會跟她一起跳舞，其他團員則會發出噓聲或稍微有點見地的反應，他們兩人會模仿麥克．傑克森，笑得跟瘋子一樣。

查克一聽到鼓聲，就想起他教小妹（蕾蒙娜？）怎麼月球漫步。有人敲起復刻樂團過往在演奏〈史露琵，等等〉（Hang On Sloopy）跟〈嶄新凱迪拉克〉（Brand New Cadillac）一樣基本的搖滾節拍。一開始，他以為鼓聲只存在於他的腦袋裡，也許就跟最近開始犯起的偏頭痛一樣，但後面街廓群聚的路人顯然多到讓他注意到一個孩子，身穿無袖T恤，坐在小小的凳子上，敲起這些有滋有味的古早節奏。

查克心想：當你需要一個小妹一起跳舞的時候，她在哪兒啊？

傑瑞已經開工十分鐘，出現的就只有滑板小子嘲諷扔進魔法帽的二十五美分。他覺得沒道理，在這樣一個週末前的愉快週四下午，他到現在至少應該能賺到五塊錢。他不需要這筆收入果腹，但人不可能只靠食物與房租過活吧？一個人必須安排好自己的自我形象，而在博尤斯頓街上打鼓就是他自我形象的一大部分。他在舞台上，他在表演，事實上，他是獨奏。帽子裡的錢是他用來判斷誰受他的表演吸引，而誰沒有的方法。

他在指尖轉動鼓棒，調整好姿勢，開始〈我的夏洛娜〉一曲的前奏，但感覺不對，聽起來假假的。他看到一個生意人模樣的人走來，公事包如同短墜子一樣搖晃，不曉得基於什麼原因，傑瑞想要昭告天下這位老兄來了。他先敲起雷鬼節奏，然後是比較鬼鬼祟祟的節拍，有點像是介於馬文．蓋的〈我聽說的〉（I Heard It Through the Grapevine）跟戴爾．霍金斯（Dale Hawkins）的〈蘇西Q〉（Susie Q）。

這是傑瑞自從今天剛開始暖身測試他的裝備之後，第一次明白為什麼自己會想帶牛鈴出門。他開始隨機敲起牛鈴，而他的鼓聲開始變成冠軍樂團（the Champs）的〈龍舌蘭〉（Tequila）。還滿酷的，律動感抓到了，律動感就像一個人會想繼續跟著前進的道路。他可以加快節奏，來點高架鼓，但他看著生意人先生，那樣好像不合這位老兄的意。傑瑞完全不懂生意人先生怎麼會成為律動感的焦點，但他不在乎。有時事情就是這樣，律動感會形成一則故事。他想像生意人先生會去那種飲料上插著粉紅色小雨傘的地方度假。也許他跟太太一起來，也許是跟私人助理一起來，這位助理有著淡褐色的頭髮，還會穿土耳其藍的比基尼。而他們聽到的就是這種鼓聲。在點燃提基火炬之前，這就是鼓手為今晚的暖場。

他相信生意人先生會走開，回到他的生意人先生旅館，而他會投錢進魔法帽的機率不是很低就是完全不存在。他走之後，傑瑞會敲點別的，讓牛鈴休息一下，但現在的節奏就是很對味。

不過，生意人先生沒有飄走，他反而停下了腳步，面露微笑。傑瑞對他露齒一笑，對人行道的高禮帽點點頭，一個拍子也沒掉。生意人先生似乎沒注意到，而他也沒有慷慨解囊。他將公事包放在他的黑色生意人先生鞋子之間，開始跟著節奏左右搖擺起屁股來。只有屁股，他全身其他部位都是靜止的。他面無表情，似乎是望著傑瑞頭上的某個地方。

「上啊，老兄。」一個年輕人說，然後扔了幾枚硬幣到帽子裡去。這是打賞微搖屁股的生意人先生，不是在讚賞節奏，但也沒關係。

傑瑞開始迅速輕敲起銅鈸，只是嘗試看看，溫柔地像在愛撫。另一隻手則隨機敲響牛鈴，踩起踏板，加點底音大鼓的聲音，聽起來真不錯。身穿灰色西裝的老兄看起來像銀行家，但他搖屁股的姿態看起來像別種生物。他舉起一隻手，開始用食指點起節拍。他手背上有一個小小的新月形傷疤。

查克聽到變化的節奏，開始帶有一點異國風情了，他一度想要恢復自己本來的樣子閃人。然後他又想：管他的，在人行道上跳舞犯法嗎？他從雙腿間的公事包退開，這樣才不會絆倒，他用手扠在搖晃的腰上，然後搖擺地向後轉了一圈。他年輕時，樂團演奏起〈無法滿足〉（Satisfaction）

跟〈遛狗〉（Walking the Dog），他就會跳這種舞步。有人大笑，有人鼓掌，他朝另一個方向轉身，外套下襬飛揚起來。他想起跟小妹一起跳舞的時光。小妹是個滿嘴髒話的小鬼頭，但她的確能跳得很起勁。

查克已經好幾年沒跳得這麼起勁了，好久沒有進入這神秘又滿足的狀態，但他的每一個動作都感覺非常完美。他抬起一腿，用另一隻腳旋轉。然後在身後拍手，如同課堂上起立背書的小學生，接著是在公事包前面的人行道上進行月球漫步。

鼓手意外歡快地喊：「讚喔，老爹！」他加快速度，現在左手從牛鈴敲到落地鼓，踏板也踩了，更沒忘記加上銅鈸的金屬嘆息聲。人潮聚集了起來。金錢流入魔法帽，銅板跟紙鈔都有。這裡有戲看。

兩名身穿同樣彩虹聯盟T恤、戴同款貝雷帽的年輕人站在小群觀眾最前面。其中一人扔進看起來像五塊錢的東西進帽子裡，喊著：「讚喔，老兄，衝衝衝！」

查克根本不需要鼓勵，他就在狀況裡，他早把什麼二十一世紀的銀行拋諸腦後。他解開西裝外套的鈕扣，用手背刷過外套後方下襬，拇指扣在皮帶上，彷彿槍客，然後做了一個調整過後的劈腿，劈開來，又收回來，接著是迅速一步轉身。鼓手大笑，點點頭。「你超讚。」他說。「老爹，你超讚的。」

群眾持續增加，帽子繼續裝錢，查克的心臟不只是在胸腔跳動，而是跟打鼓一樣，猛力捶個不停。真是害自己心臟病發的好方法，但他不在乎。如果他老婆看到這場面，肯定會擔心死，但他不在乎。他兒子大概會覺得尷尬，但兒子不在場。他用右腳靠著左小腿，再次旋轉，等到他回到中央地帶時，他看見兩名貝雷帽男子旁邊有一位年輕貌美的小姑娘。她穿了一件輕飄飄的粉紅色罩衫跟紅色一片裙。她睜大了眼，入迷地望著他。

查克對她伸出手，面露微笑，不斷彈指。「來吧！」他說。「來吧，小妹，來跳舞吧！」

傑瑞不覺得她會答應，她看起來像是害羞的人，但她朝灰西裝男走去。也許魔法帽真的施展魔法了。

「跳！」一個戴貝雷帽的傢伙說，其他人也跟著起鬨，隨著傑瑞敲打起的節奏一邊拍手，喊著：「跳、跳、跳！」

珍妮絲露出一個「管他的」的微笑，將包包扔在查克的公事包旁邊，然後牽起他的手。傑瑞捨棄原本的節奏，換成滾石樂團鼓手查理．沃茨的玩意兒，敲得跟士兵一樣盡心盡力。生意人先生帶著女孩轉了一圈，一手放在她纖細的腰身上，將她拉向自己，快步帶她繞過鼓組，差點走到沃爾格林連鎖藥局建築邊上了。珍妮絲抽開身子，用手指做出「你真淘氣」的手勢，然後回來，拉住查克的兩隻手。他們彷彿已經練習這些舞步一百次了一樣，他又來了一個調整過後的高高劈腿，她則閃進他雙腿之下的空間，力道之猛烈，一片裙下露出一條美腿。她用手撐起身子時引發觀眾一陣驚呼，然後她跳起身來，歡笑不止。

「不了、不了。」查克拍拍胸膛。「我不能——」

她跑向他，雙手撐在他的肩上，忽然間他又可以再跳了。他攬著她的腰，讓她靠在他的髖骨上旋轉，然後讓她穩穩落地。他拉起她的左手，她則跟激動的芭蕾舞女伶一樣在他的牽引下旋轉。現在肯定有一百個人圍觀，他們聚集在人行道上，還散落到街道上。大家又鼓起掌來。

傑瑞敲點每一塊鼓面，然後是銅鈸，最後高舉他勝利的鼓棒。又是一陣掌聲。查克與珍妮絲互看，氣喘吁吁。查克已經開始轉白的頭髮黏在他滿是汗水的額頭上。

「我們在幹嘛？」珍妮絲問。現在鼓聲停歇，她看起來一臉茫然。

「我不知道。」查克說。「但這是我不曉得多久以來，遇過最棒的事情了。」魔法帽整個滿出來。

「再來！」有人高喊，群眾也跟著唱和。好幾支手機都亮了出來，準備好捕捉下一場舞蹈，女孩看起來願意繼續，但她很年輕。查克已經跳累了。他看著鼓手，搖搖頭。鼓手點頭，表示明白。查克在想剛剛有多少人即時捕捉到了第一支舞，如果他太太看見又會作何感想？還有他兒子。會不會在網路上瘋傳呢？不太可能啦，但如果真的爆紅，如果傳到銀行，同事跟主管看到的時候，又會怎麼想呢？他們派他是去波士頓參加研討會的，結果他卻在博尤斯頓街跟一個年紀足以當他女兒的女孩一起搖屁股？她也許是某人的小妹呢。他剛剛到底在想什麼？

「不了，各位。」鼓手高喊。「咱們見好就收啦。」

「而我得回家了。」女孩說。

「還不行。」鼓手說。「拜託。」

二十分鐘後，他們坐在波士頓公園面對鴨子池的長椅上。傑瑞剛剛先打電話給麥克，查克與珍妮絲幫忙收拾器材，統統裝上廂型車。有幾個人遲遲不肯走，過來恭賀他們，向他們擊掌，又朝已經滿出來的帽子扔錢。他們開車離開，查克與珍妮絲並肩坐在後座，腳踩著一疊一疊的漫畫書，電話裡的麥克說他們怎麼可能在公園旁邊找到停車位？

「今天可以。」傑瑞說。「今天充滿魔法。」他們的確找到地方停車，就在四季酒店正對面。

傑瑞點起現金。還真的有人扔了五十塊紙鈔，也許是貝雷帽男，誤把五十當五塊。賺的錢超過四百美金，傑瑞從來沒有一天賺過這麼多，完全超乎預期。他把麥克的一成先放一邊（麥克目前站在池塘邊上，用碰巧出現在口袋裡的一包花生醬餅乾餵鴨子），然後開始分配剩下的錢。

「噢，不。」珍妮絲明白後，連忙說：「這是你的錢。」

傑瑞搖搖頭。「不，我們平分。我一個人就算打鼓打到午夜，連一半都賺不到呢。」是說條子也不會允許他打到午夜啦。「有時收工可以賺到三十，那已經算好日子了。」

查克的頭痛又開始發作了，他曉得大概九點左右就會變得很嚴重，但這位年輕人的坦白還是讓他歡笑不已。「好啦。我不需要這筆錢，但我猜這是我賺來的。」他伸手拍拍珍妮絲的臉頰，就跟他有時會拍拍首席吉他手那位嘴巴很髒的小妹一樣。「小姑娘，妳也收下吧。」

「你是在哪兒學會那樣跳舞的？」傑瑞問查克。

「這個嘛，中學時期有一堂課外活動叫『轉圈打滾』，但最棒的動作都是我奶奶教我的。」

「妳呢？」他問珍妮絲。

「差不多啊。」她臉紅了起來。「高中舞會。你又是在哪裡學的打鼓？」

「跟你一樣，自學的。」他對查克說。「老兄，你自己跳就已經很讚了，但女孩將表演提升到另一種層次。你們知道，我們可以靠這個維生。我真的覺得我們可以靠賣藝賣出財富與名氣。」

查克一度還真的考慮了起來，女孩似乎也是。不是很認真啦，就是對不同的生活做做白日夢那樣。就跟你夢想自己成為職業棒球員，或爬上聖母峰，或跟搖滾歌手布魯斯·史普林斯汀（Bruce Springsteen）一起在體育館演唱會合唱一樣。然後查克笑了笑，搖搖頭。女孩將自己賺的錢塞進包包時，也大笑起來。

「真的，都是你的原因。」傑瑞對查克說。「你為什麼會停在我面前？為什麼會開始跳舞？」

查克想了想，然後聳聳肩。他可以說，因為當時他想到他那不成氣候的復刻樂團，而間奏時他就會在舞台上跳舞露一手，還在雙腿之間搖擺麥克風架，但不是因為這樣。而且，說真的，當他還是一名青少年，年紀輕輕，柔軟靈活，沒有頭痛，也沒有什麼好擔憂的時候，他有跳得這麼活力十足、這麼放得開嗎？

「那是魔法。」珍妮絲說，她咯咯笑了起來，她完全不期待今天自己還笑得出來。掉眼淚？可以。咯咯笑？怎麼可能？「就跟你的帽子一樣。」

麥克回來了。「傑瑞，我們要閃人囉，免得你今晚賺的錢都要拿去付我的停車費了。」

傑瑞起身。「你們兩位都不想轉換生涯跑道？我們可以從燈塔山一路闖到羅斯伯里，闖出什麼名號來。」

「我明天還要參加研討會。」查克說。「禮拜六我就會搭飛機回家，家裡還有妻子跟兒子在等我。」

「那我孤掌難鳴囉。」珍妮絲面帶微笑。「就像少了佛雷・亞斯泰爾的琴吉・羅傑斯（Ginger Rogers）。」

「懂了，懂了。」傑瑞張開雙臂。「但你們得過來才能走，來抱一下。」

他們過去抱成一團。查克曉得他們聞得到他的汗味，這身西裝如果還要再穿，肯定得先拿去好好乾洗一番，而他也聞得到他們的汗味。這不打緊。他覺得女孩提到魔法的時候，實在說得很對。有時就是這樣，一點點魔法，不用太多，就像在舊外套口袋裡翻到遺忘的二十塊一樣。

「街頭藝人萬歲。」傑瑞說。

查克・克蘭茲跟珍妮絲・哈樂戴也複誦起來。

「街頭藝人萬歲。」麥克說。「讚讚讚，好了，傑瑞，咱們要在計表小姐出現前閃人了。」

查克跟珍妮絲說，他要去波士頓飯店，路上會經過保誠購物中心，看她是否順路。的確順路，珍妮絲原本的計畫是一路走到芬威球場，滿腦子想著她的前男友，對著包包低聲抱怨講髒話，但她改變心意了。她說她可以去阿靈頓街搭輕軌列車。

他送她過去，他們穿過公園。到了要下車站的階梯時，她轉身對他說：「謝謝你邀請我共舞。」

他向她一鞠躬。「這是我的榮幸。」

他看著她下去，直到消失，然後他才走回博尤斯頓街。他走得很慢，因為他背痛，他腿痛，他的頭也脹痛不已。他想不起來這輩子頭痛什麼時候這麼嚴重過，就只是兩個月前的事而已。他猜如果一直發作，他就得去看醫生。他猜自己也許明白這是怎麼回事。

如果真是那樣，那也是之後再說的事了。他覺得今晚他想吃頓好的，有何不可呢？他賺來的啊，還要喝杯好酒。話說回來，還是來瓶高級礦泉水就好，葡萄酒可能會害他頭痛加劇。等到他享用完晚餐（當然是連甜點也吃完）後，他會打電話給金妮，跟她說她丈夫可能會成為曇花一現的網路紅人。大概不可能啦，正在某處的某人肯定在拍狗狗用汽水瓶搞雜耍的影片，別的地方還有人在記錄抽菸的山羊，但誰知道呢？還是先報備一聲嘛。

隨著他經過剛剛傑瑞架設裝備的位置，他想起那兩個問題：你為什麼會停在我面前？為什麼會開始跳舞？他不知道到底為什麼，而且就算有答案，這些答案能夠讓美事再錦上添花嗎？

之後他會失去走路的能力，更別說跟小妹在博尤斯頓街上跳舞。之後他會喪失吞嚥的能力，只能吃果汁機打出來的流質食物。之後他會搞不清楚清醒與睡眠的界線，進入充滿痛苦的世界，痛苦到他會質疑上帝為什麼要創造世界。之後他會忘了妻子叫什麼名字。他偶爾會想起來的是他為什麼停下腳步，為什麼放下公事包，為什麼開始隨著鼓聲的節奏搖擺屁股，而他會覺得這就是上帝創造世界的原因。就是這麼簡單。

第一幕：我包羅萬象

1

查克期待能有一個小妹妹。他媽答應，如果他很小心，她就會讓他抱抱她。當然他也期待能有保有雙親，但九十五號州際公路高架橋上的積水結冰奪走了他們。多年之後，上大學的時候，他跟女朋友說，所有的小說、電影、電視節目裡都有父母因車禍過世的主角，但他卻是真實生活裡唯一一個遇上這種事的人。

這位女朋友想了想，然後提出她的高見。「我相信這種事一定常常發生，雖然奪走夥伴性命的可能是房屋失火、龍捲風、地震或滑雪假期遇上雪崩，只是列出幾個可能性而已。而你又為什麼覺得出了自己腦袋，你還會是主角？」

她是詩人，也是某種虛無主義者。他們只交往了一個學期。

當車子在付費公路的高架橋打滑翻滾時，查克並不在車上，因為他爸媽那時是要去進行晚餐約會，他在爺爺奶奶家，當時他還用意第緒語的「齋迪」（Zaydee）與「布比」（Bubbie）稱呼他們（他差不多在三年級的時候改口，因為其他孩子會取笑他，他這才改叫全美通用的爺爺與奶奶）。艾勒比與莎拉．克蘭茲就住在同一條路一點六公里之外的地方，車禍發生後，查克首度發現自己成了孤兒，由爺爺奶奶照顧他也成了再自然不過的事。他當時七歲。

長達一年，也許一年半，家裡籠罩著愁雲慘霧。克蘭茲老夫妻不只失去了女兒跟女婿，也失去了三個月後才會出生的小孫女。他們連名字都選好了，就叫艾莉莎。當查克說，這名字聽起來好像雨聲時，他的媽媽笑了，但隨後又哭了。

他永遠忘不了那一幕。

他當然也認識媽媽那邊的外祖父母，他每年夏天都會去看他們，但他們基本上對他來說跟陌生人沒兩樣。他成了孤兒後，他們很常打電話來，就是平常的「你怎麼樣」、「學校怎麼樣」，夏天他還是會去拜訪他們，莎拉（也就是布比，也就是奶奶）都讓他搭飛機出門。不過，外祖父母對他來說還是陌生人，住在奧馬哈這種陌生之地。他們會在他生日及聖誕節寄禮物過來，聖誕節收到禮物特別開心，因為爺爺奶奶不搞聖誕節那套，但除此之外，他還是覺得外公外婆像是外人，就跟升年級之後，繼續留在原本年級教書的老師一樣。

查克逐漸脫去象徵哀傷的外衣，他也帶著爺爺奶奶（年紀比較大，但還沒到七老八十）走出他們的悲痛。查克十歲的時候，他們帶他去迪士尼樂園。他們在天鵝度假村訂了親子房，兩間房間之間的門晚上會開著，而查克只聽到奶奶哭過一次。這一趟他們大多玩得很盡興。

快樂的感覺多少跟著他們回家。查克有時會聽到奶奶在廚房哼歌，或跟著收音機一起唱起來。車禍之後家裡出現很多外帶餐點（回收桶裡滿滿都是爺爺的百威啤酒瓶），但在迪士尼樂園之後的這一年，外婆終於重拾烹飪。營養美味的飲食讓原本纖瘦的男孩長了點肉。

她做飯的時候喜歡聽搖滾樂，查克覺得這種音樂對她來說太年輕了，但她就是很喜歡。如果查克晃進廚房找餅乾吃，或只是想用「神奇麵包」弄個紅糖麵包捲，奶奶就會對他伸出雙手，開始對他彈指。「亨利，跟我一起跳。[10]」她會這麼說。

他明明叫查克，不叫亨利，但他通常會順著她的意。她教他吉特巴舞步，還有幾個結合各種風格的動作。她跟他說她會的可多了，但她的背實在無法示範。「但我可以放給你看。」她說，某個週六，她從百視達租了一疊錄影帶回來。其中有琴吉・羅傑斯跟佛雷・亞斯泰爾的《搖擺時代》（*Swing Time*）、《西城故事》（*West Side Story*），還有查克最愛的《萬花嬉春》（*Singin' in the Rain*），金・凱利（Gene Kelly）對著路燈燈柱跳舞。

「你可以學這些舞步。」她說。「小鬼頭，你是天生好手。」

有次，他們在特別激烈地跳完傑克・威爾森（Jackie Wilson）的〈越來越高〉（Higher and Higher）之後，喝起冰茶，他問奶奶在高中的時候是什麼樣子。

「我可是**妖豔**得很。」她說。「但別跟你爺爺說我講這種話。那傢伙很老派的。」

查克從沒說溜嘴。

而他也從沒上去過圓頂閣樓。

至少那時沒有。

他當然問過那個地方，而且不只一次。那上頭有什麼？從高高的窗戶上看出去，可以看到哪裡？為什麼那邊的門是上鎖的？奶奶說，那是因為上面地板不牢固，他可能會踩穿。爺爺用一樣的理由，因為地板很爛，所以上頭沒什麼好看的，而你能從窗戶看出去的景色就只有購物中心，真了不起。他一直操著這副說詞，直到查克十一歲生日前夕，爺爺這才透露一小部分的實情。

2

大家都知道酒精是秘密的大敵，而在兒子、媳婦、即將出生的小孫女（艾莉莎，聽起來像雨聲）過世後，艾勒比・克蘭茲喝得可兇了。他真該買全美最大啤酒公司安海斯－布希的股票，因為他

10. 出自一九五五年伊特・珍（Etta James）的歌曲〈亨利，跟我一起跳舞〉（Dance with Me, Henry）。

就是喝了這麼多。他可以喝，因為他退休了，窩在家裡，超級安逸，而且他也非常沮喪。

迪士尼樂園之旅過後，酗酒逐漸濃縮成晚餐時的一杯葡萄酒，或看棒球賽時的一瓶啤酒。通常是這樣啦。偶爾呢，一開始是一個月一次，之後是兩個月一次，查克的爺爺會故意喝醉。每次都在家裡喝，喝完也不會鬧酒瘋。隔天他會行動遲緩，到了下午才吃一點東西，然後就會恢復正常。

有天晚上，看著洋基隊狠狠修理紅襪隊，艾勒比解決掉一打百威啤酒之後，查克再次提起圓頂閣樓這個話題。他主要只是想找話聊。紅襪隊落後九分，這場比賽其實已經無法引發他的關注。

「我猜你可以看到韋斯特福德購物中心後面的景色。」查克說。

爺爺想了想，然後按下遙控器上的靜音鍵，讓福特卡車特價月的廣告安靜一下（爺爺說福特〔Ford〕就是「天天要修理」的意思〔Fix Or Repair Daily〕）。「如果上去，你也許會看到你不想看的東西。」他說。「所以上頭才鎖著，小朋友。」

查克感覺到一陣微小但不全然不舒服的冷顫爬過，他的腦袋立刻閃現史酷比與他的朋友，開著車身寫著「神秘機器」的麵包車追尋鬼怪。他想問爺爺這話是什麼意思，但他成人的一面卻要他閉上嘴巴（是說這一部分的他還不存在啦，怎麼可能？他才十歲，但這種特質已經偶爾會冒出頭了）。閉上嘴巴，靜靜等待。

「查仔，你曉得這是什麼風格的房子嗎？」

「維多利亞風格。」查克說。

「沒錯，而且不是假的維多利亞風格。這棟房子在一八八五年建成，之後又翻新了六次，但圓頂閣樓從一開始就在。你奶奶跟我在鞋子生意特好的時候買了這棟房子，買得非常便宜。一九七一年搬進來後，我上去那該死的圓頂閣樓肯定不超過五、六次。」

「因為地板爛掉？」查克問，希望露出的是關注又無辜的神情。

「因為上面有一堆鬼。」爺爺說，查克再次感覺到寒意，這次感覺就沒有那麼舒服了。雖然爺爺可能是在開玩笑，他最近的確偶爾會開開玩笑。爺爺開玩笑，就跟奶奶跳舞一樣自然。他喝起啤酒，打嗝，雙眼泛紅。「查仔，你記得『還沒到來的聖誕鬼魂』吧？」

查克記得，雖然他們不會慶祝聖誕節，但他們每年平安夜都會看《小氣財神》改編的電影《聖誕夜怪譚》，不過呢，他實在不太懂爺爺到底在講什麼。

「沒多久就是傑佛瑞家的男孩。」爺爺說。他持續盯著電視，但查克不覺得他有看進去。「亨利・彼得森的事情……那是更後來的事了。也許是四年，應該是五年之後。那時，我都忘了我在上頭看到什麼。」他用拇指比了比天花板。「我那時說，我希望我再也不要上去，我也希望我沒有上去。因為莎拉，你奶奶，還有麵包。是等待，查仔，等待是最難熬的。你會明白的，等到你——」

廚房打開，奶奶從對街的史丹利太太家回來了。奶奶煮了雞湯過去，因為史丹利太太不太舒服。奶奶是這麼說的啦，但就算還不滿十一歲，查克也明白她別有居心。史丹利太太熟知所有鄰居的八卦（爺爺說：「那女人根本**長舌婦**。」），也樂於到處分享。奶奶會在將查克請出去之後，把所有的消息講給爺爺聽，但請出去不代表聽不見。

「爺爺，亨利・彼得森是誰？」查克問。

但爺爺聽到他妻子進來的聲音。他在椅子上挺直身子，將百威啤酒的罐子放去一旁。「看吶！」他用佯裝出來的清醒口氣高喊（是說他才瞞不過奶奶）。「紅襪隊滿壘囉！」

3

八局上半，奶奶叫爺爺去路口的佐尼便利商店買查克明天吃穀片早餐要加的牛奶。「別想開車，走一走會讓你清醒點。」

爺爺沒有爭執。他很少跟奶奶爭，他嘗試的時候，結果通常都不太好。他出門後，奶奶，也就是布比，坐在查克旁邊的沙發上，一手攬著他。查克將頭枕在她肉肉的舒適肩膀上。「他是在跟你說他的鬼魂嗎？圓頂閣樓裡的鬼？」

「呃，對。」實在沒必要說謊，奶奶會看破這些謊言。「上面有鬼嗎？妳看過嗎？」

奶奶不屑地說：「小傻瓜，你覺得呢？」後來查克才想清楚，這根本不算答案。「我是不會太在意爺爺講的話啦，他是好人，但有時他喝太多了，就會高談闊論講講講個不停。我相信你知道我在說什麼。」

查克的確明白。尼克森該去坐牢；同性戀稱霸美國文化，將其變成粉紅色的；（奶奶喜歡看的）美國小姐選美基本上就是牛肉場。不過在今晚之前，他從來沒有提過圓頂閣樓裡的鬼魂。至少沒有對查克說過。

「布比，傑佛瑞家的男孩是誰？」

她嘆了口氣。「小查子，那是很悲傷的故事。」（這樣叫他是她的小玩笑。）「他住在下一條街上，他追球追上街，結果被酒駕駕駛撞死。那是很久以前的事的。如果你爺爺說他在事發之前就看到，那他誤會了，或是為了開玩笑才編出這種說詞。」

查克只要一說謊，奶奶就知道。這天晚上，查克發現這項天賦是雙向的。就是她忽然不看他了，把目光移去電視上，彷彿正在演什麼有趣的節目一樣，查克曉得奶奶根本不在乎棒球，就算是大聯盟冠軍賽也不在乎。

「他就是喝太多了。」奶奶說，於是這話題就此結束。

也許吧，大概吧，但這件事之後，查克開始害怕圓頂閣樓，害怕它鎖上的門，這扇門就位於短短的（六階）階梯上，旁邊只有掛著一條黑線，拉一下就能打開照亮階梯的單顆燈泡。不過，著迷是恐懼的孿生兄弟，在那天晚上之後，如果爺爺奶奶都不在家，他就會鼓起勇氣爬上樓梯。他會撫摸耶魯門鎖，如果門把發出聲響，他會露出畏懼的神情（這聲音可能會打擾到關在裡頭的鬼魂），然後連忙跑下階梯，一邊跑還會回頭看。想像門鎖忽然蹦開，掉到地上是很簡單的事。門那沒開過的鉸鏈會自己吱嘎開啟。如果這種事發生，他猜他應該會嚇死。

4

話說回來，地下室則一點也不可怕，日光燈把地下室照得非常明亮。在爺爺賣掉幾間鞋店、退休之後，他經常泡在下面做木工，這裡永遠聞起來充滿甜甜的木屑味道。有個角落，這裡距離查克不能碰的龍門刨床、砂磨機與帶鋸機很遠，他在這裡找到爺爺舊時的哈迪男孩系列叢書。有夠懷舊，但不錯看。有天，他在廚房讀《邪惡路標》，等著奶奶將餅乾從烤箱裡拿出來，她卻把書從他手裡搶走。

「你可以看更好的東西。」她說。「小查子，你該更上一層樓了。在這等著。」

「我正要看到精采的地方。」查克說。

她哼了一聲，這種聲音只有猶太人布比能發得這麼完美。「這本書沒有精采的地方。」她說，然後把書拿走。

她回來的時候，帶著《羅傑．艾克洛命案》（*The Murder of Roger Ackroyd*）。「這才是精采的推理故事。」她說。「沒有開著破車亂兜的蠢青少年。把這當作你實際寫作的入門作品。」她想了想，又說：「好吧，不是什麼索爾．貝婁（Saul Bellow）的大作，但也不差了。」

查克讀這本書是為了讓奶奶高興，但他很快就迷失在故事之中。他十一歲這年，讀了二十多本阿嘉莎．克莉絲蒂的作品。他試過兩本瑪波小姐的書，但他發現他更喜歡赫丘勒．白羅，喜歡他挑剔的鬍子，還有小小的灰色腦細胞。白羅精明得很。暑假的某一天，查克正在後院吊床上讀《東方快車謀殺案》，他碰巧抬頭望向上方的圓頂閣樓窗戶。他在想白羅先生會不會著手調查。

他心想：啊哈，然後他又改成法文的「哇啦」，這樣感覺才對。

下次奶奶做藍莓瑪芬蛋糕的時候，查克就問他能不能拿幾個去給史丹利太太。

「你真是太貼心了。」奶奶說。「你去你去。記得過街時要查看左右來車。」每次他要出門的時候，她都會這樣叮嚀他。好，他的小小灰色腦細胞已經上線，他懷疑奶奶是不是想到了傑佛瑞家的男孩。

奶奶身材豐腴（而且愈來愈豐腴），但史丹利太太的體積是奶奶的兩倍大，這位寡婦走路的時候會發出漏氣輪胎般的氣若游絲，而她似乎總是披著同一件粉紅色絲質袍子。查克有點內疚，竟然還帶甜食來增加她的腰圍，但他需要資訊。

她謝謝他的瑪芬蛋糕，順便問他要不要來廚房一起吃（他很確定她會開這個口）。「我來泡茶！」

「謝謝。」查克說。「我不喝茶，但我可以來杯牛奶。」

當他們坐在灑落六月陽光的小小廚房餐桌旁時，史丹利太太問候起艾勒比與莎拉的近況。查克很清楚他在這個廚房裡所說的一切在今天結束前就會傳遍整條街，他只有說他們很好。不過，因為白羅說，如果你想要得到一點，就得付出一點，於是他又說奶奶正在收集舊衣服，要捐給路德教會的流浪漢之家。

「你奶奶真是聖人。」史丹利太太說，顯然是很失望沒有更多八卦。「你爺爺呢？他去檢查背上那個東西了沒？」

「有啊。」查克說。他喝了一小口牛奶。「醫生做了切片檢查，不是惡性的。」

「真是謝天謝地！」

「對。」查克附和道。「付出」的部分結束，他覺得現在他能開始詢問他想要的資訊了。「他那天跟奶奶聊到某個叫作亨利．彼得森的人，我猜他死了？」

他做好失望的準備，她也許根本沒聽說過這號人物呢。不過，史丹利太太眼睛睜得圓大，查克擔心她眼珠子會不會掉出來，她用手緊握自己的脖子，彷彿一口藍莓瑪芬噎住了一樣。「噢，那是很慘的事情！太可怕了！他是一位簿記員，幫你爸做過帳，你知道，還有別的公司。」她靠向前，她的袍子領口讓查克看到大到似乎不真實的胸部。她還抓著自己的喉嚨。「他自殺了。」她低聲地說。「上吊！」

「他有盜用公款嗎？」查克問，因為在阿嘉莎．克莉絲蒂的書裡有很多盜用公款的情節，還有勒索。

「什麼？拜託，沒有！」她緊抿雙唇，彷彿是要阻止自己說出不堪入耳的話語，不能玷污坐在對面的年輕人。如果真是如此，那她天生愛（對任何人講）八卦的性格則戰勝了這種掙扎。「他老婆跟一個年輕小夥子跑了！剛有投票權的小夥子，這個老婆都四十好幾哩！你說說這怎麼成？」

查克當下唯一能想到的反應是「哇！」這似乎就夠了。

回到家後，他從櫃子裡抽出筆記本，寫下**爺在傑佛瑞家男孩死前不久，看到他的鬼魂。在亨利·彼得森死前四、五年看到他的鬼魂**。查克停筆，咬著廉價原子筆的尾端，憂心忡忡。他不願寫下腦袋裡想到的狀況，但他覺得，身為好偵探，他不得不記錄下來。

莎拉跟麵包。他在圓頂閣樓看到奶奶的鬼魂？？？

答案顯而易見。不然爺爺怎麼會說等待是最難熬的？

查克心想：現在我也開始等待了。希望那只是一堆狗屁胡言。

5

六年級的最後一天，理查茲老師想在查克班上讀些華特·惠特曼的《自我之歌》（她是一個不按牌理出牌，挺可愛的年輕老師，不太講世俗規矩，在公立教育體制下大概待不了多久）。反應非常糟，大家吵吵鬧鬧，一點也不想讀詩，只想栽進眼前即將長達幾個月的暑假裡。查克也一樣，趁著理查茲老師低頭看書的時候跟麥可·愛德比扔紙團或比中指，但是，一句詩卻讓他印象深刻，讓他忽然坐直身子。

這堂課終於結束後，大家都跑光了，他卻留下來。理查茲老師坐在辦公桌前，將一綹頭髮從額頭上吹開。她看到查克沒有離開，便給他一個無奈的笑容。「剛剛還真愉快，你說是吧？」

查克聽到諷刺的時候，他會曉得人家是在諷刺，就算這種諷刺很溫和，還是在自嘲。畢竟，他是猶太人啊，哎啊，半個猶太人。

「當他說，『我遼闊博大，我包羅萬象』的時候，是什麼意思？」

這讓她的微笑變得更燦爛了。她用拳頭靠著下巴，用那雙漂亮的灰色眼睛望著他。「你覺得呢？」

「他認識的每一個人？」查克冒險嘗試。

「對。」她同意。「但他指的不只如此，靠過來。」

他在她的辦公桌上靠向前，《美國詩文選》就攤開在她打分數的冊子上。她溫柔地用手掌放在他的兩側太陽穴上。她的手冰冰的，感覺太美妙，他必須壓抑住想要打顫的衝動。「我兩手中間是什麼？只是你認識的人？」

「不只。」查克說。他想起自己的爸爸、媽媽，以及未曾有機會抱過的小寶寶，艾莉莎，聽起來像雨聲。「記憶。」

「對。」她說。「你看過的一切，你知道的一切，**整個世界**，小查。天上的行星，街上的人孔蓋。隨著你活過的每一年，你腦袋裡的世界會變得愈來愈大，愈來愈明亮，更細緻、更複雜。你明白嗎？」

「我想是吧。」查克說。想到在他脆弱的頭殼大碗裡有一整個世界，實在太震撼了。他想起在街上被車撞的傑佛瑞家男孩。他想到亨利．彼得森，他爸的簿記員，死在繩索上（他曾因此做過噩夢）。他們的世界變黑了，就跟燈關掉的房間一樣。

理查茲老師將手抽開，她看起來很擔心。「小查，你還好嗎？」

「很好。」他說。

「那走吧，你是個好孩子，我喜歡替你上課。」

他朝門口前進，然後又轉身。「理查茲老師，妳相信鬼魂嗎？」

她想了想。「我相信回憶就是鬼魂，但在發霉城堡裡飄來飄去的怨靈？我想那種只存在於書本跟電影之中。」

查克心想：也許也存在於爺爺家的圓頂閣樓裡。

「小查，暑假愉快。」

6

查克的愉快暑假一直延續到八月，然後奶奶過世了。事情就發生在他們住的街上，公共場所，這樣好像有點不太莊重，但至少那種死法是人家可以在葬禮上安全地說：「所幸她沒有受太多苦。」其他人則會說：「她過了長壽又豐富的一生。」這話聽起來就比較有爭議了，莎拉・克蘭茲還不滿六十五歲，但就差一點而已。

皮爾砌街上的這棟房子再次籠罩在愁雲慘霧之中，只不過這次沒有迪士尼樂園之旅來開啟療癒的道路。查克又開始用布比來稱呼奶奶，至少在他腦袋裡這樣叫她，好幾個夜晚，他都哭著入睡。他哭的時候會把臉埋在枕頭裡，這樣才不會讓爺爺更難過。有時他會壓低聲音說：「布比，我想妳。布比，我愛妳。」直到他終於睡著。

爺爺掛著他的哀悼臂環，體重直直掉，也不說笑話了，看起來比他實際的七十歲還要老得多，但查克同時也感覺到（或以為）爺爺似乎鬆了口氣。如果真的如此，查克也明白。當你每天提心吊膽過日子，恐怖的事情終於發生且過去後，你肯定會鬆口氣的，不是嗎？

奶奶過世後，他不再踏上圓頂閣樓的階梯，不再壯著膽子去碰門鎖，但他反而在雅克公園中學七年級開學前一天跑去佐尼便利商店。他買了一罐汽水還有一條奇巧巧克力棒，然後問店員，那位中風發作的老太太死在哪裡。店員是個金髮油頭往後梳，加上渾身刺青的二十幾歲小夥子，他發出不怎麼悅耳的笑聲。「小鬼，問這有點詭異。不知道耶，你是想磨練你的變態殺人狂技巧是不是？」

「她是我奶奶。」查克說。「我的布比。事情發生時我在社區游泳池。我回家找她，但爺爺說她死了。」

這話讓店員笑不出來了。「噢，老天，我很遺憾。就在那裡，三號走道。」

查克前往三號走道，望了過去，但他已經知道自己會看到什麼。

「她當時正要買麵包。」店員說。「她跌倒時，將架子上的東西都打翻了。抱歉，這樣講太細了。」

「不會。」查克說，心想：我已經知道這項資訊了。

7

雅克公園中學開學的第二天，查克經過教師辦公室外頭的一片公布欄，然後又折返回來。在拉拉隊、樂團、各種體育社團徵選的海報之中，其中一張海報是一個男孩與一個女孩停格在舞步上，男孩將手舉得高高的，拉著女孩旋轉。歡笑的孩子上方，彩虹文字寫著：「學跳舞吧！」下方則是：快來加入「轉圈打滾」！秋季舞會在即！快跳進舞池！

查克看到海報的時候，一個痛苦也清晰的畫面印入腦海：他的奶奶在廚房裡，伸出雙臂。對他彈著手指，說：「亨利，跟我一起跳。」

這天下午，他前往體育館，負責女學生體育課程的羅巴克老師熱情地招呼他與另外九名躊躇的孩子。加上查克，男生不過三個人。其他七個都是女生，而且都比較高。

其中一個名叫保羅．莫福的男孩，一發現自己是最矮的人就想偷溜出去，他的身高是一百五十二公分。羅巴克老師把他追回來，笑得花枝招展。「不不不。」她說。「你現在是我的人了。」

於是他成了她的人，他們都成了她的人。羅巴克老師是舞蹈怪獸，誰也別想擋她的路。她打開手提音響，示範起華爾滋（查克會跳），示範起恰恰（查克會跳），示範起踩交換步（查克也會），然後是森巴。查克不會，但當羅巴克老師放起冠軍樂團的〈龍舌蘭〉時，示範了幾個基本動作，他立刻就恍然大悟，也愛上這種舞蹈。

他是這個小小社團裡目前跳得最好的舞者，所以羅巴克老師大多會把他跟不怎麼靈活的女孩配對在一起。他明白老師這麼做是想讓她們進步，他也很有風度，但這樣有點無聊。

不過呢，就在四十五分鐘的社團課程快要結束前，舞蹈怪獸會大發慈悲，將他跟凱特・麥考伊湊成一對，她是八年級生，是女生裡最會跳舞的。查克不期待浪漫愛情，因為凱特不只長得漂亮，還高出他十二公分，但他喜歡跟她跳舞，這種感覺是互相的。他們一起跳的時候，他們會捕捉到節奏，讓節奏填滿他們全身上下。他們會四目相視（她必須低頭，真是掃興，但事情就是這樣），然後享受其中的樂趣，歡笑不已。

在下課之前，羅巴克老師會將孩子配對（四個女孩只能跟女生跳），然後讓他們自由發揮。隨著他們拋下顧慮與尷尬，大家都跳得不錯，但他們之中有人永遠也不會去巴西的科帕卡瓦納海灘跳舞。

在秋季舞會舉行的前一個禮拜左右，羅巴克老師老師放起麥可・傑克森的〈比莉・珍〉（Billie Jean）。

「看好了。」查克說，然後來了一個還算及格的月球漫步，其他孩子讚嘆起來。羅巴克老師張大了嘴。

「噢，我的天啊。」凱特說。「快教我怎麼跳！」

他再次示範。凱特嘗試，但後退走路的錯覺並不存在。

「鞋子脫了。」查克說。「只穿襪子走，用滑的。」

凱特照做，感覺進步多了，大家都鼓掌。羅巴克老師也來了一次，然後所有人就跟發瘋一樣，不斷月球漫步。就連舞技最差的迪蘭·馬斯特森都成功漫步。這天「轉圈打滾」比平常更晚了半小時下課。

查克與凱特一起離開。「我們該在舞會的時候表演。」她說。

原本不期待去舞會的查克停下腳步，揚著眉毛望著她。

「不是要約會還是怎樣。」凱特連忙說。「我的舞伴是道基·溫沃斯——」這查克早知道了。「——但這不代表我們不能來一點很酷的舞步。我想跳，你呢？」

「不知道耶。」查克說。「我比妳矮多了，我覺得大家會笑我。」

「有辦法搞定。」凱特說。「我弟有一雙厚跟鞋，我覺得跟你尺寸差不多。你這個小傢伙，腳挺大的。」

「謝謝誇獎喔。」查克說。

她大笑起來，給他一個大姊姊的擁抱。

下次他們在「轉圈打滾」見面時，凱特帶來了她弟的厚跟鞋。因為加入舞蹈社團，男子氣概已經遭到藐視的查克本來準備好要討厭這鞋，結果卻一眼就愛上。鞋跟很高，前面尖尖的，顏色是莫斯科午夜的黑暗，看起來就像早期藍調樂手波·狄德利（Bo Diddley）會穿的鞋子。所以，沒問題，鞋子是有點大，但在鞋尖腳趾處塞進衛生紙就能搞定。最棒的是……天啊，這雙鞋真滑。自由發揮的時候，羅巴克老師放了比利·歐辛（Billy Ocean）的〈加勒比海女王〉（Caribbean Queen），地板滑起來跟冰一樣。

「你刮壞地板，清潔工就會揍爆你。」譚米·安德伍說。她說得大概沒錯，但地上沒有刮痕。他腳步輕盈，完全沒有留下任何痕跡。

8

查克單槍匹馬前往秋季舞會，結果也沒關係，因為「轉圈打滾」的女孩都想跟他共舞。特別是凱特，因為她男友道基．溫沃斯身段很不靈活，整個晚上都跟他的朋友一起窩在牆邊，喝著潘趣酒，用傲慢的不屑態度打量跳舞的人。

凱特一直問查克什麼時候要端上他們的拿手好菜，但他一直推託。他說，等到放起正確的歌，他就會知道該跳了。他想起他的布比。

差不多九點的時候，再過半小時舞會就要結束了，對的音樂終於出現。那是傑克．威爾森的〈越來越高〉。查克昂首朝凱特走去，伸出雙手。她踢掉鞋子，查克則穿著她弟的厚跟鞋，他們的身高終於差不多。他們前往舞池，他們同步進行月球漫步，舞池裡就只剩他們。其他孩子圍著他們，開始鼓掌。羅巴克老師是負責維持秩序的師長之一，她也跟著其他人一起拍手，喊著：「跳！跳！跳！跳！」

他們的確繼續跳。隨著傑克．威爾森愉快喊出福音般的旋律，他們跳得跟佛雷．亞斯泰爾、琴吉．羅傑斯、金．凱利與珍妮佛．貝爾的集大成一樣。結束的時候，凱特先向一邊旋轉，然後轉向另一邊，最後以垂死天鵝的姿態，高舉雙手，向後跌進查克懷裡。他劈起腿來，神奇的是褲子沒有因此裂開。凱特轉頭在查克嘴角親上一吻的時候，兩百名孩子都歡呼起來。

「再來一首！」有人高喊，但查克與凱特搖搖頭。他們也許年紀不大，但他們聰明到曉得該見好就收。而且最棒的舞蹈是無法超越的。

9

在查克因為腦瘤過世前半年（很不公平的三十九歲就過世），他的腦袋（大部分）還能正常運作的時候，他跟太太說起手上傷疤的真相。這不是什麼大事，原本的說法也不是什麼天大謊言，但他到了生命快速流逝的時間點，把這件事講清楚似乎變得很重要。她只問過他一次（那個疤真的很小），他那時說這個疤來自一個名叫道格．溫沃斯的男孩，對方不高興他在中學舞會與他女友共舞，所以把他推到體育館外頭的鐵絲網圍欄上。

「所以當時到底發生什麼事？」金妮問，不是因為這件事對她很重要，而是因為這對他似乎很重要。她不太在乎他中學的時候出過什麼事。醫生說，他大概活不過聖誕節，這對她來說才是重要的事情。

當他們美得冒泡的舞蹈表演結束後，ＤＪ播放起另一首比較流行的歌曲，凱特．麥考伊則跑向她的眾多女生朋友，她們咯咯歡笑，尖叫不已，熱情擁抱，就跟十三歲女孩一樣。查克滿身大汗，臉頰燙到不行，好像要著火一樣。他太開心了。他這一刻想要的只有黑暗、涼爽的空氣，以及獨處。

他經過道基與他的朋友身邊（他們完全沒有注意到他），如同做夢般的男孩，他推開體育館後門，走進鋪平的籃球半場場地。涼涼的秋天空氣吹熄了他臉頰的熱火，但沒有吹滅愉悅的心情。他抬頭，看到一百萬顆星星，曉得每一顆星星之後還有另外一百萬顆。

他心想：宇宙如此浩瀚，包羅萬象。也包括我，而這一刻我很美好，我有權利成就美好。

他在球框下月球漫步，隨著室內的音樂起舞（他跟金妮談起這件事時，他說他想不起來那是哪一首歌，特此說明，那是史蒂夫．米勒樂隊〔Steve Miller Band〕的〈噴射客機〉〔Jet

Airliner」），他翩翩轉身，雙手伸得長長的，好像要擁抱一切。

然後右手忽然刺痛，不是很嚴重，只是會「哎呦」一聲的痛，但已經足以讓他從靈魂的歡愉飄飄然回到地球。他看到自己手背流血了。當他在星空下張開雙臂旋轉的時候，他伸出去的手撞上鐵絲網圍欄，一塊突起的鐵絲刮傷了他。雖然只是皮肉傷，連ＯＫ繃都可以不用貼，卻留下了疤痕。一個小小的白色新月形疤痕。

「你之前為什麼為此撒謊呢？」金妮問。她一邊微笑，一邊拉起他的手，親吻那個傷疤。「如果你吹牛說你揍爆那個大傢伙，我完全可以理解，但你根本沒有這樣說。」

沒錯，他先前的確沒有這麼說，他跟道基．溫沃斯真的一點恩怨也沒有。就一點，這傢伙就是一個歡樂的傻瓜而已。另一點，查克．克蘭茲七年級時也只是個無法引人注意的小矮子罷了。

那如果他不是要把自己說成虛構故事裡的英雄，他一開始又為什麼要說謊呢？這道疤之所以重要，是基於其他原因。因為那屬於他說不出口的故事一部分，就連現在，他度過大部分童年的維多利亞風格房屋已經拆除，改建成新的公寓了，他還是難以啟齒。那棟鬧鬼的維多利亞風格房屋。

這道傷疤代表的意義不只如此，於是他繼續疊加賦予，他只是無法讓這道疤痕表現出它真正蘊藏的豐富意涵。這稍微說得通，但隨著膠質母細胞瘤持續展開閃電戰，這已經是他崩解心智能夠做出的最佳解釋。他終於跟她坦白這道傷是怎麼來的，這樣就夠了。

10

查克的爺爺，他的「齋迪」，在秋季舞會後四年，因心臟病發過世。事情發生在艾勒比前往公共圖書館的時候，他正要爬上階梯，去還《憤怒的葡萄》，他說這本書跟他印象裡同樣精采。

查克這年高二，在樂團裡擔任主唱，在間奏的時候跟米克．傑格一樣跳舞。

爺爺把一切都留給他。原本感覺很多的房產，在爺爺提早退休後的這幾年裡，好像縮水不少，但還是足以支付查克的大學學費。之後，出售維多利亞房屋的錢讓他與金妮得以在卡茨基爾山脈蜜月後搬進新家（小小的，但位在不錯的街坊，後面還有一間溫馨的房間可以當育嬰房）。他當時只是中西信託新進的小小櫃員，要是沒有爺爺的遺產，他怎麼也不可能買下自己的房子。

查克委婉拒絕搬去奧馬哈跟外祖父母一起住的要求。「我愛你們。」他說。「但我在這裡成長，我想在這裡住到我去上大學的時候。我十七歲，不是小孩子了。」

於是，早就退休的外公外婆搬進這座維多利亞風格的房子，差不多住了二十個月，直到查克去讀伊利諾州大學。

不過呢，他們沒有來參加葬禮，也來不及目睹下葬。事情進行得很快，這是爺爺的叮囑，而外公外婆還得處理一下奧馬哈的事情。查克並沒有很想念他們。他身邊都是朋友與鄰居，他對這些人的了解遠勝過不是猶太人的外公外婆。在他們預定抵達的前一天，查克終於打開放在前廳桌上的牛皮紙信封，來自艾伯與哈樂威葬儀社。裡頭是艾勒比．克蘭茲的個人物品，至少當他倒在圖書館階梯時，這些東西擺在他口袋裡。

查克將信封裡的物品倒在桌上。幾枚匡啷的硬幣、幾顆喉糖、隨身小刀，還有爺爺剛買的新手機，他還沒有多少機會使用，以及他的皮夾。查克拿起皮夾，嗅聞它老舊破損的皮革，親吻它，還掉了幾滴眼淚。他現在真的成了孤兒。

同時出現的還有爺爺的鑰匙圈。查克用右手食指扣著鎖圈（就是有新月傷痕的那隻手），然後爬上短短陰暗的階梯，前往圓頂閣樓。這最後一次上去，他所做的不只是握住耶魯掛鎖而已。經過幾次尋找，他終於找到對的鑰匙，打開了門。他讓門鎖掛在彈扣上，將門推開，老舊鉸鏈沒上油，發出的聲響讓他面露難色，他做好心理準備。

11

但上頭什麼都沒有，房間空空如也。

這是一個小小的圓形空間，直徑差不多四公尺，也許更短。遠處的一面牆上有大大的窗戶，玻璃積滿好幾年的灰塵。雖然陽光普照，但透過窗口照進來的光線模糊漫射。查克站在門口，伸出一隻腳，用腳尖輕踩地板，彷彿是要試試池塘的水是否太涼一樣。地板沒有發出聲響，沒有破裂。他踏了進去，如果地板下陷，他已經做好要往後跳的準備，但地板非常堅固。他穿過房間，走到窗邊，在厚厚的積灰上留下腳印。

說地板爛掉，爺爺是在騙人，但景色倒是說對了，的確沒什麼好看的。查克可以看到綠色地帶之後的購物中心，然後是朝城市移動的美國鐵路列車，拖著五節短短的載客車廂。在這種時刻，早上通勤尖峰時段已過，搭車的人就寥寥可數。

查克站在窗邊，直到列車過去，然後踩著自己的腳印返回門口。他正轉身要關門，卻看到圓形房間中央出現一張床。那是醫院的病床，上頭還躺著一個人，他顯然失去意識了。沒有機器，但查克聽得見，持續不斷的嗶……嗶……嗶，也許是心率監測器吧。病床旁邊有一張小桌子，上頭有各種乳液，以及一副黑框眼鏡。男人雙眼緊閉，一手擺在被毯外頭，看到男人手背上新月形的傷疤，查克完全不意外。

查克的爺爺，也就是他的「齋迪」，在這間房間裡看到自己妻子的死狀，她倒在貨架上，打翻了好幾條麵包。爺爺當時說：查仔，是等待，等待是最難熬的。

現在，他自己也要開始等待了。還有多久？病床上的男人幾歲？

查克想要回到圓頂閣樓看個仔細，但畫面已經消失，沒有男人，沒有病床，沒有小桌子，只有看不見的監控器，發出最後一聲「嗶……」然後也消失了。男人沒有慢慢褪色，沒有跟電影演的幽靈一樣緩慢風化，而是直接不見，彷彿是在強調他根本一開始就沒有出現過一樣。

查克心想：他的確不存在於這裡。我堅持他不存在，而我會好好過生活，直到走到盡頭的那一刻。我很美好，我值得成就美好，我包羅萬象。

他關上門，將門鎖回去。

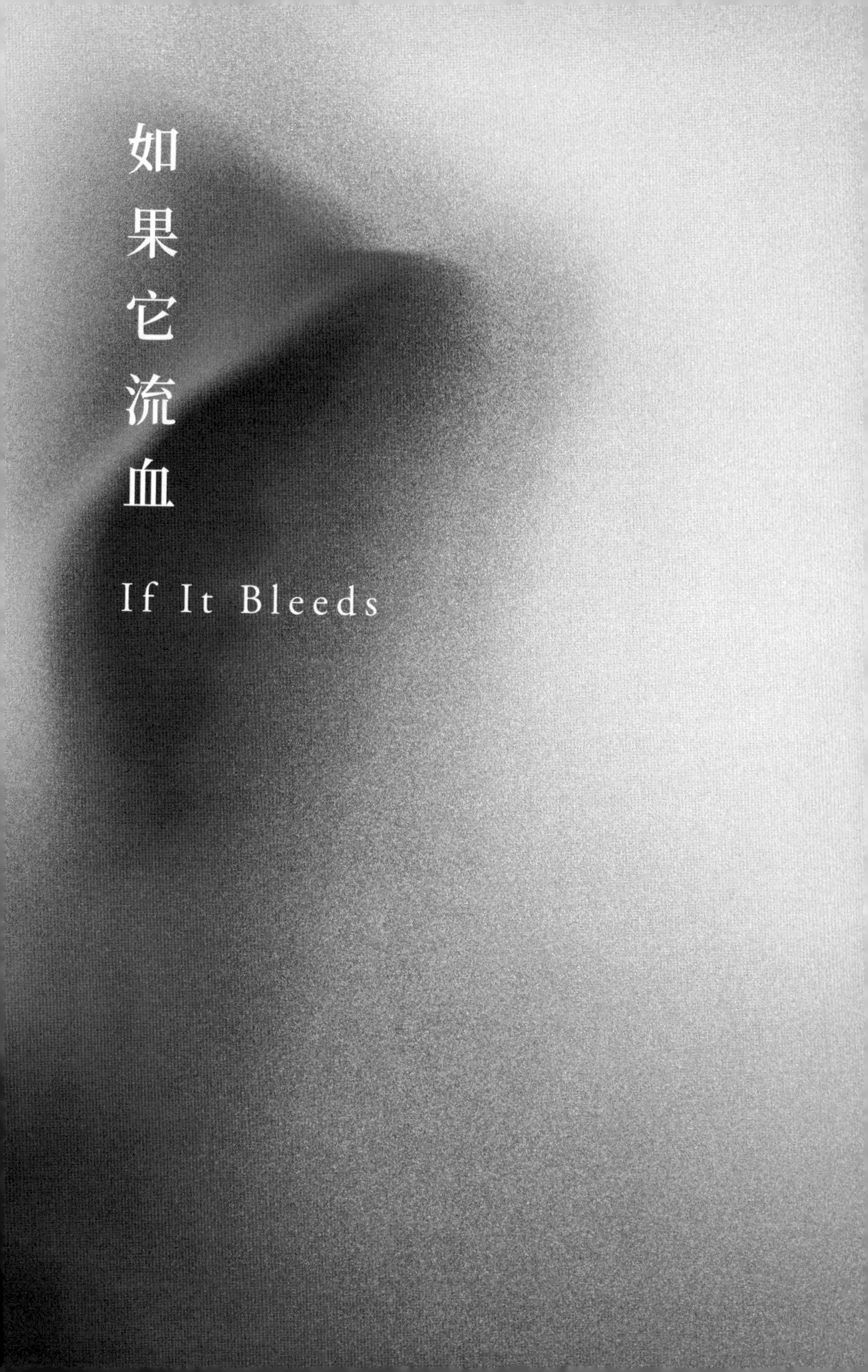

如果它流血

If It Bleeds

二〇二一年一月，一個寄給勞夫．安德森警探的小小鼓鼓信封送到了隔壁鄰居康拉德府上。多虧安德森家所在的郡教師持續罷工，他們才能去巴哈馬度一個長長的假期。（勞夫堅持要兒子德瑞克帶書去，德瑞克說這叫「荒謬的掃興鬼」。）在安德森一家回到弗林市前，康拉德答應會轉寄他們的信件過去，但這個信封上大大的文字寫著：請勿轉寄，煩請親自轉交。勞夫打開信封的時候，他會看到一個隨身碟，標題為「如果它流血」，這應該是在說舊時的做新聞模式：「見了血，有血腥味，才能上頭條。」隨身碟裡有兩個檔案夾，其中一個裡面都是照片與聲譜圖，另一個則是某種報告，或來自荷莉．吉卜尼的口述日記，她之前跟警探一起偵辦一樁案件，從奧克拉荷馬州開始，在德州的山洞裡結束。這個案子永遠改變了勞夫．安德森對現實世界的觀點。荷莉的最後一份語音檔案日期是二〇二〇年十二月十九日。她聽起來氣喘吁吁。

勞夫，我盡力了，但也許這樣還不夠。雖然我已經周詳計畫好，但我很有可能無法全身而退。如果我死了，我要你知道，你的友誼對我來說非常重要。如果我死了，而你選擇接下我所開始的調查，請你格外小心。你是有妻子與兒子的人。

（報告在此結束。）

二〇二〇年十二月八日、九日

1

松林鎮自治區是一個距離匹茲堡不遠的社區。雖然賓夕法尼亞州西部主要產業是農業，但松林鎮區吹捧自己擁有繁榮的市區與差點就有四萬的人口。你一進入市界，就會經過一個巨大的青銅物體，打造出這玩意兒的文化價值令人存疑（但當地人似乎很喜歡就是了）。根據告示牌說明，這是「世界上最大的松果！」這裡有個小停車場，供人野餐拍照。很多人會這麼做，將小小孩放在松果的「鱗片」上，拍照傳上網（小小的告示牌寫著「二十公斤以上孩童請勿攀爬」）。今天太冷，不適合野餐，這個季節，流動廁所也收起來了，令人存疑的文化價值青銅產物裝上了閃爍的聖誕燈飾。

就在巨大松果後面不遠，接近第一個標示松林區市區的紅綠燈處，就是亞伯特．麥奎迪中學，七年級、八年級、九年級的學生加起來快要五百人，而且這裡的老師沒有鬧罷工。

十二月八日，九點四十五分，賓夕快遞的卡車停進學校的環形車道。快遞員下了車，站在卡車前一、兩分鐘，研究他的寫字板。然後他將眼鏡沿著窄窄的鼻梁往上推，輕輕摸摸他的鬍子，然後繞到車尾。他翻了翻，然後挖出一個長寬高皆為九十公分的方形包裹。他輕鬆抱起，所以不是非常重。

門口的警告標語寫著：經過允許，訪客才得以進入校園。貨運司機按下告示牌下方的對講機按鈕，學校的秘書凱勒太太問起有什麼可以幫忙的。

「有個包裹要給……」他低頭看著標籤。「哎呦，看起來像拉丁文，要給……這個……尼莫……印普內……還是印普尼……」

凱勒太太幫了他一把。「尼莫印普尼拉賽席特會社，對嗎？」

監視畫面上，貨運司機看起來鬆了口氣。「妳說是就是囉，最後兩個字的確是『會社』沒錯，這一串到底什麼意思？」

「進來再說。」

凱勒太太微笑望著貨運司機穿過金屬探測器，進入主要辦公室，將包裹放在櫃檯上。上頭貼了好幾張貼紙，有聖誕樹、冬青跟聖誕老人，還有很多穿著格紋裙、戴黑帽子、吹風笛的蘇格蘭人。

他一邊用腰帶上的讀取裝置瞄準地址標籤條碼，一邊說：「所以，這個尼莫印普尼拉賽席特會社回到家、踢掉鞋子的時候，到底是啥玩意兒？」

「那是蘇格蘭的格言。」她說。「意思是『犯我者必受懲』。葛利斯沃老師的時事討論課在蘇格蘭的愛丁堡附近有一間姊妹校。他們會互相寫電郵，在臉書上交流，互傳照片什麼的。蘇格蘭的孩子支持匹茲堡海盜隊，我們的孩子替巴奇薊花足球俱樂部加油。時事討論課的孩子會在YouTube上看球賽。自稱為『尼莫印普尼拉賽席特會社』（Nemo Me Impune Lacessit Society）大概是葛利斯沃老師的意思。」她望向標籤上的退貨地址。「沒錯，藍丘中學，就是這裡，還有學校專屬的郵票什麼的。」

「我敢說一定是聖誕禮物。」快遞員說。「肯定是，妳看這裡。」他歪放箱子，讓她看仔細書寫的「十二月十八日才能打開」的文字，左右還有各一個吹風笛的蘇格蘭老兄。

凱勒太太點點頭。「那是聖誕假期前的最後一個上學日，希望葛利斯沃老師也寄點東西給過去。」

「妳覺得蘇格蘭小孩會準備什麼禮物給美國小孩？」

她大笑起來。「希望不要是羊雜餡肚就好。」

「這啥？又是拉丁文來的？」

「羊的心。」凱勒太太說。「還有肝跟肺包在羊肚裡。我知道是因為我丈夫在我們十週年結婚紀念日帶我去蘇格蘭。」

快遞員臉一沉，害她又大笑起來。然後快遞員請她在讀取裝置的欄位上簽名。她簽好名字，他祝福她今天愉快，也聖誕快樂。她也同樣祝福他。快遞離開後，凱勒太太逮到一個在上課時間蹺課閒晃的同學（沒有離開課堂的通行證，但凱勒太太這次不計較），請同學將箱子送去圖書館與一樓教師休息室之間的儲藏室。午休時，她把包裹的事告訴葛利斯沃老師。老師說，三點半，也就是最後一堂課的時候，他會把東西拿去課堂上。如果他中午時就拿過去，死傷可能會更慘重。

藍丘中學的美國俱樂部並沒有送亞伯特．麥奎迪學校的學生聖誕禮物。天底下也沒有賓夕快遞這間公司。後來，警方發現棄置的快遞公司卡車，早在感恩節過後沒多久，這輛原本停在購物中心停車場的車子就遭到盜竊。凱勒太太自責自己沒有注意到快遞員沒有別名牌，他的掃描器讀取包裹地址條碼時，也沒有跟UPS或聯邦快遞的機器一樣發出嗶一聲，因為那玩意兒是假的。什麼學校專屬的郵票也是假的。

警察會告訴她，任誰都會錯過這些小細節，她沒有理由覺得自己該負起全責，但她還是覺得自己有責任。學校的保全裝置，也就是攝影機鏡頭、上課時的門禁、金屬探測器，這些東西都很好，但也只是機器。她則是（過去式了）方程式裡的人性要素，柵門的守門員，她卻讓學校失望，讓學子失望。

凱勒太太覺得她失去的那一條手臂只是她贖罪的起點。

2

下午兩點四十五分，荷莉・吉卜尼準備好要迎接總能讓她開心的一個小時。這也許暗示了她品味不佳，但她還是很享受週間六十分鐘的電視節目，她也會盡量確保「誰找到就是誰的」（偵探事務所找到新的地點，就在鬧區的費德烈克大樓五樓）三點到四點之間沒有其他人出沒。反正她是老闆（她還是覺得這點難以置信），要做這種安排也不困難。

今天，她在老威・霍吉斯過世後的夥伴彼得・杭特利正在執行外勤任務，要去不同的流浪漢收容所追查一名逃家的人。同時在「誰找到就是誰的」事務所工作的還有傑若米・羅賓森，他從哈佛大學休學一年，想把一份四十頁的社會學報告擴展成他期待的一本書。他在事務所兼職。今天下午，他在城市南區，尋找名為「幸運」的黃金獵犬，狗狗遭到綁架，也許在主人拒絕支付一萬美金贖金後，綁匪會將狗丟在青年鎮、亞克朗或坎頓。當然，狗狗可能會出現在俄亥俄州的郊區，也許死在那裡，也許不會。她跟傑若米說，狗狗的名字就是好兆頭。她說，她充滿希望。

「你有『荷莉希望』。」傑若米滿臉笑意。

「沒錯。」她說。「好了，傑若米，『快撿回來』。」

她很有機會獨占整間辦公室，直到下班，但她真的在乎的只有三點到四點這段時間。她分神望著時鐘，順手寫了封生硬的電郵給安德魯・愛德華斯，這位客戶擔心合夥人想要併吞公司資產，結果合夥人並沒有，但事務所出了力，所以客戶必須付錢。荷莉寫道：**這是我們的第三張帳單。請結清款項，不然這件事就會移交收款公司。**

荷莉發現當她使用「我們」跟「我們的」，而不是「我」跟「我的」的時候，她的文字會比較有力量。她還在努力，但如同她祖父常說的一樣：「羅馬不是一天造成，費城也不是。」

她把信寄出去，咻，然後關掉電腦。她望向時鐘，兩點五十三分。她走去小冰箱，拿出一罐零卡百事。她把飲料放在公司發送的杯墊上（印著「尋找人事物，提供好服務，客戶不會輸」），然後打開辦公桌左上的抽屜。藏在一堆亂七八糟文件紙張中的是一包士力架迷你巧克力。她拿出六塊，她會分別在節目的六個廣告間吃掉。她一一拆掉包裝，把它們排成一列。

兩點五十五分。她打開電視機，調成靜音。莫瑞．波維奇（Maury Povich）正昂首闊步，走來走去，煽動攝影棚裡的觀眾。她也許品味很差，但沒有這麼差。她考慮要不要先吃一顆巧克力，但她要自己等等。就在她恭喜自己忍住的時候，她聽到電梯聲，然後翻起白眼。肯定是彼得。傑若米去南區了，沒那麼快回來。

是彼得，就是彼得，他面露微笑，說：「噢，快樂的一天，終於有人說服艾爾去找人來修──」

「艾爾什麼也沒做。」荷莉說。「我跟傑若米搞定了。只是小故障。」

「你們是怎麼──」

「跟一點駭客小技巧有關。」她的目光還盯著時鐘，兩點五十七分。「是傑若米動的手，但我也可以自己來。」她再次坦誠以對。「至少我覺得我可以。你有找到那個女孩嗎？」

彼得對她豎起兩根拇指。「在陽光收容所，我的第一站，真是好消息，她想回家了。她打電話給她媽，老媽會去接她。」

「你確定？還是這只是她的說詞？」

「她打電話的時候，我就在旁邊，她講得聲淚俱下。荷莉，這是好現象。我只希望這位老媽不要跟那個愛德華斯一樣賴帳。」

「愛德華斯會付錢的。」她說。「我下定決心要收到他的錢。」電視上的莫瑞現在成了跳舞的腹瀉藥藥瓶。這對荷莉來說真是一大進步。「彼得，現在別吵，我的節目再一分鐘就要開始了。」

「噢，我的天，妳還看那傢伙？」

荷莉不滿地望了他一眼。「彼得，歡迎你一起看，但如果你要繼續尖酸刻薄，打壞我的好心情，我就希望你迴避。」

要果斷，艾莉·溫特斯都是這麼說的。艾莉是她的治療師。荷莉中途短暫去看過另一位治療師，這位先生出過三本書，還寫了一堆學術文章。她去找他的原因並不是要驅逐從青少女時期就追著她跑的心魔。她跟卡爾·莫頓醫生談的是比較近期的妖魔。

「不要尖酸刻薄，收到。」彼得說。「天啊，真不敢相信妳跟傑若米繞過艾爾，直擊問題。荷莉，妳真了不起。」

「我正在努力更果斷一點。」

「妳成功了。冰箱裡有可樂嗎？」

「只有零卡。」

「嗯，那玩意兒喝起來——」

「噓。」

三點了。她調高電視音量，她等待的節目主題曲響了起來，鮑比·富勒四人組（Bobby Fuller Four）的〈我對抗法律〉（I Fought the Law）。螢幕上出現法庭場景。旁聽席上的人跟著音樂鼓掌（他們其實是攝影棚觀眾，就跟莫瑞節目一樣，只是沒有那麼兇猛），旁白高喊：「壞蛋閃邊，因為『強法』來啦！」

「全員起立！」法警喬治大喊。

觀眾統統起身，還在搖擺拍手，而強法則從他的辦公室走出來。他六十六歲（荷莉是從《時人》雜誌上看到的，這雜誌藏得比士力架迷你巧克力更隱密），頭光得跟八號球一樣……只不過他的膚色不是黑色，更像深巧克力。他踩著舞步前往法官席的時候，身上寬大的袍子還前後搖擺起來。他抓起小木槌，跟節拍器一樣左右搖晃，露出一整口潔白的牙齒。

「噢，坐著電動輪椅的耶穌基督啊。」彼得說。

荷莉給他一個更不爽的眼神。彼得一手拍嘴，另一隻手揮了揮，以示投降。

「請坐，請坐。」強法法官說（本名其實是傑哈．法森，這也是荷莉看《時人》才知道的，但已經很接近了），而觀眾紛紛就座。荷莉喜歡強法，因為他直來直往，不像那個茱蒂法官，喜歡挖苦人，又「爛得可惡」。他有話直說，就跟老威．霍吉斯生前一樣……但強法不是什麼替代品啦，不是因為他只是電視節目上的虛構角色而已。老威已經過世多年，但荷莉還是很想他。她今天所有的一切與成就，統統都是老威的功勞。天底下沒有人跟他一樣，但她在奧克拉荷馬州的警探朋友勞夫．安德森跟他算是有一點像。

「我這來自另一個媽的好兄弟喬治，咱們今天有啥案件？」這話逗得觀眾哈哈大笑。「民事或刑事？」

荷莉曉得同一位法官不太可能同時審理民事與刑事這兩種案子（也不可能每天下午都有新案子要審），但她不在乎，這些案件都很有意思。

「法官，民事案件。」法警喬治如是說。「原告為羅妲．丹尼爾茲太太，被告是她的前夫，理查．丹尼爾茲。兩人要爭家裡狗狗『壞孩子』的監護權。」

「狗官司。」彼得說。「正合我們的胃口。」

強法法官靠在他的小木槌上，木槌特別加長。「我的兄弟喬治，這位『壞孩子』今天有來嗎？」

「法官，牠在候訊室。」

「很好，非常好。而這位『壞孩子』跟名字一樣壞嗎？會咬人嗎？」

「強法法官，根據保全人員的說法，牠似乎非常討喜。」

「太好了。咱們聽聽原告是怎麼說壞孩子的。」

此時，飾演羅妲・丹尼爾茲的演員走進法庭。荷莉曉得在真實世界裡，原告跟被告開庭時就會入席，但這樣比較有戲劇效果。丹尼爾茲太太穿了一身太緊的洋裝、踩著太高的高跟鞋，她沿著中央走道入場，此時，旁白卻說：「一分鐘後回到強法法官的法庭現場。」

一則死亡保險的廣告出現，荷莉將第一顆士力架巧克力塞進嘴裡。

「不曉得我可不可以來一顆？」彼得問。

「你不是該在減肥嗎？」

「我每天到了這個時候都會低血糖。」

荷莉（不情願地）打開辦公桌抽屜，但在她能夠挖出甜食包裝袋之前，擔心無法支付丈夫葬禮費用的老太太就閃人，取而代之的是「突發新聞」的四個大字畫面。接著出現的是主播萊斯特・霍特（Lester Holt），荷莉當場就知道事態嚴重。萊斯特・霍特是電視臺的「大咖」。每次看到突發新聞，她都祈禱不要是另一場九一一恐怖攻擊。**拜託，上帝，不要是另一場九一一，也不要是核子攻擊。**

萊斯特說：「我們打斷您原本的電視節目，插播一則即時新聞，位於賓州匹茲堡東南邊六十五公里處松林區一所中學發生嚴重爆炸案。據報死傷慘重，且多為孩童。」

「噢，我的天啊。」荷莉說。她把原本伸進抽屜裡的手抽出來，蓋在嘴巴上。

「我必須強調，目前狀況尚未得到官方證實，我想……」萊斯特用手壓著耳朵聆聽。「好，對，遠從匹茲堡跟我們連線的是切特・翁道斯基，他就在現場。切特，聽得到嗎？」

「可以。」一個聲音說。「可以，我聽得見，萊斯特。」

「切特，目前你掌握了什麼狀況？」

畫面從萊斯特．霍特轉開，聚焦在一個中年男子身上，荷莉覺得這位老兄長得就是一張地區新聞從業人員的臉──不夠帥，無法成為主流市場喜歡的主播，但還上得了檯面。只不過他領帶打的結歪歪的，也沒有化妝遮住他嘴巴旁邊的痣，頭髮也亂糟糟，彷彿沒時間梳頭一樣。

「他站在什麼玩意兒旁邊啊？」彼得問。

「不知道。」荷莉說。「噓。」

「看起來像一個超大的松──」

「噓！」荷莉實在無法在乎什麼巨大松果，或切特．翁道斯基的痣跟一頭亂髮，她全神貫注看著在他身邊呼嘯而過的兩輛救護車，車子開得很近，警示燈閃個不停。她心想：有人死傷，嚴重死傷，多數為孩童。

「萊斯特，我可以告訴你，亞伯特．麥奎迪中學這邊最少確定有十七名死者，受傷的人更是不計其數。這項資訊來自不願具名的郡警副警長。爆炸裝置應該放在主要辦公室或旁邊的儲藏室。如果各位仔細看……」

他指過去，攝影機乖乖跟著他的手指拍攝。一開始，畫面很模糊，但當攝影師穩住鏡頭，放大的時候，荷莉可以看到建築物一側被炸出一個大洞。磚頭在草坪上散落一片。隨著她逐漸理解眼前的狀況（同時大概還有其他一百萬個狀況），一名身穿黃色背心的男人從洞口走出來，他懷裡抱著什麼東西。小小的，還穿著運動鞋。不，只有一隻腳有穿鞋，另一隻鞋顯然是在爆炸時炸飛了。

鏡頭回到連線記者上，捕捉到他正在調整自己的領帶。「警長辦公室晚點肯定會召開記者會，但此時此刻，通知大眾並不是他們最在乎的事情。家長已經開始聚集……女士？女士？我可以耽誤妳一點時間嗎？我是切特．翁道斯基，WPEN電視臺，十一頻道。」

出現在鏡頭前面的女人非常胖。她沒有穿外套就趕來學校，她的印花居家洋裝跟寬鬆長袍一樣在她身邊波濤洶湧。她一臉死白，只有腮幫子上的兩處紅亮，頭髮亂到讓翁道斯基看起來非常整齊，她胖胖的臉頰上有閃閃淚痕。

荷莉心想：他們不該拍攝這種畫面，我不該看，但他們拍了，我也看了。

「女士，妳的孩子是亞伯特．麥奎迪的學生嗎？」

「我的兒子跟女兒都是。」她說，然後緊握住翁道斯基的手臂。「他們沒事嗎？先生，你清楚他們的狀況嗎？艾琳跟大衛．維農？大衛七年級，艾琳九年級。我們都叫她艾琳弟弟，你知道他們是否無恙嗎？」

「維農太太，我不清楚。」翁道斯基說。「我覺得妳該去問問副警長，他們在那邊架拒馬。」

「先生，謝謝你，太謝謝你了。替我的孩子禱告！」

「我會的。」翁道斯基說，她則急忙跑走了，這位太太如果今天沒有心臟病發，能夠活下來就已經算非常幸運了……不過荷莉覺得她的心臟大概不是她最關切的問題。現在她也掛心起大衛與又名弟弟的艾琳。

翁道斯基轉回鏡頭前。「全美舉國上下都會替維農家的孩子禱告，以及今天所有來亞伯特．麥奎迪中學上課的孩子。目前所掌握的資訊還不太明確，可能隨時更新，但爆炸差不多是在兩點十五分發生，也就是一個小時之前，力道之大，將碎裂玻璃炸飛了約莫一點五公里遠。那些玻璃……弗烈德，可以拍一下這個松果嗎？」

「哎啊，我就知道那是松果。」彼得說。他身子向前靠，雙眼緊盯電視。

攝影師弗烈德把畫面移過去，而在松果的「花瓣」或「葉子」，不管你們怎叫那個一片一片的玩意兒，荷莉都看到上面有玻璃碎片。其中一塊玻璃上顯然有血，但她希望那只是反射出救護車警示燈的顏色而已。

萊斯特．霍特：「切特，真是太可怕了，太恐怖了。」

鏡頭切回來，聚焦在翁道斯基身上。「對，的確很恐怖。眼前場景真的非常駭人。萊斯特，我想──」

一架機身上有紅色十字與「仁慈醫院」噴漆字樣的直升機停在街道上。切特．翁道斯基的頭髮在螺旋槳颳起的風裡飄動，他提高音量，收音效果比較好。

「我想看看哪裡還需要我的協助！太可怕了，真是一場慘絕人寰的悲劇！鏡頭切回紐約！」

萊斯特．霍特回來了，看起來心情低落。「切特，小心點。各位，我們即將恢復原本表訂的節目，但我們ＮＢＣ會隨著狀況發展，持續插播，更新最新消息──」

荷莉用遙控器關掉電視。她已經沒胃口看假裝維持正義的節目了，至少今天不想看。她一直想起黃色背心男人懷裡的掙扎軀體，心想：一隻鞋還在，一隻鞋掉了。滴答、滴答、滴答答，我的兒子小約翰[11]。她今晚會看新聞嗎？她猜應該會吧。不想看，但無法克制自己。她必須知道有多少人死傷，多少是孩童。

彼得握住她的手，她很意外。通常她不喜歡別人碰觸，但這一刻她覺得很好。

「我要妳記住這點。」他說。

她轉頭望向他。彼得一臉凝重。

「妳跟老威阻止了比這更可怕的事情發生。」他說。「那個瘋子布雷迪．哈特斯菲爾在他計畫引爆的搖滾演唱會上可能會殺死幾百人，甚至幾千人。」

「還有傑若米。」她低聲地說。「傑若米那天也在場。」

11. 這是一首童謠，原文為「滴答、滴答、滴答答，我的兒子小約翰／穿著褲子睡覺覺／一鞋還在，一鞋掉了」。

「對，妳、老威、傑若米，三劍客。你們可以阻止那件事發生，也的確阻擋成功，但這個——」他向電視的方向點點頭。「這個是別人的責任了。」

3

七點鐘，荷莉還在辦公室，她正在檢視其實不需要她專注的發票。她剛剛才抵抗了想要打開公司電視的欲望，不要看萊斯特．霍特六點半的報導，但她還不想回家。早上的時候，她原本還很期待來一頓美味的周英華素食晚餐，她可以一邊吃，一邊看《美麗的毒藥》（*Pretty Poison*），大家都忽略了這部一九六八年的電影，由安東尼．柏金斯與塔斯黛．韋爾德領銜主演，但她今晚不想要毒藥，誰管它是否美麗。她已經中了賓州新聞的毒，也許還是會無法抵抗打開ＣＮＮ的欲望。這樣她就會輾轉難眠，可能要到兩點，甚至三點才能入睡。

荷莉跟二十一世紀沉浸在媒體裡的人一樣，她已經習慣了人類（通常都是男人）以宗教或政治之名（這些鬼影）對彼此所做的行為，但發生在郊區中學的悲劇實在太像差點在中西部文化藝術中心上演的事件，當時布雷迪．哈特斯菲爾想要炸死幾千名孩童，以及在市中心發生的事，他開著巨大的賓士轎車，輾過謀職的人，殺了……她不記得他害死多少人。她也不願想起。

她把檔案資料收起來，她畢竟還是得回家的，此時，她又聽到電梯的運轉聲。她等著電梯越過五樓，繼續往上走，但電梯停了下來。也許是傑若米，但她還是打開了辦公桌的第二個抽屜，鬆鬆的手握住了裡頭的罐子。罐子上有兩個按鈕，一個會發出震耳欲聾的響聲，另一個則會噴出胡椒噴霧。

是他。她放開「生人警衛」，關上抽屜。（這已經不是他從哈佛輟學後第一次）她讚嘆他怎麼長這麼高，長這麼帥。她不喜歡他嘴上那撮毛，他說那叫「山羊鬍」，但她從沒跟他講過。他平常活力四射的步伐今晚放慢了速度，有點遲緩。他來了一句敷衍的「荷莉貝瑞」，然後一屁股跌坐進上班時間保留給客人的椅子。

她通常會唸他兩句，說她不喜歡這幼稚的綽號，這已經成為他們平常的互動方式了，但她今晚沒有開口。他們是朋友，因為荷莉一直都沒有很多朋友，所以她會盡力留住她所值得結交的幾位朋友。「你看起來很累。」

「開車開很久。聽說那所學校的新聞了嗎？衛星電臺報個不停。」

「我正要看『強法』的時候，新聞插播。之後我就一直逃避，狀況有多糟？」

「他們說目前已經有二十七人喪生，其中二十三人是十二到十四歲的孩子，但人數會繼續成長。還是有兩位老師跟幾個孩子下落不明，十幾人狀況危急。比二〇一八年佛羅里達校園槍擊案還慘。讓妳想起布雷迪．哈特斯菲爾？」

「當然。」

「對，我也是。他在市中心的事，還有要是我們那晚在『在這裡』演唱會上遲個幾分鐘，他可能會造成的局面。我盡量不去想那些事，我告訴自己，那場戰役我們贏了，因為當我去想那件事的時候，我會覺得很毛。」

荷莉很清楚那種毛毛的感覺。她也經常有同樣感受。

傑若米用手緩緩搓揉臉頰，在寧靜之中，她都聽得到他手指摩擦新冒出來粗毛的粗糙聲響。

「哈佛大二的時候，我修了一堂哲學課。我有跟妳提過嗎？」

荷莉搖搖頭。

「那堂課叫——」傑若米用手指做出引號的樣子。「——『邪惡的難題』，我們談了很多名為內在邪惡與外部邪惡的概念。我們……荷莉，妳還好嗎？」

「我沒事。」她說，她的確沒事……但提到外部邪惡，她立刻想到她與勞夫一路追到對方最後巢穴的怪物。這個怪物有過太多名字，戴上太多面孔，但她總覺得他就是「局外人」，而這個外來的東西邪惡至極。她沒有跟傑若米談起在那個名為馬里斯維爾洞穴所發生的一切，但她猜他大概料得到有多糟，很多消息都上了報。

他不太有把握地望著她。「繼續。」她告訴他。「我覺得很有意思。」此言不假。

「呃……班上的共識是，如果你相信外部有良善，那你也會相信外部的邪惡——」

「外部的良善，上帝。」荷莉說。

「對，然後你就會相信天底下真的有惡魔，驅魔就是令人信服的回應手段，的確有邪惡的靈魂——」

「鬼魂。」荷莉說。

「對，更別說詛咒真的管用，還有巫婆、附身，誰曉得還有什麼玩意兒。不過，在大學校園裡，大家對於這些通常只會一笑置之。上帝他老先生就很常被大家取笑。」

「也許是位女性呢。」荷莉謹慎地說。

「對啦，隨便啦，如果上帝不存在，我猜性別大概也不重要。於是就只剩內在邪惡了，白痴的玩意兒。打死自己小孩的男人，跟布雷迪他媽的哈特斯菲爾一樣的連環殺人狂，種族清洗，種族屠殺，九一一事件，無差別槍擊案，還有像今天學校遇上的恐怖攻擊。」

「他們是這麼說的嗎？」荷莉問。「恐怖攻擊？也許是伊斯蘭國？」

「他們是這樣猜測的，但還沒有人出面承擔責任。」

現在他的另一隻手也摩擦起另一邊的臉頰，發出刮擦聲，傑若米是眼眶泛淚嗎？她覺得是，如果他哭，那她也會跟著哭，她肯定忍不住。哀傷有傳染力，是不是「爛得可惡」？

「但，荷莉，妳看，內在邪惡與外部邪惡的問題在於，**我不覺得兩者有差**，妳覺得呢？」

她考慮起自己所知的一切，她與這位年輕人一起經歷過的一切，還有她與老威、與勞夫·安德森經歷的每一件事。「對。」她說。「我覺得沒差。」

「我想那是一隻鳥。」傑若米說。「一尾巨大的鳥，又臭又髒，冷若冰霜的灰色。牠飛來飛去，到處飛，飛到布雷迪·哈特斯菲爾腦袋裡去，飛到槍殺拉斯維加斯那些人的槍手腦袋裡去，還有科倫拜校園槍擊案的艾瑞克·哈里斯、迪蘭·克里博，他們得到這隻鳥。希特勒，紅色高棉的波布（Pol Pot），這隻鳥飛進他們的腦袋裡，人都殺完之後，鳥又飛走了。我想逮住這隻鳥。」他緊握雙拳，與她四目相視，那的確是淚光。「逮住牠，扭斷牠的爛脖子。」

荷莉繞過辦公桌，蹲在他身邊，用雙手環抱著他。她的擁抱很不自然，因為他坐在椅子上，但還是有達到效果。潰堤了。當他抵著她的臉頰開口時，她可以感覺到他刺刺的鬍碴。

「那條狗死了。」

他一邊啜泣一邊說，她幾乎聽不清楚他在講什麼。「什麼？」

「那隻黃金獵犬『幸運』，綁匪沒有收到贖金，那混蛋就將牠開膛破肚，扔在水溝裡。有人看到牠一息尚存，就帶牠到青年鎮的愛伯動物醫院，牠也許又撐了半個小時。他們束手無策。聽起來一點也不幸運，對不對？」

「沒事了。」荷莉拍拍他的背。她自己的眼淚也噴湧而出，還有鼻涕。她感覺得到鼻涕也要開始噴發，噁。「好了，傑若米，沒事的。」

「不會沒事，妳知道事情很糟。」他把臉抽開，望著她，臉頰濕濕亮亮，山羊鬍也濕濕的。「把那隻狗的肚子劃開，讓牠內臟外流，把牠扔在水溝裡，妳知道這時發生什麼事嗎？」

荷莉知道，但她搖搖頭。

「那隻鳥就飛走了。」他用袖子抹抹眼睛。「現在牠飛去別人的頭腦裡了，比之前更好的頭腦，而人類繼續前進。」

4

還沒十點，荷莉放棄她打算讀的書，開了電視。她看了一下CNN的談話節目，受不了他們的叨絮。她要的是正正經經的新聞報導。她轉去NBC，令人不悅的畫面與駭人的音樂，加上「特別報導：賓州慘案」。安卓雅．米切爾正在紐約的主播台上。她開頭先告訴美國人民，總統剛用推特表示了他的「關心與禱告」，就跟他在奧蘭多夜店槍擊案、拉斯維加斯槍擊案、佛羅里達校園槍擊案等每一場恐怖節目上演後的反應一模一樣。這毫無意義的廢話之後是數字的更新：三十一人喪生，七十三人受傷（噢，天啊，也太多了），九人狀況危急。如果傑若米說得沒錯，那代表至少三名重傷之人已經死亡。

「兩個恐怖組織——胡賽聖戰與坦米爾伊蘭猛虎解放組織宣稱要替爆炸案負責。」米切爾說。「但國務院說這兩項聲明的可信度都非常低。他們傾向認為爆炸案是由一人所為，類似提摩西．麥克維（Timothy McVeigh）在一九九五年犯下的奧克拉荷馬城聯邦大樓爆炸案。該場事件奪走一百六十八人的性命。」

荷莉心想：當時也死了很多孩童。為了上帝或意識形態，或為了這兩者殺害孩童，幹出這種事的人都該下去最炙熱的地獄。她想起傑若米那隻冷若冰霜的灰鳥。

「監視攝影機捕捉到兇嫌將炸彈送進校園的身影。」米切爾繼續說。「接下來三十秒，我們會展示他的照片。各位觀眾請仔細看，如果你認得這個人，請打螢幕上的電話號碼。將他捉拿歸案與後續的定罪，協助的民眾可以得到二十萬的獎金。」

照片出現。彩色的，非常清楚。不完美，因為攝影機架設在門上，而男人直視前方，但也已經夠清楚了。荷莉靠向前，她所有令人生畏的工作技能現在統統派上用場，這些技能有些是天生的，有些則是在與老威．霍吉斯共事時磨練出來的。這傢伙要麼是皮膚曬得黝黑的白人（在這個季節不太可能，但也不是說不過去），要麼就是淺膚色的拉丁裔人、中東人，甚至只是上了妝。荷莉選擇白人加化妝。她推測他應該四十五、六歲。他戴著金絲眼鏡，黑色的鬍子只有小小一撮，還修剪得整整齊齊。他的頭髮也是黑色的，短短的。這一切她都看得清清楚楚，因為他沒有戴帽子，帽子會遮住他的臉部細節。荷莉心想：真是大壞蛋，他曉得那裡會有攝影機，他曉得會有照片，但他不在乎。

「不是大壞蛋。」她的目光沒有從螢幕上移開，記錄下所有特徵。不是因為這案子是她的，而是出於天性。「他是一個天殺的王八蛋，他就是。」

畫面回到安卓雅．米切爾。「如果觀眾認識這個人，請立即撥打螢幕上的電話。現在我們將畫面轉到麥奎迪中學以及我們的特派記者。切特，你還在現場嗎？」

他在，站在攝影機打出來的一潭亮光之中。更多燈光打在學校遭到攻擊的那一側，每一塊傾倒的磚塊都投出銳利的陰影。發電機發出隆隆運作聲。身穿制服的人忙裡忙外，對著通話裝置大喊、對話。荷莉看到有人穿著聯邦調查局（FBI）的外套，其他人則是菸酒槍砲及爆裂物管理局（ATF）的外套。還有一組人馬身穿白色的泰維克連身防護衣。黃色的犯罪現場封鎖線隨風拍打。這是受到控制的混亂場景。至少荷莉希望那裡已經受到控制。一定有人負責組織一切，也許就在畫面左邊的溫尼巴哥露營車裡。

萊斯特．霍特大概已經下班回家，穿著睡衣拖鞋看這一切，但切特．翁道斯基還在工作。這個翁道斯基先生真是勁量電池的超長電力小兔子，荷莉可以理解。這大概是他報導過的新聞裡，最重大的一則了，他幾乎是從事件一開始就跟著報導，全力追蹤。他還穿著西裝外套，剛到現場的時候應該還好，但現在氣溫已經降低了。她都看得到他呼吸吐出的白煙，她很確定他正在打顫。

荷莉心想：誰給他一件暖和點的衣服吧，拜託。鋪棉外套，甚至是運動衫也好啊。

這件西裝外套之後只能扔掉了，上頭沾滿磚灰，袖子跟口袋這兩個地方有扯破的痕跡。拿著麥克風的手上頭也有磚頭紅色的粉塵，以及別的東西，血？荷莉覺得那是血沒錯。他臉上也有痕跡，那也是血。

「切特？」只聽到安卓雅．米切爾的聲音問：「你在線上嗎？」

他用沒有拿麥克風的那隻手調整起耳機，荷莉看到兩隻手指上纏了ＯＫ繃。「對，我在。」他面向鏡頭。「我是切特．翁道斯基，在賓州松林區亞伯特．麥奎迪中學連線報導。威力強大的爆炸震撼了原本平靜的上學日，就在今天下午剛過兩點——」

安卓雅．米切爾出現在子母畫面上。「切特，我們從國土安全部得知爆炸案發生在兩點十九分。我不曉得當局是怎麼明確得到這個時間點，但顯然他們就是辦得到。」

「對。」切特說，聽起來有點分神，荷莉覺得他一定已經很累了。而他今晚睡得著嗎？她猜應該不行。「對，聽起來沒錯。安卓雅，如妳所見，搜尋工作暫告一段落，但鑑識工作這才開始。破曉時會有更多人員駐進，而且——」

「抱歉，切特，但你自己也投入搜救行動，對嗎？」

「對，安卓雅，大家都貢獻一己之力。鎮民，其中有些是學生家長，以及ＫＤＫＡ電臺的艾莉森．奎爾、提姆．威奇克，還有ＷＰＣＷ電視臺的唐娜．富比世，以及比爾．拉森，他來自——」

「對，但我聽說切特你本人將兩名孩童從廢墟中救出來。」

他沒有費心假裝謙虛、難為情，荷莉覺得加分。他繼續用報告的平穩語氣講話。「沒錯，安卓雅。我聽到其中一個孩子呻吟，看到另一個人。他們分別是一男一女。我知道男孩叫作諾曼．費德烈克。女孩……」他舔舔嘴唇。他手裡的麥克風微微顫抖，荷莉覺得他可不只是因為冷而顫抖。「女孩狀況很糟。她……她當時忽然喊著要媽媽。」

安卓雅．米切爾看起來非常難過。「切特，那真是太可怕了。」

的確如此，對荷莉來說也很可怕。她拿起遙控器想要關掉電視，她已經得到顯著的事實了，是說得到這些資訊也不曉得要幹嘛啦，然後，她遲疑了。她望著扯破的口袋。也許是在翁道斯基尋找倖存者時弄破的，但如果他是猶太人，那就是故意的了。這也許是名為keriah的儀式，在人死後，撕破衣服，象徵暴露在外的破碎之心。她猜破掉的口袋就是這個意思。她相信就是這樣。

5

她期待的輾轉難眠並沒有發生，不過幾分鐘，她就睡著了。也許跟傑若米一起掉眼淚宣洩了一點賓州新聞帶來的毒害。提供慰藉，得到慰藉。她逐漸睡著，她想到下次跟艾莉．溫特斯約見的時候，要談談這件事。

十二月九日凌晨左右，荷莉醒來，想起那個特派記者翁道斯基。他怎麼樣？他看起來很累？他的手上有擦傷跟磚灰？扯破的口袋？

她心想：就是這個，一定就是這個。也許我夢到了他的口袋。

她對著黑暗喃喃低語，有點像在禱告。「老威，我想你。我有吃立普能（Lexapro），我沒有抽菸。」

然後她又睡回去，一直到鬧鐘早上六點喚醒她。

二〇二〇年十二月九日到十三日

1

因為生意蒸蒸日上，「誰找到就是誰的」事務所搬到新的昂貴據點，就在市區的費德烈克大樓五樓，這個禮拜接下來的幾天，荷莉跟彼得都很忙碌。荷莉沒有時間看強法法官，也沒有多少時間去想賓州校園爆炸案，但新聞持續報導，這件事也沒有徹底離開她的思緒過。

事務所與城裡的兩間大型法律事務所合作，就是那種感覺很上流社會，門上招牌還有一堆人名的地方。「麥金塔、溫賽特與史拜。」彼得就喜歡開玩笑[12]。身為退休警察，他當然不喜歡律師，但他是第二個坦承送傳票的確很好賺的人（第一人是荷莉）。星期四早上，彼得一邊說：「祝這些人他媽的聖誕節快樂。」然後帶著滿滿一公事包的悲傷與煩擾出門。

除了發送傳票，「誰找到就是誰的」事務所也在幾間保險公司的快速鍵上頭，這些公司都是地區公司，不是什麼大企業，而荷莉禮拜五的時候大多在追查一樁縱火案件。案子不小，保戶真的很需要這筆錢，保險公司要荷莉確認當客戶的倉庫起火時，這位先生是否真的如他所言，人在邁阿密。結果他真的在那裡，這樣對客戶有利，對「大湖誠保」來說則不怎麼妙。

除了這些穩定可以支付大筆帳單的業務外，荷莉還要追蹤潛逃的欠債客戶（這她用電腦就能辦到，只要檢視對方的信用卡紀錄就曉得他在哪裡）、逃跑的假釋人（行話叫作人口追蹤），還有尋找逃家的孩子跟狗狗。孩子通常是彼得的業務，而傑若米來上班的時候，則對狗狗很有一套。

「幸運」之死對他打擊這麼大，荷莉一點也不意外，不只是因為那起命案格外冷血，更是因為羅賓森家去年才送走因為鬱血性心臟衰竭而過世的愛犬歐岱爾。在這個禮拜四與禮拜五的備忘錄上沒有狗狗，無論是走失還是成了肉票的狗狗都沒有，這是好事，因為荷莉在忙，而傑若米在家忙他自己的事。原本的課堂報告成了一項專案，現在這項專案如果不算他徹頭徹尾的執迷，那也是他的首要任務。他的父母對於兒子打算「休學一年」的決定非常存疑。荷莉沒有。她並不覺得傑若米一定會撼動世界，但她覺得他**會**讓世界坐直身子、注意到他。她對他有信心，還有她的「荷莉希望」，這倒是。

她可以用餘光追蹤中學爆案的最新進度，這不打緊，因為根本沒有多少進展。另一名受害者過世了，是老師，不是學生，不同地區的醫院讓幾名輕傷的孩子出院回家了。學校唯一一位與快遞員／炸彈客交談過的艾西亞．凱勒太太已經恢復意識，但她沒有什麼好補充的，只有說那個包裹聲稱是來自蘇格蘭的學校，而這橫跨大洋的姊妹校關係已經登上松林區週報，同樣上報的還有尼莫印普尼拉賽席特會社的全體照片（也許說起來有點諷刺，但也不會，因為會社名稱的拉丁文意為「犯我者必受懲」，而自稱「印普尼」的十一名成員在爆炸裡統統毫髮無傷）。廂型車在附近穀倉尋獲，指紋擦得乾乾淨淨，漂白水也破壞了DNA痕跡。急切想要指認兇嫌的電話淹沒了警察，但這些電話都沒有實際的結果。早早將兇手捉拿歸案的期待減退，取而代之的是恐懼，擔心一切只是開始。荷莉希望事情不會那樣發展，但她過往與布雷迪．哈特斯菲爾的經驗讓她做好最糟的準備。她覺得最好的狀況就是兇嫌自殺（這種冰冷的態度對她來說曾經非常陌生）。

12. 原文Macintosh, Winesap, and Spy，乍看之下這三者好似無關，但麥金塔是蘋果電腦發展的電腦系統，Winesap則是一種蘋果的品種，另一種蘋果名為「北方的間諜」（Northern Spy）。推測彼得是用這串聽起來很厲害的「名字」揶揄貴到便宜的「蘋果」。

星期五下午，她剛整理完要給「大湖誠保」的報告，電話就響了，是她媽，帶來荷莉所擔心的消息。她聆聽，回了幾句恰當的話，允許媽媽用對待小孩的態度對待她，媽媽一直覺得她長不大（雖然這通電話需要荷莉扮演大人的角色），她問荷莉是否記得餐後要刷牙，是否記得要吃飯配藥，一個禮拜是不是只有看四部電影，諸如此類，諸如此類的。幾乎每次媽媽打電話來，荷莉都會頭痛，她想無視頭痛，但這通電話讓她頭特別痛。她向媽媽保證，會，她禮拜天會過去幫忙，會，她中午以前就會到，這樣他們才能像一家人一樣，再吃一頓飯。

荷莉心想：我的家人，我這亂七八糟的家人。

因為傑若米工作時會關手機，所以她打電話給譚雅．羅賓森，也就是傑若米與芭芭拉的媽媽。荷莉告訴譚雅，她禮拜日沒辦法跟他們一起吃午餐，因為她有事必須北上，家裡有點急事。她解釋起來，然後譚雅說：「噢，荷莉，親愛的，我很遺憾聽到妳這麼說。妳會沒事嗎？」

「沒事。」荷莉如是說。每次人家問她這個沉重的可怕問題時，她總是這麼回答。她很確定自己的語氣聽起來沒事，但她一掛斷電話，就用雙手摀著臉，哭了起來。讓她掉眼淚的是那聲「親愛的」。有人願意這樣叫她，這個高中時期被人稱作「嘰嚕嘰嚕」的孩子，現在有人願意叫她「親愛的」。

至少，為此就值得回來。

2

週六晚上，荷莉用電腦上的位智（Waze）導航駕駛程式計畫好路線，加上在休息站上廁所，還要替她的 Prius 加油的時間。想在中午前抵達，她七點半就得出門，她只有時間喝杯茶（低咖啡因），吃片吐司跟水煮蛋。基礎工作都準備得差不多，她卻在床上躺了兩個小時，麥奎迪中學爆炸那晚她都沒有失眠，等到她終於睡著，她卻夢到切特．翁道斯基。他正在解釋他加入第一批作業人員當中所見到的大屠殺場景，這些話他絕對不會在電視上講。他說：磚塊上有血。他說：其中有隻腳上還穿著鞋子。他說：小女孩哭喊著要媽媽，雖然他已經溫柔地把她抱進懷裡，她還是痛苦尖叫。他用他看起來最實事求是的表情講這些話，但他一邊說，一邊撕扯自己的衣服。不只扯爛他的西裝外套口袋跟袖子，還有左右兩側的翻領。他抽掉領帶，將領帶撕成兩半。接著襯衫從前方扯開，扣子統統飛噴出去。

這個夢要麼就是在他能扯爛褲子之前褪色，要麼就是她的意識拒絕在隔天早上手機鬧鐘響起時記住那個畫面。不管怎麼樣，她醒來時都覺得心神不寧，她食不知味地吃了煮蛋與吐司，只是為了煎熬的一天補充燃料。她平常很喜歡開車上路的旅程，但這趟路卻如實際的重擔一樣壓在她的肩膀上。

她小小鼓鼓的包包就在門邊（她管這叫「針線包」），裡頭有乾淨的換洗衣物以及盥洗用具，說不準她得過夜呢。她把背帶甩上肩，搭電梯從舒適的小公寓下樓，開了大門就看到傑若米．羅賓森坐在前門階梯上。他正在喝可樂，旁邊的後背包上有「傑瑞．賈西亞不死[13]」的貼紙。

「傑若米？你在這幹嘛？」她實在忍不住，所以又加了一句：「而且七點半就喝可樂？噁！」

「我要跟妳出門。」他說，他給她的神情說明勸阻無效。沒關係，因為她並不想勸退他。

「謝了，傑若米。」荷莉說。很難，但她強忍淚水。「你真是太好了。」

13. Jerry Garcia，搖滾樂團死之華（Grateful Dead）的吉他手，一九九五年過世。

3

前半段路程由傑若米駕駛，到了收費公路的加油站及廁所休息站後，他們就換手。他們接近克里夫蘭郊區的科文頓時，荷莉開始感覺到等待她的恐懼感（她糾正自己，是等待「我們」）。為了暫時擺脫這種感覺，她問起傑若米的計畫進行得怎麼樣，也就是他的書。

「當然，如果你不想談也沒關係，我知道有些作家——」

但傑若米願意開口。一開始，「這本書」只是一堂名為「黑白社會學」課程的必交報告。傑若米決定寫他曾曾祖父的故事，這位長輩出生於一八七八年，曾經是黑奴。奧頓．羅賓森的童年及成年後的幾年都待在曼非斯，十九世紀最後幾年，這裡有繁多的黑人中產階級人口。黃熱病與白人私刑幫派重擊了原本已經達到平衡的次要經濟活動，許多黑人社區基本上就拔樁閃人，讓原本的白人雇主自己煮飯，自己丟垃圾，自己替奶娃擦沾屎的屁股。

奧頓在芝加哥安頓下來，他在肉品包裝工廠工作，存了點錢，然後在禁酒令實施前兩年開了一間小酒吧。當「那些娘炮開始突襲橡木桶」時（這句話出自奧頓寫給姊姊的信，傑若米在儲藏室裡找到一堆信件與文件），他轉移陣地，在南邊開了一間私營酒吧，人稱「黑色貓頭鷹」。

傑若米對奧頓．羅賓森的研究愈發深入，曉得他與艾爾．卡彭打過交道，逃過三次暗殺（第四次就沒那麼幸運了），兼職是搞恐嚇勒索，還一手扶持了某位政治人物，結果就是報告愈寫愈長，且相較之下，他對其他課程的態度就沒有這麼認真了。他交了一份長長的報告出去，得到表達讚美的成績。

「結果根本是場笑話。」他在最後八十公里路程時告訴荷莉。「妳知道，那份報告根本只是冰山的一角，或像那種超長英國情詩的第一段而已。不過，那時春季學期已經過了一半，我的其他課業都得加把勁。妳知道，得讓老爸老媽驕傲。」

「你已經讓他們很驕傲了。」說這話的人從來沒有成功讓過世的老爸及在世的老媽覺得驕傲過。「但一定很不簡單。」

「的確。」傑若米說。「小鬼頭，我跟著火一樣。想要拋下其他的一切，追隨曾曾祖父奧頓的腳步。這位老兄過了璀璨的一生，什麼鑽石、珍珠領帶針、貂皮大衣。不過稍微冷卻一下的確是正確的。等到我回去的時候，就是去年六月的事，我發現其中有個主題，或該說應該有吧，只要我好好寫就能切入重點。妳有看過《教父》嗎？」

「書看了，電影也看了。」荷莉毫不遲疑地說。「三部都看了。」她覺得有必要補充：「最後一部不是拍得很好。」

「妳記得小說的引言嗎？」

她搖搖頭。

「那是巴爾扎克的一段話，『每筆橫財背後都是一樁罪行』，我看到的主題就是這個，雖然他在西瑟羅中槍倒地前，這些橫財早就流光了。」

「真的很像《教父》。」荷莉讚嘆，但傑若米搖搖頭。

「才不像，因為黑人在美國永遠無法跟義大利人及愛爾蘭人一樣，黑皮膚就得承受大熔爐。我想說的是……」他停頓了一下。「我想說的是種族歧視就是罪惡之父，我想說的是奧頓．羅賓森的悲劇在於他以為他能藉由犯罪，達到某種平等，結果這只是癡心妄想。他最後被殺不是因為他與卡彭的繼承人保羅．利卡有糾紛，而是因為他是黑人，因為他是黑鬼。」

傑若米以前有時會故意裝出黑人吟遊詩人的口氣對老威．霍吉斯講話，讓霍吉斯覺得討厭（讓荷莉覺得反感），他會說「『素』的，老大」跟「『諄』命，老大」，現在這個男孩講到剛剛最後的兩個字的時候，聲音卻破音了。

「想好書名了嗎？」荷莉低聲地問。他們已經接近科文頓的交流道出口了。

「我想是吧，算有書名了，但我還沒仔細考慮過。」傑若米看起來很不好意思。「聽著，荷莉貝瑞，如果我告訴妳一件事，妳能保證不說出去嗎？不告訴彼得、小芭，還有我爸媽？特別是我爸媽。」

「當然，我口風緊得很。」

傑若米曉得這是實話，但在開口之前還是遲疑了一下。「黑白社會學的教授將我的報告寄給紐約的版權經紀人伊莉莎白．奧斯汀，她說她有興趣，所以感恩節過後，我寄給她我在夏天寫的一百頁內容。奧斯汀女士覺得有出版的潛力，而且不只是學術出版社，那是我原本最高的目標。她覺得某間主流出版社應該會感興趣。她建議用我曾曾祖父的地下酒吧名字來命名，就叫作《黑色貓頭鷹：美國角頭的崛起與殞落》。」

「傑若米，這名字太響亮了！我敢打賭一定有很多人會對這種書感興趣。」

「妳是說，黑人。」

「不！所有的人！你覺得只有白人會喜歡《教父》嗎？」然後一個念頭襲來。「只不過，你家人怎麼說？」她想起自己的家人，如果他們家從衣櫃中挖出這種老骷髏，那肯定會嚇死人。

「這個嘛。」傑若米說：「我爸媽看了報告，他們很喜歡。當然，報告跟書不一樣，對不對？看書的人可不只是一位教授而已，但畢竟那已經是四代人以前的故事了……」

傑若米的語氣聽起來有點不安。她注意到他在看她，但她是用眼角餘光看的，荷莉開車的時候才不會把視線從路面上移開呢。那些電影捕捉到駕駛人一邊開車，一邊轉頭跟副駕駛座上的人講話，好幾秒，這種畫面會讓她抓狂。她總想大喊：**看路，笨蛋，看路！你想在討論你的愛情生**

活時，撞上某個孩子嗎？

「小荷，妳覺得呢？」

她仔細想了想。「我覺得你該讓你爸媽讀你給經紀人的那部分內容。」她終於開口。「聽聽他們怎麼說，解讀他們的情緒，尊重他們。然後……加把勁，統統寫下來，好的、壞的、醜的，什麼都不放過。」他們抵達科文頓出口。她打起方向燈。「我沒寫過書，所以我說得可能不準，但我想寫作也需要某種程度的勇氣。所以，我想你就該勇敢一點。」

她心想：這也是我現在所需要的。家，就在三公里外；家，就是心痛的所在。

4

吉卜尼家位在「草坪溪」社區裡。隨著荷莉沿著彎彎曲曲如蜘蛛網般的街道前進時（她心想：我就是要去蜘蛛的家，隨後又覺得這樣想她媽真的很糟糕），傑若米開口：「如果我住在這裡，喝醉回家的時候，我大概至少要花一個小時才能找到我家。」

他說得沒錯。這一片都是新英格蘭的「鹽屋」，樣子就像放鹽的盒子，每一戶不同的只有顏色……這點在晚上就算有街燈的協助，大概也不太好找。天氣暖和的季節裡，每戶人家的花床應該看起來會各有不同，但現在草坪溪社區的每家院子裡積了一片一片厚厚的雪。荷莉可以跟傑若米解釋，這是因為她媽喜歡這種一致性，讓她覺得安全（夏洛特．吉卜尼有她自己的問題），但荷莉沒開口。她正替接下來這場壓力極大的午餐打起精神，下午還有壓力更大的活動。她心想：搬家日。噢，老天。

她把車子開進百合巷四十二號，熄火，然後轉頭面向傑若米。「你必須要有心理準備。母親說他的狀況比前幾個禮拜都糟，有時她會誇大其詞，但我覺得這次她沒有。」

「我明白眼前的狀況。」他短暫捏了捏她的手。「我沒事，妳只要照顧好自己就好，好嗎？」在她能回答前，四十二號的門就開了，夏洛特．吉卜尼走了出來，還是上教堂的那副體面打扮。荷莉伸手，遲疑地打起招呼，夏洛特沒有反應。

「快進來。」她說。「你們遲到了。」

這點荷莉很清楚，就遲到五分鐘。

他們走向門口，夏洛特給傑若米一個「他在這幹嘛」的眼神。

「妳認識傑若米的。」荷莉說。此言不假，他們見過五、六次，每次夏洛特都會給他同樣的表情。「他是來陪我的，給我精神上的支持。」

傑若米對夏洛特露出最迷人的微笑。「吉卜尼太太，妳好，我自己就跟著來了。希望妳不介意。」

對此，夏洛特只有說：「進來，我要冷死在外頭了。」彷彿要她站在門廊是他們的主意，而不是她自己走出來的一樣。

四十二號，夏洛特自從丈夫過世後，就跟哥哥一起住在這裡，屋內太溫暖，聞起來有強烈的乾燥花氣味，荷莉只希望她不要開始咳嗽，或反嘔，這樣更糟。小小的門廳裡有四張邊桌，限縮了前往客廳走道的空間，讓這段路變得危險重重，更別說每張桌子上還堆滿了夏洛特喜歡的小陶瓷人偶：妖精、矮人、山怪、天使、小丑、兔子、芭蕾舞女伶、小狗、小貓、雪人、童謠裡的傑克與吉兒（不只一組），以及讓人最興奮的「品食樂」公司吉祥物麵糰男孩。

「午餐已經準備好了。」夏洛特說。「就是什錦水果杯跟雞肉冷盤，但甜點是蛋糕，然後……然後……」

她淚光閃閃，荷莉看到的時候（雖然她在治療的時候已經很努力），一股類似憎恨的厭惡感襲上心頭，也許這就是恨。她想起每一次當著媽媽的面哭，媽媽就會叫她回自己房間「哭完再出來」。她有股衝動，想要跟媽媽講一樣的話，但她卻給媽媽一個生硬的擁抱。她擁抱的時候，感覺到在薄薄鬆垮皮肉下方的骨頭，她也發現母親真的老了。她怎麼能討厭這樣需要她協助的老女人呢？答案似乎挺簡單的。

不一會兒，夏洛特稍微面露難色，將荷莉推開，彷彿是聞到什麼臭東西一樣。「去跟妳舅舅說午餐準備好了。妳知道他在哪裡。」

荷莉的確很清楚，從客廳就聽得到激動的播報員正在轉播橄欖球賽開賽前的節目。她與傑若米一前一後過去，這樣才不會冒險驚動到任何陶瓷娃娃。

「這些玩意兒，她到底有多少啊？」傑若米咕噥著說。

荷莉搖搖頭。「我不知道。她本來就很喜歡，但在我父親過世後，狀況就失控了。」然後，她揚起聲調，裝出雀躍的模樣，說：「嗨，亨利舅舅！準備好要去吃午餐了嗎？」

亨利舅舅顯然沒有去教堂。他攤坐在他的懶人椅上，穿著普渡大學的運動衫，上頭還有早餐留下來的蛋屑，下半身是腰部有鬆緊帶的牛仔褲。褲子穿得低低的，露出四角褲褲頭的一圈小小藍色旗幟圖案。他把目光從電視上移開，望向訪客。他一度神情茫然，隨後露出微笑。「珍妮！妳怎麼會來？」

此話如同玻璃匕首一樣插進荷莉心裡，她腦海立刻閃現切特．翁道斯基的身影，擦傷的手，扯破的西裝外套口袋。為什麼會想起他呢？珍妮是她表姊，開朗又活潑，這些是荷莉不具備的特質，這位表姊曾跟老威．霍吉斯交往了一陣子，然後她就死於爆炸之中，這枚炸彈是布雷迪．哈特斯菲爾原本替老威準備的。

「亨利舅舅，我不是珍妮。」還是用那假假的歡快神情說話，這種態度通常是保留在雞尾酒派對上用的。「是荷莉。」

接下來的反應通常都很快，但在舅舅身上好像生鏽又遲緩，再度茫然，然後他點點頭。「當然，我猜是我眼花，看電視看太久了。」

荷莉心想：他的眼睛根本不是問題的所在。珍妮已經入土好幾年了，這才是重點。

「過來，女孩，讓我抱一抱。」

她靠了上去，擁抱非常短暫。她把身子抽開後，舅舅望著傑若米。「這個……」她一度擔心他會說「這個黑小子」或「這個黑鬼」是誰，但他沒有這樣講。「這個傢伙是誰？我以為妳跟那個警察在交往哩。」

這次她沒有費心糾正舅舅她到底是誰。「這位是傑若米，傑若米．羅賓森。你之前見過他。」

「是嗎？我腦子一定壞了。」他完全不是在開玩笑，只是保留了對話的空間，也沒有發現事實就是這樣，腦子壞了。

傑若米向他握手。「先生，你好嗎？」

「就個老頭來說不錯啦。」亨利舅舅說，在他能繼續講下去前，夏洛特從廚房高聲（基本上是在尖叫）地說，午餐準備好了。

「老大的聲音。」亨利開玩笑地說，他起身時，褲子滑了下去。他似乎沒有注意到。

傑若米對荷莉撇撇頭，要她先去廚房。她用疑惑的眼神看了他一眼，然後離開。

「讓我幫你穿好。」傑若米說。亨利舅舅沒有開口，只是望著電視機，雙手垂在身旁，傑若米幫他把褲子拉好。「好啦，要去吃飯了嗎？」

亨利舅舅盯著傑若米，彷彿是這一刻才注意到他的存在一樣，大概也是這樣沒錯。「孩子，你，我不知道耶。」他說。

「先生，不知道我什麼？」傑若米問，他握著亨利舅舅的肩膀，帶他往廚房前進。「那個條子對珍妮來說太老了，但你看起來又太小了。」他搖搖頭。「我不懂呦。」

5

他們撐過午餐，夏洛特一下責備亨利，一下又餵他吃飯。她兩度離席，回來時還搓揉眼睛。荷莉透過分析與治療，曉得媽媽跟她自己以前一樣害怕生活，而媽媽這令人不悅的性格（需要批判，需要掌控一切）則是出於恐懼。她卻無法掌控眼前的狀況。

荷莉心想：而且媽媽愛他，這也是一個重點。他是她哥哥，她愛他，現在他卻要離開了。從各種方面來說，他都不在了。

午餐終於吃完，夏洛特把男人都趕去客廳（「兩個大男孩，去看你們的比賽吧。」她告訴他們），然後她跟荷莉把幾個盤子收拾洗好。母女倆一獨處，夏洛特就要荷莉等等請她朋友把車移開，這樣他們才能把亨利的車從車庫開出來。「他的東西都在後車廂，已經打包，都準備好了。」她講話的時候只有嘴角在動，彷彿是間諜爛片裡的女演員一樣。

「他以為我是珍妮。」荷莉說。

「他當然會這麼想，他最喜歡珍妮了。」夏洛特說，而荷莉覺得另一把玻璃匕首插進胸口。

6

夏洛特・吉卜尼看到女兒帶朋友來，也許不是太高興，但她很樂意讓傑若米開著亨利舅舅上了年紀的別克大船（已經跑了二十多萬公里）前往波丘老人安養之家，十二月一日起，就有一個房間在等舅舅了。原本夏洛特打算讓哥哥在家裡過完聖誕節再送他來，但他已經開始會尿床了，這樣不妙，他有時還會穿著臥室的拖鞋就在街坊裡閒晃，這樣更糟。

他們抵達時，荷莉完全沒有看到附近有什麼波狀的山丘，只有一間連鎖便利商店以及對街破敗的保齡球館。身穿安養中心藍色員工外套的一男一女正帶領一列六人還是八人的老人家從保齡球館回來，男人舉起雙手止住車流，直到這行人平安過馬路。獄友（這不是正確的字眼，但剛好浮現她的腦海）手牽著手，看起來好像早熟的超齡孩童校外教學。

「這是電影院嗎？」傑若米將別克開進安養中心入口的迴車道，亨利舅舅說：「我以為我們要去看電影。」

他坐在副駕駛座上。出門的時候，他還想坐進駕駛座，結果夏洛特與荷莉逼他坐另一邊。亨利舅舅已經不能開車了。夏洛特在六月的時候，趁著哥哥午睡愈睡愈久，將他的駕照從皮夾裡偷走。然後坐在廚房餐桌旁對著證件哭了好一會兒。

「我相信他們這裡會有電影的。」夏洛特說。她面露微笑，卻咬著自己的嘴唇笑。

一位布萊達克太太來大廳會見他們，她把亨利舅舅當老朋友一樣，一見面就拉著他的雙手，說她很高興「你加入我們這裡」。

「加入我們哪裡？」亨利一邊問，一邊張望。「我馬上就要去上班了，文件亂七八糟。那間物流公司比沒用還沒用。」

「你們有準備他的東西嗎？」布萊達克太太問夏洛特。

「有。」夏洛特說，還是那副咬著嘴唇的微笑。她也許很快就要掉眼淚了。這些跡象荷莉都看得出來。

「我去拿他的行李箱。」傑若米低聲地說，但亨利舅舅的耳朵好得很。

「什麼行李箱？什麼行李箱？」

「提布斯先生，我們替你準備了很好的房間。」布萊達克太太說。「陽光——」

「他們叫我提布斯先生！」亨利舅舅用黑人演員薛尼．鮑迪（Sidney Poitier）的聲音低吼，讓辦公桌後面的年輕女性與經過的護工驚嚇轉頭。亨利舅舅大笑，轉頭面向他的外甥女。「荷莉，那部電影我們看了多少次，六次有沒有？」

這次他終於叫對了她的名字，卻讓她更於心不忍。「不止。」荷莉說，她曉得自己也快哭了。她與舅舅一起看了很多部電影。他也許最疼珍妮，但荷莉是他的觀影夥伴，他們會一起坐在沙發上，中間是一盆爆米花。

「對。」亨利舅舅說。「的確不止。」但他又迷失了。「我們在哪？我們到底在哪？」

荷莉心想：你大概會死在這裡的地方。除非他們送你去醫院，讓你死在醫院。他看到外頭的傑若米將兩只格紋行李箱拿下來，還有一個西裝袋。她舅舅這輩子還會穿西裝嗎？也許會吧……但就這麼最後一次了。

「咱們去看看你的房間。」布萊達克太太說。「亨利，你會喜歡的！」

她挽起他的手臂，但亨利抵抗。他望向自己的妹妹。「夏夏，這是怎麼回事？」

荷莉心想：現在別哭，忍住，妳別給我哭，但，噢，討厭，淚水要來了，要全面潰堤了。

「夏夏，妳在哭什麼？」然後是：「我不要待在這裡！」這不是洪亮的「提布斯先生」口氣，更像是悲鳴。彷彿是知道自己就要打針的小朋友。他把目光從夏洛特的淚水上移開，看著傑若米提著他的行李過來。「誒，你！誒，你！你拿這些東西幹嘛？這是我的！」

「這個嘛。」傑若米說，但似乎不曉得該怎麼接話。

老人家一一從保齡球館回來了，荷莉猜他們一定洗溝很多次。剛剛負責指揮交通的員工現在跟不知哪兒冒出來的護士走近。她屁股很大，二頭肌也很結實。

這兩個人逼近亨利，溫柔地拉著他的雙臂。「咱們這裡請。」保齡球館的傢伙說。「老哥，咱們看看新房間，看你作何感想。」

「想什麼想？」亨利問，但他已經開始前進。

「你知道嗎？」護士說。「休息室裡有很多好玩的，還有一台你這輩子都沒見過的超大電視，你會覺得你是站在四十五公尺外一樣。我們帶你去看一下房間，然後你就可以看電視。」

「還有很多餅乾。」布萊達克太太說。「現烤的。」

「是克里夫蘭布朗隊的餅乾嗎？」亨利問。他們已經接近雙扉推門。他很快就會消失在門後。荷莉心想：他會在那裡開始褪色的下半場人生。

護士笑了起來。「不，不，不是布朗的，它們出局了，是巴爾的摩烏鴉隊的餅乾，啄死他們！咬死他們！」

「很好。」亨利說，然後補了一句在他神經生鏽前，他絕對不會說的話：「那些布朗隊的就是一群臭屄。」

之後他就走了。

布萊達克太太伸手進洋裝口袋裡，抽了一張面紙給夏洛特。「入住日鬧脾氣是很自然的事情。他會安頓下來的。吉卜尼太太，如果妳覺得可以了，我有一些文件需要妳簽署。」

夏洛特點點頭。在濕濕的一坨衛生紙後，她紅了眼眶，淚流不止。荷莉讚嘆地想：這女人曾因我在大庭廣眾掉眼淚而責備我，叫我不要想用這招成為目光的焦點。這就是報應，但我不是有仇必報的人。

另一名護工出現（荷莉心想：樹林裡滿滿都是護工），將亨利舅舅褪色的格子行李箱與他的布魯克斯兄弟西裝套放上推車，彷彿這裡是另一間假日酒店或六號汽車旅館。荷莉望著這一切，強忍淚水，傑若米則溫柔地拉著她的手臂，帶她到外頭去。

他們坐在冷風中的長椅上。「我想抽菸。」荷莉說。「這是這麼久以來頭一遭。」

「假裝抽菸吧。」他說，然後吐出一團結霜的氣息。

她深吸口氣，然後吐出自己的白煙，假裝抽菸。

7

雖然夏洛特保證空間足夠，但他們沒有留下來過夜。荷莉不希望媽媽獨自一人度過第一晚，但她實在無法待下來。這裡不是荷莉長大的地方，但住在這裡的卻是跟她一起長大的女人。荷莉已經不再是那個生活在夏洛特．吉卜尼陰影下的女孩了，那個女孩蒼白無力，菸不離手，還會寫（很爛的）詩，但只要在媽媽身邊，就很難記得她已經不一樣了，因為她媽還是將她視為那個殘破的孩子，到哪兒都駝著背，目光永遠盯著地上。

這次是荷莉先開車，剩下的路程則由傑若米負責。等他們看到城市的燈火時，天已經大黑了。荷莉睡睡醒醒，斷斷續續想起亨利舅舅把她誤認為珍妮，也就是在老威．霍吉斯車內被炸死的女人。這讓她的思緒飄回麥奎迪中學爆炸案，以及口袋撕裂、手上有磚頭粉塵的連線記者。她想起那晚他看起來不太一樣。

她又打起另一次瞌睡，當然囉，一邊睡一邊思考。在下午第一次的轉播與晚上的特別報導之間，翁道斯基在瓦礫碎石間幫忙搜救，從報導事件的人成了其中的一部分。那一定會撼動一個人的——

她忽然睜開雙眼，坐直身子，嚇到傑若米。「怎麼了？妳沒事——」

「那顆痣！」

他不曉得她在講什麼，但荷莉不在乎。反正這大概不算什麼，但她曉得老威・霍吉斯會讚許她觀察細膩，還會誇獎她記憶很好，這是亨利舅舅正在失去的東西。

「切特・翁道斯基。」她說。「學校爆炸發生後，第一個趕到現場的連線記者。下午的時候，他嘴邊有一顆痣，但到了晚上十點的特別報導時，痣就不見了。」

「還不是要感謝蜜絲佛陀？」傑若米一邊說，一邊駛離快速道路。

當然，他說得沒錯，突發新聞一開始的時候，她也想過這件事——歪歪的領帶，沒時間化妝遮住那顆痣。之後，等到翁道斯基的支援小組抵達後，他們才能打理這一切。只不過，還是有點怪。荷莉相信化妝師會留下擦傷，因為這樣上電視很好看，把特派記者拍得英勇有為，但難道負責化妝的人在掩蓋他的痣時，不會順便把他嘴邊的紅磚粉塵擦掉嗎？

「荷莉？」傑若米問：「妳又過度運轉了嗎？」

「對。」她說。「壓力太大，休息太少。」

「放下它。」

「好。」她說。這是個好建議，她決定乖乖聽話，放下。

二〇二〇年十二月十四日

1

荷莉再度以為今晚會輾轉難眠，但她一直睡到手機鬧鐘〈奧瑞諾科河〉（Orinoco Flow）溫柔地叫醒她。她覺得自己休息夠，又是她自己了。她雙膝跪地，進行她的晨間冥想，然後坐進小小的早餐角落，吃起她的燕麥片、一杯優格，還有一大杯的茶。

她享受這頓簡單的早餐，讀著 iPad 上的地區報紙。麥奎迪校園爆炸案的新聞已經從頭版悄悄後移（搶下版面的又是總統白痴的胡言亂語）到國家新聞專區，這是因為他們沒有任何新進展。更多受害者出院了，兩人依舊狀況危急，其中一個孩子是很有才華的籃球選手。警方宣稱他們正在追查各種線索，荷莉存疑。切特．翁道斯基則沒有什麼新聞，當恩雅的高音催促著她醒來時，她第一個想到的卻是這位記者，不是她媽，也不是她舅舅。她該不會夢到翁道斯基了吧？如果有，她也不記得了。

她退出報紙程式，打開瀏覽器，輸入翁道斯基的名字。她首先得知的是，他的本名其實是「查爾斯」，不是切斯特，而他過去兩年都是匹茲堡地區 NBC 電視臺的連線記者。他負責的領域剛好都是 C 開頭的：犯罪（crime）、社區（community）與消費者詐欺（consumer fraud）議題。

有很多段影片。荷莉點開最近一支，題目是：WPEN 歡迎切特與弗烈德回家。翁道斯基走進新聞編輯室（穿了一身全新西裝），跟在後頭的是一個年輕人，身著格紋襯衫、兩側都有好幾個大口袋的卡其褲。轉播的人跟攝影棚的電視臺工作人員鼓掌歡迎他們，看起來應該有四、五十人。年輕人，也就是弗列德，面露微笑。翁道斯基則先是訝異，然後以恰如其分的歡快態度回應。他甚至也對其他人鼓掌。一個打扮隆重的女人走了過來，應該是新聞主播吧。「切特，你是我們的英雄。」她說，然後親吻他的臉頰。「弗烈德，你也是。」不過她沒有親吻年輕人，只是快快拍了拍他的肩膀。

「佩姬，我隨時隨地都樂意拯救妳。」翁道斯基如是說，引發更多歡笑與掌聲。這段影片在此打住。

荷莉看了其他影片，隨機點開。在其中一支影片裡，切特站在失火的公寓大樓外頭。另一支影片則是他站在車流阻塞的橋上。第三支影片，他正在報導新的基督教青年會破土儀式，畫龍點睛的是具有儀式性的銀色鏟子跟鄉村人合唱團（Village People）那首名為〈YMCA〉的歌。第四支影片，感恩節前夕拍攝，他不斷敲著一間位於塞威克利「疼痛診所」的門，這對他的疼痛毫無幫助，只聽到門後傳來模糊的「不接受訪問，走開！」

荷莉心想：忙忙忙，這傢伙真忙。而在上面這些影片裡，小名切特的查爾斯．翁道斯基臉上都沒有痣。她一邊洗少少幾個碗盤，一邊告訴自己，這是因為他都用化妝品遮蓋住了。在他急著去轉播的時候露餡，就這麼一次。而且，妳到底為什麼要擔心這種事情？這就好像是某首討人厭的流行歌曲一直在腦海縈繞不去一樣。

因為她早早起床，所以她還有時間看一集《良善之地》（*The Good Place*）再去公司。她前往她的視聽室，拿起遙控器，卻手握遙控器卡在半空中，望著什麼畫面也沒有的螢幕。過了一會兒，她放下遙控器，回到廚房。她喚醒 iPad，找到切特．翁道斯基在塞威克利疼痛診所外頭調查時又唱又跳的影片。

在屋內男子叫記者走開後，鏡頭以中型特寫回到翁道斯基身上，他拿麥克風（WPEN電視臺的字樣非常明顯）湊到嘴邊，露出討人厭的微笑。「各位觀眾，你都聽到了。自稱『疼痛醫師』的史戴芬．穆勒拒絕回答問題，只叫我們走開。我們閃了，但我們會一直回來，直到得到答案。我是切特．翁道斯基，位於塞威克利的報導。現場交還給大衛。」

荷莉又看了一遍。這次播放，她停格在翁道斯基說「我們會一直回來」的地方。麥克風此時稍微往下，讓她能夠仔細看到他的嘴巴。她用手指在畫面上比劃，放大圖片，直到整個螢幕都是他的嘴巴。她很確定那裡沒有痣。如果粉底液與粉遮住了那顆痣，那她好歹也會看到痣的影子。

她已經完全忘了《良善之地》。

翁道斯基爆炸案的第一手報導影片沒有擺在WPEN的網站上，但在NBC網站上看得到。她連過去，再次用手指比劃，放大畫面，直到螢幕整個都是切特．翁道斯基的嘴巴。然後呢？那根本不是一顆痣，是髒污嗎？她覺得不是，她覺得那是毛髮，也許是他沒有刮到的一塊鬍子。

也許，是別的東西。

也許是殘餘的假鬍子。

現在她也忘了要提早進辦公室，趁著彼得還沒來之前，查看答錄機的內容，安安靜靜做點文書工作。她起身，沿著廚房走了兩圈，心臟跳得好快。她腦袋裡的想法不可能是真的，感覺太蠢了，但如果是真的呢？

她搜尋起麥奎迪中學爆炸案，尋找快遞員／炸彈客的停格照片。她用手指放大照片，專注在這位先生的鬍子上。她想起偶爾會讀到的報導，某些連環縱火犯其實是打火弟兄，要麼是出勤的消防隊員，要麼是義消。甚至還有一本真實犯罪作品在講這件事，書名叫《烈火情人》（*Fire Lover*），作者是喬瑟夫．旺巴（Joseph Wambaugh）。她高中時讀過，很像錯亂的代理型孟喬森症候群。

太恐怖了，不可能。

但荷莉發現自己終於開始好奇，切特．翁道斯基怎麼能在這麼短時間內搶先其他記者趕到爆炸現場，早人家……這個嘛，她也不曉得他早到多久，反正他就是第一個。這她很清楚。

等等，是嗎？搶先報導時，她沒有看到其他站在現場的記者，但她真的確定嗎？

她翻起包包，掏出手機。自從她與勞夫．安德森一起偵辦過那樁案件（最後在馬里斯維爾洞穴引發槍戰的那樁案件），她跟勞夫就很常通話，通常都是在早上很早的時候。有時他打電話來，有時是她主動聯絡。她的手指擱在他的電話號碼上，但沒有按下去。勞夫正與妻子、兒子去外地度假，這場假期來得意外（卻當之無愧），就算現在不是早上七點，他還沒醒，現在也是他與家人共處的時光，額外的家庭時光。她真的想為了這種雞毛蒜皮的小事去打擾人家嗎？

也許她可以打開電腦，自己想清楚這一切。讓她放心。畢竟，她是名師教出來的高徒。

她走去桌上型電腦旁，打開快遞員／炸彈客的照片，把照片列印出來。然後選了幾張切特．翁道斯基的臉部特寫，他是記者，所以可以選的照片很多，同樣也印出來。她把照片統統拿到廚房，這裡是晨光最亮的地方。她將照片拼成方形，炸彈客的照片擺在中央，周遭一圈則是翁道斯基的特寫。她仔細研究這些照片整整一分鐘。然後閉上雙眼，數到三十，再次檢視。她嘆息，有點失望，有點惱怒，但主要還是鬆了口氣。

她想起自己與老威的一次對話，那是胰臟癌徹底了結這位退休警察的生命前一、兩個月的事。她問他看不看偵探小說，老威說，只看麥可．康奈利（Michael Connelly）的哈利．博斯系列跟艾德．麥可班恩（Ed McBain）的八十七分局小說。他說這些書的依據都是實際的警察工作，其他的則是「阿嘉莎．克莉絲蒂那種狗屁」。

他跟她分享八十七分局書籍裡的一部分內容，這段話讓她印象深刻。「作者說，天底下只有兩種臉，豬臉跟狐狸臉。我得補充，有時妳會看到不同性別的馬臉，但這種臉很罕見。沒錯，主要還是豬臉跟狐狸臉。」

荷莉發現她在廚房餐桌上研究特寫照片時，這個標準非常管用。這兩個男人長相算是尚可（用她媽的話來說，不會把鏡子照裂），卻各有不同。荷莉決定稱呼快遞員／炸彈客為「喬治」，這樣比較方便。「喬治」有一張狐狸臉，臉頰削瘦，嘴唇扁薄，臉頰窄窄的，肌肉緊繃。狹窄的臉讓「喬治」太陽穴部位開始後退的黑色頭髮變得明顯，這裡的頭髮短短的，緊貼著頭皮。另一方面，翁道斯基則有張豬臉。不是說很噁心還是怎樣，只是圓圓的，而不是窄長的。他的頭髮是淺咖啡色。鼻子比較寬大，嘴唇較為豐厚。切特．翁道斯基的眼睛比較圓，如果他有戴矯正鏡片，那也是隱形眼鏡。「喬治」的眼睛（藏在他的眼鏡之後）看起來則眼角有點上翹。膚色也不一樣。翁道斯基就是教科書上的白人膚色，祖先大概來自波蘭、匈牙利之類的地方。炸彈客「喬治」的皮膚則有一點小麥色的色澤。除此之外，翁道斯基有「屁股下巴」，就跟寇克．道格拉斯一樣，「喬治」則沒有。

荷莉心想：他們的身高大概也有差吧，雖然這點她當然不太確定。

不過呢，她還是從廚房料理台上抓起麥克筆，在翁道斯基的每一張照片上替他畫出鬍子。她將一張塗鴉後的照片放在「喬治」的停格畫面旁邊。這也不能改變什麼。這兩個人根本不可能是同一個人。

只不過……既然她都走到這一步了……

她再次回到辦公區的電腦（還穿著睡衣），開始搜尋其他電視臺一開始連線轉播的畫面，什麼美國廣播公司（ＡＢＣ）、福斯（ＦＯＸ）、哥倫比亞廣播公司（ＣＢＳ）。在兩台的轉播裡，她都看到背景裡有ＷＰＥＮ的轉播車。第三台，她看到翁道斯基的攝影師正在捲電線，準備要移到另一個地點去。雖然他低著頭，但荷莉還是認得他，他寬寬的卡其褲，兩側還有好幾個大口袋。那就是歡迎回家影片裡的弗烈德。這些影片裡都沒有翁道斯基，所以他大概已經開始協助救援。

她回到Google，搜尋起另一間獨立電視臺，他們大概也有去。她在搜尋引擎裡輸入「WPIT麥奎迪校園突發新聞」，找到一段影片，畫面裡的女性看起來很年輕，感覺才剛從高中畢業而已。她在閃著聖誕燈光的巨大金屬松果旁邊站著播報。她電視臺的轉播車也在這裡，停在速霸陸小汽車後面的岔道上。

年輕記者顯然嚇到了，講話支支吾吾，這麼拙劣的工作表現讓她永遠也得不到較有規模電視臺的工作機會（或注意）。荷莉並不關心這點。當年輕女人的攝影師特寫炸毀的學校那一側時，鏡頭聚焦在急救人員、警察及在斷垣殘壁裡進行挖掘工作的平民身上，還有人抬著擔架，這時，她瞧到（這是老威會用的字眼）切特．翁道斯基。他跟狗一樣挖個不停，彎著腰，將磚塊及破裂的木板從跨開的兩腿之間扔開。他手上的痕跡的確是受傷。

「他是第一個抵達的。」荷莉說。「也許不是第一個反應的，但他的確搶先其他電視臺——」

她的手機響了起來。手機還在臥房，所以她用桌上電腦接電話，這是某次傑若米造訪時，替她做的小設定。

「妳出門了嗎？」彼得問。

「去哪？」荷莉真的一頭霧水，她覺得自己好像大夢初醒。

「汽車大亨杜米。」他說。「妳忘了嗎？荷莉，這不像妳。」

是不像，但的確如此。湯姆．杜米是汽車代理商老闆，相信他的明星銷售員迪克．艾利斯漏報數字，大概是為了把錢拿去包養他婚外的小姑娘，毒癮大概也花了他不少錢。（「他動不動就在吸鼻子。」杜米是這麼說的：「說是因為冷氣的關係，拜託喔，十二月還開什麼冷氣？」）今天是艾利斯休假的日子，這代表荷莉該把握這大好時機核對數字，比較一下，然後看看是否有所出入。

她可以編個理由給彼得，但這理由就是在撒謊，她不想騙人。除非她不得不說謊。「我的確忘了，抱歉。」

「要我過去嗎？」

「不用。」如果數字印證了杜米的懷疑，那彼得之後還得過去跟艾利斯對峙。身為退休警察，這是他強項。荷莉就不太在行了。「告訴杜米先生，我跟他約午餐見面，館子他挑，咱們事務所埋單。」

「好，但他肯定會挑很貴的餐廳。」他停頓了一下，又說：「荷莉，妳在追查什麼嗎？」

她有嗎？她為什麼立刻想到勞夫．安德森？她是不是有什麼話沒告訴自己？

「荷莉？妳還在嗎？」

「在。」她說：「我在。我只是睡過頭了。」

哎啊，她還是撒謊了。

2

荷莉快快沖了個澡，然後穿上她其中一身低調到不行的商業套裝。切特．翁道斯基全程都沒有離開過她的腦海。她忽然想到，也許有辦法解決她腦袋裡一直揮之不去的問題，於是她到電腦旁，打開臉書。毫無跡象顯示切特．翁道斯基使用臉書或 Instagram，這很不像電視主播，他們通常都很喜歡使用社交媒體。

荷莉試了試推特，賓果，他就在那，切特．翁道斯基，帳號是 @condowsky1。

校園爆炸案發生在下午兩點十九分。翁道斯基在現場的第一則推特是事發一個小時後發的，荷莉並不意外，condowsky1 就是隻嗡嗡嗡的小蜜蜂。推文寫道：**麥奎迪中學，可怕的悲劇。至今十五人喪生，也許不止。祈禱，匹茲堡，請祈禱。**真是令人傷心，但荷莉不難過。她已經厭倦所有的「關心與禱告」狗屁，也許是因為不知怎麼著，這種話看起來太剛好了，也許是因為她對翁道斯基事發後的文沒有興趣。她要找的不是這個。

她成了時空旅人，一路往前瀏覽起在爆炸發生前翁道斯基的推文，下午一點四十六分，她看到一張照片，畫面上是一間復古簡餐店，前面是停車場，窗戶上的霓虹招牌上寫著「帥哥美女，家鄉味美食在這裡！」照片下方是翁道斯基的推文：**去伊登前還有時間來克勞森吃派喝咖啡。今晚六點記得收看我的「賓州全球最大規模二手市集」報導！**

荷莉搜尋起克勞森簡餐，發現這間店位於賓州的皮爾村。進一步使用 Google（她思索要是沒這玩意兒咱們怎麼辦呢），顯示皮爾村距離松林區與麥奎迪中學不過二十五公里。這解釋了他為什麼能跟攝影師第一個抵達事發現場。他正要去一個名叫伊登的鎮報導世界上最大的二手市集。繼續研究顯示伊登鎮區位在皮爾村北邊十六公里處，跟松林區差不多距離。他剛好出現在對的地方（距離近的地方），時機也恰恰好。

再說，她很確定當地警方（也許連ATF的調查人員）都問過翁道斯基跟攝影師弗烈德怎麼會這麼早到，不是因為他們有嫌疑，而是因為當局就是必須在造成大量死傷的爆炸現場了解每一個微小細節。

她的手機此刻正在手提包裡。她拿出手機，打電話給湯姆．杜米，詢問現在去車行比對數字會不會太晚？也許順便看看嫌犯銷售員的電腦？

「當然沒問題。」杜米告訴她：「但我已經下定決心要去德瑪西奧吃午餐囉，他們的奶醬義式寬麵棒透了。這部分說好的還算數吧？」

「當然。」荷莉說，內心則畏縮了一下，想到晚點她得交出來的支出單據，德瑪西奧可不便宜。她出門了，她告訴自己，就把這筆錢當作是欺騙彼得的懺悔好了。謊言是一條滑溜的斜坡，通常一個謊後面還會接著兩個謊。

3

湯姆．杜米將餐巾塞在襯衫領口，狼吞虎嚥吃起他的奶醬義式寬麵，吃得多，喝得也多，壓軸的是綜合堅果奶酪。荷莉只點了前菜，不吃甜點，加上一杯低咖啡因的咖啡（早上八點之後她就不碰咖啡因了）。

「妳真的該點份甜點。」杜米說。「這是在慶祝，看來妳替我省了不少錢。」

「**我們**。」荷莉說。「事務所的功勞。彼得會叫艾利斯從實招來，至少能追回一點錢。這樣應該能夠重新開始。」

「就是這樣！所以開心點！」他哄著說。銷售似乎就是他的預設模式。「吃點甜的，好好犒賞自己。」彷彿她才是挖出手腳不乾淨員工的老闆一樣。

荷莉搖搖頭，說她飽了。事實是，她入座的時候也不餓，明明燕麥粥就是好幾個小時前的事了。她的心思一直回到切特．翁道斯基身上。她那首縈繞耳邊揮之不去的歌曲。

「我猜是為了保持身材，是吧？」

「對。」荷莉說，這也不算撒謊，她注意攝取的熱量，她的身材就會照顧好自己，是說她沒有要為哪個對象特別打理外表啦。杜米先生才該好好注意身材，他這是在用湯匙、叉子挖掘自己的墳墓，但她沒立場跟他講這種話。

「如果你打算起訴艾利斯，你該找你的律師跟檢視帳目的會計審查師到場。」她說：「在法庭上，我的話語不夠分量。」

「當然！」杜米專注在他的奶酪上，摧毀剩下幾口，然後抬頭。「荷莉，我不懂耶。我以為妳會開心點，妳逮到了一個壞傢伙。」

這位銷售員到底是壞還是不壞，都要看他私吞款項的原因，但這不關荷莉的事。她只給杜米以前老威所說的「蒙娜麗莎」微笑。

「妳心裡有別的事？」杜米問。「另一個案子？」

「並沒有。」荷莉說，這也不算說謊，真的不算，因為麥奎迪中學爆炸案也不關她的事。傑若米會說，她對此案完全沒有任何利害關係。不過，那顆不是痣的痣還是停留在她的腦海之中。關於切特・翁道斯基的一切看似都很有道理，除了一開始讓她對他好奇的那點之外。

一定有合理的解釋，她一邊想，一邊示意服務生拿帳單來。妳只是沒看到，放手。

儘管放手。

4

她回公司的時候，裡頭沒人。彼得在她的電腦上留了一張字條，說**有人在湖邊酒吧看到瑞特納。立刻出發。需要就打電話給我。**赫伯・瑞特納有長期漏接傳票的歷史，（經常）需要出庭時也統統缺席。荷莉在心底祝福彼得一切順利，然後打開檔案，她跟傑若米有空時已經把資料都數位化了。她以為這樣可以讓她不要去想翁道斯基，但事與願違，十五分鐘後，她就放棄，打開了推特。

她心想：好奇心會殺死貓，但心滿意足的感覺會讓貓貓起死回生。我確認一件事就好，然後我會回去繼續打雜。

她找到翁道斯基在簡餐店的推文。之前她聚焦在文字上，現在她研究的是照片。銀色的復古簡餐店，窗上有可愛的霓虹招牌。店面前方的停車場只有半滿，也沒看到WPEN的轉播車。

「他們可能停在後面啊。」她說。也許吧，她怎麼可能知道簡餐店後面有沒有更多可以停車的空間呢？但前面還有這麼多停車格，距離大門也只有幾步，為什麼要把車停到後頭去呢？

她正要關掉推特，卻停下動作，她低下頭，鼻子都要貼在螢幕上了。她睜大了雙眼。她有一種心滿意足的感覺，彷彿是終於猜出拼字遊戲裡那個符合條件的單字，或是她終於看出一片令人困擾的拼圖該拼在哪裡。

她點著翁道斯基的簡餐店照片，將它拖曳到旁邊去。然後她找到那位青澀年輕記者站在巨大松果旁邊報導的影片。獨立電臺的廂型車比連線記者的交通工具破爛多了，但這廂型車就停在森林綠的速霸陸轎車後面岔道上。這幾乎可以證明是速霸陸先到，不然兩輛車的位置就會對調。荷莉暫停影片，將簡餐店的照片拿得很近，沒錯，簡餐店的停車場裡也有一輛森林綠的速霸陸轎車。這樣還是不能證明什麼，路上有多少速霸陸啊？但荷莉很清楚，這是同一輛車，翁道斯基的車。

他把車子停在岔道，然後急忙殺去爆炸現場。

她迷失在深層的思緒之中，以至於當她手機響起時，她小小尖叫了一聲，是傑若米。他想知道今天有沒有走失的狗狗，或走失的孩子，他說他已經準備好要尋找更進階的走丟生物了。

「沒有。」她說：「但你可以……」

她即時住口，她本來要問他能不能找到任何WPEN台一位名為弗烈德的攝影師資訊，也許他有寫部落格或幫雜誌撰稿什麼的。她該用她那台可靠的電腦自己追蹤弗烈德。而且，不只這個理由，她其實不希望傑若米參與這一切。她不願讓自己思索其中的原因，但感覺很強烈。

「可以什麼？」他問。

「我本來要說，如果你想去湖邊逛逛酒吧，你可以去找——」

「逛酒吧我可以。」傑若米說。「愛死了。」

「我相信，但你得去找彼得，不是去喝啤酒，而是去看他要不要幫忙，他正在搞定一位名叫赫伯・瑞特納的傢伙，這位老兄逃了很多傳票。他是白人，差不多五十歲……」

「脖子上有老鷹刺青。」傑若米說。「荷莉貝瑞，我看到公告欄上的照片了。」

「他沒有暴力傾向，但還是小心點。如果你看到他，要等彼得一起行動。」

「了解，了解。」傑若米聽起來很興奮。這是他第一份認真的偵探工作。

「傑若米，小心點。」她實在忍不住再三叮嚀。如果傑若米出了什麼事，她肯定會崩潰。「還有，別叫我荷莉貝瑞，已經聽膩了。」

他保證以後不會這樣叫她，但她懷疑。

荷莉的注意力回到電腦上，眼睛來回盯著兩輛森林綠的速霸陸。她告訴自己：這算不了什麼。妳會有這種想法，只是因為在德州的事。老威會說這叫藍色福特症候群。他說：你買了一輛藍色福特，你忽然間就會看到滿街都是藍色福特。不過，這不是藍色福特，這是綠色的速霸陸。而她忍不住繼續鑽牛角尖。

今天下午，荷莉不看強法了。等到她下班的時候，她得到了更多資訊，但也覺得更心神不寧了。

5

回到家中，荷莉隨便弄了點東西當簡單的晚餐，十五分鐘後，她已經忘記剛剛吃了什麼。她打電話給她媽，問媽媽有沒有去看舅舅。夏洛特說有。荷莉問他狀況如何。夏洛特說他很困惑，但似乎開始適應了。荷莉不曉得這到底是真的還是假的，因為她媽會扭曲她的世界觀，只看她想看的樣子。

「他想見妳。」夏洛特說，而荷莉承諾她會盡快過去，也許這禮拜就去。曉得他會叫她珍妮，因為他只要珍妮。他最愛的珍妮，永遠最愛她一人，明明珍妮已經過世六年了。這不是自艾自怨，這是事實。人必須接受真相。

「必須接受真相。」她說。「不管喜不喜歡，必須接受。」

想著這點，她拿起手機，差點就打給勞夫了，但她再次作罷。為什麼要因為他們兩人在德州買了一輛藍色福特，而她現在發現福特車滿街跑，然後就打電話破壞人家的假期？

她驚覺她不用直接與他交談，至少不用實際交談。她拿著手機跟一瓶薑汁汽水，前往視聽室。這裡的牆上有一排排書本，另一側則是ＤＶＤ，所有的東西都以字母順序排列。她坐在舒適的觀影椅上，但她沒有打開巨大的三星螢幕，反而點開手機的錄音程式。她看著程式好一會兒，然後按下大大的紅色按鈕。

「哈囉，勞夫，是我。這是十二月十四日錄的，不曉得你會不會聽到，因為我在想，也許這根本沒什麼，大概吧，之後我會把錄音刪掉，只是把話講出來可以，呃，讓我整理一下思緒。」

她暫停錄音，想想到底該怎麼開始。

「我知道你還記得，我們終於跟局外人在山洞裡面對面時發生了什麼事。他不習慣人家揭穿他，對吧？他問我怎會相信他的存在，是布雷迪．哈特斯菲爾讓我相信的，但局外人不曉得布雷迪的事。他問是不是因為我在別的地方看過類似他的生物。你記得他問這問題時的神情與語氣嗎？我還記得，不只是激動，是**貪婪**，他以為他獨一無二。我也這麼想，我覺得你也這麼想。不過，勞夫，我開始懷疑也許還有其他的，不見得完全一模一樣，但很像，就跟狗、狼之間的那種像。這也許只是我的老朋友老威．霍吉斯所說的『藍色福特症候群』，但如果我是對的，我就得為此採取一些行動，對不對？」

這個問題聽起來悲哀又失落。她再次按下暫停，考慮要不要刪掉最後一句話，但又決定不要。悲哀又失落的確是她現在的感受，再說，勞夫可能根本不會聽到這段錄音。

她又繼續。

「我們的局外人變形需要時間。他需要一段時間的蟄伏，幾個禮拜，或幾個月，他才能從這個人的樣子變成下一個人的外表。這麼多年來，也許幾世紀來，他不曉得換過多少張臉。不過，我現在看到的這傢伙……如果我猜測得沒錯，這傢伙轉變的速度要快得多，而我實在難以置信。這是不是很諷刺？你記得我們去追壞人的前一天晚上我是怎麼對你說的？我說你必須把這輩子對於現實的概念認知放一邊去，其他人不相信沒關係，但你必須相信。我說，如果你不信，那我們大概都會死，而我們一死，局外人就能繼續前進，換上其他人的臉，讓這些人承擔他的罪孽，而更多孩童會遭到殺害。」

她搖搖頭，甚至笑了幾聲。

「我好像復興會的牧師，一直叫無神論者信基督，對不對？只不過，現在不願相信的人是我，還想辦法告訴自己，一切都是荷莉．吉卜尼的疑神疑鬼發作了，看到黑影就心驚膽跳，就跟老威出現、教我要勇敢之前一樣。」

她深呼吸。

「我擔心的那個人叫作查爾斯．翁道斯基，但他用的是切特這個名字。他是電視記者，他說他專長的領域是三個Ｃ：犯罪、社區與消費者詐欺。他報導了不少社區新聞，好比說破土儀式，還有全世界規模最大的二手市集，他也報導消費者詐欺案件，他電視臺的晚間新聞甚至還有一個專題，叫作『切特為您把關』，但他主要報導的還是犯罪與災難新聞，悲劇，死亡，痛苦。而如果這些話題沒有讓你想起在弗林市殺害那名男孩，及在俄亥俄殺害兩個小女孩的局外人，那我會非常意外，事實上可以說是震驚。」

她暫停錄音好一會兒，喝起一大口薑汁汽水，她的喉嚨乾得跟沙漠一樣，她打了一個長長的響嗝，逗得自己咯咯笑。荷莉感覺好一點，她又按下錄音按鈕，繼續她的紀錄，就跟她著手調查其他案件時一模一樣，無論是抵押回購，走失狗狗，汽車銷售員這裡揩油六百、那裡漏報八百……。記錄感覺很好，就像是替沒那麼嚴重，但開始紅腫、令人困擾的小傷口消毒一樣。

二〇二〇年十二月十五日

隔天早上荷莉起床的時候，她覺得自己煥然一新，準備好要努力工作，也準備好要將切特．翁道斯基與她對他的偏執疑慮拋諸腦後。不曉得是弗洛伊德，還是桃樂絲．帕克說，有時，雪茄就只是一根雪茄？不管是誰說的，有時，記者嘴邊的一個黑點就只是一撮毛髮或看起來像毛髮的髒污。如果勞夫聽到錄音，他肯定也會這麼說，但他基本上應該不會聽到。不過，錄音也達成效果了，把話說出來能夠釐清她的思緒，就像她跟艾莉的療程。因為如果翁道斯基能夠變成炸彈客「喬治」，然後又變回他原本的樣子，那他怎麼可能會留下「喬治」的一撮鬍子？這想法真是太荒謬了。

或說說那輛綠色速霸陸吧，對，那是切特．翁道斯基的車，她很有把握。她原本理所當然以為他跟他的攝影師（他叫弗烈德．芬柯，隨便一下就查到了，不需要傑若米出手）應該是開著電視臺的轉播車一起行動，但這是假設，不是推論，而荷莉相信通往地獄的道路就是用各種錯誤假設鋪砌而成。

現在她的腦袋休息夠了，她看得出來翁道斯基獨自行動的理由非常合理，非常無害。他是大城市電視臺的明星記者，他是負責「為您把關」的切特，拜託喔，這種大人物當然可以比普通人晚一點起床，也許先進電視臺一趟，然後在他最喜歡的簡餐店喝個咖啡，吃塊派。同一時間，他忠心的攝影師弗烈德則前往伊登拍攝輔助畫面（作為影癡，荷莉曉得這叫 B-roll），說不定，如果弗烈德想在新聞部門繼續往上爬，他還會在翁道斯基進行六點新聞「全世界最大的二手市集」報導前，事先跟現場民眾套好話。

只不過翁道斯基得到消息，也許是透過警方的無線電頻道，得知校園爆炸案，然後連忙趕去現場。弗烈德．芬柯也是，但他開的是轉播車。翁道斯基的車子停在那顆誇張的松果旁，那是他與弗烈德開始工作的地方。一切都能完美解釋清楚，超自然元素完全派不上用場。只不過是一位距離幾百公里外的私家偵探碰巧藍色福特症候群發作而已。

瞧瞧，不就是這樣嗎？

荷莉今天在公司非常愉快。傑若米在一間名為「艾德蒙．費茲傑羅」的酒吧見到犯罪大師瑞特納（至少荷莉覺得這店名很讚[14]），然後由彼得．杭特利送這位老兄進郡立拘留所。彼得目前在杜米車行，正在與理查．艾利斯對峙。

傑若米的妹妹芭芭拉．羅賓森倒是跑來了，（得意地）對荷莉說，她下午可以公假外出，因為她要做一份名為「偵探調查：事實與虛構」的報告。她向荷莉請教了幾個問題（用她的手機錄下訪談內容），然後幫荷莉整理檔案。三點鐘，她們放鬆下來，看強法審案。

「我愛這傢伙，他好搖擺。」芭芭拉在法官跳著舞步走上座位時說。

「彼得不喜歡。」荷莉說。

「對，但彼得是白人。」芭芭拉說。

荷莉睜大雙眼看著芭芭拉。「我也是白人啊。」

芭芭拉咯咯笑了起來。「哎呦，天底下有『白』跟『真正白』，杭特利先生就是後者。」

14. Edmund Fitzgerald，一艘美國大湖貨輪，一九七五年沉沒，導致二十九人喪生。

她們一起歡笑起來，然後看著法官處理搶案，這位強盜聲稱自己什麼也沒搶，只是種族偏見下的受害者。荷莉與芭芭拉心照不宣地互看一眼，最好是啦。她們又哄堂大笑。

非常愉快的一天，一直到傍晚六點，荷莉準備要看《動物屋》（*Animal House*），這時一通電話打來，她才想起切特·翁道斯基。

這通電話來自卡爾·莫頓醫生，而這通電話改變了一切。講完電話時，荷莉也撥了一通出去。一個小時後，又有電話打來。這三通電話，她都做了筆記。

第二天早上，她就趕去緬因州的波特蘭。

二〇二〇年十二月十六日

1

凌晨三點，荷莉就醒了。她已經打包好行李，印出達美航空的機票，她七點才要到機場，過去的路程也不遠，但她就是睡不著。她也不覺得剛剛她有睡著，但她的 Fitbit 手環顯示她睡了兩個半小時。寶貴的睡眠又淺又短，但她也只能將就。

她喝了咖啡，吃了一杯優格。包包就擺在門口待命（當然是艙頂行李尺寸）。她打電話進辦公室，留言給彼得，跟他說，她今天不會進去，也許這禮拜都不會進公司，是私事。她正要掛斷電話，卻想起另一件事。

「請傑若米轉告芭芭拉，她該看《梟巢喋血戰》（*The Maltese Falcon*）、《夜長夢多》（*The Big Sleep*），以及《梟巢掃蕩戰》（*Harper*），作為她私家偵探報告的『虛構』內容。這三部電影我都有收藏，傑若米知道我公寓的備用鑰匙放在哪裡。」

留言結束，她打開手機裡的錄音程式，開始增加她要留給勞夫．安德森的內容。她開始相信她也許最後還是會把東西寄給他。

2

雖然艾莉．溫特斯是荷莉平常去看的治療師，她們也合作很多年了，但在從奧克拉荷馬州與德州的黑暗冒險回來後，荷莉做了點功課，聯絡上卡爾．莫頓。莫頓醫生寫過兩本關於個案的書，有點像奧利佛・薩克斯（Oliver Sacks），但內容太臨床，無法讓他爬進暢銷書排行榜。不過呢，她覺得她找對了人，他的距離也相對不遠，所以她找上他。

她與莫頓有過兩次五十分鐘的療程，足以不加修飾、完整重述她與局外人的一切交手過程。她不在乎莫頓醫生到底信不信，信多少，或完全不信。荷莉關心的重點在於，把話說出來，不然這感覺可能會在她體內發展成類似惡性腫瘤的東西。她沒有去找艾莉，因為她覺得這樣會破壞她們已經替荷莉其他問題打下的基礎，荷莉一點也不希望這樣。

去找卡爾・莫頓這種長期聽人自白的「神父」是有其他原因的。妳在別的地方有沒有見過其他像我一樣的生物？局外人是這麼問的。荷莉沒有，勞夫也沒有，但這種生物的傳說已經流傳了幾個世紀，這種生物，拉丁人及大西洋兩岸居民稱為艾爾庫果（El Cuco）。所以……也許的確還有其他的。

也許真的有。

3

在他們第二次也是最後一次療程時，荷莉說：「我可以說說，我覺得你是怎麼想的嗎？我知道這不恰當，但我可以試試嗎？」

莫頓給了她一個微笑，也許不是要鼓勵她，但荷莉將其解讀成寬容的微笑，這位醫生的神情也許沒有他以為的那麼難解讀。「荷莉，不要客氣。這是妳的時段。」

「謝謝。」她雙手交握。「你一定知道我的說詞至少某部分屬實，因為那些事件都有上過新聞，從奧克拉荷馬州彼得森男孩的姦殺案，到德州馬里斯維爾洞穴發生的一切，至少一些細節都有媒體報導過，舉例來說，弗林市傑克・霍斯金警探的命案之類的。我說的對嗎？」

莫頓點點頭。

「至於我剩下的說法，什麼會改變形體的局外人，以及他在洞穴裡的狀況，你相信這些是壓力造成的幻覺。這我也說對了嗎？」

「荷莉，我不會描繪——」

荷莉心想：噢，別給我來什麼術語，然後打斷他，不久前，她還沒有辦法打斷別人講話呢。

「你怎麼描繪不重要。你想相信什麼都無所謂，但，莫頓醫生，我要你幫個忙。你參加很多研討會與座談會。這點我很清楚，因為我在網路上研究過你。」

「荷莉，我們跟妳的故事是不是有點離題呢？還有妳對那則故事的感受？」

她心想：不，因為那個故事已經說完了，接下來才是重點。我希望這沒什麼，也許是吧，但確定一點總是好事。「確定」能夠讓一個人晚上睡得心安理得。

「當你出席那些研討會與座談會的時候，我希望你談談我的案子。我要你描繪我的案子，如果你要，你可以把我當成寫作的素材，完全沒關係。我要你仔細解釋我所相信的狀況，我遇到了一個以吞噬將死之人痛苦的怪物，而這怪物以此恢復生氣，歡迎你把這件事形容成我的幻覺。你願意幫我這個忙嗎？而如果你遇見或收到其他治療師的電郵，說他也有類似幻覺的病患，無論是正在治療，還是已經結束治療的對象，可以麻煩你將我的名字與電話轉告給這位治療師嗎？」然後，因為想到性別平權（她一直朝這方向努力），她又說：「不管這位治療師是男是女。」

莫頓皺起眉頭。「這樣有違道德。」

「你錯了。」荷莉說。「我查過法條了。跟另一個治療師的病人討論的確有道德問題，但如果你在我的允許下，將我的聯絡方式提供給其他的治療師，這樣就沒事。而我的確允許你這麼做。」

荷莉等著他的回應。

4

她暫停了錄音程式好一會兒，有空查看時間，再喝一杯咖啡。第二杯咖啡會讓她神經緊張、消化不良，但她需要這第二杯咖啡。

「我看著他思考。」荷莉對著手機說。「我覺得讓他做出決定的關鍵在於，他曉得一則好故事，我的好故事，可以對他的下一本書、下一則文章或他的形象造成加分效果。的確如此。我看了他寫的一篇文章，以及某支研討會影片。他更動了地點，稱呼我為卡洛琳．何，但除此之外其他詳細的描述都沒少。在他提到我用甩甩樂修理這個壞傢伙的時候，他講得特別生動，惹得影片裡的觀眾驚呼連連。我讚許他的做法，我的案子，他每次都會這樣結束，他會說他想聽聽有沒有其他人的病人也飽受同樣的幻想之苦。」

她停頓思考，然後再次啟動錄音程式。

「昨晚，莫頓醫生來電。我們已經很久沒有聯絡了，但我當場就知道是誰打來的，我也知道一切都會回到翁道斯基身上。勞夫，我記得你曾經說過，世界上存在著邪惡，但也有善的力量。你當時是在你發現說代頓那間餐廳的半張菜單傳單。這張紙將弗林市命案與俄亥俄州兩件類似的命案串聯在一起。所以我才會加入，就因為那張很容易被風吹走的紙片。也許冥冥之中有股力量希望我們找到這張紙，至少我願意這麼想。也許，現在那股力量，同樣的東西，希望我能多做一點。因為我能相信難以置信的事物，我不想，但我辦得到。」

她在此打住，將手機放進包包裡。現在啟程去機場還是太早，但她這就出門。因為她就是這樣的人。

她心想：我連自己的葬禮都會早到呢。然後打開 iPad，搜尋起最近的 Uber。

5

清晨五點，又大又深的機場航廈幾乎沒人。當這裡充滿旅客的時候（有時會擠到水泄不通），有時根本聽不到上方喇叭傳來的音樂，但此刻只有清潔工洗地機發出來的嗡嗡聲，你就可以聽到佛利伍麥克（Fleetwood Mac）樂團的《枷鎖》（*The Chain*），聽起來不只怪，似乎更是替厄運埋下了伏筆。

穿堂裡唯一營業的店是烘焙、咖啡連鎖店 Au Bon Pain，對荷莉來說已經夠好了。她壓抑住再來一杯咖啡的慾望，反而選擇了塑膠杯裝的柳橙汁以及貝果，然後端著托盤到後頭去。在她到處張望，確認附近沒有別人後（基本上，她是唯一的客人），她拿出手機，繼續報告，壓低聲音講話，時不時暫停，爬梳思緒。她還是希望勞夫永遠不要聽到這些內容。她也希望她認為是怪物的東西，也許最後證實只是一抹陰影。不過，如果他真的收到，她會希望他能聽到事情的全貌。

特別是，如果那時她已經死掉的話。

6

荷莉．吉卜尼給勞夫．安德森警探的口述報告：

還是十二月十六日，我在機場，提早到了，所以還有點時間。事實上，時間挺充裕的。

〔停頓〕

我想我之前談到，我當場就知道來電的人是莫頓醫生。那句話是這麼說的，他一開口，我就知道。他說在我們最後一次的療程過後，他只是出於好奇，但他徵詢過他的律師，曉得我說讓我跟其他病人的治療師聯絡並不會引發道德問題。

「原來那是灰色地帶。」他說：「所以我沒有那麼做，特別是妳後來選擇不要繼續治療，至少我這邊的療程結束了。不過，我昨天接到一通電話，對方是波士頓的精神醫師，名叫喬．李伯曼，我因此重新思考。」

勞夫，卡爾．莫頓得知另一個可能的局外人存在已經超過一年了，但他沒有跟我聯絡。他膽怯了。我自己也是膽怯的人，所以我可以理解，但這樣的舉動還是讓我很生氣。我大概不該生氣，因為貝爾先生不曉得翁道斯基的事，但是……

〔停頓〕

我跳太快了。抱歉。咱們還是看看我能否按照順序來講吧。

二〇一八跟二〇一九年的時候，喬．李伯曼接待了一位住在緬因州波特蘭的病人。這位病患會搭東行線，我猜這應該是一種火車，前往波士頓進行一個月一次的會面。這位先生名叫丹．貝爾，是一位上了年紀的老人家，李伯曼醫生覺得他看起來非常理智，只不過他堅信自己發現了一種超自然生物，他稱其為「精神吸血鬼」。貝爾先生相信這個生物存在已久，至少有六十年，也許超過。

李伯曼參加了莫頓醫生在波士頓的講座。這是去年，二〇一九年夏天的事。莫頓醫生在講座上提到「卡洛琳．何」的案件。換句話說，就是我的案件。他邀請與會者，如果他們的病患有類似的幻覺，請與他聯絡，我之前就是這樣請他幫忙的。李伯曼也主動聯絡。

你明白現在的狀況嗎？莫頓應我的要求，談了我的案子。他問有沒有醫生或治療師的病患也有同樣的精神官能症狀，這也是應我的要求。不過，在接下來十六個月裡，他都沒有讓我跟李伯曼聯絡，我特別跟他強調過這件事。讓他卻步的是他的道德問題，但不只如此。我晚點會解釋。

然後呢？昨天，李伯曼醫生又聯絡了莫頓醫生。他那位波特蘭的病人已經很久沒有來找他，醫生覺得大概不會再見了。結果，麥奎迪校園爆炸案隔天，老人家忽然打電話過去，問他能不能進行一場緊急療程，他非常心煩意亂，於是李伯曼騰出了時間。這位病人，也就是丹．貝爾，聲稱麥奎迪校園爆炸案的主嫌就是這個精神吸血鬼。他說得非常絕對。李伯曼想要強行介入治療，甚至送這位老先生短期強制入院，這些舉動讓病患非常沮喪。不過，後來這位先生就冷靜下來，說他需要跟某位自稱為卡洛琳．何的人討論這件事。

到此我需要看一下我的筆記。

〔暫停〕

好，找到了。以下我想確切引用卡爾．莫頓的話語，因為這就是另一個讓他躊躇不跟我聯絡的原因。

他說：「荷莉，讓我遲疑的不只是道德倫理的問題。將擁有同樣幻覺的人湊在一起更是非常危險，他們會傾向加強彼此的幻覺，加深官能疾病，成為嚴重的精神病。這些都有文獻記載。」

「那你現在又為什麼聯絡我？」我問。

「因為妳的故事大部分都有已知的事實根據。」他說。「因為妳的說詞某種程度挑戰了我既有的信念系統。而且，李伯曼的病人已經聽說了妳的狀況，不是治療師跟他說的，他注意到我在《精神病學季刊》上投稿的文章。他說卡洛琳．何會明白。」

勞夫，你現在明白我之前說善的力量可能存在了嗎？丹．貝爾想聯絡我，我也想聯絡他，而我之前甚至不確定這種人存不存在呢。

「我這就給妳李伯曼醫生的辦公室電話與手機號碼。」莫頓醫生說。「由他來決定要不要讓妳聯繫他的病人。」然後他問起，我是否也擔心賓州的校園爆炸案，擔心該案與我們在療程中的討論主題有關？他真是往自己臉上貼金，根本沒有什麼討論，是我負責說話，他負責聽而已。我謝謝他跟我聯絡，但我沒有回答他的問題。我猜我當時應該還是很氣他這麼久才打電話給我吧。

〔明顯的嘆氣聲。〕

事實上，沒有什麼應不應該。我的憤怒問題還要繼續努力。

我馬上就會結束這段錄音，但把狀況整個解釋完畢花不了太多時間。於是我打李伯曼的手機，因為已經傍晚了。我說自己是卡洛琳．何，然後請教他病人的名字與聯絡方式。他都提供了，但不太情願。

他說：「貝爾先生急著想跟妳談談，在我審慎評估後，我決定放行。他年事已高，這件事如同他死前的心願。不過我還是該強調一下，除了他對這個所謂『精神吸血鬼』的執著外，他沒有任何我們會在老人家身上看到的認知衰退症狀。」

勞夫，這話讓我想起我的亨利舅舅，他罹患了阿茲海默症。我們上個週末不得不送他去安養中心。想到就讓我難過。

李伯曼說貝爾先生高齡九十一歲，這次來診所會面實在非常折騰，雖然有孫子在一旁協助。他說貝爾先生身體有大大小小的毛病，最糟糕的是鬱血性心臟衰竭。他說，若狀況不同，他也許會擔心貝爾先生跟我聯絡後，會加強他官能症的執迷，還會危及他原本充實豐富的剩餘歲月，但考慮到貝爾的年紀與現況，醫生覺得那些大概已經不是什麼問題了。

勞夫，這也許只是我的投射，但我覺得李伯曼醫生很自以為是。不過呢，談到最後，他還是說了一點打動我的話，讓我印象深刻。他說：「那是一位非常害怕的老人家。請盡量不要增加他的恐懼。」

勞夫，我不知道我辦不辦得到。因為我自己也很怕。

〔暫停〕

這裡人愈來愈多，我得去登機門了，我這就快快結束。我打電話給貝爾先生，自稱是卡洛琳．何。他問起我的真名。勞夫，這是我的底線，而我跨過去了。我說我叫荷莉．吉卜尼，然後問他我能不能去找他。他說：「如果事關那場校園爆炸案，還有那個自稱翁道斯基的鬼東西，妳就盡快過來吧。」

7

荷莉在波士頓轉機，中午之前就抵達波特蘭機場。她入住尊盛酒店後，打電話給丹．貝爾。電話響了六聲，足以讓荷莉懷疑老人家是不是夜裡斷氣，留下一堆切特．翁道斯基的未解疑問，前提是老先生得先有答案吧？

就在她準備掛電話的時候，有人接起。不是丹．貝爾，是年輕人。「喂？」

「我是荷莉。」她說。「荷莉．吉卜尼，我想知道我什麼時候——」

「噢，吉卜尼小姐，現在就可以過來了。爺爺今天非常愉快。事實上，他跟妳通過電話以後，平靜地睡了一夜，我都想不起來他上次這麼一覺好眠是什麼時候的事了。妳曉得地址嗎？」

「拉法葉街十九號。」

「沒錯。我是布萊德．貝爾。妳多快能到？」

「看我多快能叫到 Uber。」外加一個三明治，她心想，要是也有三明治就很棒了。

8

坐進 Uber 後座時，她的手機響了起來。傑若米打來，想知道她人在哪，忙些什麼，有沒有他能幫忙的地方。荷莉說她很抱歉，但這真的是私事。她說如果可以的話，她晚點會告訴他。

「是亨利舅舅嗎？」他問。「妳是不是在追蹤什麼治療的選項？彼得是這樣想的。」

「不，跟亨利舅舅無關。」她心想：又是另一位老人家，不曉得稱不稱得上是心智健全呢。「傑若米，我真的不能繼續談這件事了。」

「行，只要妳沒事就好。」

這其實是一個問題，她猜他有權利關心，畢竟他還記得她有事的樣子。

「我沒事。」而彷彿是要證實她沒有舉止怪異，她又說：「別忘了跟芭芭拉講那些偵探電影。」

「已經搞定了。」他說。

「請轉告她，那些素材不見得可以直接寫進報告裡，但能夠提供寶貴的背景資料。」荷莉停頓了一下，然後微笑。「而且，娛樂效果也很好。」

「我會跟她講。妳確定妳——」

「我很好。」她說，但當她掛斷電話時，她想起她與勞夫在洞穴裡遇到的那個人，或該說**那個生物**，她打起冷顫。她實在無法忍受去想那種東西存在，如果還有其他的，她又怎麼可能獨自面對呢？

9

顯然荷莉不會與丹．貝爾一起面對，因為丹是一位四十公斤不到的老人家，氧氣瓶還掛在輪椅上。他是幽影般的人，腦袋幾乎禿光，明亮卻滄桑的眼睛下方掛著暗紫色的斑塊。他與孫子住在一棟精緻的褐石老房子裡，裡頭滿是精緻的老家具。客廳通風良好，窗簾都拉開，大片十二月的冰冷陽光流瀉而下。不過空氣清新劑（如果沒認錯，應該是Glade牌的清爽亞麻氣味）還是提醒了她這逃也逃不過的味道，固執也無法否認的味道，她在波丘老人安養之家的大廳也聞過的胸悶藥膏、舒緩藥膏、爽身粉、尿以及接近生命盡頭的氣味。

孫子帶她到貝爾面前，這位年輕人約莫四十歲，打扮與舉止都老派得很有意思，可以說是溫文儒雅。走道上掛著六幅裱框鉛筆畫，四男兩女的正臉肖像，畫得很好，看得出來是出自同一人之手。她覺得用這種方式來介紹這戶人家有點奇特，因為畫像上的人看起來都不太高興。客廳壁爐上有更大張的畫像，壁爐裡則點燃微小但舒適的火光。這是油畫，畫的是一位美麗年輕女子，她有歡快的黑色雙眸。

「內人。」貝爾用沙啞的嗓音說。「多年前過世，我很想她。吉卜尼小姐，歡迎光臨寒舍。」

他操作輪椅接近，氣喘吁吁非常吃力，但當孫子過來幫忙時，貝爾揮手打發。他伸出手，關節炎讓他的手看起來如同漂流木雕刻一樣。她謹慎地握了握。

「用過午餐了嗎？」布萊德．貝爾問。

「吃過了。」荷莉說。從她飯店到這時髦街區的短暫路程上，她狼吞虎嚥解決了一個雞肉沙拉三明治。

「妳想喝茶還是咖啡？噢，我們還有『一雙肥貓』的酥皮點心，真的很美味。」

「茶就太棒了。」荷莉說。「如果有的話，低咖啡因的。我想要一份點心。」

「我要茶跟酥皮派。」老人說：「蘋果或藍莓都好。而且我要真正的茶。」

「馬上就來。」布萊德說，然後留下他們兩人。

丹．貝爾立刻靠向前，注視著荷莉的雙眼，壓低聲音偷偷摸摸地說：「妳知道，布萊德同志到不行。」

「噢。」荷莉說。除了「我也這麼想」以外，她實在想不出該回什麼，但這話似乎不太禮貌。

「同志到不行，但他是天才。他幫我研究這一切。我可以確定，我本來就很確定，但提供證據的人是布萊德。」他對她搖晃起一根手指，強調每一個字。「不……容……質……疑！」

荷莉點點頭，坐進翼背椅，雙膝併攏，包包擺在大腿上。她開始覺得貝爾可能真的有什麼精神幻覺，而她是在往死巷子裡跑。她沒有因此不滿或惱怒，相反的，她反而鬆了口氣。因為如果他瘋，那她大概也是半斤八兩。

「跟我說說**妳的**生物。」貝爾說，他靠得更向前了。「在莫頓醫生的文章裡，妳稱呼那玩意兒為『局外人』。」那雙明亮、滄桑的眼睛始終緊盯著她的眼睛。荷莉想起卡通裡盤踞在樹枝上的禿鷹。

雖然荷莉曾經難以拒絕別人的要求（幾乎是無法拒絕），但她搖搖頭。

他失望地靠在輪椅椅背上。「不想談？」

「你已經從莫頓醫生在《精神病學季刊》的文章上得知大部分的狀況了，你也許也看過網路上的影片。我是來聽你的說法的。你說翁道斯基是『鬼東西』，我想知道你怎麼能這麼確定他就是一個『局外人』。」

「用『局外人』稱呼他很恰當，很好。」貝爾調整起通氣管，剛剛歪掉了。「很適當的名字。喝茶吃點心時，我再跟妳分享我的故事。我們會上樓，在布萊德的工作室裡享用。我全部都會告訴妳，妳會信的，噢，肯定會。」

「布萊德——」

「布萊德都知道。」丹一邊說，一邊不以為然地揮了揮那漂流木般的手。「不管是不是同志，都是好孩子。」荷莉有時間思索，在你九十歲的時候，比布萊德．貝爾老二十歲的人肯定都跟小男孩一樣。「也是聰明的孩子。不想跟我說妳的故事也沒關係，雖然我對一些細節挺好奇的，但在我跟妳分享我所知的狀況前，我必須要求妳告訴我，妳一開始為什麼會懷疑起翁道斯基？」

這是很合理的要求，而她爬梳起她的推論……如果那算什麼推論的話。「一直讓我覺得奇怪的，主要是他嘴邊的一處毛髮。」她做出結論。「彷彿他先前戴上假鬍子，然後拆的時候太匆匆，沒有整個清乾淨。只不過，如果他能改變整個外貌，為什麼還要假鬍子呢？」

貝爾又不以為然地擺擺手。「妳的局外人臉上有毛髮嗎？」

荷莉皺著眉頭思索起來。（她所知的）第一個局外人變成的人是名叫希斯・荷姆斯的護工，他沒有鬍子。第二個人也沒有。他的第三個目標蓄了山羊鬍，但荷莉、勞夫與局外人在德州山洞對峙時，他還沒有完全變身。

「我覺得沒有。你想說什麼？」

「我覺得他們長不出鬍子來。」丹・貝爾說。「我覺得如果妳把妳的局外人扒個精光……我猜妳沒試過？」

「沒有。」荷莉說，但她實在忍不住，就「嗯」了一聲。

這逗得丹露出微笑。「如果妳看過，我猜妳應該會發現他們沒有陰毛，腋下也光光的。」

「我們在山洞裡遇到的生物有頭髮，翁道斯基也有，『喬治』也有。」

「喬治？」

「這是我替麥奎迪中學炸彈快遞員取的綽號。」

「喬治，啊，懂了。」丹顯然思索了這點好一會兒。他嘴角又浮現淺淺的笑容，然後消失。「但頭髮不一樣，對不對？小孩子在青春期之前就有頭髮，有些嬰兒一出生就有頭髮。」

荷莉明白他的話，希望這真的算是一個重點，而不是這位老人家幻覺的另一個面向。

「這個炸彈客，就是妳說的喬治，除了身體外，其他東西也不能改變。」丹說。「他需要穿上假制服，戴上假眼鏡。他需要一輛假卡車，還有假的包裹掃描器。他也需要一撮假鬍子。」

「翁道斯基的眉毛可能也是假的。」布萊德端著托盤進來。托盤上有兩杯茶，還有一堆酥皮點心。「但也許不然。我研究他的照片，看到我的眼珠子都要掉下來了。我猜他可能有植眉毛，這樣看起來比較正常，不然那裡就只是短短的毛而已。小奶娃的眉毛都短短的。」他彎腰將托盤放在茶几上。

「不、不，去你的工作室。」丹說。「好戲該開演啦。吉卜尼女士，荷莉，可以麻煩妳幫我推輪椅嗎？我有點累。」

「當然。」

他們經過正式的飯廳，還有超大的廚房。走廊的盡頭是一張樓梯升降椅，可以沿著金屬軌道升到二樓。荷莉希望這玩意兒比費德烈克大樓的電梯可靠。

「在我雙腿不好使之後，布萊德就裝了這個。」丹說。布萊德將托盤交給荷莉，然後將老人抱上升降椅，看起來經常練習，相當輕鬆。丹按下按鈕，開始爬升。布萊德接回托盤，然後跟荷莉一起陪著升降椅上樓，速度很慢，卻很穩定。

「貴府真的很棒。」荷莉說。弦外之音是**一定很貴吧**。

不過呢，丹還是讀出了她的心思。「爺爺開了紙漿造紙工廠。」

荷莉這才想到，「誰找到就是誰的」事務所的耗材儲藏室裡有一堆貝爾牌影印紙。丹注意到她的神情，笑了出來。

「沒錯，就是，貝爾紙業，現在成了跨國集團企業的品牌。直到一九二〇年代，整個緬因州西部的造紙廠都是我爺爺的，路易斯頓、里斯本、傑伊、麥卡尼克弗斯，現在都關閉了，不然就是成了購物中心。他在一九二九年的經濟大蕭條裡失去大部分的財產。我就是那年出生的。我爸跟我過得可辛苦囉，為了吃喝玩樂，我們得辛苦工作。不過我們還是保住了這棟房子。」

到了二樓，布萊德將丹抱上另一張輪椅，然後替他接上另一罐氧氣。這層樓似乎包含了一個偌大的空間，但十二月的陽光照不進來。窗戶上蓋著遮光窗簾。兩張工作桌上有四台電腦，好幾部荷莉看來挺先進的遊戲機，還有一堆音響設備，以及超大的平板顯示器。牆上裝了好幾支擴音喇叭，電視兩側也各有一台。

「布萊德，放下托盤，免得打翻。」

丹用關節炎手指比著的桌子上滿是電腦雜誌（好幾本《聲音狂熱》，荷莉沒聽說過這份刊物）、隨身碟、外接硬碟，還有一堆電線。荷莉想要清出空間。

「噢，那些鬼東西往地上放就好。」丹說。

她望向布萊德，他則充滿歉意地點點頭。「我就有點亂。」他說。

托盤安然放下後，布萊德將酥皮點心分成三盤。看起來很美味，但荷莉已經不曉得自己到底餓不餓。她開始覺得自己像闖入瘋帽匠茶會的愛麗絲。丹．貝爾喝了口茶，咂咂嘴，然後面露難色，伸手探上他的襯衫左側。布萊德立刻趕去他身邊。

「爺爺，藥在身上嗎？」

「有啦，有啦。」丹拍拍輪椅側邊的置物袋。「我沒事，你不要在我身邊徘徊。我只是很興奮有人來家裡，曉得狀況的人。這對我來說應該是件好事。」

「這我就不太確定囉，爺爺。」布萊德說。「也許你該先吃一顆藥。」

「我說了我沒事。」

「貝爾先生──」荷莉開口。

「丹。」老人家說，再次搖搖手指，雖然是因為關節炎而扭曲變形的手指，但還是充滿告誡意味。「我是丹，他是布萊德，妳是荷莉。我們都是好朋友。」他大笑，這次聽起來有點上氣不接下氣。

「你必須慢慢來。」布萊德說。「除非你又想進醫院。」

「遵命，母親大人。」丹說。他彎起的手掌拿到尖尖的鼻子前方，深深吸了幾口氧氣。「現在給我一塊那個點心，然後我們需要餐巾紙。」

但這裡沒有餐巾紙。「我去廁所拿點衛生紙來。」布萊德說，然後就走開了。

丹轉向荷莉。「忘東忘西，真糟糕。我剛說到哪了？那重要嗎？」

那這一切又有什麼重要的嗎？荷莉思索。

「我剛剛跟妳說，我跟我爸必須努力討生活。妳有看到樓下的畫像嗎？」

「有。」荷莉說。「你畫的，我猜。」

「對，對，都是我畫的。」他舉起扭曲的雙手。「在我犯了這毛病之前。」

「畫得非常好。」荷莉說。

「還可以啦。」他說。「但走廊裡那些不是我最好的作品，那些是工作，布萊德堅持要掛起來。我也在五、六〇年代替金牌、君主這些出版社畫過平裝書的封面。那些比較好，主要是畫犯罪小說，都畫些開著冒煙汽車的衣不蔽體小姑娘。可以賺點外快。當妳知道我的正職工作是什麼的時候，妳就會覺得挺諷刺的。我在波特蘭警局工作，六十八歲退休，幹了四十四年。」

荷莉心想：不只是藝術家，還是另一位警察，先是老威，然後彼得，接著是勞夫，現在又是他。她再次想到某股力量，看不見但很強烈，似乎牽引著她走到這裡，冥冥之中帶著她走向這些類似的人與連續體。

「我爺爺曾是擁有紙廠的大資本家，但之後我們就家道中落。爸是警察，我跟著他的腳步。

我兒子跟隨我的腳步，我說的就是布萊德他爹。他在追逐某人時車禍身亡，那傢伙大概酒駕，開著偷來的車，還活了下來，就我所知，他現在還沒死呢。」

「我很遺憾。」荷莉說。

丹沒搭理她努力擠出來的哀悼之情。「就連布萊德他媽也加入家族事業，誒，某種程度來說算啦。她是法院速記員，她過世後，我把孩子接過來。我不在乎他是不是同志，或是不是警察。不過呢，他沒有全職在警局工作，對他來說那只算興趣。他主要搞的就是……這個。」他用變形的手比向電腦設備。

「我設計遊戲的聲音。」布萊德低聲地說。「音樂，音效，混音。」他拿著一整卷衛生紙回來。荷莉撕了兩張，鋪在大腿上。

丹繼續說，似乎迷失在過往之中。「在我巡邏員警的日子結束後，我沒有升警探，我才不想當警探，我開始擔任調度員。某些條子不喜歡坐辦公室，但我不介意，因為我還有別的工作，讓我在退休後還有事做的工作。妳可以說，那是事情的一個面向。而布萊德所做的，他們聯絡他進去幫忙的，則是另一個面向。荷莉，這妳我心知肚明就好，我先為粗話道歉，但我們逮到這個王八蛋了。我們已經注意他好幾年。」

荷莉剛剛才咬了一口酥皮點心，現在卻張大了嘴，讓不怎麼美觀的碎屑掉到盤子及她大腿上的紙巾裡。「好幾年？」

「對。」丹說。「布萊德二十幾歲的時候就知道了。他從二〇〇五年左右開始幫我，對不對，布萊德？」

布萊德在嚥下他那份點心後說：「更晚一點。」

丹聳聳肩，看起來很痛苦。「到了我這年紀，什麼事都攪在一起囉。」他說，然後幾乎是用如炬的目光望向荷莉。他亂糟糟的眉毛（不是假的）糾結在一起。「但對這個翁道斯基我可是不會弄錯，這個自稱翁道斯基的玩意兒。他的一切我都清清楚楚，從一開始就很清楚……或該說，至少我開始介入的時候。荷莉，我們替妳準備了一個節目。布萊德，第一部影片準備好了嗎？」

「準備好了，爺爺。」布萊德抓起 iPad，拿出遙控器，打開巨大的電視。現在只有一個藍色的螢幕，以及「待命」字樣。

荷莉希望她準備好了。

10

「第一次見到他的時候，我三十一歲。」丹說。「我會記得，因為我的妻子與兒子前一週才替我舉辦了一個小小的派對。彷彿好久以前，卻也宛如昨日。我那時還是巡邏員警，我跟馬賽爾．杜尚才把車子停在濱海路的一處雪堤後面，等著活逮超速駕駛，平常上班日的早晨是不太可能啦。吃著油炸麻花甜甜圈，喝著咖啡。我記得馬賽爾還笑起我畫的平裝書封面，說我畫了這麼多只穿內衣褲的漂亮女人，我老婆怎麼想。我猜我只有說，他老婆是我的模特兒，這時，一個傢伙跑到我們車邊，敲起駕駛座窗戶。」他停頓了一下，搖搖頭。「妳永遠都會記得，妳聽到壞消息當下，人在哪兒吧？」

荷莉想起自己得知老威．霍吉斯過世那天的情形。傑若米打電話來，她相信他是強忍淚水跟她說的。

「馬賽爾搖下車窗，問對方是否需要協助。那人說不用，他有一台電晶體收音機，等於那年代的 iPod 跟手機啦，總之，這位先生問我們是否聽說紐約的事。」

丹停頓了一下，拉直他的通氣管，也調整了一下掛在輪椅旁邊的氧氣瓶氣流。

「我們只有聽說警方頻道上的消息，所以馬賽爾關掉警方頻道，打開一般的電臺，聽到了新聞。那個慢跑的人就是在講這個。好了，布萊德，播放第一支影片吧。」

丹的孫子將平板放在大腿上。他碰了一下裝置，然後對荷莉說：「我要把這個投影在螢幕上，一下就好……可以了，開始了。」

螢幕上出現舊時新聞影片的字幕卡片，加上哀淒的音樂。文字寫著：史上最嚴重墜機事件。跟隨在後的是看起來像經歷爆炸的街道場景。

「史上最慘重空難事後畫面。」播報員高聲地說。「布魯克林街上滿是噴射機碎裂的遺骸，這架飛機與另一架飛機在昏暗的紐約上空相撞。」荷莉在一架飛機的機尾（應該說剩下的部分）上看到UNIT字樣。「聯合航空班機驟降在褐石住宅區，地面六人，加上八十四名乘客與機組員統統喪生。」

現在荷莉看到戴著老式頭盔的消防員衝進殘骸之中。有人扛著擔架，固定在上頭的是蓋著布毯的屍體。

播報員繼續：「在正常情況下，聯合航空與相撞的環球航空班機應該會距離好幾公里遠，但載著四十四名乘客與機組員的環球航空二六六號班機嚴重偏離航道。飛機墜毀在史坦頓島。」

擔架抬出更多用布毯蓋住的屍體。一個巨大的飛機輪子橡膠部位磨光了，卻還在冒煙。攝影機搖搖晃晃地拍攝起二六六號班機的殘骸，荷莉看見裹著歡樂包裝紙的聖誕禮物散落一地。鏡頭放大其中一份禮物，拍出掛在蝴蝶結上的小小聖誕老人裝飾。聖誕老人默默燃燒，煙灰將其燻黑。

「在這可以停了。」丹說。布萊德碰了一下平板，大電視恢復藍色螢幕。

丹轉頭面向荷莉。

「總共死了一百三十四人，這是什麼時候的事？一九六〇年十二月十六日，就是六十年前的今天。」

荷莉心想：只是巧合，但一股冷顫還是爬了上來，她再次想到這個世界上冥冥之中就是有一股力量操控著人類，把男人、女人當成棋盤上的棋子。一樣的日子也許只是巧合，但她能說讓她跑到緬因州波特蘭這棟房子的力量也只是巧合嗎？辦不到。這是一場連鎖反應，一切都可以追溯回另一頭名為布雷迪．哈特斯菲爾的怪物。一開始讓她相信的就是布雷迪。

「只有一名生還者。」丹．貝爾開口，思緒中的她因此嚇了一跳。

荷莉指著藍色的螢幕，彷彿新聞片段還在上頭一樣。「**那種**狀況還有人生還？」

「只活了一天。」布萊德說。「報紙稱他為『天降男孩』。」

「但一開始用這個字眼的媒體另有其人。」丹說。「當時在紐約都會區總共有三、四間獨立電視臺跟電視網。其中一台叫做WLPT，早就不存在了，但如果有什麼畫面有錄下來或拍攝下來，妳在網路上可能都找得到。年輕的女士，做好心理準備。」他向布萊德點點頭，年輕人再次點下平板。

荷莉從小的教養就教她公開顯露出情緒不只是尷尬，令人不快，同時也很丟臉（不只老媽這樣教，老爸也默許）。雖然她與艾莉．溫特斯合作了好幾年，但她大多不太表露自己的情緒，就算是朋友之間也很難看出她的情緒。眼前這兩位是陌生人，但當下一段影片出現在大螢幕上時，她尖叫起來。實在忍不住啊。

「就是他！那是翁道斯基！」

「我知道。」丹．貝爾如是說。

11

只不過，多數人應該會說那不是翁道斯基，這點荷莉很清楚。

他們會說，噢，對，是長得挺像，如同貝爾先生與孫子長得很像，如同約翰·藍儂與他兒子朱利安長得很像，或是，就跟我與伊莉莎白阿姨長得很像一樣。他們會說，我敢打賭，這人是切特·翁道斯基的祖父。老天，一家人真的是同一個模子印出來的，對不對？

但荷莉跟輪椅上的老人家一樣，曉得這是什麼狀況。

拿著老式WLPT麥克風的男人，臉比翁道斯基還要圓潤，而臉上的線條則暗示了他比翁道斯基還要老上十歲，甚至二十歲。他的平頭花花白白，還有翁道斯基所沒有的淺淺美人尖。他的嘴邊肉有點下垂，翁道斯基也沒有這兩片肉。

他身後是在灰渣積雪上跑來跑去的消防隊員，忙著撿起包裹與行李，其他人則對著聯合航空的殘骸與後方還在燃燒的褐石房舍灑水。剛開走的是一輛大型舊式凱迪拉克救護車，警示燈閃個不停。

「我是保羅·弗利曼，人在布魯克林，全美史上最嚴重空難現場。」記者如是說，每講一個字，嘴裡就噴起白煙。「這架聯合航空班機上只有一名男孩倖存。」他指著離去的救護車。「身分尚未確認的男孩就在救護車上，他是——」自稱保羅·弗利曼的記者故意暫停，製造戲劇效果。「——天降男孩！著火的機尾將他甩出來，他摔在雪堤上。驚恐的路人連忙用雪覆蓋他，打熄他身上的火焰，但我親眼看到他上救護車，我只能說，他的傷勢真的很嚴重。他的衣服幾乎全部燒光，或是燒融在他的皮膚上。」

「這裡停下。」老人命令道。孫子打住。丹轉頭望向荷莉，他藍色的雙眼凋零不堪，但目光銳利。「荷莉，妳看到了嗎？妳聽到了嗎？我相信對觀眾來說，他只是看起來、聽起來很害怕，在艱難時刻進行他的報導工作，但——」

「他才不是害怕。」荷莉說，她想起翁道斯基一開始在麥奎迪中學爆炸的報導。現在她能用更清晰的目光看待那一切。「他是興奮。」

「對。」丹點點頭。「沒有錯，妳明白了，非常好。」

「謝天謝地，有別人懂了。」布萊德說。

「男孩名叫史蒂芬．波茲。」丹說。「而這個保羅．弗利曼看到了燒傷的男孩，也許聽到他痛苦尖叫，因為目擊者說男孩一開始還有意識。妳知道我是怎麼想的嗎？妳知道我相信什麼嗎？他在進食。」

「他當然是。」荷莉說，她的嘴唇感覺麻麻的。「吃食男孩的痛苦，以及路人的恐懼，以**死亡**為食。」

「對，下一段準備好，布萊德。」丹向後靠，看起來相當疲憊。荷莉則管不了這麼多，她必須知道其他的狀況，她必須清楚所有的細節。昔日的狂熱又回來了。

「你是什麼時候找到這個的？你是怎麼發現的？」

「妳剛看的影片，我第一次是在墜機當晚看到的，在《杭特利－布林克利報導》上。」他看到她困惑的神情，笑了笑。「妳太年輕啦，不記得切特．杭特利跟大衛．布林克利，現在這節目叫NBC晚間新聞。」

布萊德說：「如果獨立電視臺先趕到重大新聞現場，拍攝到好的片段，他們就會把這些影像賣給大電視網。這一定就是這種情形，所以爺爺才會看到。」

「弗利曼先到。」荷莉思索起來。「你是在說……你覺得這兩架飛機相撞是弗利曼造成的？」

丹．貝爾斷然搖頭，他僅存的蜘蛛網般頭髮跟著搖晃。「不，只是走運，或是機率問題，因為大城市總會有悲劇，對不對？讓他這種東西有機會可以進食。誰知道呢？他這種生物對於巨大災難的天線也許特別敏感，說不定他就跟蚊子一樣，妳知道，大老遠就聞得到血味。我們怎麼可能會知道到底是怎麼回事呢？我們連他是什麼都不清楚。布萊德，繼續下一段。」

布萊德播放影片，翁道斯基再次出現在大螢幕上……但他有點不一樣。比較瘦，比「保羅．弗利曼」年輕，也比在麥奎迪中學爆炸區域旁邊轉播的翁道斯基年輕。不過，這就是他。臉不太一樣，臉又很像。他握著的麥克風上有KTVT的字樣。他身邊站了三個女人，其中一人別著甘迺迪總統的別針。另一個人則拿著一個牌子，有點縐縐的，上頭寫著：一九六四，保送甘迺迪進白宮！

「我是戴夫．范．皮爾特，正在迪利廣場，對面是德州教科書倉庫，也就是——」

「停。」丹說，布萊德按下暫停。他轉頭面向荷莉。「這是他，對吧？」

「對。」荷莉說。「我不確定誰會注意到，我也不確定你怎麼會注意到，這距離飛機失事已經這麼多年了，但這就是他。我父親曾經跟我聊起汽車製造的事，他說這些大公司，福特、雪佛蘭、克萊斯勒，會出很多不同型號的車，每年都會出，但其實這些車都來自同一個模板。他……翁道斯基……」但她說不出口，她只能指著螢幕上的黑白畫面。她的手還在顫抖。

「對。」丹輕聲地說。「說得很好。他有不同型號，但都是從同一個模板出來的。只不過，他也許有兩組模板，甚至不止。」

「什麼意思？」

「等等妳就明白。」他的聲音比平常還要沙啞，他喝了點茶潤喉。「我只是偶然看到的，晚上我會想看《杭特利－布林克利報導》，但甘迺迪中彈後，大家都轉去看華特．克朗凱特（Walter Cronkite），我也是。因為CBS拍攝的角度最好。甘迺迪週五中槍，隔天週六CBS的晚間新聞就有報導了。這是新聞從業人員所謂的背景素材。來，布萊德，從頭開始。」

身穿醜陋格子休閒西裝外套的年輕記者再度開口：「我是戴夫．范．皮爾特，正在迪利廣場，對面是德州教科書倉庫，也就是美國第三十五任總統約翰．甘迺迪昨天遭到槍擊身亡之處。在我身邊的是格芮塔．戴森、摩妮卡．凱洛格，以及華妮塔．艾瓦瑞茲，她們是甘迺迪的支持者，昨天就站在這裡，也就是開槍的地方。三位小姐，可以跟我聊聊妳們看到的狀況嗎？戴森小姐？」

「開槍……血……他可憐的後腦血流如注……」格芮塔．戴森哭得太誇張，完全聽不懂她在講什麼，荷莉猜這應該就是重點。在家看電視的觀眾大概也跟她一起哭，認為她是在代表他們哀悼，代表整個國家哀悼。只不過這位記者……

「他在吞噬這種情緒。」她說。「假裝關心，而且也沒有裝得很像就是了。」

「的確。」丹說。「一旦妳曉得該怎麼看透他，就很難錯過了。看看其他兩位女士，她們也在哭，那個週六，很多人都哭哭啼啼的，接下來幾個禮拜也是。妳說得沒錯，他的確是在吃這種情緒。」

「而你覺得他曉得會發生什麼事？就跟聞到血味的蚊子一樣？」

「不知道。」丹說。「這我真的不知道。」

「我們只知道他是那年夏天開始在KTVT工作。」布萊德說。「我查不到他更詳細的資訊，但我查到了這點，他在一九六四年春天離職。這是他們電視臺在網路上的歷史紀事介紹。」

「下次他再度出現，就我知道，是在底特律。」丹說。「一九六七年，也就是人稱『底特律暴動』或『十二街暴動』的時候。一開始，警方突襲一間無牌酒吧，當時稱這種地方為『盲豬』，然後騷亂延燒全城。四十三人被殺，一千兩百人受傷。連續五天，這件事都是當紅新聞，暴力行為也維持了這麼久。這是另一個獨立電臺，但影片後來被NBC拿去用在晚間新聞裡。放吧，布萊德。」

記者站在起火燃燒的店面前方，訪問一位臉上鮮血直流的黑人。這位先生哀痛到話都講不清楚，他說眼前燃燒的是他的乾洗店，他也不曉得妻女在哪。城市陷入混戰後，她們就不見了。「我什麼都沒了。」他說。「統統沒了。」

而這位記者，這次自稱吉姆．艾弗瑞？他肯定是城裡小電視臺的記者。比「保羅．弗利曼」還要矮，稱得上肥，身材五短（受訪者比他高很多），頭髮漸禿。同樣模板，不同型號。埋在那張肥臉底下的人就是切特．翁道斯基。同時也是保羅．弗利曼，跟戴夫．范．皮爾特。

「貝爾先生，你是怎麼看清這一切的？你到底是怎麼——」

「丹，記得嗎？叫我丹。」

「你是怎麼看出這些不算相似之處的相似之處？」

丹與孫子互看一眼，面露微笑。荷莉看著這個小動作，又想起：同樣模板，不同型號。

「妳注意到走廊上掛著的圖畫，對嗎？」布萊德問。「那是爺爺在警隊的另一份工作，他是天生好手。」

再一次，恍然大悟的感覺，荷莉面向丹。「你是速寫畫家，這就是你另一份警察工作！」

「對，但我不只速寫。我不走卡通風格，我畫肖像。」他想了想，又說：「妳聽說過有人自稱他們看到人臉都過目不忘，對不對？這些人大多是誇大其辭或在吹牛，但我不是。」老人用就事論事的口氣說話。荷莉心想：如果這是天賦，那這份天賦跟他一樣老了，也許曾經讓他興奮激動，如今卻覺得理所當然。

「我看過爺爺工作。」布萊德說。「要不是他犯了關節炎，他可以轉過身去，面向牆壁，然後二十分鐘就畫好荷莉妳的肖像，每個細節都正確無誤。掛在走廊上的那些人像？全都是因為爺爺的畫而落網的人。」

「不過——」她還是存疑。

「記得面容只是一部分而已。」丹說。「光是畫得出人像來根本沒有幫助，因為不是我親眼看到這些壞人。妳明白嗎？」

「懂。」荷莉說。她對這個話題很感興趣，理由倒不是因為翁道斯基有多少身分，有多少偽裝。她感興趣，因為她也從事調查工作，因為她還在學習。

「目擊證人會過來，在某些案件裡，好比說搶劫或劫車，就會有好幾位目擊證人。他們會描述起犯案人的外貌。只不過，這就好像瞎子摸象一樣，妳知道這個故事嗎？」

荷莉知道。拉起大象尾巴的瞎子說，大象是一條藤蔓；捧著象鼻的人說，大象是一條巨蟒；抱著象腿的人很確定大象就是一棵粗壯的老棕櫚樹。最後幾個瞎子吵了起來，都說自己是對的。

「每個目擊證人看到的人犯都稍有不同。」丹說。「就算只有一位目擊證人，這個人在不同日子，看到的也不會一樣。他們會說，不、不，我錯了，臉太肥了，臉太瘦了。他有山羊鬍，不，是嘴唇上方的兩撇小鬍子。他的眼睛是藍色的，不對，我睡醒後發現應該是灰色的。」

他又吸了長長一口氧氣，看起來非常疲憊，只不過紫色斑塊之間的眼睛，非常明亮，非常專注。荷莉覺得，如果翁道斯基這個鬼玩意兒看到這雙眼睛，可能會很害怕。也許會想在這雙眼睛看透他之前，先闔上這雙眼睛。

「我的工作是看穿所有的不同，找到相似之處。這才是真正的天賦，以及我畫在作品上的重點。看，這是我替他畫的頭幾張。」

他從輪椅旁邊的置物袋裡拿出一個小小的資料夾交給她。裡頭有五、六張因為久放而變得又脆又薄的畫像，上頭是各種不同版本的切特．翁道斯基。這些作品沒有大門走廊那些展示畫作精細，但還是很了不起。頭三張分別是保羅．弗利曼、戴夫．范．皮爾特跟吉姆．艾弗瑞。

「你是憑記憶畫的嗎？」她問。

「對。」丹說，又一次，不是吹牛，只是就事論事。「頭三張是我在一九六七年夏天看到艾弗瑞時畫的。我有副本，但這些是原始的畫作。」

布萊德說：「荷莉，別忘了時代背景。爺爺是在錄影帶、數位錄影或網路出現之前，在電視上看到的。一般觀眾看到就看到，一下就忘了。爺爺可是全靠印象。」

「還有其他的嗎？」她將另外三張圖畫像牌卡一樣分散開來。這幾張臉有不同的髮線、不同的眼睛跟嘴巴，線條不一樣，年齡也有所落差。全部都是同樣模板出來的不同型號。全部都是翁道斯基，她看得出來，因為她見過大象。丹・貝爾能在早期就注意到，真是太神奇了，根本天才。

他一一指著她手裡的畫像。「這個是雷金納・霍德，他在紐澤西威斯非報導約翰・李斯特（John List）殺害自己的家人，訪問了不少哭哭啼啼的朋友與鄰居。下一張是哈利・威爾，他在加州富勒頓報導清潔工愛德華・亞拉威（Edward Allaway）槍殺六人。血還沒乾，威爾就趕到現場，訪問生還的人。最後一張，名字一下想不起來——」

「弗烈德・黎伯曼南巴。」布萊德說。「芝加哥ＷＫＳ電臺的連線記者。他報導了一九八二年的止痛藥下毒事件，七人因此死亡。他訪問哀傷的親友，這些影片我都有，如果妳要看，可以播給妳看。」

「他有很多影片，我們已經挖出了十七個版本的切特・翁道斯基。」丹說。

「十七個？」荷莉大吃一驚。

「這還只是我們知道的而已，沒必要統統看。荷莉，將那三幅畫擺在一起，對著電視。電視不是光箱，但湊合能用。」

她拿著圖畫對著藍色螢幕，曉得自己會看到什麼。都是同一張臉。

翁道斯基的臉。

局外人。

12

他們下樓時，丹・貝爾已經不是坐在他的升降椅上，比較像無力地癱在上頭。不只是累，是精疲力盡。荷莉不想繼續麻煩他老人家，但也沒辦法。

丹・貝爾也知道他們還沒結束。他請布萊德倒點威士忌來。

「爺爺，醫生說——」

「去他的醫生，還有他騎的馬。」丹說。「酒水會讓我振作起來。我們可以結束這個話題，你讓荷莉看最後的……東西……然後我就要躺下了。我昨晚睡得很平穩，我敢說今晚也一樣。這一切都是我肩上的重擔。」

荷莉心想：但現在是我的了。真希望勞夫在這裡，更希望老威在。

布萊德給爺爺一個《摩登原始人》的果凍玻璃杯，裡面的酒勉強鋪滿杯底。丹白了他一眼，但無異議接下。他從輪椅旁邊的置物袋裡拿出一罐藥，這是老人家也好開的螺旋藥瓶。他倒出一顆藥丸，但另外六顆掉到地上。

「要命喔。」老人說。「布萊德，撿起來。」

「我來。」荷莉一一拾起。同一時間，丹將藥丸放進嘴裡，就著威士忌嚥下。

「爺爺，我覺得這不是什麼好主意。」布萊德聽起來小心翼翼的。

「在我的葬禮上，誰也不會說我死時瀟灑又年輕。」丹回嘴。他恢復了點血色，又能坐直身子了。「荷莉，在這沒屁用的威士忌消磨殆盡之前，我大概還有二十分鐘的時候，頂多半小時。我知道妳有很多問題，我們還有一個東西要給妳看，但我們盡量加快腳步。」

「喬・李伯曼。」她說。「你二〇一八年起開始去波士頓看的心理醫生。」

「他怎麼樣？」

「你去找他，不是因為你覺得自己要發瘋了，對不對？」

「我當然沒瘋。我去找他的原因，就跟我想像中，妳去找卡爾·莫頓的原因是同一個，他出了書，參加講座談那些有奇怪官能症的病患。我是花錢找人聽我說這一切，然後找到有理由相信這難以置信之事的人。荷莉，我是在找妳，就跟妳找我一樣。」

沒錯，的確如此。她心想：但我們能找到彼此還真是奇蹟，或該說宿命，或該說上帝的安排。

「雖然莫頓在文章裡改了不同名字與地點，但布萊德要追蹤妳也不難。對了，這個自稱為翁道斯基的玩意兒並沒有去德州的山洞報導。我跟布萊德看過所有的新聞片段。」

荷莉說：「我的局外人無法出現在影片或影帶上。某段影片應該有捕捉到他在人群之中的身影，但影片上沒有他。」她伸手敲了敲翁道斯基各種不同外型的圖畫。「這個壞蛋倒是一直上電視。」

「那他不一樣。」老人如是說，聳聳肩。「就跟家貓、山貓有所不同一樣，但很像——同樣模板，不同型號。至於妳呢，荷莉，新聞媒體倒是都沒有提到妳，也沒提過妳的名字，只有說一位普通公民協助調查而已。」

「我請他們不要說出去。」荷莉咕噥著說。

「那時我已經讀過莫頓筆下關於卡洛琳·何的文章了。我想透過李伯曼醫生跟妳聯絡，跑去波士頓找他，這可不容易。我知道就算妳不曉得翁道斯基是什麼東西，聽過了我的故事後，妳也有理由相信。李伯曼跟妳的莫頓醫生聯絡，然後妳就來了。」

有一件事非常困擾荷莉。她說：「為什麼挑現在？你知道這傢伙這麼多年了，你**追捕**他——」

「不是追捕。」丹說。「**記錄**算是比較正確的字眼。從二〇〇五年左右，布萊德就在網路上監控。我們在每一樁悲劇，每一場重大槍擊案件裡尋找他的身影，對不對，布萊德？」

「對。」布萊德說。「他不是每次都會出現，桑迪．胡克小學槍擊案、史蒂芬．帕多克（Stephen Paddock）槍殺那些去拉斯維加斯參加演唱會的人時他都沒有出現，但二〇一六年，他在奧蘭多的WFTV電視臺工作。他在槍擊隔天訪問了脈動夜店的倖存者，他總會挑那些最悲傷的人，當時在店內的人，或是朋友死在裡頭的人。」

荷莉心想：他當然專挑這種人，當然了。他們的哀傷最美味了。

「不過，我們一直到上禮拜的校園爆炸事件後，才曉得他也在夜店。」布萊德說。「是吧，爺爺？」

「就是啊。」丹附和道。「雖然我們在脈動夜店事發之後，理所當然檢查過所有的新聞片段。」

「你們怎麼會錯過他？」荷莉問。「脈動夜店的事已經超過四年了！你說你從來不會忘記任何一張臉，那時你已經知道翁道斯基的存在了，就算會改變，但他永遠都是那張豬臉。」

祖孫倆一起皺起眉頭，於是荷莉解釋起老威說大部分的人不是豬臉就是狐狸臉。她在每一個版本裡看到的翁道斯基都是圓臉，有時只是稍微圓潤，有時圓到滿出來，但都是同一張豬臉。

布萊德還是一臉茫然，但爺爺露出微笑。「說得好，我喜歡，只不過有例外，有些人是——」

「馬臉。」荷莉替他說完。

「我正要這麼說呢。還有人是黃鼠狼臉……但我猜這應該滿像狐狸臉的，是不是？顯然菲利浦．哈尼根……」他沒說下去。「對，從這角度來看，我敢說他的確有張狐狸臉。」

「我不明白你的意思。」

「妳會明白的。」丹說。「布萊德，讓她看脈動夜店的片段。」

布萊德點下影片，然後將iPad面向荷莉。這又是一位在現場進行連線報導的記者，這次他站在一大堆花朵及愛心氣球前面，還有很多告示牌，寫著「愛多一點，恨少一點」之類的字眼。記者開始訪問一名啜泣不已的年輕人，受訪者臉上不曉得是沒擦掉的污泥還是暈開的睫毛膏。荷莉沒有聽內容，這次她也沒有尖叫，因為她實在喘不過氣來發出聲音。這位記者，菲利浦．哈尼根，金髮、年輕、纖細，看起來像高中畢業就來當記者，沒錯，他的確有老威．霍吉斯口中所謂的狐狸臉。他用看似關心……同情……關懷的神情看著他的受訪者，但這些情緒只是為了用來掩飾他胃口的貪婪。

「停。」丹對布萊德說，然後對荷莉說：「妳還好嗎？」

「這不是翁道斯基。」她低語：「這是『喬治』，麥奎迪中學的快遞炸彈客。」

「噢，但這還是翁道斯基。」丹的語氣非常溫柔，可以說是親切。「我說了，這玩意兒的模板不只一組，他有兩組，至少兩組。」

13

敲起貝爾家大門前，荷莉才將手機關機，一直要到她回到尊盛酒店房間後，她才想到要開機。她的思緒有如在強風中打轉的落葉。她打開手機，想要繼續整理錄音給勞夫，卻看到她有四條訊息、五通未接，以及五通語音留言。未接電話與語音留言來自她媽。夏洛特曉得怎麼發訊息（荷莉教過她），但她從來不發訊息，至少不會發給她女兒。荷莉覺得她媽認為要編織出一個讓人內疚的說詞，只靠訊息不夠的。

她先打開訊息。

彼得：**荷，沒事吧？顧店中，妳忙妳的。有需要儘管開口。**

荷莉看著文字露出微笑。

芭芭拉：**我拿到電影了，看起來不錯。謝了，下次還妳。微笑表情符號。**

傑若米：**可能有那隻巧克力拉布拉多的線索，在帕瑪高地。等等去看。有什麼需要，我手機在身上。別客氣。**

然後，最後一封也是來自傑若米，他只有打：荷莉貝瑞。微笑表情符號。

雖然她在拉法葉街的那棟房子得知了那一切，但她還是笑了出來。眼眶也有點濕濕的。他們都關心她，她也在乎他們。真是太神奇了。她在面對媽媽的時候，把握住這種感覺。她已經知道夏洛特的每一通語音留言都是怎麼結束的了。

「荷莉，妳在哪裡？打電話給我。」這是第一通。

「荷莉，我必須跟妳談週末去看妳舅舅的事。請回電。」第二通。

「妳在哪裡？妳為什麼不開機？這樣很不貼心，要是有急事怎麼辦？快打電話給我！」第三通。

「那個波丘安養之家的布萊達克太太，我不喜歡她，她看起來很自以為是，她打電話給我，說亨利**很不高興**！妳為什麼不回電？快打電話給我！」了不起的第四通。

第五條則是只有：「打電話給我！」

荷莉進入浴室，打開她的「針線包」，拿出一顆阿斯匹靈。然後她放低身子，跪了下去，雙手交握在洗臉台邊緣。「上帝，我是荷莉。我現在要打電話給我母親。請讓我記得我可以堅守自己的立場，講起話來不會很過分、很糟糕，最後還吵起來。讓我撐過另一個沒有菸抽的日子，我還是想念香菸，特別是這種時刻。我也想念老威，但我很慶幸傑若米、芭芭拉在我的生命裡，還有彼得，雖然他有時反應有點慢。」她正要起身，但又跪回去。「我也想念勞夫，希望他跟妻子、兒子度假愉快。」

裝甲穿好了（她覺得啦），她打電話給媽媽。主要是夏洛特負責講話。荷莉不肯告訴媽媽她在哪裡、她在忙什麼，或她什麼時候會回去，這讓夏洛特非常生氣。荷莉在憤怒之下察覺到了恐懼，因為荷莉逃離了那裡，她現在有自己的生活了，原本這種事不該發生。

「無論妳在做什麼，妳這個週末**都要**回來。」夏洛特說。「我們得一起去看亨利，我們是他的**家人**，他只有我們了。」

「媽，我可能辦不到。」

「為什麼？我要知道為什麼！」

「因為……」因為我**正在追蹤一個案件**，老威就會這麼說。「因為我在工作。」

夏洛特開始哭。過去五年間，哭哭啼啼是將荷莉拖回身邊的最後手段。已經不奏效了，但這是她的預設模式，也會讓荷莉難過。

「媽，我愛妳。」荷莉掛斷電話。

真的嗎？對，不復存在的是「喜歡」，而少了喜歡的愛就像兩端是手銬的鎖鏈，她能打斷這條鎖鏈嗎？掙脫手銬？也許吧。她與艾莉．溫特斯討論過這個可能性很多次，特別是在她媽（自豪地）說她投給唐納．川普之後（噁）。她辦得到嗎？現在不行，也許永遠也不行。荷莉成長的過程裡，夏洛特．吉卜尼一直很有耐心，甚至可以說是出於好意，一直提醒女兒她心思不夠縝密，粗心大意，倒楣不幸，無可救藥。她就是不夠好。荷莉相信這些，直到她遇到老威．霍吉斯，老威覺得她不只如此。現在她有自己的人生，多半的日子都很愉快。如果她與媽媽「分手」，那她自己也會有所失去。

荷莉坐在尊盛酒店房間的床鋪上，心想：我不想繼續匱乏、繼續不夠下去了。嘗過那種滋味，有過那種體驗了。「還得到紀念T恤呢。」她加油添醋地說。

她從小冰箱裡拿出一罐可樂（誰管咖啡因），然後打開手機的錄音程式，繼續匯報進度給勞夫。這種行為就像向她不相信的上帝禱告一樣，能夠讓她整理思緒，等到她錄完的時候，她已經知道自己的下一步該如何繼續。

14

荷莉．吉卜尼給勞夫．安德森警探的報告內容：

接下來，勞夫，我會盡量一字不差地跟你分享我與丹還有布萊德．貝爾的對話，趁著我印象還很深刻的時候。也許不會百分之百正確，但也相差不遠。我該錄下我們的對話，但我當時沒想到。對於這份工作，我還有很多要學。只希望我還有機會。

我看得出來貝爾先生，我說的是老貝爾，想繼續下去，但威士忌的效力退去後，他就撐不住了。他說他需要躺下休息。他最後叮囑布萊德什麼聲音的東西。我當時不曉得他們在說什麼，現在我明白了。

孫子將爺爺推進臥房，但他首先將 iPad 交給我，打開一堆照片。他走後，我查看起這些照片，又仔細看了一次，布萊德回來的時候，我還在研究。十七張照片，全部都是網路影片的停格畫面，全部都是切特．翁道斯基的不同

〔暫停〕

不同化身，我想你可以這麼說。還有第十八個樣子，就是四年前在脈動夜店外頭的菲利浦．哈尼根。沒有鬍子，金髮而不是深色的頭髮，比監視畫面上身穿假快遞員制服的「喬治」看起來還要年輕。底下是同一張臉，同一張狐狸臉。不過，跟翁道斯基不一樣，跟他過往都不一樣。

布萊德回來時，拿了另外兩個果凍杯。「爺爺的威士忌。」他說。「美格經典波本威士忌，

要來一點嗎？」我說不用，他則倒了一點到其中一個杯子裡。「哎啊，我需要來一點。」他說。「爺爺有跟妳說我是同志嗎？同志到不行？」

我說有，布萊德露出微笑。

「他每次跟人家提到我都以這當開場白。」他說。「他想一開始就明白說清楚，表示他不在意，但他當然在意。他愛我，但他在意。」

我說我對我母親也有同樣的感覺，他笑了笑，說我們有共同點。我猜是吧。

他說爺爺對他老人家所謂的「第二世界」很感興趣，諸如心電感應、鬼魂、離奇消失、天上的光點之類的。他說：「有人搜集郵票，我爺爺則搜集『第二世界』的故事。對於這種東西，我有過質疑。」

他指著 iPad，畫面上是「喬治」的照片。「喬治」帶著他那一箱爆裂物，等著要進入麥奎迪中學的辦公室。

布萊德說：「現在我倒是什麼都相信了，從飛碟到殺人小丑，因為『第二世界』的確存在，這地方存在就是因為人類不相信它存在。」

勞夫，這我很清楚，你也是。我們在德州幹掉的玩意兒能活這麼久，也是因為這個原因。

我請教布萊德，為什麼他爺爺等了這麼久才採取動作，但此時，我已經心裡有底。

他說他爺爺以為那個東西基本上是無害的，有點像異國的變色龍，如果不是最後一隻，那也是僅存的幾隻之一，仰賴哀傷與痛苦存活下去，也許不是什麼好東西，但跟靠著腐肉活下去的蛆、靠路殺生物活下去的禿鷲沒什麼兩樣。

「郊狼跟鬣狗也是這樣生存的。」布萊德說。「牠們是動物界的清道夫，我們有比較好嗎？在收費公路上看到車禍，我們不都會放慢速度，看個仔細嗎？車禍也是一種路殺。」

我說我總會把目光移開，然後禱告一下，希望事故中的人沒事。

他說如果真的是這樣，那我是例外。他說多數人都喜歡痛苦，只要受苦的不是自己就好。然後他說：「我猜妳也不看恐怖電影吧？」

哎啊，勞夫，我看，但那些電影只是假的。導演喊「卡」的時候，慘遭傑森或佛萊迪割喉的女孩會起身，拿起咖啡來喝，但是啊，經過這一切，我也許……

〔暫停〕

別管這些了，我沒時間岔開話題。布萊德說：「我跟爺爺每收集一段命案或災難的影片，背後都還有幾百支，也許幾千支。新聞從業人員都說『見了血，才能上頭條。』這是因為大家感興趣的新聞都是壞消息，謀殺、爆炸、車禍、地震、大海嘯，人就喜歡這些，現在有手機影片，大家就更喜歡了。脈動夜店內部的監視器畫面，歐莫．馬庭（Omar Mateen）還在屠殺的畫面？這影片有幾百萬點擊率，幾**百萬**啊。」

他說老貝爾先生覺得這個生物的行為就像看新聞的觀眾一樣，只是想吞噬悲劇。這個怪物（他沒有稱其為局外人）只是運氣夠好，能夠靠這種生存方式活了這麼久而已。貝爾先生先前只是旁觀、讚嘆，這樣他就覺得夠了，事情的轉變是他注意到麥奎迪中學炸彈客的監視器畫面。他對人臉過目不忘，他曉得自己不久前才在某個命案場景見過這張臉的另一個版本。布萊德花不到一個小時就鎖定菲利浦．哈尼根。

「我至今在另外三個地方找到麥奎迪校園炸彈客。」布萊德說，還讓我看好幾張狐狸臉男子的照片，外觀有所不同，但底下都是「喬治」的臉，畫面裡的他都在進行連線轉播。二〇〇五年的卡崔納颶風，二〇〇四年的伊利諾州龍捲風，還有二〇〇一的世貿中心。「我相信不只如此，但我沒時間統統挖出來。」

「也許不是同一個人。」我說。「或同一個生物。」我開始在想，眼前就有兩個，一個是翁道斯基，一個是我們在德州幹掉的生物，那也許會有第三隻，第四隻，或一打。我想起我在公視上看過的節目，介紹瀕臨絕種的生物。世界上只剩六隻黑犀牛、七十隻遠東豹，但這些都遠超過三這個數字。

「不。」布萊德說。「是同一個人。」

我問他怎麼能確定。

「爺爺年輕時會替警察畫肖像畫。」他說。「我有時會替他們在法院允許下，進行監聽，有時我會幫臥底裝麥克風。妳知道臥底嗎？」

我當然知道，警方的臥底人員。

「現在不流行在襯衫下塞麥克風了。」布萊德說。「我們用假的袖扣、襯衫鈕扣。我曾在紅帽隊的鴨舌帽的『B』字樣上裝竊聽器，B代表竊聽（bug），瞭嗎？但那只是我工作的一小部分。現在妳看這個。」

他將椅子拉過來，這樣我們才能一起看他的iPad。他打開名為VocaKnow的程式。裡面已經有幾個檔案了，其中一個標示為保羅．弗利曼。他是翁道斯基的一個版本，報導一九六〇年的飛機失事新聞，你還記得他。

布萊德按下「播放」，我聽到弗利曼的聲音，但清晰也清脆許多。布萊德說，他清理過聲音，刪掉了背景雜音。他說這叫美化音軌。聲音從iPad的喇叭傳出來。我在螢幕上就能看到聲音，好比說你點開手機或平板的小麥克風圖示，傳送語音文字訊息時一樣，螢幕下方可以看到音波的圖案。布萊德說這叫聲譜圖的聲紋，他說他是認證過的聲紋檢驗師，平常以此出庭作證。

勞夫，你在這裡有沒有看到我們先前說的冥冥之中自有力量？我看到了。爺爺與孫子，一個善於圖像，一個善於聲音。少了這兩者的配合，這個鬼玩意兒，他們的局外人，還能繼續換上不同的面貌，躲在每個人的眼皮子底下。有人會說這叫運氣，或是巧合，就跟挑選樂透號碼一樣，但我不信。我辦不到，我也不願那樣想。

布萊德循環播放起弗利曼飛機失事的聲音。然後，他打開翁道斯基的聲音檔案，就是他在麥奎迪中學的報導，同樣重複播放。兩個聲音互相交疊，所有的話語都變成沒有意義的胡言亂語。布萊德關掉聲音，用手指分開兩個聲譜圖，弗利曼在 iPad 上方，翁道斯基在下方。

「妳看懂了，對不對？」他問，我當然懂。兩個檔案有同樣的高峰與低谷，可以說是一模一樣。有些微的不同，但基本上是同一個聲音，而且之間隔了六十年。我問布萊德，弗利曼跟翁道斯基明明是在講不一樣的內容，他們的聲音圖形怎麼會如此類似？

「他的臉會變，他的體型會變。」布萊德說：「但他的聲音從來沒變過，這叫聲音獨特性。他想過要改變聲音，有時他會故意提高音調，有時則會壓低，有時他甚至會加上一點腔調，但他沒有非常努力。」

我說：「因為他對自己形體的改變很有信心，加上他也換了地點。」

「我也是這麼想。」布萊德說。「還有一點，每個人都有獨特的講話方式，呼吸決定的獨特節奏。看高點的地方，這是弗利曼在講某些字的時候，低點就是他吸氣的位置。現在看看翁道斯基。」

勞夫，圖形是一樣的。

「還有另一件事。」布萊德說。「兩組聲音在某些字詞上都會停頓，每次都差點咬字不清。我覺得在某個時期，鬼才曉得多久以前，這玩意兒講話會大舌頭，但當然啦，電視記者不能大舌頭。他自學控制舌頭的技巧，讓舌頭靈活一點，不然他講話就會咬字不清。很輕微，但存在。妳仔細聽。」

他播放起翁道斯基在中學的報導音軌，他說：「爆炸裝置應該放在主要辦公室。」

布萊德問我有沒有聽到。我請他再播一遍，確保那不是因為聽到布萊德的說法而產生的心理作用。那不是心理作用。翁道斯基說：「爆炸裝置應該『放』在主要辦公室。」他念起來像「飯在」。

然後，他播放起保羅．弗利曼一九六〇年的飛機失事音軌。弗利曼說：「身分尚未確認的『男孩就在救護車上。』」勞夫，我又聽到了。小小的停頓，「男孩」與「藍孩」，但真的存在。舌頭用力，想要念對這個字。

布萊德在平板上打開第三個聲譜圖。這是菲利浦．哈尼根訪問脈動夜店的年輕人，就是那個臉上有睫毛膏痕跡的人。我聽不到年輕人的聲音，因為布萊德把他跟背景的雜音一起刪掉了，好比說警笛聲、其他人的交談聲。只有哈尼根的聲音，就是「喬治」，他彷彿跟我們處在同一個空間裡。「羅德尼，裡面狀況如何？你是怎麼逃出『來』的？」

布萊德又替我重播三次。聲譜圖的高點與低點跟前面弗利曼、翁道斯基的圖吻合。勞夫，這是技術層面的討論，我很欣賞，但真正讓我驚嚇，真正讓我打顫的卻是那些微小的停頓。有的暫停比較短，有時比較長，要克服這個困難，對於口齒不清的人來說一定非常吃力。

布萊德問我滿意了嗎？我說滿意了。沒有體驗過我們先前經歷的人都會信服，更何況我有過那些經驗。他跟我們的局外人不一樣，我們的局外人在轉變之間需要冬眠，也不會出現在影像上，但這個東西肯定是局外人的表親或遠親。關於這種生物，我們實在了解不多，我猜我們永遠也無法深入了解。

勞夫，我得暫停了。我今天沒吃什麼，只吃了一個貝果、一份雞肉三明治，跟一點點酥皮點心。如果我不快點進食，我就會暈倒了。

晚點再繼續。

15

荷莉點了外送的達美樂，一個小的蔬菜比薩跟一大杯可樂。年輕人上門時，她根據老威．霍吉斯的經驗法則支付小費：如果服務尚可，那就給訂單金額的一成五，如果服務非常好，那就給兩成。這位年輕人動作很快，所以她給了兩成。

她坐在窗邊的小桌旁，一邊進食，一邊看著曙光開始展露在尊盛酒店的停車場上。下面有棵閃著燈飾的聖誕樹，但荷莉這輩子都沒有什麼聖誕精神。今天，她調查的東西只是螢幕上的照片與 iPad 上的聲譜。明天，如果一切進行順利（她有荷莉希望），那她就會與這鬼玩意兒面對面了。那肯定很恐怖。

不過，該做的就是該做，她別無選擇。丹．貝爾太老了，布萊德．貝爾太害怕了。就連荷莉解釋起她在匹茲堡的計畫，基本上完全不會讓他遇上任何風險，他還是徹底拒絕。

「妳又不知道。」布萊德說。「就妳所知，這東西可能會心電感應耶。」

「我只與其中一個面對面對峙過。」荷莉說。「布萊德，如果他會心電感應，那我就死了，而他還活著。」

「我不去。」布萊德說，他嘴唇顫抖。「爺爺需要我，他心臟不好。妳沒有朋友嗎？」

她有，其中一位還是很優秀的警察，但就算勞夫在奧克拉荷馬州，她會讓他冒這個險嗎？他有家人，她沒有。至於傑若米……不成，想都別想。她的計畫還在規劃階段，但匹茲堡這部分應該不會危險，只不過，傑若米肯定會想全程參與，這樣就會危險了。然後是彼得，她那幾乎沒有想像力的夥伴。他會答應，但他會把整件事當成笑話，切特．翁道斯基也許能變成各種模樣，但他絕對不是一樁笑話。

丹・貝爾年輕的時候也許會想對這個變形怪物採取行動，但這麼多年來，他只是在一旁沉迷地觀察，等著這個生物時不時冒出頭來，彷彿是災難版的《威利在哪裡》。也許也覺得遺憾？但現在狀況不一樣了，如今悲劇過後的餘波，以及在鮮血乾涸前吞噬哀傷與痛苦已經不能滿足這個生物了。

這次，他主動引發屠殺，而如果他僥倖逃過這次，他肯定會繼續行動。下次，死亡人數只會更高，而荷莉不准這種事情發生。

她在房間權當書桌的地方打開筆電，等到布萊德・貝爾寄來的電子郵件。**如妳要求，請見附檔。請理智地使用這些材料，也不要把我們牽涉進去。我們已經竭盡所能。**

荷莉心想：最好是啦。她下載檔案，然後撥打丹・貝爾的手機。她期待接電話的人又是布萊德，但這次是老人家自己接的，語氣聽起來恢復了不少。小睡一下就是能夠達成這種效果，有機會荷莉就會瞇一下，但她最近都沒這種機會。

「丹，我是荷莉。可以向你請教一個問題嗎？」

「說。」

「他是怎麼在不被人發現的狀況下，一個工作換一個工作的？現在是社交媒體的年代，我實在想不通。」

接下來幾秒鐘，只有聽到他戴著呼吸器的沉重呼吸聲，然後，他說：「我跟布萊德討論過這件事，我們有一些想法。這個人……這個東西……等等，布萊德要搶這該死的電話。」

一串她聽不清楚的對話，但荷莉大概明白，老人家不喜歡配合。然後換布萊德上場。「妳想知道他是怎麼一直在電視圈工作的？」

「對。」

「這是個好問題，真的很好。我們不能確定，但我們猜他應該是撬進去的。」

「撬進去？」

「這是廣播用語，『撬進去』指的是廣播、電視記者往上進入大市場。在各個地方至少會有一間地區電視臺，規模不大，沒有隸屬在任何電視網之下，薪水也是少得可憐。報導通常都聚焦在社區新聞上，從什麼新橋落成、慈善活動，到市議會開會什麼的。這傢伙就是從這些地方開始，做幾個月，然後去大電視臺應徵，用他在地區小電視臺的影像做為試鏡的素材。看過那些錄像的人當場就會覺得他很稱職，非常專業。」布萊德短笑了一聲。「他必須很專業，對吧？他幹這行至少已經他媽的六十年了，練習造就完——」

老人說了什麼打斷他。布萊德說他會跟她說，但這對荷莉來說不夠好。她忽然對這祖孫二人組很不耐煩，今天夠漫長了。

「布萊德，手機開擴音。」

「什麼？噢，好主意。」

「我想他也在廣播電臺工作過！」丹大喊，彷彿以為他們是用蠟線繫著的金屬罐溝通一樣。

荷莉面露難色，將手機拿離耳邊。

「爺爺，你不用講這麼大聲。」

丹壓低音量，但也只有改善一點點。「荷莉，廣播電臺！早在電視普及之前！廣播電臺出現之前，他也許是在報紙上報導見血的新聞！鬼才知道這個人、這玩意兒活了多久。」

布萊德說：「而且，他肯定有一整堆的推薦信。也許妳稱作『喬治』的東西替翁道斯基寫推薦，而妳稱為翁道斯基的傢伙也替『喬治』到處推薦。這樣妳懂嗎？」

荷莉……算懂吧。這讓她想起老威說過的笑話，一群揖客被放逐在荒島上，結果他們藉由販賣彼此的衣服賺錢。

「該死的，讓我講。」丹說。「布萊德，我跟你一樣清楚狀況，我又不蠢。」

布萊德嘆了口氣。荷莉心想：跟丹．貝爾一起生活可不容易吻，話說回來，跟布萊德．貝爾同住一個屋簷下大概也不是什麼樂事。

「荷莉，這種做法行得通，因為大地區的電視臺連播網人才供不應求。大家都會往上爬，有人離職……加上他又把工作做得很好。」

「這個生物。」布萊德說。「這個生物把工作做得很好。」

她聽到咳嗽聲，布萊德叫爺爺吃一顆藥丸。

「老天，你不要這麼老太婆好不好？」

荷莉想起影集《單身公寓》（*The Odd Couple*）裡的菲利斯與奧斯卡，就著世代差距對著彼此大吼大叫。拍成情境喜劇應該滿好看的，但要從中問出訊息實在「爛得可惡」。

「丹？布萊德？可以請你們不要——」吵嘴是第一個浮現的字眼，但雖然荷莉緊繃焦慮，她還是無法說出口。「不要繼續討論，就一會兒？」

他們終於安靜了下來，謝天謝地。

「我懂你們的說法，聽起來也算合理，但他的工作紀錄呢？他在哪所廣播學校上學？他們不會好奇嗎？問一堆問題？」

丹沒好氣地說：「他大概告訴他們，他暫停工作了一陣子，後來決定回到職場。」

「但我們其實真的不清楚。」布萊德說。他聽起來有點火大，不曉得是因為他無法回答出荷莉滿意的答案（或讓他自己滿意），還是因為剛剛有人叫他「老太婆」，讓他挺受傷。「聽著，差不多四年前，在科羅拉多州，有個孩子假裝成醫生，開藥、甚至動手術。也許妳讀過這篇新聞。

他十七歲，卻假裝成二十五歲的人，他完全沒有任何文憑，更別說讀完醫學院了。如果連他都能瞞混過關，那這個局外人肯定也行。」

「你是說完沒？」丹問。

「說完了，爺爺。」嘆口氣。

「很好，因為我有一個問題。荷莉，妳要跟他見面嗎？」

「對。」加上照片，布萊德還寄來了弗利曼、翁道斯基、菲利浦・哈尼根的聲譜截圖，菲利浦・哈尼根就是炸彈客「喬治」。

就荷莉看來，這三個人長得很像。

「什麼時候？」

「我希望明天，我要請你們不要聲張這件事，拜託，你們辦得到嗎？」

「我們會的。」布萊德說。「我們當然會很低調，是不是，爺爺？」

「只要妳之後告訴我們事情的經過。」丹說。「如果妳可以跟我們分享，那就這麼說定了。

荷莉，我當過警察，布萊德跟警察合作。大概不用我們告訴妳，跟他見面也許會有危險，或該說**肯定**會有危險。」

「我知道。」荷莉壓低聲音。「我自己目前跟一位退休警察合作。」她心想：在他之前，還跟一位更優秀的警察共事過。

「妳會小心嗎？」

「我盡量。」荷莉說，但她曉得，天底下總有一個臨界點是妳必須放手一搏，不再那麼小心翼翼的時刻。傑若米先前提到那隻鳥，帶著邪惡飛行，彷彿是在傳播病毒一樣。他說：又臭又髒，冷若冰霜的灰色。如果你想逮住這隻鳥，扭斷牠的臭脖子，那到了某個時刻，你就不能繼續小心翼翼。她不覺得這個時刻就是明天，但也快了。

就在眼前。

16

傑若米將羅賓森家的車庫改裝成他的寫作空間，他在這裡書寫曾曾祖父奧頓的事蹟，這位老人家的另一個名號則是黑色貓頭鷹。今天傍晚，他正奮筆疾書時，芭芭拉不請自來，然後問有沒有打擾到他。傑若米說他剛好可以休息一下。他們從斜坡屋簷下方的小冰箱裡拿出可樂來喝。

「她人在哪？」芭芭拉問。

傑若米嘆了口氣。「沒有『傑，書進行得怎麼樣』，沒有『傑，找到那隻巧克力拉布拉多了嗎』，順便一提，我的確找到了，平安無恙。」

「你很棒。所以，傑，書進行得怎麼樣？」

「寫到第九十三頁。」他說，然後用手在空中滑動。「我在航行。」

「這也很棒。好，現在她人在哪？」

傑若米從口袋裡拿出手機，打開 WebWatcher 程式。「自己看囉。」

芭芭拉研究起螢幕。「波特蘭機場？緬因州的波特蘭？她去那裡幹嘛？」

「妳為何不自己打電話問她呢？」傑若米說。「就說『荷莉貝瑞，傑若米在妳手機上安裝了一個名叫 WebWatcher 的追蹤程式，因為我們擔心妳，所以，妳到底在忙啥？姑娘，快從實招來』。妳覺得她會喜歡這樣嗎？」

「別拿這個開玩笑。」芭芭拉說。「她會超級氣，這樣不妙，但她也會覺得很受傷，這樣更糟。再說，我們曉得這是怎麼回事，對嗎？」

傑若米暗示（只是暗示），芭芭拉去荷莉家拿寫報告的電影，順便看一下她家電腦的搜尋紀錄。前提是，如果荷莉家電腦的密碼跟公司密碼是同樣一組的話。

結果還真的一樣，雖然芭芭拉覺得偷看朋友的搜尋紀錄好像跟蹤狂，鬼鬼祟祟的，但她還是看了。因為荷莉從奧克拉荷馬州以及之後的德州回來之後，她整個人就變了，她在德州的時候，差點被一個名叫傑克．霍斯金的發瘋警察殺害。關於那天，她有很多細節沒說清楚，這點兩兄妹明白，但荷莉拒絕談那天的事。而且，之後一切看似沒事了，因為她眼眸裡那種憂心忡忡的神情逐漸消失。她恢復正常了……至少是荷莉的正常。不過，現在她又出門了，忙著做些她不願討論的事情。

於是傑若米決定用程式追蹤荷莉的所在位置。

芭芭拉查看了荷莉的搜尋紀錄。

而不疑有他的荷莉（至少對朋友是這樣），完全沒有清除紀錄。

芭芭拉發現荷莉看了多支新電影的預告，造訪了爛番茄網站跟《哈芬登郵報》，同時也多次前往名為「愛心與朋友」的交友網站（誰料得到呢），但她最近的搜尋都跟亞伯特．麥奎迪中學的恐怖攻擊爆炸案有關。她也搜尋了切特．翁道斯基，一位在匹茲堡ＷＰＥＮ電視臺工作的記者，以及在賓州皮爾村的克勞森簡餐店，還有叫作弗烈德．芬柯的傢伙，結果這人是ＷＰＥＮ的攝影師。

芭芭拉跟傑若米分享所有的發現，問他是否覺得荷莉是在某種崩潰的邊緣，觸發點是麥奎迪校園爆炸案。「也許，她就像是，忽然回到布雷迪．哈特斯菲爾炸死她表姊珍妮的那個時刻。」

根據她的搜尋紀錄，傑若米的確想過荷莉也許是在追捕另一個壞人，但就他看來，至少他覺得也許還有另一個可能。

「愛心與朋友。」他對妹妹說。

「那又怎麼樣？」

「妳有沒有想過，別詫異，也許荷莉在跟某人交往呢？或，至少是去見了某個跟她通過信的男人？」

芭芭拉張著大嘴，愣看著他，差點笑出來，但她沒笑，只有發出「嗯－嗯－嗯」的聲音。

「什麼意思啊？」傑若米問。「給我一點高見。妳跟她會搞女生談心。」

「傑，性別歧視喔？」

他沒搭理這話。「她有什麼『男性友人』嗎？現在或以前有嗎？」

芭芭拉仔細想了想。「你知道嗎？我覺得沒有。我猜她可能還是處女。」

那妳呢？小芭？這是傑若米第一時間想到的問題，但有些問題，大哥哥還是不要問他們十八歲的妹妹比較好。

「她不是同志什麼的。」芭芭拉連忙補充。「喬許・布洛林（Josh Brolin）的電影她都沒錯過，而且我們幾年前去看那部愚蠢的巨齒鯊電影時，看到傑森・史塔森（Jason Statham）脫掉上衣的時候，她還發出低低的呻吟。你真的覺得她是大老遠跑去緬因州約會？」

「狀況變複雜了。」他望向手機。「她不在機場。妳如果放大來看，妳會看到尊盛酒店。她大概跟某個喜歡冰凍德貴麗雞尾酒的傢伙正一起喝香檳，漫步月光下，聊起老電影。」

芭芭拉作勢要朝他臉來一拳，卻在最後一秒將拳頭鬆開。

「跟妳說。」傑若米說。「我想我們最好別管這事了。」

「認真？」

「對，我是這麼想的。我們必須記得，她從布雷迪・哈特斯菲爾的魔掌下逃生過，還兩次。無論在德州發生了什麼事，她也撐過來了。她外表看起來有點軟弱，但內心深處……實實在在的鋼鐵啊。」

「是這麼說沒錯。」芭芭拉說。「查看她的瀏覽器……讓我覺得很噁心。」

「這也讓我噁心。」他敲了敲手機上標示在尊盛酒店的亮點。「我要睡一覺想一想，如果明早還是這種感覺，我就要把這事扔一邊去了。她是個好女人，勇敢，但也很寂寞。」

「還有個巫婆老媽。」芭芭拉說。

傑若米不能不同意。「也許我們該讓她去。無論到底是什麼事，讓她自己搞定。」

「也許是該這樣。」但芭芭拉看起來對這決定很不滿。

傑若米靠向前。「小芭，有件事我很確定，她永遠都不能知道我們追蹤她，這樣如何？」

「絕對。」芭芭拉說。「也不能讓她知道我查看她的搜尋紀錄。」

「很好，我們對此達到共識。現在我可以回去寫作了嗎？我想在收工前再寫兩頁。」

17

距離荷莉收工還早得很，事實上，她才正要展開傍晚真正的工作。她考慮要不要先跪下來禱告一下，但又覺得這樣只是在拖延。她提醒自己，天助自助者。

切特・翁道斯基的「切特為您把關」專區有自己的網頁，覺得遭到欺騙的消費者可以打上頭的免付費專線。這支電話二十四小時都有專人回應，網頁宣稱通話內容絕對保密。

荷莉深呼吸，撥打電話，才響一聲就有人說：「切特為您把關，我是摩妮卡，請問有什麼可以幫忙的地方？」

「摩妮卡，我要跟翁道斯基先生聯絡，是急事。」

女子毫無遲疑，應答流暢。荷莉相信她有劇本，就在面前的螢幕上清楚列出各種可能的對話。

「抱歉，女士，但切特可能下班或出去跑新聞了。我很樂意留下妳的聯絡方式，轉告他一聲。消費者中訴時還是要留下一點資訊比較方便喔。」

「這不是消費者申訴。」她說：「但跟『消化』有關。可以麻煩妳轉告他這點嗎？」

「女士？」摩妮卡顯然搞不清楚狀況。

「我今晚就得聯絡上他，九點之前。跟他說事關保羅．弗利曼跟墜機事件。記下來了嗎？」

「好了，女士。」荷莉聽到女人打字的聲音。

「跟他說，還有達拉斯的戴夫．范．皮爾特、底特律的吉姆．艾弗瑞。然後這個非常重要，脈動夜店的菲利浦．哈尼根也牽涉其中。」

最後一句話讓摩妮卡先前流暢的口氣變質。「這不是那個掃射——」

「對。」荷莉說。「叫他九點以前跟我聯絡，不然我就把資料送去別的地方。別忘了跟他說是『消化』的案子，不是消費。他會明白這是什麼意思。」

「女士，我可以轉告這些訊息，但我不能保證——」

「如果妳轉告，他就會跟我聯絡。」荷莉說，希望自己是對的。因為她實在沒有備案。

「女士，我需要妳的聯絡資訊。」

「妳可以在螢幕上看到我的電話號碼。」荷莉說。「我等到翁道斯基來電，再表明身分。祝妳今晚愉快。」

荷莉掛斷電話，擦去額頭上的汗水，然後檢視 Fitbit 手環，心跳八十九下，不差。曾幾何時，光講這種電話就能讓她的心跳飆到一百五。她望向時鐘，六點四十五分。她從旅行包裡拿出書本，隨即放下。她緊張到無法閱讀，於是她踱起步來。

七點四十五分，她在浴室，脫了襯衫，正在洗她的腋下（她不用止汗劑，聚合氯化鋁應該是安全的，但她存疑），此時，她的手機響了起來。她深吸兩口氣，念出最簡短的禱告（上帝助我不要崩潰），然後接起電話。

18

手機螢幕上顯示「未知號碼」，荷莉並不意外。他是用私人手機，也許是拋棄式手機。

「我是切特．翁道斯基，請問怎麼稱呼？」聲音聽起來圓滑、友善、自制，資深電視記者的聲音。

「我叫荷莉，你目前知道這樣就夠。」她覺得她聽起來還可以，按下 Fitbit 手環，脈搏九十八下。

「荷莉，這是怎麼回事？」感興趣，引人信賴。這不是在松林區報導血淋淋恐怖事件的男人，這是「為您把關」的切特，想知道為什麼替你鋪車道的人坐地起價，以及電力公司如何從你沒用的千瓦裡揩油。

「我想你很清楚。」她說。「但咱們確定一下好了。我要寄幾張照片給你，給我你的電郵信箱。」

「荷莉，如果妳上『切特為您把關』的網站，妳就會發現——」

「你的個人信箱，因為你不會希望其他人看到這些東西，真的不希望。」

接著是一陣停頓，漫長到荷莉都以為他掛斷了，但他後來還是乖乖報上信箱。她用尊盛酒店的便條紙草草記下。

「我立刻寄過去。」她說。「請你特別留意菲利浦．哈尼根的聲譜分析與照片。十五分鐘後回電給我。」

「荷莉，這是很不尋常的要——」

「翁道斯基先生，**你**才不尋常，不是嗎？十五分鐘後打電話給我，不然我就公開我所知道的一切。信一寄出，就開始倒數計時。」

「荷莉——」

她掛斷電話，手機掉到地毯上，她彎腰，頭垂在膝蓋上，雙手掩著臉。她告訴自己，別暈倒，妳千萬不准暈倒。

當她覺得自己沒事之後（高壓下的沒事，因為她壓力真的很大），她打開筆電，將布萊德．貝爾給她的資料寄出去。她懶得加上什麼訊息。照片本身就足以說明一切。

然後靜待。

十一分鐘後，手機亮了起來。她立刻抓起，但讓手機響了足足四聲才接起電話。

他沒有打招呼。「這些證明不了什麼。」還是那完美自制的資深電視工作人員口氣，但其中的溫暖已消失殆盡。「這妳很清楚，對不對？」

荷莉說：「等著看人家比較菲利浦．哈尼根還有你站在學校門口手裡捧著包裹的照片就知道了，假鬍子騙不了任何人。等著他們比對菲利浦．哈尼根跟切特．翁道斯基的聲譜圖就知道了。」

「荷莉，妳嘴裡的這個『他們』是誰？警察？他們會笑著把妳趕出警局。」

「噢，不，不是警察。」荷莉說。「我的能耐不只如此。如果名人八卦網站TMZ不感興趣，那『八卦老饕』肯定會有興趣，或是『深潛』網站，還有『德拉吉報告』，他們就喜歡這些怪東西。電視上還有『內幕報導』跟『名人』。不過，你知道我第一個會找誰嗎？」

另一端只有靜默，但她聽得到他的鼻息。

這個生物的鼻息。

「《內部透視》。」她說。「夜飛人的故事他們就報了一年多[15]，瘦長人則是兩年。他們把這些故事搾得乾乾的，他們的發行量超過三百萬，他們會信的。」

「沒有人會相信這些狗屁。」

才怪，這點他們心知肚明。

「他們會信的，我有很多資料，翁道斯基先生，我相信你們記者會稱這些素材為背景資料，如果有機會，等到這些東西公開的時候，大家就會開始挖掘你的過往，你所有的過往。你的偽裝不只是會分崩離析，而是會爆炸。」她心想：就跟你安放用來殺害那些孩子的炸彈一樣。

沒反應。

荷莉咬著自己的指關節，等著他開口。很難忍住，但她忍著不說話。

他終於說：「妳從哪裡弄到這些照片的？誰給妳的？」

荷莉曉得他會這樣問，也知道她必須給他一點答案。「一個追蹤你許久的人，你不認識他，你永遠也不會知道他是誰，但你也不用擔心，他已經很老了。你現在需要擔心的人是我。」

又是另一陣長長的靜默。荷莉的一處指關節已經流血了。終於，她等待已久的問題浮現：「妳想怎樣？」

「明天告訴你。你中午得跟我見一面。」

「我有事——」

「取消。」下達這個命令的女人曾經垂頭喪氣、彎腰駝背過生活。「現在這就是你最重要的事，我覺得你應該不會想搞砸。」

「在哪見面？」

荷莉為此也準備好了，她做了功課。「門羅維購物中心的美食街，這邊距離你的電視臺不到二十五公里，所以對你來說挺方便，對我來說很安全。到 Sbarro 比薩，張望一下，你就會看到我。我會穿咖啡色的皮夾克，裡面是粉紅色的高領毛衣。我會點一塊比薩，還有一杯星巴克的咖啡。如果你十二點五分沒到，我就閃人，開始我的購物行程。」

「妳這個瘋子，沒有人會相信妳。」他的語氣聽起來很沒自信，但他也沒有流露出害怕的感覺。他聽起來很生氣。荷莉心想：這不打緊，我搞得定。

「翁道斯基先生，你想說服的是誰呢？是我還是你自己？」

「女士，妳知道嗎？妳真了不起。」

「我朋友會在一旁觀察。」她說。才怪，但翁道斯基不會知道這點否屬實。「他不會知道我們在幹嘛，別擔心這點，但他會留意我的狀況。」她停頓了一下。「也會盯著你的一舉一動。」

「妳到底想怎樣？」他又問了一次。

「明天告訴你。」荷莉說，然後掛斷電話。

稍晚，在她安排好隔天一早搭機前往匹茲堡的行程後，她躺在床上，希望自己能睡一下，但期望不高。她不禁在想（如同她說服自己展開這個計畫的時候），她真的需要跟他見面嗎？她覺得有這個必要。她覺得自己能說服他，手上掌握了他的「好東西」（這是老威會用的字眼）。現在她必須與他四目相視，給他一個台階下，必須說服他，她願意與之交易。什麼樣的交易呢？第一個瘋狂的想法是告訴他，她想變得跟他一樣，她想……也許不是永遠活下去，這念頭也太極端了，但至少活個幾百年吧？他會相信嗎？還是會覺得她在唬人？太冒險了。

15. 夜飛人（Night Flyer），出於史蒂芬．金的短篇小說。

那就錢吧，就是錢。

這樣他就會相信了，因為他已經旁觀人類遊行好久、好久了，而且是從上往下俯視。翁道斯基相信比他低等的存在，有時他會讓其數量減少的存在，到頭來，要的都是錢。

午夜不知道過了多久，荷莉終於睡著。她夢到德州的山洞，她夢到長得像人的生物，直到她用裝了小鋼珠的長襪子打牠，而牠的頭爆裂開來，就像牠的假象一樣崩壞。

她睡覺的時候哭了。

二〇二〇年十二月十七日

1

身為霍頓高中榮譽榜上的畢業生，芭芭拉．羅賓森在她安排的空堂裡，基本上都可以自由活動，而這段時間是早上九點到九點五十分。鐘聲響起，讓她從早期英國作家課程中解脫，她晃蕩到美術教室，此時這裡沒人。她從後方口袋拿出手機，打電話給傑若米。從他的聲音聽來，她很確定自己吵醒他了。她心想：哎啊啊，這就是作家的生活啊。

「不知。」他說。「我刪掉追蹤器了。」

芭芭拉沒有浪費時間。「傑，她今早在哪？」

「認真？」

「對。」

「呃……好吧。」

「我可以回去睡覺了嗎？」

「不行。」她說。芭芭拉六點四十五分就起床了，要慘就一起慘。「該起床，硬擰世界的蛋蛋了。」

「妹子，講話乾淨點。」他說，咚，他掛了。

芭芭拉走過幾個孩子的作品，畫的是很糟糕的水彩湖泊，她盯著手機看，皺起眉頭。傑若米大概說得沒錯，荷莉是去見某個她在交友網站上認識的男人。不是要跟他上床，這不像荷莉，但去展開人與人之間的連結？去認識人，她的治療師肯定會叫她去做這種事？這點芭芭拉可以相信。畢竟，波特蘭距離她感興趣的校園爆炸案地點至少八百公里遠，也許不止。

芭芭拉告訴自己：設身處地為她著想看看，妳難道不會希望能有一點隱私嗎？如果妳發現妳的朋友，妳所謂的朋友，正在監視妳的一舉一動，難道妳不會生氣嗎？

荷莉不會知道，但這點足以改變基礎方程式嗎？

不行。

她還是擔心嗎（一點點擔心）？

沒錯，但稍微擔心是可以接受的。

她把手機塞回後方的口袋，決定前往音樂教室，練練吉他，直到二十世紀美國歷史上課。她正在練習老威爾森．皮克特（Wilson Pickett）的靈魂吶喊——〈午夜時分〉（In the Midnight Hour）。過門的封閉和弦很棘手，但她已經快練好了。

她過去的時候，差點撞上賈斯汀．弗烈南德，這位高二生是霍頓高中科技宅小隊的創始成員，而且，據說，暗戀她。她對他微笑，賈斯汀立刻滿臉脹紅，這種顏色只有白人男孩顯得出來。謠言屬實。芭芭拉忽然覺得這也許就是命運的安排。

她說：「嘿，賈斯汀，不曉得可不可以請你幫個忙？」

然後從口袋中掏出手機。

2

當賈斯汀．弗烈南德正在檢視芭芭拉的手機時（噢，老天，還溫溫的，剛從她後面口袋掏出來的），荷莉則剛抵達匹茲堡國際機場。十分鐘後，她就在艾維斯租車公司櫃檯前排起了隊。

Uber比較便宜，但有自己的交通工具比較明智。差不多在彼得．杭特利加入「誰找到就是誰的」事務所之後一年，他們兩人去上了駕訓課，這是專門教人跟監與逃脫的課程，對彼得來說只是複習，她則是全新的體驗。她今天應該不會用到這堂課的第一項技能，但後者不是完全派不上用場。她要去見的人非常危險。

她把車子停在機場飯店的停車場裡，消磨一點時間（她又想到：出席自己的葬禮都會早到）。她打電話給她媽。夏洛特沒接，這不代表她沒空，電話直接轉進語音信箱是老媽老套的懲罰機制，當她覺得女兒越界時就會用上這招。荷莉接著打電話給彼得，彼得又問她在幹嘛，什麼時候回來。想到丹．貝爾跟他「同志到不行」的孫子，她跟彼得說她去新英格蘭找朋友，禮拜一一早就會清新舒爽地回到辦公室。

「妳最好會。」彼得說。「妳禮拜二有一場庭外質詢（deposition），公司禮拜三要辦聖誕節派對。我計畫要在槲寄生下吻妳。」

「嗯。」荷莉說，但她面露微笑。

十一點十五分，她抵達門羅維購物中心，她逼自己在車上又坐了十五分鐘，不是忙著按下Fitbit手環查看（脈搏已經超過一百），就是禱告祈求力量與平靜，還要很有說服力。

十一點半，她走進購物中心，緩緩經過各個品牌，運動用品店、包包皮飾店、嬰兒推車，她望著每一扇櫥窗，但不是在看商品，而是想要捕捉到切特．翁道斯基正在觀察她的身影。一定是切特，因為他的另一個分身，也就是她所謂的「喬治」，現在已經是全美通緝犯了。荷莉懷疑他可能有第三種模版，但她覺得不太可能吧，他已經有豬臉版本，還有狐狸臉版本，他為什麼還要別的版本呢？

十一點五十分，她去星巴克排隊點了一杯咖啡，然後在Sbarro排隊點了一片她並不想吃的比薩。她拉開外套，露出粉紅色的上衣高領，然後在美食街找到一張空桌。雖然正值午餐時間，但空位不少，比她預期還要空，她為此覺得不安。購物中心本身人潮就很稀疏，特別是，現在還是聖誕購物季節呢。看來生意不太好啊，現在大家都在亞馬遜上買東西了。

中午到了。一名戴著酷炫太陽眼鏡、身穿壓線鋪棉外套（拉鍊上還得意地掛著兩枚滑雪纜車的吊牌）的年輕人放慢速度，彷彿是要跟她搭訕，然後又走開了。荷莉鬆了口氣。她沒有多少打發搭訕者的能力，是說她從來沒有理由需要發展這項技能啦。

十二點五分，她開始覺得翁道斯基不會出現了。然後，十二點七分，一個男人從她身後開口，是那個溫暖、大家都是好朋友的電視常客聲音。「荷莉，妳好。」

她嚇了一跳，差點打翻咖啡。就是那個戴著酷炫太陽眼鏡的年輕人。一開始，她以為他的確有第三個模板，但當他摘下眼鏡後，她發現那還是翁道斯基。他的臉稍微比較有稜角了，嘴邊的紋路消失，雙眼距離拉近（在電視上可不好看），但就是他，而且根本不年輕。她在他臉上沒有看到任何線條與皺紋，但她感覺得到，感覺皺紋非常多。這個喬裝很不錯，但近看就像打了肉毒桿菌，還是做過整形手術一樣。

她心想：因為我知道，因為我知道他是什麼玩意兒。

「我想我還是看起來不一樣比較好。」他說。「我是切特的時候，人家都會認出我來。電視記者不是湯姆．克魯斯，但……」他謙遜地聳肩，替這話語作結。

他摘掉太陽眼鏡，她看見不一樣的景象，他的眼睛微微發亮，彷彿是在水底一樣……還是根本不存在？他的嘴巴是不是也處於同樣的狀態？荷莉想起去看３D電影，將眼鏡拿下來的時候就會這樣。

「妳看見了，對不對？」聲音還是溫暖友善，與他嘴角的微笑酒窩搭配得宜。「多數人看不見，這是轉換狀態，五分鐘就會過去，頂多十分鐘。我必須從電視臺直接趕來，荷莉，妳給我惹了點麻煩。」

她發現自己還是能聽到他講話偶爾的停頓，這是因為他舌頭很用力，講話才不會大舌頭。

「因此讓我想起崔維斯．崔特（Travis Tritt）的一首鄉村老歌。」她的聲音聽起來夠冷靜，但無法將目光從他眼睛上移開，眼白閃著光澤連著虹膜，虹膜閃著光澤連著瞳孔。此刻，它們是無固定邊界的國度。「歌名叫做〈來，這是二十五分錢，拿去打給在乎你的人〉（Here's a Quarter, Call Someone Who Cares）。」

他笑了笑，嘴唇似乎裂得太開，然後，忽然！他雙眼的微光還在，但他的嘴巴已經定型了。他望向她左方，身穿鋪棉大外套、頭戴粗花呢帽子的老人家，對方正在看雜誌。「那是妳朋友嗎？還是那個正在欣賞 Forever 21 櫥窗，看得有點太久、有點可疑的女人？」

「也許兩人都是。」荷莉說。如今他們已經見面，她覺得還好，應該說大致還好，就是那雙眼睛令人不安，令人迷失。一直望著他的眼睛會讓她頭痛，但他會覺得閃避的目光是在示弱，的確如此。

「妳對我瞭若指掌，但我只知道妳的名字，妳的全名是什麼？」

「吉卜尼，荷莉．吉卜尼。」

「而荷莉．吉卜尼，妳到底要什麼？」

「我要三十萬美金。」

「勒索。」他微微搖頭，彷彿是對她感到失望一樣。「荷莉，妳曉得勒索是什麼嗎？」

她想起已故老威．霍吉斯說過的格言（可多了）：你不回答罪犯的問題，是他們要回答你的問題。所以她只是坐在原位靜候，小小的雙手交握在那片她完全不想吃的比薩旁邊。

「勒索是在交租。」他說。「還不是『賃貸後保有』的那種租金，為您把關的切特非常熟悉這種騙局。咱們假設我有三十萬美金好了，其實我沒有，電視記者跟電視演員收入差很多，好嗎？但咱們假設一下。」

「咱們假設你已經存在了好長、好長一段時間。」荷莉說。「一直把錢藏起來。咱們假設這是支持你……」到底是什麼字眼？「你生活品質的方法，還有你的背景故事，假身分什麼的。」

他面露微笑，魅惑人心的微笑。「好啊，荷莉．吉卜尼，咱們就假設如此。核心問題還是一樣，恐嚇就是交租。三十萬用完之後，妳就會拿著合成的照片及電子改造過的聲紋，再次威脅要揭露我。」

對此，荷莉早有準備，用不著老威告訴她，蘊含最多真相的謊言就是最好的謊言。「不。」她說。「我只要三十萬，因為我只需要三十萬。」她停頓了一下。「但還有另一件事。」

「那是什麼事？」愉快的專業訓練電視人物語調開始變得自以為是。

「咱們先聚焦在金錢上頭。最近我的亨利叔叔確診了阿茲海默症，他住進了專門照顧他這種狀況的老人安養之家，那邊很貴，但這不是重點，重點在於他不喜歡那裡，他很不高興，我媽想接他回家住。只不過我媽沒辦法自己照顧他，她以為她可以，但根本不行。我媽已經老了，她也有自己的身體問題，房子也要配合老人翻新。」她想起丹．貝爾。「坡道、輪椅升降梯、協助老人上床的升降器，這只是開始而已，但這些都是小東西，我希望能夠找人二十四小時照顧他，包括白天的註冊護理師。」

「荷莉．吉卜尼，這麼昂貴的計畫。妳一定很愛妳的老舅舅。」

「我的確很愛他。」荷莉說。

雖然亨利舅舅很難搞，但此話不假。愛是一份恩賜，愛也是兩端掛著手銬的鎖鏈。

「他整體的健康狀況很糟，鬱血性心臟衰竭是主要的問題。」她再次借用丹．貝爾的症狀。「他坐輪椅，掛氧氣瓶。他也許還有兩年好活，可能可以活到三年。我算過數字，三十萬應該足以支持他五年。」

「要是他活到第六年，妳就會回來找我。」

她發現自己想起年紀幼小的法蘭克．彼得森，另一名局外人在弗林市將其殺害，男孩死狀甚慘，受盡折磨。她忽然對翁道斯基來了火氣，他跟他那訓練有素的電視記者聲音，以及居高臨下的微笑。他就是一坨大便，只不過，罵他大便還是客氣了。她靠向前，雙眼盯著對方的眼睛（所幸這雙眼睛終於定型了）。

「給我聽好，你這個殘殺孩童的垃圾。我不會開口向你索要更多的錢，我甚至不想跟你要這筆錢。我永遠不想見到你，真不敢相信我居然計畫要放過你，如果你繼續掛著那該死的微笑，我就會改變主意。」

翁道斯基畏縮了一下，彷彿遭人掌摑一樣，笑容的確消失，有人跟他這樣講過話嗎？也許吧，但可能是很久以前的事了。畢竟他是受人景仰的電視記者啊！當他是為您把關的切特時，舞弊的承包商、非法藥物診所的老闆看到他才要提心吊膽咧。他的眉頭糾結在一起（她注意到他眉毛很細，彷彿是不想長出來一樣）。「妳不能——」

「閉嘴，給我聽好了。」荷莉緊繃低語。她靠得更向前，不只入侵他的空間，還帶著威脅的氣息。這是媽媽從沒見過的荷莉，雖然過去五、六年，夏洛特已經覺得荷莉像陌生人，也許是被妖精調包過呢。「你聽清楚了嗎？你最好給我耳朵張開，不然這一切統統泡湯，我就拍拍屁股走人。《內部透視》也許不會給我三十萬，但我敢說我可以拿到五十塊，而這只是開始而已。」

「我……洗耳恭聽。」話語之間有暫停，停頓很長。荷莉心想：因為他很不高興。非常好，她就是要惹惱他。

「三十萬美金，現金，五十元跟一百元紙鈔，放在箱子裡，就跟你送去麥奎迪中學的包裹一樣，只不過這次不用費心加上聖誕貼紙、穿上假制服。禮拜六傍晚六點送到我工作的地點。你有今天剩下的時間跟明天一整天可以籌錢。準時到，不要跟今天一樣遲到。你如果遲到，一切就不用談了。你要謹記在心，我實在很不想進行這場交易。你讓我覺得噁心。」這也是實話，她猜如果現在按下 Fitbit 手環側邊的按鈕，她會看到自己脈搏飆到一百七十下左右。

「只是為了繼續討論下去，但妳的工作地點在哪裡？妳是做什麼的？」

荷莉很清楚，如果出什麼差錯，回答這個問題就是在簽署自己的死刑判決書，但現在臨陣脫逃已經來不及了。「費德烈克大樓。」她告訴他是哪座城市。「星期六下午六點，聖誕節之前，整個地方都沒有別人，五樓，『誰找到就是誰的』事務所。」

「而這個『誰找到就是誰的』事務所究竟是什麼公司？某種討債公司？」他皺皺鼻子，彷彿聞到什麼臭味一樣。

「我們偶爾會討債。」荷莉坦承。「但主要是其他業務。我們主要的業務是調查。」

「噢，我的天啊，妳是私家偵探？」他恢復了足夠的沉著態度，能夠嘲諷地拍打胸口心臟位置（如果他有心臟，荷莉敢說應該是黑色的）。

荷莉沒打算繼續這個話題。「六點，五樓，三十萬，五十與一百紙鈔，裝在箱子裡。從側門進來，到了打電話給我，我會把門禁密碼用訊息傳給你。」

「有攝影機嗎？」

荷莉完全不意外。他是電視記者，跟殺害法蘭克·彼得森的局外人不一樣，攝影鏡頭就是他的生命。

「有一台，但壞了。月初時冰暴打壞的，還沒修。」

她看得出來對方並不相信，但事實就是如此。大樓管理員艾爾・喬丹是個懶鬼，早該炒他魷魚了（這是荷莉與彼得的淺見）。不只是側門的攝影機鏡頭，要不是傑若米，八樓的人上班還得拖著腳步爬到頂樓去呢。

「門裡面有金屬探測器，能夠正常運作，嵌在牆壁裡，沒辦法避開。如果你提早到，我會知道。如果你帶槍來，我也會知道。瞭嗎？」

「了解。」現在笑容退去。用不著心電感應，她都知道翁道斯基覺得她是一個愛管閒事的麻煩臭婊子。荷莉覺得沒差，總比當個連自己影子都怕的軟腳蝦好。

「搭電梯上來，我會聽到，電梯很吵。開門時，我會在走廊上等你。我們在門口交換。所有的東西都存在隨身碟裡。」

「到底要怎麼交換？」

「現在別管。只要相信一切順利，這樣我們都能全身而退。」

「這點我該信任妳嗎？」

又是一個她不想回答的問題。「咱們來聊聊我需要你做的另一件事。」這是她與對方「成交」或就此泡湯的關鍵。

「什麼事？」他現在聽起來非常惱火。

「我跟你提過的那位老人，注意到你的那個人……」

「怎麼辦到的？他是怎麼認出我的？」

「那也不重要。問題在於，他盯你已經盯了好幾年，好幾十年。」

她仔細望著他的臉，非常滿意在他臉上看到驚恐的神情。

「他放任你，因為他覺得你就只是鬣狗或烏鴉，靠路殺動物維生，不體面，但就是……不曉得耶，生態系統的一部分吧。不過，你後來覺得這樣不夠，對不對？你想說為什麼要坐等什麼悲劇、大屠殺發生呢？我明明就能打造自己的慘劇，自己動手來，對不對？」

翁道斯基沒有反應，他只是望著她，雖然他的眼睛已經定型了，但看起來還是很恐怖。這的確是她的死刑判決書，而她不只是要簽署而已，她還要自己動手撰寫。

「你之前做過這種事嗎？」

長長的靜默。就在荷莉覺得他不打算回答的時候（這也算一種回答），他開口了。「沒有，但我當時很餓。」他露出微笑，這個笑容讓她想要尖叫。「荷莉．吉卜尼，妳看起來很害怕。」撒謊否認也沒有用。「我是，但我心意已決。」她再次靠向前，侵入他的空間。對她而言，這是非常困難的舉動。「好，這就是另一件事。這次我就放過你，但別再犯。如果你故技重施，我會知道。」

「然後呢？妳會來找我嗎？」

這次換荷莉不說話了。

「荷莉．吉卜尼，這些素材，妳到底有幾份？」

「就一份。」荷莉說。「統統存在隨身碟裡，我禮拜六傍晚就會給你，但──」她用手指著他，指頭沒有顫抖，很棒。「我認得你的臉，我認得你的**兩張臉**。我認得你的聲音，還有連你自己都沒有注意到的特徵。」她想到壓抑口齒不清的停頓。「走你的路，吃你的腐肉，但如果我懷疑你動手造成另一場悲劇，另一起麥奎迪校園慘案，我就會找你，我會追殺你，我會毀了你的生活。」

翁道斯基轉頭張望差不多淨空的美食街，戴著粗花呢鴨舌帽的老人與盯著 Forever 21 櫥窗假人的女人都已經離開了。有人在排速食店，但他們都背對這裡。「荷莉．吉卜尼，我覺得**沒有人**在盯著我們。我想妳是單槍匹馬來的。我想我可以跨過桌子，扭斷妳的瘦脖子，而其他人都不會注意到。我動作可快了。」

如果他看到她害怕（她的確很怕，因為她曉得自己讓他處在絕望也憤怒的境地），他也許就會動手，可能會動手。於是，她再次逼自己往前靠。「我會先喊出你的名字，你有這麼快嗎？我相信匹茲堡都會區的每個人都認得你，我反應也不慢，你要冒這個險嗎？」

他還真的一度考慮了起來，也許只是在演戲，然後，他說：「星期六傍晚六點，費德烈克大樓五樓。我送錢過去，妳給我隨身碟，就這麼說定了？」

「就這麼說定。」

「而妳之後就會保持沉默。」

「對，除非又有另一起麥奎迪校園慘案。如果又有類似案件，我會開始在屋頂大喊，我會一直喊到有人相信我。」

「好吧。」

他伸出手，荷莉沒有握他的手，甚至連碰都不想碰，他似乎也不意外。他起身，又施展出那個笑容，讓她想要尖叫的笑容。

「學校的事是一個錯誤，我現在明白了。」

他戴上墨鏡，在荷莉有機會看到他撤退前，他就已經穿過半個美食街。他說他速度很快，可不是在吹牛。如果他在這張小桌子上伸手，她也許躲得開，但她不太有把握。迅速一扭，他就離開，留下一個下巴抵在胸口的女人，彷彿是吃輕食午餐吃到打瞌睡一樣。不過，這只是緩刑而已。

他剛剛說**好吧**，就只有這樣，沒有遲疑，沒有要求保證。沒有質疑她怎麼能確定未來任何重大死傷的爆炸事件都不是他幹的？公車事故，火車意外，像這裡這種購物中心的爆炸案。

他說：**學校的事是一個錯誤，我現在明白了。**

但她才是那個錯誤，需要有人矯正的錯誤。

他根本不打算給我錢，他打算殺了我，她一邊想，一邊將碰都沒碰的比薩及星巴克紙杯扔進最近的垃圾桶裡。然後她差點笑出來，

難道我不是一直都很清楚嗎？

3

購物中心的停車場又冷又颳風，在購物季節的高峰，這裡應該停滿了車，但此時也只有半滿。荷莉非常清楚自己落單了。幾個巨大又毫無遮蔽的空間任風吹得肆無忌憚，麻痺了她的臉，有時讓她難以前行，但此處同時還有好幾輛緊挨著停在一起的車。翁道斯基很可能就躲在這種車子之間，準備好要跳出來對她動手（**我動作可快了**）。

她跑了至少十步才抵達租車，上車後她就按下按鈕，鎖住每一扇車門。她坐在位置上整整三十秒，把持住自己。她沒有查看Fitbit手環，因為她不想知道上頭顯示的資訊。

荷莉將車從購物中心開走，每隔幾秒鐘就瞥向後照鏡。她不相信有人跟蹤她，但她還是啟動駕訓班教的逃脫模式。謹慎總比遺憾好。

她曉得翁道斯基可能期待她搭區域航班回家，所以她決定在匹茲堡過夜，明天搭美鐵回去。她把車開往智選假日酒店，打開手機，入住之前先查看訊息。只有一條，來自她媽。

「荷莉，我不曉得妳人在哪，但亨利舅舅在波丘老人安養之家出了意外。他可能摔斷手了。拜託打電話給我，拜託。」荷莉聽到媽媽的苦惱與老派的指控：我需要妳，而妳讓我失望了，再次失望。

她的指腹距離按下回撥鍵就差一公釐。舊習難改，要打破預設模式也不簡單。湧上的羞愧感讓她額頭、臉頰、脖子發燙，而當媽媽接起電話時，她會說的話語也已經到了嘴邊：對不起。為什麼不道歉？她這輩子都在向媽媽道歉，媽媽會原諒她，但表情總像在說：**噢，荷莉，妳永遠都是這個樣子，讓人失望就是妳最可靠的特點**。因為夏洛特．吉卜尼也有她的預設模式。

這次荷莉的手指停下動作，她思索起來。

她究竟為什麼要道歉啊？她到底是為了什麼而道歉？因為她沒辦法阻止傻呼呼的亨利舅舅摔斷手？還是，因為她沒有在手機響起的那一分、那一秒接起老媽的來電，彷彿夏洛特的生命才重要、才要緊，而荷莉的生活只是媽媽投射出來的影子？

與翁道斯基面對面很困難，拒絕立刻回應媽媽的滿腹牢騷也不容易，也許更難吧，但她還是沒有立刻回電。雖然這樣讓她覺得自己是糟糕的女兒，但她反而打電話去波丘老人安養之家。她表明身分，要找布萊達克太太。對方請她稍後，忍受聖誕歌曲〈小小鼓手男孩〉（The Little Drummer Boy），直到布萊達克太太接起電話。荷莉覺得這是自殺時可以聽的歌。

「吉卜尼小姐！」布萊達克太太說。「現在祝妳假期愉快是不是太早啦？」

「完全不會，謝謝妳。布萊達克太太，家母來電，說我的舅舅出了意外。」

布萊達克太太大笑起來。「比較像是阻止了意外！我打電話給令堂，跟她說過了。妳舅舅的心智狀況也許是惡化了點，但他的反射神經倒是挺靈活的。」

「出了什麼事？」

「他第一天還是剛來的時候都不想離開他的房間。」布萊達克太太說。「但這很常見，我們的新居民通常都搞不清楚狀況，覺得苦惱。有時，狀況特別嚴重，這時我們就要給他們一點東西安撫情緒。妳舅舅完全不需要，而昨天他自己離開房間，坐在娛樂室。他甚至協助哈菲爾太太拼拼圖。他還看了他喜歡的那個瘋法官節目——」

荷莉心想：強法法官，然後露出微笑。她幾乎沒有注意到自己一直盯著鏡子看，確認切特·翁道斯基是否出沒（**我動作可快了**）。

「——下午的點心。」

「抱歉？」荷莉說。「我剛剛有點沒聽清楚。」

「我說，節目完畢的時候，有人前往飯廳，那邊有下午的點心。妳舅舅跟哈菲爾太太一起過去，這位老太太已經八十二歲，腳步不太穩。總之呢，她絆倒，可能會摔得很慘，只不過亨利拉住了她。看護莎拉·懷洛克說亨利反應很快，她實際的字眼是『跟閃電一樣』。總之呢，妳舅舅帶著哈菲爾太太的重量，跌向牆壁，那邊剛好有一個滅火器。妳知道，州法規定的。他有一片瘀青，但他拯救了哈菲爾太太，不然她可能會腦震盪或引發更嚴重的狀況。這位太太真的很脆弱。」

「亨利舅舅沒摔斷手腳？他撞到滅火器的地方呢？」

布萊達克太太再次大笑。「噢，拜託，沒有啦！」

「這樣很好，請轉告舅舅，他是我的英雄。」

「我會的，再次祝妳佳節快樂。」

「我是荷莉，所以我很『快莉』。」她說，這是她從十二歲以來，每年這個時候都會拿出來說的老套俏皮話。她掛電話時還聽得到布萊達克太太的笑聲，然後望向智選假日酒店的單調磚牆好一會兒，雙手環抱著她扁平的胸部，深思到皺起眉頭。她決定要打電話給她媽。

「噢，荷莉，終於！妳跑哪兒去了？我不只要擔心我哥哥，這已經夠糟了，現在還要擔心起妳來？」

想要道歉的衝動又湧了上來，她再次提醒自己，她沒有什麼好道歉的。

「媽，我沒事。我在匹茲堡——」

「匹茲堡！」

「——但我差不多兩個多小時就能到家，前提是如果車不多，而租車公司願意讓我在那邊還車。我的房間可以直接住嗎？」

「一直都可以。」夏洛特說。

荷莉心想：當然啦，因為我遲早會回心轉意，回到那個地方去。

「太好了。」荷莉說。「我到的時候可以吃晚餐，看點電視，明天就去看亨利舅舅，如果——」

「我擔心死他了！」夏洛特厲聲地說。

荷莉心想：但沒有擔心到跳上車，直接開車殺過去。因為布萊達克太太打過電話，妳很清楚到底發生什麼事。這一切與妳哥哥無關，重點在於將女兒使喚到妳的跟前來。現在想要改口也來不及了，我覺得妳心知肚明，但妳就是一直嘗試。這也是妳的預設模式。

「媽，我相信他沒事。」

「他們是這樣說的，但他們當然會這麼說，對不對？那種地方總會小心翼翼，免得要打官司。」

「我們明天就自己去親眼看看。」荷莉說。「對嗎？」

「噢，我猜是吧。」一陣停頓。「我猜我們看完他之後，妳就要走了，對吧？回到那座城市去。」弦外之音：那座索多瑪，那座蛾摩拉，那個充滿罪惡與墮落的大坑。「妳跟妳朋友一起享受聖誕大餐，我就只能自己過節。」我朋友還包括那個看起來會吸毒的年輕黑人喔。

「媽。」荷莉有時真的很想尖叫。「羅賓森一家好幾個禮拜前就約我了，就在感恩節之後。我跟妳說過了，妳說沒關係的。」夏洛特當時說的其實是「這個嘛，如果妳覺得妳必須去，那我猜就這樣吧。」

「那時我以為亨利還會在這裡。」

「好吧，要是我禮拜五晚上也在家過夜，如何？」為了她媽，這她還辦得到，她也是為了她自己才這麼做。她相信翁道斯基完全查得到她住在城市何處，他會提前二十四小時在那守株待兔，滿腦子想著要如何殺死她。「我們可以提早過節。」

「那也太棒了。」夏洛特開朗起來。「我可以烤雞，還有蘆筍！妳最愛蘆筍了！」

荷莉最討厭蘆筍，但跟她媽講也沒用。「媽，聽起來很棒。」

4

荷莉跟租車公司說好了（當然是額外加錢），然後上路，中途只有暫停下來加油，在「麥當當」抓了一個麥香魚，打幾通電話。對，她跟傑若米、彼得說，她的私事處理得差不多了。週末兩天會陪陪媽媽，還會去舅舅的療養院看他。禮拜一就會回去上班囉。

「芭芭拉研究了那些電影。」傑若米告訴她：「但她說那些電影很『香草』，她說光看那些電影，妳根本不會知道天底下有黑人這種生物。」

「請她把這點寫進報告裡。」荷莉說。「有機會我會讓她看看《黑街神探》（*Shaft*）。現在我得繼續上路了，車子很多，但我不曉得他們要去哪裡。我去了一間購物中心，裡面只有半滿。」

「他們是要去拜訪親戚，就跟妳一樣。」傑若米說。「亞馬遜無法將親戚快遞到府。」

隨著她駛回七十六號州際公路，荷莉這才想起她媽肯定會替她準備聖誕禮物，她卻沒有替夏洛特準備。她已經可以看到自己雙手空空出現時，媽媽臉上那裝可憐的神情了。

於是她在下一個購物中心暫停，這意味著她會在天黑之後才抵達吉卜尼之家（她不喜歡在夜裡開車），她替媽媽買了室內拖鞋與一件很不錯的浴袍。她還要確保收據有留好，免得夏洛特說她買錯尺寸。

她再次上路，安然坐在租來的車子裡時，荷莉深呼吸，然後放聲尖叫。挺有幫助的呢。

5

夏洛特先是在門口擁抱女兒，然後帶她進屋。荷莉曉得接下來的開場白會是什麼。

「妳瘦了。」

「我其實沒變。」荷莉說，她媽給她「那個表情」，就是在說**一日厭食症，終身厭食症**。

晚餐是街上外帶的義大利餐點，一邊吃，夏洛特一邊談起少了亨利，日子有多難過。彷彿她哥這一走不是五天，而是五年，還跑去遠方幹什麼蠢事（好比說去澳洲開腳踏車店或在熱帶小島畫夕陽之類的），而不是住進附近的老人安養機構一樣。她沒問候起荷莉的生活、工作，或她去匹茲堡忙啥。九點到了，荷莉終於能夠拿出累了想睡這種理由出來，此時，她忽然覺得自己好像變年輕、也變小了，縮水成那個住在這種房子裡哀傷、寂寞的厭食症女孩，對，沒錯，至少在她噩夢般的高一時，她的確是這個樣子，當時大家都叫她「嘰嚕嘰嚕，一坨糨糊」。

她的房間還是老樣子，暗粉紅色的牆壁總讓她想到半生不熟的肉。她的填充動物玩偶還一一擺在小床上方的層架上，戲法兔子先生在最顯眼的位置。戲法兔子先生的耳朵有點破爛，因為她以前睡不著的時候會咬這對耳朵。希薇亞．普拉斯的海報還掛在書桌牆上，荷莉在這張桌子上寫過幾首爛詩，有時還想像跟偶像以同樣方式自殺。她一邊換衣服，一邊想起該怎麼自殺，或該說計畫，因為他們家的廚房用的是電，而不是瓦斯，這樣就不能用一氧化碳自殺了。

把這間童年臥房想像成恐怖故事裡一直靜候她回來的怪物也太容易了，非常容易。在她成年後的正常（相對正常）歲月裡，她在這裡睡了幾夜，而房間並沒有吞噬她，她媽也從來沒有吞噬過她。怪物的確存在，但怪物不在這個房間或這棟屋舍之中。荷莉曉得自己必須記住這點，還要記得她是誰。她不是那個咬戲法兔子先生耳朵的女孩，也不是上學前就會吐光早餐的青少女。她是一個成熟的女人，與老威、傑若米聯手拯救了中西部文化藝術中心裡的那些孩子，這個女人在布雷迪·哈特斯菲爾手中活了下來，這個女人與德州山洞裡的另一個怪物當面對峙。躲在這個房間裡、永遠不想離開的女孩已經不在了。

她跪了下來，進行她的睡前祈禱，然後上床。

二〇二〇年十二月十八日

1

夏洛特、荷莉與亨利舅舅坐在波丘老人安養之家交誼廳的角落，這裡裝飾得很有聖誕氣息，金箔緞帶，一串一串散發著甜膩香氣的冷杉差點就壓過始終存在的尿味與漂白水氣味。聖誕樹上掛滿燈飾與拐杖糖。聖誕歌曲從音響流洩出來，荷莉這輩子都不想再聽到這些老套到不行的音樂。

居民並沒有感染多少佳節氣息，多數人都看著腹肌訓練椅的電視廣告，主角是身著橘色緊身衣的辣妹。幾個人沒有面對電視機，有人靜靜的，有人彼此交談，有人自言自語。身穿綠色居家長袍的老太太低頭研究著她的一片大尺寸拼圖。

「那位是哈菲爾太太。」亨利舅舅說。「我只記得她的姓。」

「布萊達克太太說你拯救了她，不然她會摔得很慘。」荷莉說。

「不，那是茱莉亞。」亨利舅舅說。「在那個老游泳洞穴。」他大笑起來，就跟人家憶起當年勇的時候一樣。夏洛特翻起白眼。「我十六歲，我相信茱莉亞是……」他沒說下去。

「讓我看你的手。」夏洛特命令道。

亨利舅舅歪著頭。「我的手？為什麼？」

「讓我看就對了。」她拉起他的手臂，拉起袖子。上頭有一塊不怎麼明顯的大範圍瘀青。就荷莉看來，那像刺壞了的刺青。

「如果他們這裡是這樣照顧人的，我們就不該付錢，該告死他們。」夏洛特說。

「告誰啦？」亨利舅舅說，然後，他大笑起來。「就是《荷頓奇遇記》（*Horton Hears a Who!*）裡的那個誰啦！小朋友最喜歡了！」

夏洛特起身。「我要去喝點咖啡，也許吃點那個小小的塔，荷莉，一起過去嗎？」

荷莉搖搖頭。

「妳又不吃東西了。」夏洛特搶在荷莉能夠回嘴前離開。

亨利目送她走。「她永遠不放手，對不對？」

這次大笑的人是荷莉，實在忍不住。「不，就是不放手。」

「她從來不肯放手。妳不是珍妮。」

「我不是。」她等著。

「妳是……」她幾乎可以聽到他生鏽的老齒輪轉動的聲音。「荷莉。」

「沒錯。」她拍拍他的手。

「我想回房了，但我不記得我住在哪。」

「我認得路。」荷莉說。「我送你過去。」

他們一起緩緩沿著走道前進。

「茱莉亞是誰啊？」荷莉問。

「跟晨曦一樣美。」亨利舅舅說。荷莉覺得這已經回答了問題，顯然比她寫的爛詩美多了。

回到他的房間，她想領他坐進窗邊的椅子，但他鬆開她的手，往床鋪走去，他坐了下來，雙手交握在大腿之間。他看起來像上了年紀的孩子。「親愛的，我想我要躺一會兒，我累了。夏洛特讓我覺得累。」

「有時她也讓我覺得很累。」荷莉說。若是昔日，她絕對不會跟亨利舅舅講這種話，因為他通常都是她母親的共謀者，但眼前這人已經是不一樣的亨利。某種程度來說，是更溫和的人。再說，五分鐘之後，他就會忘了她講過這種話。十分鐘之後，他就會忘了她在場。

她彎腰打算親吻他的臉頰，嘴唇停在他皮膚上方時，舅舅開口：「怎麼了？妳在怕什麼？」

「我沒有——」

「噢，妳有，妳很害怕。」

「沒錯。」她說。「我的確很怕。」把這種心情說出來，的確讓人鬆了一口氣。

「妳媽……我妹……我就要想起來了……」

「夏洛特。」

「對，夏夏是膽小鬼，一直都是，她小時候也是。死都不肯進去那個……那個地方……我想不起來。妳也曾是一個膽小鬼，但妳長大了。」

她詫異地望著他。說不出話來。

「長大了。」他再次說道，然後踢掉拖鞋，雙腿一蹬就上了床。「珍妮，我要睡個午覺。這裡不算差，但我希望我有那個東西……那個可以扭著開門的東西……」他閉上雙眼。

荷莉低頭走向門邊。她臉上掛著淚水。她從包包裡拿出面紙，將眼淚擦掉，不希望夏洛特看到。「我希望你記得那天你救了那位太太。」她說。「看護說你『快得跟閃電一樣』。」

但亨利舅舅沒有聽見，亨利舅舅睡著了。

2

荷莉．吉卜尼給勞夫．安德森警探的報告內容：

我以為我可以在賓州的汽車旅館完成這段錄音，但家裡有事，所以我開車回我媽家。來這裡很煎熬，有很多回憶，多數都不愉快，但我今晚會留下來，這樣比較好。媽出門了，她去採購我們提前過節要吃的聖誕晚餐食材，大概不會太可口。烹飪一直都不是她的強項。

我希望明天傍晚能夠解決我與切特．翁道斯基之間的一切，至少那玩意兒說自己叫這名字。我怕，否認也沒用。他承諾再也不會犯下麥奎迪中學這種案件，承諾得太快，想都沒有多想，所以我不相信他。老威也不會信，我確定你也不會信。他已經嘗過這種滋味了，他也許也體驗過英勇救人的滋味，但他一定知道引人矚目不是什麼好事。

我打電話給丹．貝爾，跟他說我想解決翁道斯基。我覺得當過警察的他應該能夠理解，也會贊成。他的確贊同，但叫我小心點。我盡量，但如果我說我沒有不祥的預感，那我就是在撒謊了。我也打電話給我的朋友芭芭拉．羅賓森，說我禮拜六晚上還會在我媽這過一夜。我必須確保她跟她哥傑若米以為我明天不會回城裡。不管我發生什麼事，我都必須確定他們不會有危險。

我會如何處理我所得到的資訊，翁道斯基很擔心，但他也自信滿滿。如果可以，他就會殺了我，這我很清楚。他所不知道的是，我以前經歷過這種狀況，不會低估他。

我的朋友、偶爾的夥伴老威．霍吉斯將我寫進遺囑裡，其中包含他保險的死亡給付，但對我來說，還有更重要的物品。其一是他的警用配槍，史密斯與威森軍警用點三八左輪手槍。老威說，基本上全城的警察都拿格洛克二十二，因為這種槍可以裝十五發子彈，不只六發，但他很老派，還引以為傲。

我不喜歡槍，事實上討厭死了，但我明天會開老威的槍，絕不遲疑，沒得商量。跟翁道斯基談過一次，這樣就夠了。我會朝他胸口開槍，不只是因為打身體比較簡單，這是我兩年前在射擊課上學到的。

真正的理由是

〔暫停〕

你記得山洞裡的事吧？我砸了那玩意兒的腦袋，你當然記得。我們還會夢到那個場景，永生難忘。我相信這種能量，實際的能量，在背後驅動這些東西的能量有點像異形大腦，也許在異形大腦取代之前，這個生物還有過人類大腦。我不曉得這股能量打哪兒來，我也不在乎。對這東西胸口開槍也許殺不死他，事實上，勞夫，我有點希望如此。我相信有辦法永遠解決他。你知道，有些小故障。

我媽開車回來了。我晚點或明天會錄完這個部分。

3

夏洛特不讓荷莉插手下廚，每次女兒走進廚房，老媽都會趕她出去。這天因此過得非常漫長，但晚餐時刻終於到臨。夏洛特換上每年聖誕節她都會穿的綠色洋裝（驕傲她還穿得下），她的聖誕胸針（冬青與冬青果）也別在她左胸的老位置上。

她拉著荷莉手肘，帶她進飯廳時高聲宣布：「貨真價實的聖誕晚餐，就跟過往一樣！」荷莉心想：我好像是要進拷問間的犯人啊。「我做了一桌子妳愛吃的！」

她們面對面就坐。夏洛特點了她的芳香蠟燭，散發出來的香茅味讓荷莉想打噴嚏。她們用杯底有頂針般一顆一顆突起的玻璃杯乾杯，喝的是摩根．大衛葡萄酒（真是噁到不行），然後互道聖誕快樂。接著就是已經淋了鼻涕般鄉村醬的沙拉，荷莉最討厭這種醬（夏洛特以為她喜歡），以及乾得跟莎草紙一樣的火雞，只能搭配許多肉汁，潤滑食道嚥下。馬鈴薯泥裡還有很多顆粒，煮過頭的蘆筍跟往常一樣，又爛又討厭。只有（店裡買的）胡蘿蔔蛋糕相當美味。

荷莉清光盤裡所有食物，恭維老媽幾句。老媽喜孜孜的。

洗完碗後（跟平常一樣，荷莉負責擦乾，因為她媽說她永遠刷不掉鍋子上的污漬），她們前往客廳，夏洛特翻出《風雲人物》（*It's a Wonderful Life*）的DVD。她們在聖誕節看過這部電影多少次？至少有十二次吧，也許超過。亨利舅舅以前會背誦每一句台詞。荷莉心想：也許他現在還背得出來喔。她搜尋過阿茲海默症，曉得現行醫學還沒有辦法一一檢查出短路系統裡，到底哪一個部位還會亮。

電影開演前，夏洛特將一頂聖誕帽交給荷莉……非常強調儀式。「我們看這部的時候，妳都會戴。」她說。「從妳小時候就是這樣，這是**傳統**。」

荷莉這輩子都是影癡，就算是在人人喊打的電影裡，她也能找到足以欣賞的元素（舉例來說，她相信席維斯．史特龍的《眼鏡蛇》〔*Cobra*〕實在是遭到低估），但《風雲人物》總是讓她不舒服。電影一開始的時候，她與其中的角色喬治．貝里還有共鳴，但最後他的行為會讓她覺得他是嚴重的躁鬱症患者，正值躁症循環的時刻。她甚至懷疑，電影結束之後，他就會悄悄爬下床，殺光全家人。

她們一起看電影，夏洛特穿著她的聖誕洋裝，荷莉戴著她的聖誕帽。荷莉心想：我就要啟程去他方了，我覺得我已經出發。那是一個哀傷的地方，滿是陰影。在那裡，你知道自己距離死亡非常近。

螢幕上的珍妮．貝里說：「上帝求求你，爹地出事了。」

那天晚上荷莉上床睡覺時，她夢到切特．翁道斯基從費德烈克大樓電梯走出來，外套的袖子跟口袋都撕裂了。他的手上有磚塵與血。他的眼睛閃著光芒，嘴巴咧成大大的奸笑，無數蠕動的紅色蟲子從他口中湧出，沿著他的下巴流洩下來。

二〇二〇年十二月十九日

1

荷莉坐在南下四線道完全沒有前進的車流之中，距離城市還有八十公里，她心想，要是這幾公里的塞車不快點過去，那出席自己的葬禮，她就要遲到了。

她跟其他沒有安全感的人一樣，預先計畫對他們來說是一種強迫症，因此幾乎都會提早到定點。她原本以為週六下午一點她就會回到「誰找到就是誰的」事務所，但現在看起來，三點到得了都要偷笑了。她周遭的其他車輛讓她覺得幽閉恐懼快要發作（前方是一輛又大又舊的垃圾車，髒兮兮的車尾彷彿陡峭懸崖），還會活埋她（畢竟是我的葬禮啊）。如果車上有菸，她肯定會一根接一根抽起來。她反過來尋求喉糖的慰藉，她說喉糖是她的「反菸裝置」，但她外套口袋裡只剩六顆，一下就會吃完。這樣就剩指甲了，但要不是因為指甲剪得很短，已經不好握東西了，她也會啃起指甲來。

重要約會，我就要遲到啦。

不是因為送禮物的原因，他們會在她媽傳統的聖誕鬆餅與培根早餐後互送禮物（距離聖誕節差不多還有一個禮拜，但荷莉還是願意配合夏洛特演出）。夏洛特送荷莉一件（就算她沒死）她也不會穿的絲質打褶罩衫，一雙低跟鞋（也不會穿），還有兩本書：《當下的力量》與《焦慮無用：在混亂世道尋找寧靜》。荷莉沒機會包裝禮物，但她買了一個很有聖誕氣息的袋子裝禮物。夏洛特對著毛毛內裡的拖鞋讚嘆了起來，然後對著七十九點五美金的浴袍寬容地搖搖頭。

「這至少大了兩個尺寸。親愛的，我猜妳應該沒留下收據吧？」

荷莉很清楚自己買錯尺寸，說：「我想收據在我的外套口袋裡。」

到目前為止都還好。然後呢？夏洛特忽然提議她們可以去看亨利，祝他聖誕快樂，畢竟聖誕節當天荷莉不會在這裡。荷莉望向時鐘，八點四十五分，她希望九點前能夠上路南下，但就算是強迫症也太誇張了，她到底為什麼要提早五個小時到約定地點？再說，如果跟翁道斯基之間出了什麼差錯，這就是她最後一次與亨利見面的機會了，她對他說的「妳在怕什麼」很好奇。

他是怎麼知道的？他顯然從未對別人的感覺如此敏感，事實上，以前的他恰恰相反。

於是荷莉同意，她們出發，夏洛特堅持要開車，結果在十字路口的停車號誌處發生小擦撞。

另一輛車的男主人算很客氣了，對夏洛特說的一切點頭同意，但兩人還是交換了保險卡資料，安全氣囊沒有展開，沒有人受傷，沒有人報警，但還是可以預期夏洛特扯了一堆理由。她說起什麼神秘的結冰，隻字未提她在十字路口只有放慢速度，沒有停下來，她每次都這樣，在夏洛特．吉卜尼的駕駛人生裡，她的道路就是王道。

等到她們再次上路（荷莉確定那位車主在上車前，還對她使了個眼色），此時已經十點，而這次造訪結果則是全然的災難。亨利完全不認得她們。他說他要換衣服上班，叫她們別煩他。荷莉向他吻別的時候，他狐疑地看著他，問她這是不是耶和華見證人的把戲。

她們出來時，夏洛特說：「回去妳開。我太難過了。」

荷莉相當樂意。

她先前已經將旅行袋放在門口。她將包包甩上肩，轉身要跟她媽進行平常的告別（左右臉頰各輕吻一下），結果夏洛特忽然對著這個她責備、藐視了一輩子的女兒張開雙臂，淚流滿面。

「別走，多留一天。如果妳不能待到聖誕節，至少過完這個週末。我受不了一個人在家，不行。

也許聖誕節之後可以，但現在不行。」

她媽緊抓著她，彷彿溺水，荷莉必須壓抑住慌張，她不只想把老媽推開，根本是想把她甩掉。她盡量容忍這個擁抱，然後掙脫開來。

「媽，我得走了，我有約。」

「妳是說，約會？」夏洛特笑了起來，不是什麼美好的笑容，露出太多牙齒了。荷莉以為老媽的所作所為已經不會再驚嚇到她了，但看來不是這樣呢。「真的假的？**妳？**」

荷莉心想：記住，這可能是妳這輩子最後一次見到她。假如真是這樣，那妳不會希望最後的交談是氣話。如果要生氣，等妳捱過來再氣。

「不是那種啦。」她說。「但咱們喝點茶吧，我還有時間喝杯茶。」

於是她們喝茶、吃起荷莉從沒喜歡過的棗子餡餅乾（不知為何，吃起來感覺很陰鬱），荷莉在差不多十一點的時候，終於逃出老媽家，這時屋內還瀰漫著遲遲不肯散去的香茅味。母女倆站在門廊上，她親吻夏洛特的臉頰。「媽，我愛妳。」

「我也愛妳。」

荷莉走到租來的車門旁，手才沾上門把，夏洛特又喚起她。荷莉轉頭，有點期待她媽跳下階梯，張開雙臂，手指彎曲得像爪子，尖聲喊著：「留下來！妳必須留下來！我命令妳留下來！」不過，夏洛特還是站在門廊上，她用雙手環抱著身軀，渾身顫抖。她看起來蒼老也不悅。「浴袍我弄錯了。」她說：「那是我的尺寸，我一定是看錯標籤了。」

荷莉笑了笑。「很好啊，媽，很高興我買對了。」

她從車道倒車出去，查看路況，然後朝付費公路前進。十一點十分，時間非常充裕。

當時她是這麼想的。

2

無法找出耽擱的原因只讓荷莉更加焦慮。地區的AM及FM電臺什麼也沒說，就連應該要播報公路路況的電臺也隻字未提。她的位智導航程式通常都很可靠，今天完全沒用。螢幕顯示一個微笑小人正在用鏟子挖坑，下方則是一行字：修復中，馬上回來！

討厭。

如果她能前進十六公里，她就能抵達五十六號交流道，接上七十三號公路，但此刻七十三號高速公路感覺好像是在木星上頭一樣遙遠。她伸手進外套口袋，發現只剩最後一顆喉糖，她一邊撕開包裝，一邊望著垃圾車的車尾，上頭有一張貼紙，問起：我駕駛技術如何？

荷莉心想：大家都該去購物中心才對。他們該在購物中心大肆血拚，或去鬧區的小店家採購，促進當地經濟，而不是讓亞馬遜、UPS跟聯邦快遞賺他們的錢。你們要做的就是離開這條討厭的高速公路，讓有急事的人——

車子開始移動。荷莉發出勝利的呼喊，但歡叫才出口，垃圾車又停下來了。她左邊，男子正在講電話聊天。她右邊，女人正在補口紅。出租車上的數位時鐘說明她四點前到不了費德烈克大樓，四點還算早了。

荷莉心想：那樣我就只剩兩個小時。拜託，上帝，求求你，讓我及時回去做好對付他的準備。不是他，是牠，是怪物。

3

芭芭拉·羅賓森將她原本正在翻閱的大學介紹目錄放到一旁，拿出手機，打開賈斯汀·弗烈南德剛幫她裝好的 WebWatcher。

「妳知道在未經允許的狀況下追蹤別人的手機並不恰當，對吧？」賈斯汀是這麼說的。「我甚至不確定這樣是否，呃，合法。」

「我只是想確認我朋友沒事。」芭芭拉說，還給他一個超級燦爛的微笑，融化他的任何疑慮。

鬼才曉得芭芭拉自己也充滿疑慮，光是看著地圖上的綠色小點就讓她備感內疚，特別是傑若米已經刪了他的追蹤程式了。傑若米不知道的是（芭芭拉也不會告訴他），荷莉去了波特蘭之後還去了匹茲堡。這點加上芭芭拉在荷莉家電腦上看到的網路搜尋紀錄，讓她覺得荷莉對麥奎迪校園爆炸案還是感興趣，而這股興趣讓她聚焦在WPEN電視臺第一個趕到現場的記者切特．翁道斯基，或他的攝影師弗烈德．芬柯上頭。芭芭拉覺得荷莉感興趣的應該是翁道斯基，因為他的搜尋內容比較多。荷莉甚至在電腦旁邊的筆記本上寫下他的名字……外加兩個問號。

芭芭拉不願去想她的朋友可能心理受創，甚至是神經崩潰，她也不願相信荷莉莫名其妙遇上校園炸彈客……但她知道，有句老話是這麼說的：但也不是全然不可能。荷莉不安全感爆表，荷莉花太多時間質疑自己，但荷莉也很聰明。也許這個翁道斯基與芬柯（讓她不禁想到著名民謠二人組賽門與葛芬柯）不知怎麼撞見炸彈客的線索，卻不自知，完全沒意識到？

這個念頭讓芭芭拉想到她與荷莉一起看過的電影，一九六六年的《春光乍現》（*Blow-Up*）。電影裡有一位攝影師在拍攝公園戀人時，不小心拍到藏匿於草叢後的持槍男子。如果麥奎迪中學也發生類似的事情呢？要是炸彈客回到犯罪現場，沾沾自喜欣賞自己的傑作，而電視臺的人拍攝到他正在看（甚至還假裝幫忙）呢？說不定荷莉不知怎麼注意到了這點？芭芭拉明白，也接受這個想法實在扯太遠了，但生活不就是在模仿藝術嗎？說不定荷莉是去匹茲堡向翁道斯基與芬柯問話。芭芭拉想，這樣還算安全吧？但要是炸彈客還在那附近，荷莉會去找他嗎？

要是炸彈客去找她又該怎麼辦？

這一切也許都是胡亂臆測，但當芭芭拉看到 WebWatcher 程式顯示荷莉離開匹茲堡，開車去她媽家時，女孩還是鬆了口氣。這時她差點刪掉程式，這麼做肯定會讓她良心好過一點，但後來昨天荷莉打電話來，顯然只是故意要告訴小芭她禮拜六會在媽媽家過夜。最後，掛斷電話前，荷莉還說：「我愛妳。」

哎呦，她當然愛小芭，芭芭拉也愛她，這可以理解，但這種話不用說出來。除非也許是在什麼特殊狀況之下，好比說你跟朋友吵架了，要跟對方和好，或是，你要出遠門，或是，你要啟程上戰場了。芭芭拉相信最後這個狀況，出門前的男男女女都會對父母及伴侶說我愛你。

芭芭拉不喜歡的還有荷莉說這句話的語氣，可以說是帶著哀傷。而現在綠色的圓點告訴芭芭拉，荷莉根本沒有要在她媽家過夜。她顯然是要回城裡來，臨時變卦？也許跟她媽吵架了？

還是她一開始就在撒謊？

芭芭拉望向書桌，看到她為了寫報告跟荷莉借的ＤＶＤ：《梟巢喋血戰》、《夜長夢多》，以及《梟巢掃蕩戰》。她想等到荷莉回來，這是找她聊聊的好藉口。她會假裝意外看到荷莉在家，然後試著問出波特蘭跟匹茲堡到底有什麼要緊的。她也許還會坦白追蹤程式的事，但這端看狀況如何發展。

她再次望向手機，查看荷莉的位置，還在收費公路上。芭芭拉猜應該是因為施工還是事故而塞車了。她望向手錶，又看向綠色的圓點。她覺得荷莉五點以前進得了城都算運氣好了。

芭芭拉心想：而我五點半就會去她家。我希望她沒事……但我猜她也許遇上了什麼狀況。

4

龜速前進……停下。

龜速前進……停下。

靜止不動。

荷莉心想：我要發瘋了。坐在這裡，看著垃圾車屁股，忽然斷線。理智線真的斷掉的時候，我大概還會聽到「啪」一聲，就跟樹枝斷掉一樣。

十二月此時的天光已經開始昏暗，再過幾天就是日曆上一年裡白晝最短的日子了。儀表板時鐘顯示她現在只能期待最早五點抵達費德烈克大樓，而且這還是在車流終於開始前進的狀況下……加上車子還有油。油箱只剩四分之一。

她心想：我可能會錯過他。他可能會出現，打電話給我，跟我要門禁密碼，結果發現沒人在。他會以為我怕了，臨陣脫逃。

想到一連串的巧合或邪惡的力量（傑若米的鳥，又臭又髒，冷若冰霜的灰色）在後頭作用，讓她與翁道斯基無法順利見上第二面，這個念頭讓她更擔心了。因為她不只在他的「死亡金榜」上，還是正中靶心的第一名。在她的地盤、妥善規劃後面對他，這是她的優勢。如果失去這項優勢，他就會出其不意襲擊她。他可能會得逞。

她一度想拿手機打電話給彼得，跟他說有一個危險的人會出現在大樓側門，要彼得小心應對，但翁道斯基很可能用他的三寸不爛之舌脫身，簡單得很，說話就是他的生活。就算翁道斯基不動口，彼得自從警隊退休這幾年來也至少胖了十公斤，動作遲緩，偽裝成電視記者的玩意兒手腳可快的。她不能讓彼得冒險，召喚出瓶中精靈的人是她。

她前方的垃圾車尾燈亮起，前進了十五公里，再次停下。不過呢，這次停頓的時間比較短，前進的時候比較久。也許車流開始恢復行駛了？她實在不敢妄想，但她有荷莉希望。

結果她的確有理由正面思考，五分鐘後，她開到時速六十五公里，七分鐘後，她加速到八十八公里，十一分鐘後，荷莉踩下油門，殺入超車道。當她疾速駛過造成堵塞的三輛追撞車輛時，對於中央分隔島上的殘骸，她看都沒看一眼。

如果在離開公路前往市中心前，她能一直保持時速一百一十公里，還乖乖遵守每一個紅綠燈，那她估計她應該五點二十能回到公司。

5

荷莉在五點五分抵達公司附近。市區不像詭異空曠的門羅維購物中心，這裡非常繁忙。如此一來有好有壞。她在布威爾街上的往來聚集購物人群中看到翁道斯基的機率非常小，但他對她動手（如果他打算這麼做的話啦，她不會刪除這個可能性）的機率也不高。這是老威所謂的「互相制衡」。

彷彿是要彌補她在收費公路上的霉運一樣，她看到一個幾乎可以說是在費德烈克大樓正對面的停車格，車子正要開出去。她等到車子開走，然後小心翼翼倒車進停車格，盡量不去管她後方一直在按喇叭的豬頭。若是在沒有那麼緊張的狀況下，喇叭聲響可能會讓她放棄這個停車位，但她在附近街廓都沒有看到其他車位。那就只剩停車塔，大概只剩高樓層可以停，荷莉看了太多女人在停車塔裡遇到壞事的電影。特別是在天黑之後，而現在已經天黑了。

荷莉租來的車子空出足夠空間後，按喇叭的駕駛人立刻開車過去，原來這個豬頭是個女人，她沒忘放慢速度，用中指向荷莉祝賀聖誕快樂。

荷莉下車時，車流一度不多。她可以擅闖馬路，直接走到對面去（她應該會用跑的），但她還是跟街角那群等著紅綠燈要過馬路的購物人群一起過去。人多比較安全。她手裡握著大樓前門的鑰匙。她完全不想繞去側門。那邊是暗巷，她會成為明顯的目標。

就在她將鑰匙插入鎖孔時，一個將俄式毛帽壓得低低的、用圍巾遮住臉下半部的男人差點要撞上來。翁道斯基？不，至少應該不是吧？她怎麼能確定呢？

小小的大廳空無一人，燈光昏暗，到處都有長長的黑影，她連忙走去電梯口。這棟大樓在市區歷史悠久，僅有八層樓，典型的中西部建築，乘客只有一部電梯可以搭。空間很大，應該非常先進，但一台就是一台。租戶為此的抱怨眾人皆知，趕時間的人通常會選擇走樓梯，特別是低樓層的人。荷莉曉得大樓裡也有一台貨梯，但週末那台會上鎖。她按下按鈕，忽然間覺得電梯又會故障，而她的計畫就泡湯了。不過，電梯門立刻打開，機器女聲歡迎她進來。「你好，歡迎來到費德烈克大樓。」大廳空蕩蕩，荷莉覺得這聲音聽起來像是恐怖電影裡沒有形體的鬼聲。

門關上，她按下「五」。工作日會播放新聞與廣告的電視螢幕今天沒有開，也沒有聖誕歌曲，真是謝天謝地。

「上樓。」機器人聲音說。

她心想：他會在上面等我。他會想到辦法混進來，電梯門一開，他就會在上頭等我，我根本無處可逃。

不過，門開了，走廊空蕩蕩。她經過郵件投遞口（會說話的電梯非常先進新穎，投遞口則非常老派），經過男女廁所，然後停在標示「樓梯」的門口。大家抱怨艾爾．喬丹也不是沒有原因，因為大樓的管理員實在又懶又廢。不過，他一定有什麼人脈，因為雖然地下室的垃圾堆積如山，側門的監視錄影機壞掉，還有間隔很久很久（甚至可以說是想到）才會去寄的包裹信件，但他還是保住了這份工作。然後就是華麗的日本電梯問題，讓每個人都很火大。

今天下午，荷莉主動指望起艾爾的粗心大意，這樣她才不用浪費時間把辦公室裡的椅子推出來，站在上頭。她打開樓梯口的門，走運了。平台上堆了一堆東西，甚至擋住六樓的門，大概違反了消防規定，其中有好幾樣清潔用品，加上靠在樓梯扶手上的拖把，還有可以刷乾拖把的水桶，裡頭還有拖地水。

荷莉考慮將水桶裡的髒水潑在階梯上，這是艾爾活該，但最後她實在下不了手。她將水桶推到女廁，先將刷板取下，然後將髒水倒進水槽之中。她又將水桶推到電梯旁，單肩包尷尬地掛在她的臂膀彎處。她按下按鈕，門開了，機器人女聲說（彷彿是怕她忘記）：「五樓。」荷莉想起彼得氣喘吁吁走進辦公室那天，他說：「妳可以用程式讓那玩意兒說『叫艾爾修好我，然後幹掉他』嗎？」

荷莉將水桶翻過來。如果她雙腳併攏（還要很小心），輪子之間還有空間讓她踩上去。她從包包裡拿出一個小小的膠帶切割器，還有咖啡色紙張包裝的小小包裹。她踮起腳尖，拉直身子，直到襯衫衣襬都從褲頭冒出來，她將包裹黏在電梯內部天花板的最左邊角落。這個位置高於視線（根據已故的老威．霍吉斯），一邊人不會看到這裡來。翁道斯基最好不要看到，如果他注意到，那她就死定了。

她從口袋裡掏出手機，拿得高高的，然後拍下包裹的照片。如果事情如她設想得一樣，那翁道斯基應該永遠不會看到這張照片，畢竟這也不算什麼保險政策。

電梯門再度關上。荷莉按下「開」，將拖把水桶推回走廊上，然後放回一開始收納的階梯平台。她經過「煥發美容產品公司」（似乎沒人在這工作，只有一個中年男子，他讓荷莉想到名為德魯比〔Droopy Dog〕的老派卡通人物），接著一路走到「誰找到就是誰的」事務所，就在走道的盡頭。

她打開門鎖，走進去，喘口大氣。望向手錶，快五點半了，時間真的非常緊急。

她走去辦公室保險箱，按下密碼組合，拿出已故老威．霍吉斯的史密斯與威森左輪手槍。雖然她曉得手槍已經上膛（沒有子彈的手槍比棍棒更沒用，這是她導師的另一句格言），她滑開膛室確認，然後喀啦一聲關上。

她心想：瞄準身軀，只要一從電梯走出來就開槍。別擔心那箱錢，如果是紙箱，那子彈就會穿過去，就算他捧在身軀前面也沒關係。如果是金屬箱子，那我就得瞄準他的頭。距離不會太遠，場面可能很糟，但……

她笑了出來，她自己都覺得意外，

但艾爾留下了清潔用具啊。

荷莉望向手錶，五點三十四分。在翁道斯基出現前，她只剩二十六分鐘，如果他準時的話啦。她還有好多事要做，全部都很重要。哪一件最重要根本無需多想，因為如果她死了，必須有人知道真相，造成麥奎迪校園爆炸案的那個生物是為了吞噬倖存者與亡者親友的痛苦，而天底下有一個人肯定會相信她。

她打開手機，點開錄音程式，說起話來。

6

羅賓森夫妻在女兒十八歲生日時，替她買了一輛很不錯的福特 Focus，在荷莉將車子停進鬧區的布威爾街時，芭芭拉人在荷莉公寓的三個街廓之外，因為紅燈而停下來。她把握機會打開手機上的 WebWatcher 程式，然後咕噥了一聲：「討厭。」荷莉沒回家，她在公司，但芭芭拉不懂，聖誕節馬上就要到了，這位朋友為什麼要在禮拜六晚上進公司呢？

荷莉家就在眼前，但隨著號誌轉綠，芭芭拉向右轉，朝市區前進，一下就到了。費德烈克大樓的前門會上鎖，但她曉得後巷側門的門禁密碼。她跟哥哥經常一起去「誰找到就是誰的」事務所，有時他們就會從那邊進去。

芭芭拉心想：會給她一個驚喜，帶她去喝咖啡，聊聊她到底在忙什麼。也許還能吃點東西，順便看場電影。

想到這裡，她露出微笑。

7

荷莉．吉卜尼給勞夫．安德森警探的報告內容：

勞夫，我不曉得我先前有沒有把話說明白，但我沒時間回去檢查了，你只要知道最重要的一點就好，那就是，我遇上了另一個局外人，跟我們在德州遇到的不一樣，但感覺很像。咱們就說是一個新的、改良過後的型號吧。

我在事務所的小小接待櫃檯等他。我的計畫是，他只要帶著我勒索他的錢一出電梯，我就對他開槍，我覺得事情會這樣發展。我覺得他是來給我錢，而不是來殺我的，因為我認為我已經成功說服他，我要的只有錢，還有他的承諾，承諾不會再搞出另一場重大傷亡命案，他大概不會遵守這項承諾。

我已經盡量使用邏輯思考了，因為我的生死維繫於此。如果我是他，我會先付一次錢，之後再看怎麼發展。我會打算離開我在匹茲堡電視臺的工作嗎？也許會，也許不會。要測試勒索者的信念。如果這女人又回來，開口想要第二筆錢，屆時我才會殺了她，然後人間蒸發。等個一、兩年，重操我的舊有模式。也許去舊金山、西雅圖，甚至去夏威夷的檀香山。開始在地區獨立電視臺工作，然後繼續往上爬。他會需要新的身分與新的介紹信。勞夫，鬼才曉得這些東西在電腦與社交媒體年代怎麼通得過檢驗，但通常都可以過關。或該說，至今都過關了。

他會擔心我把所知資訊洩漏出去嗎？也許告訴他的電視臺？不，因為一旦我勒索他，我就是他的共犯了。我主要指望的就是他的自信，他的自大，他為什麼不自信、不自大呢？他已經得逞這麼、這麼、這麼久了。

但我的朋友老威告訴我，每次都要有備用計畫。「荷莉，腰帶跟吊帶。」他是這麼說的。「腰帶跟吊帶。」

如果他懷疑我不是要那三十萬，而是要殺他，那他就會採取預防措施。哪種預防措施呢？我不知道。顯然他一定知道我有槍，但我不覺得他有，因為他以為金屬探測器會通知我。他也許會走樓梯，這樣就算我聽到他上來的聲音，那也很不妙。如果他走樓梯，我就得即興演出了。

〔暫停〕

老威的點三八在我的「腰帶」上，我貼在電梯天花板上的包裹就是我的「吊帶」，我的保險。我拍了一張照片。他會想要得到這個包裹，但裡面其實只有一條唇膏。

勞夫，我已經盡力了，但也許這樣還不夠。雖然我已經周詳計畫好，但我很有可能無法全身而退。如果我死了，我要你知道，你的友誼對我來說非常重要。如果我死了，而你選擇接下我所開始的調查，請你格外小心。你是有妻子與兒子的人。

8

五點四十三分。時間過得好快，跟賽跑一樣。

都怪那該死的塞車！如果他提早到，我還沒準備好……

如果這樣，那我會編出一點理由，讓他在樓下多待幾分鐘。我不曉得我會找什麼理由，但我會想到的。

荷莉打開接待櫃檯的桌上型電腦。她自己有辦公室，但她偏好這台電腦，因為她想待在前面，而不是埋在公司深處。在她與傑若米聽煩了彼得抱怨爬五層樓之後，她跟傑若米用的也是這台電腦。他們做的顯然不合法，但他們的行為解決了問題，而這項資訊應該還存在這台電腦的記憶體之中。最好還在，要是沒有，她就死定了。如果翁道斯基走樓梯，她也死定了。要是他走樓梯，她有九成九的把握，他是來殺她而不是來給她錢的。

這台桌上型電腦是最先進的 iMac Pro，速度很快，但今天感覺開機就等了好久。等待的期間，她用手機將她的錄音報告寄到自己的信箱。她從包包裡拿出隨身碟，這台裝置裡有丹．貝爾累積起來的各種肖像，加上布萊德．貝爾整理的的聲譜圖，她將裝置插進電腦後方，此時，她以為聽到電梯運作的聲音。不可能，除非大樓裡有其他人。

好比說，翁道斯基這種人。

荷莉持槍往辦公室大門跑去，她猛拉開門，探頭出去。什麼聲音也沒有。電梯靜悄悄，還停在五樓，一切只是幻覺。

她沒關門，連忙跑回座位解決她的事情。她有十五分鐘，時間應該夠，前提是如果她能移除傑若米搞定的修復機制，恢復害大家爬樓梯的電腦故障。

她心想：我會知道的，如果翁道斯基進來之後，電梯往下，那我就沒事，讚到不行，要是不成功……

這種事還是不要多想比較好。

9

商店因為聖誕季節而開到比較晚，芭芭拉心想，在這神聖的時刻，我們以刷爆信用卡來慶祝耶穌的誕生，然後，她發現她在布威爾街上實在找不到停車位。只好去費德烈克大樓對面的停車塔入口取票，終於在四樓找到一個低矮的停車格。她連忙去搭電梯，還不斷到處張望，一手插進包包裡。芭芭拉也看過太多女性在停車場遇到壞事的電影。

她安然抵達街道時，便加快腳步，捕捉到最後的綠燈。到了另一邊，她抬頭，看到費德烈克大樓五樓亮著燈光。到了下一個轉角，她往右轉。稍微沿著街廓走幾步就是一條巷子，這裡的告示牌寫著：「禁止通行」，還有「大樓洽公車輛專用」。芭芭拉轉進去，停在側門口。她正要彎腰按下門禁密碼，此時，一隻手握住她的肩膀。

10

荷莉打開她寄給自己的電子郵件，將附加檔案拖進隨身碟之中。她遲疑了一下，看著隨身碟圖示下方的空白檔案名稱，然後輸入「如果它流血」，這名字夠好了。她心想：畢竟這是那鬼玩意兒的生命故事，以及讓他存活下去的元素——血腥與痛苦。

她退出隨身碟。接待櫃檯的桌面是他們處理郵件的地方，這邊有各種尺寸的信封。她抽出一個有塑膠氣泡內裡的小信封，將隨身碟放進去，想起勞夫的郵件會轉寄去某個鄰居家，她一度恐慌起來。勞夫家的地址她記得很清楚，可以寄去他家，但要是什麼偷信賊把東西偷走怎麼辦？想到就可怕。那個鄰居姓什麼去了？考森？卡維？科茲？這些都不對。

時間一分一秒離她而去。

她正要在信封上寫：「勞夫．安德森隔壁鄰居」時，忽然想起這戶鄰居姓康拉德。她隨手貼上郵票，在信封上急忙寫下：

勞夫．安德森警探
七四〇一二奧克拉荷馬州弗林市
阿卡西亞街六百一十九號

地址下方，她加上：「請轉交給康拉德府上（隔壁鄰居）」，以及「請勿轉寄，請親自交付」。這樣應該就可以了。她拿著信封，一路衝刺到電梯旁邊的郵件投遞口，然後扔下去。她曉得艾爾不只寄信懶，他做什麼都懶，而這封信可能會在滑槽裡躺上一個禮拜，或是，因為假期的原因，擺上更久（說真的，現在已經很少人用這種投遞口了）。不過，這其實不急，最終還是會寄出去。

她為了確保自己只是出現幻覺，於是按下電梯按鈕。門開了，裡頭空空如也。所以她真的只是在幻想。她跑回「誰找到就是誰的」事務所，沒有氣喘吁吁，但呼吸急促。一部分是因為跑步，但主要是因為壓力。

好了，最後一件事。她點開電腦的搜尋功能，輸入傑若米修復系統的名稱：EREBETA。他們找麻煩的電梯就是這個牌子，日文裡的電梯也是這個字……至少傑若米是這麼說的。

艾爾．喬丹一直不肯找附近的公司來修這個故障，他堅持要找有授權的原廠維修人員。他扯說什麼如果找外面的人來修，出了什麼事引發意外，可能會有刑事責任或百萬美金的法律訴訟。最好還是關閉這八層樓的電梯門，將黃色的「故障」膠帶貼在上頭，然後等原廠修理工出現。艾爾向火大的房客保證過不會很久，頂多一個禮拜，造成不便，真是抱歉。結果幾個禮拜過去，已經快要一個月了。

「他可不會不方便。」彼得沒好氣地說。「他辦公室在地下室，他就成天坐在那裡看他的電視，吃他的甜甜圈。」

最終，傑若米插手了，他跟荷莉提起她這個電腦天才應該要知道的事——只要能連網路，你就能搞定任何的故障。於是他們就這麼做，將這台電腦連上控制電梯的單純電腦。

「就這個。」傑若米一邊說，一邊指著螢幕。那時辦公室只有他跟荷莉兩個人，彼得以保釋代理人身分出門轉轉，看能不能找到顧客。「妳有看到問題所在嗎？」

她看到了。電梯的電腦「看」不見每層樓該停的站點。它只有看到兩個終點站。

現在她要做的就是撕掉他們在電梯程式上外加的「ＯＫ繃」，然後加上一點希望，因為她實在沒有時間測試。時間非常緊急。已經五點五十六分了。她打開樓層地圖，顯示出電梯井的即時示意圖。每一個站點都有標示出來，從代表地下室的Ｂ到最高樓的八。目前電梯停在「五」。螢幕最上方綠色的文字顯示：準備。

荷莉心想：不，還沒，妳還沒準備好，但妳會準備好的。希望啦。

兩分鐘後，她的手機響了起來，這個時候，她剛剛才完成設定。

11

芭芭拉小小驚叫，然後轉身，背貼在側門上，抬頭看著剛剛拉她的黑色男子身影。

「傑若米！」她用手拍拍胸口。「你嚇死我了！你在這裡幹嘛啦？」

「我正要問妳同樣的問題呢。」傑若米說。「不是規定女生跟暗巷不能一起出現嗎？」

「你說你把手機的追蹤程式刪掉了，你騙人，對不對？」

「呃，對。」傑若米坦承。「但既然妳自己也安裝了，我想妳實在沒有辦法裝高尚——」

就是這時，傑若米身後出現了另一個暗色的人影……只不過他不是很黑。這個人影的眼睛閃著光芒，好像貓咪的眼睛捕捉到手電筒的光線一樣。在芭芭拉能開口叫傑若米小心之前，這個人影就用什麼東西砸在她哥哥頭上。發出一陣悶悶的撞擊聲，傑若米就倒在人行道上。

這個人影抓住她，將她往門上推，還用戴著手套的一隻手掐住她的脖子，固定住她。另一隻手則扔掉了破裂的磚頭，也許那是一塊混凝土。芭芭拉只知道那玩意兒上頭肯定滴著她哥哥的血。

他靠上前來，近到讓她看見一張沒什麼特色的圓臉，這張臉上是一頂俄式毛帽。男人眼裡的詭異光芒消失了。「小女朋友，別叫。妳不會想叫的。」

「你殺了他！」這話講得氣若游絲。他並沒有完全止住她的呼吸，至少這一刻還沒，但他掐住了大部分。「你殺了我哥！」

「不，他還活著。」男人說。他面露微笑，露出兩排經過牙醫調教過的完美牙齒。「相信我，如果他死了，我會知道的，但我可以讓他死。妳尖叫，想逃跑，換句話說就是惹惱我，我就會把他砸到腦漿噴出來，就跟老忠實間歇泉一樣，噴發出來。妳還要叫嗎？」

芭芭拉搖搖頭。

男人的微笑裂展成奸笑。「這才是乖乖的小女朋友，小女朋友。妳怕了，對不對？我喜歡妳害怕。」他深呼吸，彷彿是在吸入她的恐懼。「妳的確應該害怕。妳不屬於這裡，但整體來說，我很高興妳在此。」

他靠上來。她可以聞到他的古龍水，他低語時，她的耳朵感覺得到他的嘴唇貼近。

「妳真可口。」

荷莉的目光沒有從電腦上移開，就伸手拿電話。螢幕展示的是電梯樓層圖，但在電梯井的示意圖下方是一個選擇方框，上頭寫著「執行」跟「取消」。她只希望自己能夠百分之百確定，選擇「執行」之後會發生一些狀況，而這個狀況最好是對的狀況。

她拿起電話，準備將側門的門禁密碼傳給翁道斯基，卻愣住了。她手機上來電顯示不是「翁道斯基」，也不是「未知來電」。而是一張笑臉，主人則是她年紀輕輕的好朋友芭芭拉．羅賓森。

荷莉心想：噢，親愛的上帝啊，不要。拜託，上帝，不要。

「芭芭拉？」

「荷莉，有個人！」芭芭拉哭哭啼啼的，幾乎聽不懂她在講什麼。「他用什麼東西打傑若米，打暈了他，我想那是磚塊，他流了好多血——」

她沒說下去，那個假裝成翁道斯基的東西出現，用訓練有素的電視播報員聲音說話。「嗨，荷莉，切特在此。」

荷莉整個僵住。外在世界大概沒有過多久，頂多不會超過五秒鐘，但在她腦袋裡感覺過了非常久。這是她的錯。她不想把她的朋友攪和進來，結果他們還是自己跑來了。他們出現，是因為他們擔心她，因此這一切都是她的錯。

「荷莉？妳還在嗎？」他的聲音裡帶著笑意。因為事情的發展順了他的意，而他志得意滿。「這改變了一切，妳說是不是？」

荷莉心想：不要慌。如果我死了，能夠讓他們活下來，那我會犧牲自己，但我不能慌。我一慌，大家都得死。

「是嗎？」她說。「我手上還是有你要的東西。傷害那女孩，繼續傷害她哥，我就會毀了你的生活。我是不會罷手的。」

「妳也有槍吧？」他沒給她機會回答。「妳當然有。我沒有，但我有一把陶瓷刀，非常鋒利。記住，我們進行咱們的小閒聊時，我會帶著我的小女朋友上去。如果我看到妳手上有槍，我是不會殺死她啦，這樣太浪費人質了，但我會當著妳的面毀容她。」

「不會有槍。」

「我想我就信妳一次。」還是充滿興味的口氣，輕鬆有自信。「但我覺得我們不會用錢換隨身碟了。我不會給妳錢，但妳可以得到我的小女朋友。這聽起來如何？」

荷莉心想：聽起來像在騙人。

「就這麼一言為定。讓我跟芭芭拉說話。」

「不。」

「那我就不給你密碼。」

他真的爆笑出聲。「她知道，她哥攔住她的時候，她正要輸入呢。我躲在子母車後面看。我相信我可以說服她告訴我。妳要我說服她嗎？像這樣？」

芭芭拉尖叫，這聲音讓荷莉掩面。她的錯，她的錯，一切都是她的錯。

「住手，不要傷害她。我必須知道傑若米是否還活著。」

「目前還是囉。他一直發出那種詭異的鼻塞小聲音，也許腦子受傷了。我下手很重，覺得必須下手重一點，他人高馬大。」

他想要逼得我狗急跳牆，他不希望我思考，要我只能順著他的意思反應。

「他流了挺多血的。」翁道斯基繼續說。「妳知道，頭部重創，但天氣很冷，我相信這樣可以幫助止血。說到天氣冷，咱們別再胡鬧了。給我密碼，除非妳要我再扭她的手臂，這次會脫臼喔。」

「四七五三。」荷莉說。我有什麼選擇？

13

男人的確有刀，黑色把柄，白色刀刃好長。他一手拉著芭芭拉那隻受傷的手，然後用刀尖比劃著密碼鎖按鍵。「小女朋友，麻煩了。」

芭芭拉按下數字，等待綠燈，然後打開側門。「我們可以把傑若米搬到室內嗎？我可以拖他進來。」

「我相信妳可以。」男人說：「但免了，他看起來像很冷靜的傢伙，咱們就讓他再冷靜一下。」

「他會凍死的！」

「小女朋友，如果妳不前進，妳就會失血過多而死。」

芭芭拉心想：不，你才不會殺死我。至少在你得逞之前，你不會動手，但他可能會傷害她。挖掉一隻眼睛，劃開她的臉頰，割掉一隻耳朵。他的刀子看起來非常鋒利。

她走進門裡。

14

荷莉站在「誰找到就是誰的」事務所辦公室開啟的大門之中，望著走廊。腎上腺素讓她的肌肉不斷跳動，她的嘴巴乾得跟沙漠裡的石頭一樣。她聽到電梯開始運作的聲音，穩住陣腳。她要等到電梯上來之後才能執行程式。

她心想：我必須救芭芭拉，還有傑若米，除非他已經沒救了。

她聽到電梯停在一樓的聲音。然後，彷彿經過永恆，電梯才開始爬升。荷莉後退，她的眼睛沒有離開走廊盡頭緊閉的電梯門。她的手機擺在電腦滑鼠墊旁邊。她將手機放進褲子右邊大腿的口袋裡，然後低頭，滑鼠游標停在「執行」的按鈕上頭。

她聽到尖叫聲。上樓的電梯掩蓋住了叫聲，但那的確是女孩的尖叫聲。芭芭拉的尖叫聲。

我的錯。

都是我的錯。

15

傷害傑若米的男人攬著芭芭拉的手臂，彷彿是牽著他最好的女伴正要走進宴會廳跳舞的人。他沒叫她放下包包（比較像是沒理會那個玩意兒），他們經過時，金屬探測器發出微弱的嗶聲，大概是因為她的手機。抓著她的男人沒放在心上。他們經過樓梯口，這是前陣子費德烈克大樓火大房客每天都要爬的樓梯，然後他們進入大廳。門外是另一個世界，聖誕節的購物人潮來來往往，手裡提著袋子或捧著盒子。

芭芭拉不禁讚嘆：我剛剛也在那裡，五分鐘之前的事，當時一切都很好。我傻傻地以為自己還有大好人生。

男人按下電梯按鈕。他們聽到電梯下降的聲音。

「你應該要給她多少錢？」芭芭拉問。在她的恐懼之下，她感覺到些許的失望，荷莉居然會想跟這種人交易。

「那不重要了。」他說。「因為我有妳啊，小女朋友。」

電梯停了，門打開。機器女聲歡迎他們來到費德烈克大樓。「上樓。」聲音說，門關上，電梯開始爬升。

男人放開芭芭拉，摘掉俄式毛帽，將帽子扔在雙腳之間，然後舉起雙手，好像花哨的魔術師。「看好了。我覺得妳會喜歡這個，咱們的吉卜尼小姐也值得親眼看到，畢竟一開始惹出這麼多麻煩的就是因為這個。」

接下來發生的一切太恐怖了，完全超乎芭芭拉先前對世界的認知。在電影裡，也許一切都是很酷的電腦特效，但這是真實世界。中年男子的圓臉上浮起一陣漣漪，從下巴開始，一路向上，沒有跨過嘴巴，反而是穿過嘴巴。鼻子搖晃起來，臉頰拉撐，眼睛閃著光芒，額頭收縮。然後，忽然間，整個頭部變成一團半透明的果凍。抖動、發光、下陷、抽動。裡頭是一團令人困惑的蠕動紅色物體。不是血，紅色的東西上頭有一整片的黑點。芭芭拉尖叫，向後跌撞在電梯牆壁上。她腿軟，包包從肩上滑下，掉到地上。她沿著電梯牆壁往下跌坐，眼睛睜得老大。腸胃跟膀胱也無力了。

隨後，果凍腦袋變成實體，但那張臉不再是打暈傑若米的人，也不是逼她進電梯的人。這張臉比較窄，膚色至少深了兩、三個色調。雙眼不再渾圓，而是眼角稍微上翹。拉她進電梯的男人鼻子飽滿，這顆鼻子卻又窄又長。嘴唇也變薄了。

這個男人看起來比抓住她的男人還年輕十歲。

「真是好把戲，妳不覺得嗎？」就連聲音聽起來也不太一樣。

你是什麼鬼東西？芭芭拉想問，但她說不出話來。

他彎下腰，溫柔地將她的包包背帶拉回肩上。他的手指碰觸到她，實在無法避開，她尖叫起來。「妳不會想弄丟錢包跟信用卡的，對不對？這些東西可以協助警方指認妳的身分，萬一……哎啊，萬一。」他滑稽地捏住自己的新鼻子。「真是的，是不是出了點小意外啦？噢，哎啊，妳知道人家都怎麼說的，『賽』所難免嘛。」他短促地笑了起來。

電梯停了，門在五樓走廊上緩緩打開。

16

電梯停下時，荷莉只望了一眼電腦螢幕，就點下滑鼠。她沒有等著看從B到八的樓層站點變成灰色，當初她跟傑若米進行修理工程時也是這樣，他們跟著傑若米在網頁上找到的資訊一步一步操作，那個網站叫作「Erebeta 缺陷與修理方法」。沒這個必要，答案只有兩個，成不成功，她自會知道。

她走回辦公室門口，低頭望著二十五公尺走廊之後的電梯。翁道斯基拉著芭芭拉的手臂……只不過當他抬頭時，她看到的不是他。而是「喬治」，但少了鬍子跟快遞員的咖啡色制服。

「好啦，小女朋友。」他說。「給我出去。」

芭芭拉跌跌撞撞地走出來，她雙眼圓睜，眼神茫然，淚流滿面。她光滑無瑕的深色皮膚現在呈現死灰般的色調。她嘴角有唾沫。她看起來幾乎快要暈倒，荷莉明白原因，她親眼看到翁道斯基變身。

女孩嚇壞了，都是荷莉害的，但荷莉現在不能去想這件事。她必須活在這一刻，必須仔細聽，必須仰賴荷莉希望……但這點希望距離她非常遙遠。

電梯門滑動關閉。方程式中少了老威的槍，荷莉只能仰賴事情接下來的進展。一開始，什麼動靜也沒有，她的心臟彷彿變成鉛塊。然後，Erebeta 調整後的程式應該讓電梯停在五樓，直到有人按鈕呼叫，結果她卻聽到電梯下樓的運轉聲。謝天謝地，她聽到電梯下去。

「這是我的小女朋友。」殺害孩童的「喬治」如是說。「她是個糟糕的小女朋友。我相信她在褲子上『噓噓噗噗』了。靠近點，荷莉，妳自己來聞一聞。」

荷莉沒有從門口走開。「我很好奇。」她說。「你真的有帶錢來嗎？」

「喬治」笑了笑，露出牙齒的笑，相較於另一個分身，這口牙不適合上電視。「事實上呢，沒有。我藏身的子母車之後是有一個紙箱，那時我看到她跟她哥出現，但裡頭只有型錄。妳知道，那種寄給『敬啟者』的東西。」

「所以你一開始就沒打算給我錢。」荷莉說。她沿著走廊前進了十二步，停在他們間隔五公尺的地方。如果這是在打美式橄欖球，那她已經抵達紅區。「是嗎？」

「就跟妳一開始也不想把隨身碟給我，讓我走一樣啊。」他說。「我不會讀心術，但我讀肢體語言已經很久了，還有臉部表情。妳整個人藏不住表情，我相信妳覺得自己很行。現在把襯衫從褲頭裡拉起來，不要拉到底，我對妳發育不良的小奶子沒興趣，只要讓我看到妳沒帶槍就好。」

荷莉拉起襯衫，自動轉了一圈。

「現在拉起褲腳。」

她也照做。

「沒有偷藏槍。」「喬治」說。「很好。」他歪著頭，用藝術評論家端詳畫作的眼神望著她。「老天，妳真是個醜小姑娘，是不是啊？」

荷莉沒有反應。

「妳這輩子有出門約會過嗎？有一次嗎？」

荷莉沒有反應。

「無家可歸的醜小鴨，三十五歲不到就滿頭白髮，還懶得掩飾，如果這不是在舉白旗，那我不曉得這叫什麼。妳會寄情人卡給妳的假陽具嗎？」

荷莉沒有回話。

「我猜妳面對自己的長相與不安全感，是靠……」他沒說下去，低頭看著芭芭拉。「老天，妳真重！而且妳好臭！」

他放開芭芭拉的手臂，她倒在女廁門口，雙手張開貼地，屁股翹得高高的，額頭抵在磁磚上。她看起來像是要做伊莎祈禱的穆斯林女性。她低聲啜泣，但荷莉聽得見。噢，對，她聽得非常清楚。

「喬治」臉色大變，沒有變回切特．翁道斯基，而是變成兇猛的鄙視，讓荷莉看到他內在真正的生物。翁道斯基有一張豬臉，「喬治」是狐狸臉，但這玩意兒操著胡狼的臉，或鬣狗，這是傑若米那隻灰色的鳥。他踹起芭芭拉藍色牛仔褲的屁股。她又驚又痛，哀號起來。

「給我進去！」他大喊。「給我滾進去，清理乾淨，讓大人解決大人的事情！」

荷莉想跑過這最後的十五公尺，對他大吼，叫他不要再踢她，但他要的當然就是這樣。如果他真的要讓他的人質躲進女廁裡，這樣也許提供了她所需的機會。至少至少這樣拉開了可以運作的空間。於是她堅守在原地。

「給我……進去！」他又踢了她一腳。「等我解決完這個愛管閒事的婊子之後，再來收拾妳。妳最好祈禱她不要又給我添什麼麻煩。」

芭芭拉哭哭啼啼用頭頂開女廁的門，爬了進去。不過呢，「喬治」還是把握時間朝她臀部再踹一腳。然後，他望向荷莉。奸詐的神情消失，微笑回來了。荷莉猜這個笑容應該是想施展魅力，在翁道斯基的臉上看起來應該不錯，但在「喬治」臉上則不然。

「哎啊，荷莉，小女朋友去茅坑了，現在就剩我們。我可以進去用這個將她開膛破肚……」

他拿起刀子。「……或是妳可以把我此行目的交給我，我就放過她。我就放過妳們倆。」

荷莉心想：但我清楚得很，你一旦東西到手之後，我們誰也別想活著離開，包括傑若米。如果他還活著的話。

她想要表現出疑慮與期待的神情。「我不知道能不能相信你。」

「妳大可相信。一拿到隨身碟，我就閃人，從妳的生活與匹茲堡電視臺消失。該展開新篇章了。這我很清楚，早在這傢伙──」他用沒拿刀的那隻手緩緩比劃著自己的臉，彷彿是在揭下面紗。「──放置炸彈之前。我想也許他就是因為這樣才策劃爆炸案。所以，荷莉，妳大可相信我。」

「也許我該跑回辦公室，把門鎖上。」她說，希望表情露出自己真的在考慮這個選項。「報警。」

「留那女孩任我處置？」「喬治」用刀子指著女廁的門，露出微笑。「我不這麼想。我注意到妳看她的表情。再說，妳走不到三步，我就會逮到妳。我在購物中心跟妳說的，我動作可快了。聊夠了，把我要的東西交出來，我這就走人。」

「我有選擇嗎？」

「妳覺得呢？」

她停頓了一下，嘆口氣，舔舔嘴，然後點頭。「你贏了，留下我們活口就好。」

「會的。」就跟在購物中心的時候一樣，回答得太快，一點也不誠懇。她不相信他，他很清楚，他也不在乎。

「我要從口袋裡拿出手機。」荷莉說。「給你看一張照片。」

他沒反應，於是她緩緩掏出手機。打開相簿，選出她在電梯裡拍的照片，然後讓他看畫面。

她心想：好了，現在開口，我不想自己說，所以你說，你這混蛋。

他的確落入圈套。「我看不清楚，靠近點。」

荷莉朝他走了幾步，手機還拿在手上。兩步，三步，十二公尺，十公尺。他瞇著眼睛看著她的手機螢幕。現在距離八公尺，看到我有多抗拒了嗎？

「荷莉，走近一點。我剛變身完，眼睛會有幾分鐘看不太清楚。」

她往前踏一步，心裡想著：你這個黑心的騙子。手裡握著的手機螢幕還是朝著他。他下去的時候，應該會拖她一起下去。如果他會下去的話。這不打緊。

「你看到了，對嗎？就在電梯裡。黏在天花板上，把東西拿走，然後——」

雖然荷莉處在高度警戒狀態，但她幾乎沒有看到「喬治」移動。這一秒，他站在女廁外頭，瞇著眼睛看她手機上的照片，下一秒，他就一手攬著她的腰，握住她伸出來的手。他說自己動作快，真的不是開玩笑。他拖著她往電梯移動時，她的手機掉在地上。一進電梯，他就會殺了她，拿走黏在天花板上的包裹。然後他就會進廁所，殺死芭芭拉。

至少，他的計畫是這樣。荷莉則有不一樣的想法。

「你在幹嘛？」荷莉驚呼，不是因為她搞不清楚狀況，而是因為這是此刻必要的台詞。

他沒回話，只按下電梯按鈕。按鈕沒有亮，但荷莉聽到電梯啟動的聲音，就要上來了。她會在最後一刻掙脫他。而當他搞清楚狀況時，他也會想擺脫她。不能讓事情往那個方向發展。

「喬治」的窄窄狐狸臉揚起一個微笑。「妳知道嗎？我覺得這一切都會非常順——」

他的話語到嘴邊就打住，因為電梯沒有停下來。電梯直直經過五樓，他們還看到電梯往上時閃過的亮光，然後繼續上樓。他驚訝地鬆開了手。就這麼一瞬間，但足以讓荷莉掙脫開來，向後退。

接下來發生的一切不會超過十秒的時間，但在荷莉目前的高度警戒狀態，每個細節她都看得清清楚楚。

樓梯口的門猛然打開，傑若米衝了出來。他的雙眼從一片乾涸的血跡上望出來。他手裡握著樓梯平台的拖把，木頭把柄舉得高高的。他看到「喬治」，便朝他跑去，一路還吼著：「芭芭拉在哪？我妹呢？」

「喬治」將荷莉推開。她撞到牆壁，發出撞擊聲，她眼前出現大片黑點。「喬治」伸手要抓拖把，輕而易舉就從傑若米手中奪走。他把拖把向後拉，打算要攻擊傑若米，但此時，女廁的門也猛然打開。

芭芭拉衝了出來，手中握著她包包裡的胡椒噴霧。「喬治」恰好轉頭，被噴了一臉。他尖叫起來，摀住眼睛。

電梯此時抵達八樓，運作的聲音停了下來。

傑若米往「喬治」撲去。荷莉尖叫：「傑若米，不！」然後用肩膀朝他的腹部撞過去。他跟妹妹兩個人一起跌撞在男女廁所之間的牆上。

電梯警報響起，彷彿是刺耳吶喊著：要命、要命喔。

電梯門開了，「喬治」用泛紅流淚的雙眼望向聲音的來源。此時，不只五樓的門開了，每一層樓的門都開了。這就是一開始讓關閉電梯的故障。

荷莉張開雙臂，朝「喬治」奔去。她的怒吼與警報聲結合在一起。她伸得長長的手接觸他的胸膛，然後，她將他推進電梯井裡。他一度彷彿飄在空中，驚恐與驚訝讓他雙眼圓睜，嘴巴都合不攏。這張臉開始鬆弛變形，但在「喬治」能夠變回翁道斯基之前（如果是要這樣變的話），他就掉下去了。荷莉完全沒有注意到一隻咖啡色的強壯大手（傑若米的手）一把揪住她的襯衫後領，讓她沒有跟著「喬治」一起跌落電梯井。

局外人墜落時還不斷慘叫。

這聲音讓自以為和平主義者的荷莉聽了非常愉悅。

而在她聽到他摔到底部之前，電梯門就關閉了，這層樓跟每一層樓的電梯門都一樣。警報聲停止，電梯開始往下，一路往地下室殺去，這是電梯預設的另一個終點站。電梯經過五樓時，他們三人看著門間短暫閃過的光線。

「**妳**幹的好事。」傑若米說。

「你說得對極了。」荷莉說。

17

芭芭拉膝蓋一軟，直接半暈厥倒地。胡椒噴霧罐從她鬆開的手中滑掉，一路滾走，最後在電梯門前停下。

傑若米跪在妹妹身旁。荷莉溫柔地將他推開，牽起芭芭拉的手。她把芭芭拉的外套袖子往上拉，但她還沒按到脈搏，芭芭拉就想起身。

「他是誰……什麼東西？」

荷莉搖搖頭。「什麼也不是。」這也許就是真相。

「他死了嗎？荷莉，**他死了嗎？**」

「他死了。」

「掉到電梯井下面去了？」

「對。」

「很好，非常好。」她打算起身。

「小芭，多躺一下。妳只是嚇壞了，我擔心的是傑若米。」

「我沒事。」傑若米說。「頭很硬。那是那個電視記者，對吧？柯洛斯基，還是之類的？」

「對。」也不對。「你看起來至少流了一品脫的血，頭很硬先生。看著我。」

他望著她，兩隻眼睛瞳孔大小一樣，這是好消息。

「你記得你的書名是什麼嗎？」

他透過浣熊花色般凝固的血跡面具給她一個不耐煩的神情。「《黑色貓頭鷹：美國角頭的崛起與殞落》。」他還笑了起來。「荷莉，如果他打壞我的腦袋，我還記得起來側門的密碼嗎？他到底是誰？」

「賓州校園炸彈客，是說我們不用告訴其他人這點，不然會引發太多疑問。傑若米，低頭。」

「要動會痛。」他說。「我的脖子好像彈簧掉了。」

「還是低頭。」芭芭拉說。

「小妹，不是要針對妳什麼的，但妳氣味不太妙啊。」

荷莉說：「芭芭拉，這裡交給我。我的櫃子裡有一條褲子跟幾件T恤，我想妳應該可以穿。挑一下，換一下，去廁所清理清理。」

顯然芭芭拉迫不及待想這麼做，但她還是留在原地。「傑若米，你確定你沒事？」

「對。」他說。「快去。」

芭芭拉沿著走廊，進入「誰找到就是誰的」事務所。荷莉觸摸傑若米的後頸，沒有腫脹，然後請他低頭。她看見後腦勺上有一處不大的撕裂傷，下方則是比較深的傷口，但枕骨一定承受（也頂住）了攻擊的力道。她覺得傑若米運氣很好。

她覺得他們都很幸運。

「我也要清洗一下。」傑若米說，望向男廁。

「不，你別動。我大概不該讓芭芭拉整理自己，但我不希望警察趕來時，她……她處在目前這麼糟糕的狀態裡。」

「我感覺到有人有計畫喔。」傑若米說，然後用手環抱自己。「老天，我覺得好冷。」

「這是驚嚇。你大概需要一杯熱飲。我可以泡茶，但現在沒時間搞這個。」浮上心頭的恐怖念頭突然出現：要是傑若米搭電梯，她的整個計畫（雖然很不穩固），就要泡湯了。「你怎麼會走樓梯？」

「這樣他才不會聽到我上來啊，就算我頭痛欲裂，我也知道他在這。整棟樓就只有妳在。」他停頓了一下。「不是柯洛斯基，是翁道斯基。」

芭芭拉抱著乾淨衣物回來，她又要哭了。「荷莉……我看見他變身。他的頭變成**果凍**，那個東西……那個東西……」

「她到底在說什麼？」傑若米問。

「現在別管，也許晚點再說。」荷莉短暫擁抱她一下。「清理一下，換好衣服。還有，芭芭拉，無論那是什麼，那個東西都已經死了，好嗎？」

「好。」她低聲地說，然後走進廁所。

荷莉將注意力放回傑若米身上。「傑若米．羅賓森，你是不是追蹤我的手機？還有芭芭拉？你們兩個都是？」

站在她面前、滿臉是血的年輕人露出微笑。「如果我發誓，這輩子**再也**不叫妳荷莉貝瑞，我還要回答這個問題嗎？」

18

十五分鐘後，他們在大廳。

荷莉的褲子對芭芭拉來說太緊了，而且還是高腰褲，但她還是想辦法扣了起來。她的臉頰與額頭已經不再是暗灰色。荷莉心想：她會活下來的，也許會做點噩夢，但她會捱過去。

傑若米臉上的血已經乾到跟碎裂的釉一樣了。他說他頭痛得要死，但不，他沒有頭暈，沒有想吐。荷莉並不意外他頭痛。她包包裡有泰諾止痛藥，但她不敢給他。他在急診得縫針，無疑還要照X光，但現在她必須確保他們的說詞都兜得攏。一旦說法搞定，她就要去清理她惹出來的亂子。

「你們兩個過來，是因為我不在家。」她說。「你們以為我一定在辦公室，因為我請了幾天假，去找我媽，我得趕一下工作的進度，對吧？」

他們點點頭，願意接受她的引導。

「你們從公務巷道的側門進來。」

「因為我們知道密碼。」芭芭拉說。

「對，結果那邊有個劫匪，對嗎？」

繼續點頭。

「傑若米，他攻擊你，然後想挾持芭芭拉。她用包包裡的胡椒噴霧噴對方，噴了那人一臉都是。傑若米，你連忙起身，跟他纏鬥在一起。他跑了。然後你們進入大廳報警。」

傑若米問：「我們為什麼一開始要來找妳？」

荷莉啞口無言。她剛剛還記得重新啟動電梯的修復程式（趁著芭芭拉在廁所清理、換衣服的時候搞定，輕鬆簡單），然後將老威的槍擺進包包裡（以防萬一），但她完全沒有想到傑若米提出的問題。

「聖誕購物。」芭芭拉說。「我們想把妳從公司挖起來，跟我們一起去血拚，對不對，傑若米？」

「噢，對，就是這樣。」傑若米說。「我們本來要給妳一個驚喜。所以荷莉，妳在公司嗎？」

「不在。」她說。「我不在這裡。事實上，我**此刻**也不在這裡。我在城市另一端採購，我現在就在那邊。你們沒有立刻跟我聯絡，因為……呃……」

「因為我們不希望妳擔心。」芭芭拉說。「是吧，傑若米？」

「就是。」

「好。」荷莉說。「你們都記得這個說法了？」

他們說記得。

「然後傑若米就該報警了。」

芭芭拉說：「小荷，妳接下來要幹嘛？」

「善後。」荷莉指著電梯。

「噢，老天。」傑若米說。「我忘了底下還有一具屍體，我忘得一乾二淨。」

「我沒忘。」芭芭拉打起冷顫。「老天，荷莉，妳該怎麼解釋電梯井底下有個死人？」

荷莉回想起另一名局外人。「我覺得這應該不成問題。」

「要是他還活著呢？」

「小芭，他從五層樓摔下去，加上地下室，總共是六層。然後電梯……」荷莉一掌向上，然後用另一隻手蓋上去，好像在做三明治。

「噢。」芭芭拉說。她的聲音很小。「對。」

「傑若米，報警。我想你應該沒事，但我不是醫生。」

他打電話時，她走去電梯口，讓電梯停在一樓。修復程式再度啟動，電梯運作完全沒問題。開門時，荷莉看到一頂毛帽，就是俄羅斯人稱為 ushanka 的冬季防寒帽。她想起要開前門時，撞上她的男子。

她轉頭面向兩位朋友，手裡還握著帽子。「再跟我說一次發生了什麼事。」

「搶匪。」芭芭拉說，荷莉覺得這已經夠好了。他們很聰明，剩下的說詞也不難。如果一切按照她的計畫發展，那警察根本就不會在乎她人到底在哪。

19

荷莉離開他們，走樓梯前往地下室，這裡有陳舊的菸味，還有她擔心的黴菌。沒開燈，她用手機到處照，尋找開關。她照亮各處，黑影不斷跳躍，很容易讓人想到翁道斯基那個鬼東西躲在暗處，準備要跳出來，用手緊緊扣住她的脖子。她的皮膚因為汗水而油亮，但她的臉很冰。她必須一直制止自己的牙齒打顫。她心想：我自己也受了驚嚇。

她終於找到了兩排開關。她全部打開，嗡嗡聲隨著大片日光燈亮光出現。地下室是堆滿儲物箱與紙箱的骯髒迷宮。她又想到這棟大樓的管理員（還領他們的薪水），基本上就是個廢渣。

她搞清楚方向後，朝著電梯走去。電梯門緊緊關上（下面這層樓的門很髒，還掉漆）。荷莉把包包放在地上，掏出老威的左輪手槍。然後她取下掛在牆上的緊急電梯門鑰匙，將其插入電梯左側的門上小孔裡。鑰匙很久沒用了，所以有點卡卡的。她必須將手槍插進褲頭，用雙手扭，才轉得動。再次握好槍，她推開一側的門。兩邊的門都滑開了。

飄出來的是混合了機油、潤滑油與灰塵的氣味。電梯井中央有一個像是活塞的長型物品，她後來才知道那叫杜塞。環繞杜塞的除了亂丟的菸屁股與速食紙袋外，就是翁道斯基這輩子最後一次「搭」電梯時穿的衣服。這次電梯之旅很短，但很要命。

而翁道斯基他本人，又稱「為您把關的切特」，完全不見人影。

地下室的日光燈很亮，但電梯井裡還是有太多黑影，荷莉不喜歡這樣。她在艾爾・喬丹亂七八糟的工作桌上找到一只手電筒，小心地到處照，特別查看杜塞後方。她不是在找翁道斯基，他不存在了，她是在找某種特別古怪的蟲子。危險的蟲子，可能正在找新宿主。她沒看到。無論感染翁道斯基的東西是什麼，都活得比他久，但也不會太久了。她在堆滿東西的髒亂地下室角落看到一個麻布袋，她將翁道斯基的衣服塞進去，那頂毛帽也是。他的緊身四角內褲最後入袋。荷莉用鑷子般的兩根指頭捏起，噁心的感覺重重拖垮她的嘴角。她把短褲放進袋子裡，還打起冷顫，微弱地喊了聲「噁！」然後用手掌將電梯門推回去關上。她用緊急電梯門鑰匙重新將門鎖回去，之後便把鑰匙掛回原位。

她坐下，開始等待。一旦她確定傑若米、芭芭拉、急救人員都離開後，她背上包包，拿著裝有翁道斯基衣物的袋子上樓。她從側門出去。她考慮將衣服扔進子母車，但又覺得這樣太近了，不太放心。她反而拎著袋子離開，感覺沒問題。上了街，她就只是另一個提著大包小包的人。

她還沒發動車子，就接到傑若米的電話，說他跟芭芭拉遭遇劫匪襲擊，他們當時正要從費德烈克大樓側門進入。他說他們在金納紀念醫院。

「噢，我的天啊，真是太可怕了。」荷莉說。「怎麼不早點跟我說？」

「不想讓妳擔心。」傑若米說。「我們基本上沒事，對方也沒搶走什麼。」

「我馬上趕過去。」

荷莉前往金納紀念醫院的路上，將翁道斯基的那包衣服扔進垃圾桶。開始下雪了。

她打開收音機，聽到伯爾・艾弗斯（Burl Ives）用他糟糕的聲音高歌起〈冬青歡樂聖誕〉（Holly Jolly Christmas），隨即關掉。這是她最討厭的聖誕歌曲。原因非常明顯[16]。

她心想：生活不可能盡如人意，每個人生命裡都會遇上一點討厭的事情，但有時，你的確能如願以償。所有神智正常的人能夠要求的也僅是如此。

而她就是。

神智正常的人。

16. 在英文裡冬青跟荷莉的名字都是Holly。

二〇二〇年十二月二十二日

十點鐘，荷莉得去法院替麥金泰與柯提斯一案作證。她最討厭作證，但她只是這樁監護官司裡一個小小的證人，所以倒也還好。加上爭的是薩摩耶犬的監護權，而不是小孩，所以壓力也沒那麼大。有個律師問了特別低級的問題，但她經歷了切特．翁道斯基（還有「喬治」）之後，這種問話感覺挺溫和的。十五分鐘就結束了。她一進走廊就打開手機，看到丹．貝爾打來的未接來電。

她回電時，接電話的不是丹，是他的孫子。

「爺爺心臟病發。」布萊德說。「又一次，事實上，這是第四次了。他在醫院，這次他可能無法活著出院。」

接著是一陣充滿水聲的漫長吸氣。荷莉等著。

「他想知道妳進行得怎麼樣，那記者怎麼了，那個鬼東西。如果我可以給他一點好消息，我想他會走得比較輕鬆。」

荷莉張望，確保身邊沒人。的確，但她還是壓低聲音。「那東西死了，跟他說，死了。」

「妳確定？」

她回想起最後看到的意外與恐懼神情，她回想起他、那個東西，一路尖叫摔下去，她也想起電梯井裡落下的衣物。

「噢，對。」她說。「我確定。」

「我們有幫上忙嗎？爺爺，**他**有幫上忙嗎？」

「少了你們任何一人都不會成功。跟他說，他可能拯救了很多條人命，跟他說，荷莉感謝他。」

「會的。」又是另一陣濕濕的吸氣聲。「妳覺得外面還有其他跟他一樣的東西嗎？」

德州的事件之後，荷莉可能會說沒有，但現在她不太確定了。「二」是獨特的數字，當你得到「二」的時候，模式也許就出現了。她停頓了一下，給出了她並不相信……但想要相信的答案。這位老人守望了多年，好幾十年，他值得光榮退役。

「我想沒有。」

「好。」布萊德說。「非常好，謝天謝地，荷莉。祝妳聖誕快樂。」

在這種狀況下，她無法給他同樣的祝福，只能道謝。

還有其他的嗎？

她下去時走樓梯，沒有搭電梯。

二〇二〇年十二月二十五日

1

聖誕節早晨，荷莉穿著睡袍，花了三十分鐘喝茶、跟她媽講電話。基本上她負責聽啦，因為夏洛特．吉卜尼又使出她一如既往的被動攻擊抱怨連珠砲（聖誕節、膝蓋痛、背痛……等等），點綴在其中的是長長的嘆息。等到荷莉終於覺得良心過得去了，於是打算結束這通電話，她跟夏洛特說，過幾天她們就一起去看亨利舅舅，還跟媽媽說她愛她。

「我也愛妳，荷莉。」另一聲長長的嘆息說明愛真的、真的、真的很沉重，她祝女兒聖誕快樂，然後今天的苦差事就結束了。

接下來的時間就歡樂得多。她跟羅賓森一家一起度過，樂意依隨他們家的傳統。十點先來一點輕食早午餐，然後是交換禮物。她給羅賓森夫婦美酒禮品卡與書籍。兩個孩子呢？她願意揮霍一些，送芭芭拉一日Spa券（加上美甲課程），買了一副無線耳機給傑若米。

結果她收到的不只她住家附近AMC 12戲院三百元禮品卡，還有Netflix一年份。荷莉跟許多認真的電影人一樣，對於Netflix都天人交戰，目前依舊抗拒。（她愛她的DVD，但強烈相信電影一開始還是該在大銀幕欣賞。）不過，她承認Netflix與其他線上串流平台讓她非常心動。這麼多新作，隨時都可以看！

羅賓森一家通常都很性別平權，一視同仁，但聖誕節下午，狀況回歸傳統（也許是出於懷舊心情），重返過往這個世紀的性別角色。也就是說，女人進廚房煮飯，男人看籃球賽（偶爾進廚房偷吃這個偷吃那個）。等到他們坐進同樣傳統的聖誕節大餐餐桌前時（火雞跟所有的配料，甜點是兩種派），則開始下雪了。

「我們可以牽手嗎？」羅賓森先生說。

大家牽起手來。

「主啊，請降福於祢所惠賜的食物。感謝祢讓我們在此時齊聚一堂，感謝祢賜福給我們的家人與朋友。阿們。」

「等等。」譚雅．羅賓森說。「這樣不夠。主，感謝祢保佑我美麗的兩個孩子，那個劫匪沒有讓他們受到重傷。如果今天他們不能與我們同桌用餐，我會非常心碎。阿們。」

荷莉感覺到芭芭拉握著她的手稍微捏緊了一點，還聽到女孩喉頭發出的微弱聲音。也許是吶喊，也許是釋放了什麼。

「現在請分享一件你們感恩的事情。」羅賓森先生說。

他們順著座位一一說起。輪到荷莉時，她說她很感恩能跟羅賓森一家在一起。

2

芭芭拉跟荷莉想幫忙洗碗，但譚雅把她們趕出廚房，叫她們去做些「很聖誕節的事」。

荷莉建議散步，也許走到山腳下，也許繞整個街廓一圈。「下雪會很美。」她說。

芭芭拉同意。羅賓森太太要她們七點前回來，因為他們要看《小氣財神》（*A Christmas Carol*）。荷莉希望他們要看的是阿拉史戴爾．席姆（Alastair Sim）的版本，對她來說，只有這版值得看。

外頭不只雅致，簡直是美極了。人行道上只有她們倆，靴子在剛撒下的五公分粉粉白雪中踩出聲響。街燈跟聖誕燈飾周遭是圓形的光暈。荷莉伸出舌頭，接起雪花，芭芭拉有樣學樣。她們因此大笑起來，但當她們抵達山腳下時，芭芭拉轉頭面向荷莉，面色凝重。

「好了。」她說。「這裡只有我們。小荷，我們為什麼跑出來？妳想問什麼？」

「只是想知道妳怎麼樣。」荷莉說。「我不擔心傑若米，他被砸，但他沒有目睹妳看見的景象。」

芭芭拉顫抖吸氣。因為雪在她的臉頰上融化，荷莉看不出她是不是哭了。哭一哭也許不錯，眼淚有療癒效果。

「沒有那麼誇張啦。」她終於開口。「我是說，他變身的方式。他的頭似乎變成果凍，那當然很可怕，而看到那種景象打開了一扇門……妳知道……」她用戴著無指手套雙手比了比自己的太陽穴。「這裡的門？」

荷莉點點頭。

「妳會發現外頭**什麼事**都可能發生。」

「看見惡魔，難道看不見天使嗎？」荷莉說。

「這是出自《聖經》嗎？」

「不重要。如果妳不是因為看見的景象而困擾，那小芭，妳在困擾什麼？」

「爸媽可能白髮人送黑髮人！」芭芭拉脫口而出。「他們今天可能獨自坐在餐桌旁，沒有火雞跟其他好料，他們不會希望那樣慶祝聖誕節，可能只吃……只吃罐頭火腿！」

荷莉大笑起來，實在擋不住。芭芭拉也忍不住，跟著捧腹大笑。雪積在她的毛線帽上。荷莉覺得她看起來非常幼小，她當然很小，但比較像十二歲，而不是明年就要就讀布朗大學或普林斯頓的年輕女性。

「妳懂我的意思嗎？」芭芭拉牽起荷莉戴著手套的雙手。「就差這麼一點點，真的很驚險。」

荷莉心想：對，而一開始讓妳步入險境的是妳對我的關心。

她在落雪之中擁抱這位好朋友。「甜心。」她說：「我們的確都很驚險，一直如此。」

3

芭芭拉正要踏上進屋的階梯。室內會有熱可可、爆米花，吝嗇鬼史古基會大聲宣告，精靈讓那一切都發生在一夜之間。不過，還有最後一件事必須在外頭搞定，於是荷莉在逐漸變厚的白雪之中拉起芭芭拉的手。離開羅賓森家之前，她才將名片放進外套口袋裡，說不定可以派上用場。上頭只有名字與電話號碼。

芭芭拉接下，看著文字。「卡爾・莫頓是誰？」

「德州事件過後，我去看的治療師。我只見過他兩次，我要說的故事，只要會面兩次就能說完。」

「那是什麼故事？難道是像……」她沒說完，沒這個必要。

「也許有天我會告訴妳，妳跟傑若米，但別挑聖誕節講。只要知道，如果妳需要找人聊聊，他會聽的。」她露出微笑。「因為他已經聽過了我的故事，他也許會相信妳的說法，但這不重要。傾訴本身就有幫助，至少我是這樣。」

「別憋在心裡。」

「對。」

「他會跟爸媽說嗎？」

「當然不會。」

「我考慮考慮。」芭芭拉將名片塞入口袋。「謝謝妳。」她擁抱荷莉。曾經非常害怕人與人碰觸的荷莉也伸手擁抱她，抱得非常用力。

4

果然是阿拉史戴爾・席姆的版本，荷莉在大雪中緩緩開車回家，在她印象裡，這是最快樂的聖誕節。上床之前，她用平板傳了一則訊息給勞夫・安德森。

你回家時會收到我寄的包裹。我經歷了一場冒險，但一切安好。我們會聊這件事，但不急。祝你跟家人有一個歡樂的（熱帶）聖誕。獻上許多愛。

她在上床之前進行禱告，結尾跟往常一樣，她說她沒有抽菸，乖乖吃立普能，想念老威・霍吉斯。

「願上帝祝福我們每一個人。」她說。「阿們。」

她上了床，關了燈，睡覺。

二〇二一年二月十五日

亨利舅舅的心智狀態衰退得很快。布萊達克太太（惋惜地）告訴她們，住進安養之家的病人通常都會這樣。

此刻，荷莉坐在波丘老人安養之家交誼廳面向超大電視的沙發上頭，舅舅坐在旁邊，她終於放棄與他對話。夏洛特早就放棄了，她坐在另一邊的桌子旁邊，協助哈菲爾太太拼她最新一幅拼圖。傑若米今天跟她們一道來，他也幫忙拼圖。他逗得哈菲爾太太哈哈大笑，就連夏洛特也忍不住跟著他歡快的閒談露出微笑。他是很有魅力的年輕人，終於贏得夏洛特的喜愛。這可不是什麼簡單的事。

亨利舅舅睜著大眼，嘴巴打開，曾經在荷莉撞上威爾森一家的圍欄後，修好她腳踏車的大手，現在軟軟地癱放在他張開的長腿之間。他的褲子鼓鼓的，裡面是成人尿布。曾幾何時，他紅潤健康，現在蒼白不已。曾幾何時，他粗壯矮胖，現在他的衣服鬆垮垮地掛在身上，皮膚也跟沒有彈性的襪子一樣。

荷莉握起他的一隻手，摸起來只是一層皮跟指頭。她緊扣他的手指，稍微捏了捏，希望得到回應，但什麼反應也沒有。送別的時候不遠了，屆時她會鬆口氣。她因此覺得內疚，但事情就是這樣。他已經不是她的舅舅了，取而代之的是腹語師扔下的超大腹語人偶，但少了腹語師，人偶不會說話。腹語師早就出城，再也不回來。

牛皮癬藥物廣告敦促這些滿臉皺紋、頭髮掉光的老人家「多展現自己一點！」，結束之後，出現的是鮑比．富勒四人組的〈我對抗法律〉。亨利舅舅的下巴原本抵著胸口，現在抬了起來。

一道光芒（非常微弱，但的確存在）閃過他的雙眼。

法庭出現，旁白高喊：「壞蛋閃邊，因為『強法』來啦！」

隨著法警走出來，荷莉這才明白她為什麼會替麥奎迪校園炸彈客取那個名字。腦袋一直在運作，到處找關連，做出合理解釋……至少盡量啦。

亨利舅舅終於開口，他因為許久沒有說話，聲音低沉沙啞。「全員起立。」

「全員起立！」法警喬治大喊。

觀眾不只起立，他們站起來鼓掌、搖擺身軀。強法從辦公室踩著舞步出場。他抓起小木槌配合音樂前後敲起節奏，他的大光頭閃著光澤，牙齒白到不行。「我這來自另一個媽的好兄弟喬治，咱們今天有啥案件？」

「我愛這傢伙。」亨利舅舅用他沙啞的聲音說。

「我也是。」她用一隻手攬著他。

亨利舅舅轉頭看她。

面露微笑。

「荷莉，妳好啊。」他說。

老鼠

Rat

1

通常，德魯．拉森的靈感一次只會來一點點，如同從近乎乾涸的井裡搾取出來的點點滴滴（前提是繆思願意造訪，這種狀態已經愈來愈罕見了）。而他總能透過一連串的關連，將靈感與他的所見所聞連結在一起，換句話說，就是真實世界的閃燃點。

就他最近一則短篇故事來說，起因是他在法茅斯前往兩百九十五號州際公路的交流道上，看到一個男人正在換輪胎，這位先生吃力地蹲在那，其他車輛則狂按喇叭，轉向繞過去。《爆胎》因此誕生，近乎三個月的努力（與六間大雜誌社的退稿），最終刊載於《草原篷車》（*Prairie Schooner*）雜誌[17]。

《跳針傑克》則上了《紐約客》雜誌，這是他在波士頓大學就讀研究所時的作品。一晚，他在租屋處聽大學廣播，故事的種子就此播下。學生ＤＪ打算播放齊柏林飛船（Led Zeppelin）的〈全部的愛〉（Whole Lotta Love），結果唱片開始跳針。這一跳就跳了差不多四十五秒，然後氣喘吁吁的孩子才關掉這首歌，急忙解釋：「各位，抱歉啦，剛去拉屎。」

《跳針傑克》是二十年前的事，《爆胎》則是三年前。在這兩篇作品之間，他還寫出另外四則故事，都在三千字左右的篇幅，都花了幾個月的努力與修改。還沒寫過長篇小說，他試過，但沒有成功。他基本上已經放棄這項抱負了。前兩次寫長篇小說的努力給他惹了麻煩，最後一次嘗試造成非常嚴重的後果。他要燒手稿，房子差點也付之一炬。

現在靈感卻全面降臨，彷彿是誤點許久的火車頭，拖著好幾截壯觀華麗的車廂終於抵達。

露西先前請他開車去史派克熟食舖買三明治回來當午餐，今天是舒適宜人的九月天，他說他走過去就好。她點頭同意，說走一走對他的腰圍有幫助。他後來好奇起來，如果他那天開了

Suburban 休旅車或 Volvo 出門，他的人生會有多大的轉變。他也許永遠也不會「靈光乍現」，他也許永遠都不會去他爸的木屋，他幾乎可以確定，他永遠都不會見到那隻老鼠。

前往史派克熟食舖的半路上，他在主街與春日街路口等紅綠燈，火車頭就是此時抵達。火車頭只是一個畫面，跟現實世界一樣明亮清晰。德魯透過天空，專注凝望。一個學生推了他一下，說：「老兄，綠燈行。」

德魯沒搭理他。這位學生投以古怪的眼神，過了街。德魯繼續站在路邊，綠燈變成紅燈，紅燈變回綠燈。

雖然他不看西部小說（除了《龍城風雲》〔*The Ox-Bow Incident*〕跟多克羅姆了不起的《歡迎來到坐困城》〔*Welcome to Hard Times*〕），青少年時期之後也很少看西部電影，但當他站在主街與春日街的路口時，他腦海裡浮現的是一處西部酒館。馬車車輪做的吊燈，煤油燈籠掛在空中的輪輻上。德魯都聞得到煤油味。木片地板，空間後方有三、四張牌桌。一架鋼琴，琴師戴著圓頂德比帽，只不過此刻他沒有在彈奏，他轉頭看著酒吧裡上演的戲碼。站在琴師身邊的人也愣看著，他是一個帥氣高個子，窄窄的胸膛上繫著手風琴。吧檯旁邊，身穿昂貴西部風格西裝的年輕人正用槍指著紅洋裝女孩的頭，這件洋裝非常低胸，掩蓋乳頭的是一縷蕾絲。德魯看到她露點兩次，一次是他們站起來的時候，一次是因為吧檯後方的鏡子倒影。

這是火車頭，後面還有一整條列車。他看到列車上的每一位乘客，跛腳的警長（在一八六二

17. 這是一間由內布拉斯加大學經營的學術刊物出版社，文壇新秀經常在此練筆。

年九月的安提頓戰役中槍，圓珠子彈還卡在腿裡），願意與全鎮為敵的父親，想要保住兒子不被送往郡都，不然兒子會在該處受審、吊死，還有這位父親花錢找來的人，這些人拿著步槍站在屋頂。一切都清清楚楚。

他到家的時候，露西看了他一眼，問：「你是感染了什麼病毒，還是有了靈感。」

「是靈感。」德魯說。「很好的靈感，也許是我最好的靈感。」

他就猜她會這麼說。她不希望消防隊又來一趟，而她跟孩子只能穿著睡衣站在草坪上。

「短篇？」

「長篇小說。」

她放下她的全麥火腿起司三明治。「噢，老天。」

他們沒有稱那場幾乎燒毀他們家的「事件」為精神崩潰，但事實就是如此。沒有真的多嚴重，但他因此錯過了半個學期的課（所幸他是終身制教授），而且多虧了兩個禮拜一次的療程、神奇藥丸，以及露西堅定的信念，他終於恢復平衡狀態。當然，孩子也有功勞。孩子需要的父親不能一直卡在「必須寫」跟「寫不完」的無止境循環之中。

「這不一樣，一切都清清楚楚，露西。基本上跟包得好好的禮物一樣，根本是在聽寫！」

她只是望著他，眉頭微蹙。「你說是就是囉。」

「聽著，我們今年還沒把老爸的小木屋租出去，對吧？」

現在她看起來不只擔心，還警覺了起來。「我們已經兩年沒有出租了，老比爾死後就不出租了。」老比爾．柯森是他們的管家，之前也替德魯爸媽管理屋子。「你該不會是想——」

「我是，但只有兩個禮拜，最多三週，開個頭而已。妳可以找愛麗絲來幫忙帶孩子，妳知道她喜歡來我們家，兩個孩子也很愛他們的阿姨。我可以回來幫妳發萬聖節糖果。」

「你不能在這裡寫？」

「我當然可以，只要開頭寫好了就沒問題。」他用雙手扶額，彷彿是頭痛欲裂的人。「前四十頁在小木屋寫，就這樣，說不定可以飆車到一百四十頁，也許就是這麼順利呢。我看見了！我看得非常清楚！」他再次重申：「根本跟聽寫一樣。」

「我得想一想。」她說。「你也是。」

「好，我會的。現在吃妳的三明治吧。」

「我忽然沒那麼餓了。」她說。

德魯倒是很餓，他把自己剩下的三明治吃完後，還吃了她的大半個。

2

這天下午，他去見了之前的系主任。艾爾．史坦普在春季學期結束時忽然退休，讓素有「伊莉莎白時期戲劇邪惡女巫」之稱的雅琳．阿普頓終於如願以償，得到她渴望已久的權力大位，不，是欲想許久。

娜汀．史坦普告訴德魯，艾爾在後院的門廊，喝著冰茶，享受陽光。當德魯跟她說，他有一個想法，要前往 TR-90 非建制地區的營地差不多一個月的時候，她看起來滿擔心的。當他抵達門廊的時候，他才明白原因。他這也才明白曉得，為什麼過往十五年在英文系擔任仁慈專制者的艾爾．史坦普會忽然退位。

「別愣在那邊，喝點冰茶吧。你知道你想來一杯。」艾爾總相信自己知道其他人想要什麼。雅琳．阿普頓討厭他的主要原因就是因為他都知道別人渴望的是什麼。

德魯坐了下來，拿了一個玻璃杯。「艾爾，你體重掉了多少？」

「差不多十五公斤，我知道看起來不止，但那是因為我一開始就沒有什麼多餘的肥肉。是胰臟癌。」他看到德魯的表情，舉起一根手指，就跟他在教職員會議上平息爭執時一樣。「你、娜娜或其他人都還不用替我寫訃聞。醫生發現得算早，很有把握。」

德魯不覺得他的老朋友看起來特別有信心，但他沒說什麼。

「咱們別說我了，說說是什麼風把你吹來的吧。你的帶薪假期要怎麼度過？」

德魯談起，他想再嘗試寫小說。他說，這次他很有把握會成功。事實上，感覺相當正面。

「《陵上之村》你就是這麼說的。」艾爾說。「過程不順利的時候，你差點鬧出大亂子。」

「你跟露西講了一模一樣的話。」德魯說。「我沒料到這種反應。」

艾爾靠向前。「德魯，聽我說。你是傑出教師，你也寫了幾篇很棒的短篇故事——」

「六篇。」德魯說。「快聯絡金氏世界紀錄委員會。」

艾爾沒搭理這話。「《跳針傑克》收錄在《全美最佳——」

「對。」德魯說。「還是多克羅姆編纂的，他都不知道作古多久了。」

「許多優秀作家基本上都只有寫短篇小說。」艾爾強調。「愛倫・坡、契訶夫、瑞蒙・卡佛，雖然我知道你對大眾文學不屑一顧，但這領域也有薩基（Saki）跟歐・亨利。比較近代一點還有哈蘭・艾里森（Harlan Ellison）。」

「這些人寫的都不只六篇。而且，艾爾，這個構想真的很棒，真的。」

「你願意多透露一點嗎？用空拍機的角度看一看？」他望向德魯。「你不想說，我看得出來你不想說。」

德魯其實很想聊，因為這個想法實在太美妙，近乎完美！但他搖搖頭。「我想，還是先不說得好。我要北上去我爸的老木屋待一陣子，足以讓這個故事開始發展。」

「啊，TR-90非建制地區，對吧？換句話說，就是遙遠彼方的後頭。露西對此有何感想？」

「沒有欣喜若狂，但她會找她姊姊來幫忙帶孩子。」

「德魯，我想你知道，她擔心的不是孩子。」

德魯沒說話。他在想那間西部酒館，他在想那位警長。他已經知道警長的名字，他是詹姆斯．艾弗瑞爾。

艾爾喝他的冰茶，然後將杯子擺在一本經常翻閱的符傲思（Fowles）《魔法師》（*The Magus*）旁邊。德魯猜測這書應該每一頁都有畫線：綠色是人物角色，藍色是主題，紅色則是艾爾認為的金句。他藍色的雙眼依舊明亮，但現在也有點水汪汪的，眼眶泛紅。德魯不願去想他在那雙眼睛裡看見了即將到來的死亡，但也許就是這樣。

艾爾靠向前，雙手交握在大腿之間。「德魯，告訴我，對你來說，為什麼寫小說這麼重要。」

3

這天晚上做愛結束後，露西問他是不是真的一定要去。

德魯想了想，認真地想，她值得他認真思考。噢，不只如此。她始終支持著他，他經歷困境的時候，還仰賴過她。他解釋得很簡單。「露露，這也許是我最後的機會了。」

床鋪那一側的她久久沒有反應。他等著，曉得如果她開口叫他不要去，他就會屈服。最後她說：「好。我希望你一切順利，但我有點害怕，我不能騙人。這故事在說什麼？還是你不想透露？」

「我想說，我超想聊的，但最好還是累積一點壓力。艾爾問的時候，我也是這麼說的。」

「只要不是一堆學者在亂搞別人的伴侶，還喝太多，經歷中年危機就好，」

「換句話說，就是不要像《陵上之村》。」

她肘擊了他一下。「先生，你說的，不是我。」

「完全不像。」

「親愛的，可以緩一緩嗎？沉澱一個禮拜？確保這是真的？」然後是微弱地問：「就算是為了我？」

他不想等，他想明天就北上，後天就動筆，但……確保這是真的。這也許不是什麼壞主意。

「這我辦得到。」

「好，太好了。如果你真的過去，你會沒事嗎？你發誓？」

「我會沒事的。」

他看到她一閃而過的牙齒，她面露微笑。「男人總是這麼說，對吧？」

「要是不成，我就回來。要是事情變得像……妳知道。」

對此，她沒有回應，要麼是因為相信他，要麼是因為不相信。不管怎樣都行啦。他們不會為了這種事爭執，這才重要。

他以為她睡著了，或差不多要睡了，此時，她問起艾爾．史坦普的問題。她從來沒問過，他前兩次嘗試寫長篇小說時沒問，就連《陵上之村》那場災難進行時也沒提過。

「寫長篇小說對你來說為什麼這麼重要？是為了錢嗎？因為有你的薪水，還有我接會計工作的薪水，我們也還過得去，還是為了威望？」

「跟這些都無關，因為實在沒辦法保證這本書會不會出版。最後就算稿子埋進辦公桌抽屜，就跟我們這個世界上每一部寫壞了的小說一樣，我也覺得沒有關係。」隨著話語脫口，他這才發覺的確如此。

「那是為了什麼？」

他跟艾爾說，他是為了「實現」，還有探索未知領域的欣喜（他甚至不知道他自己信不信後者，但他知道這個答案對艾爾這個躲在衣櫥裡的浪漫主義者來說相當有吸引力）。露西則不信這套狗屁。

「我有工具。」他終於開口。「我有才華，所以應該不錯。甚至可以成為商業小說，前提是我沒誤會『商業』這兩個字擺在小說前面的意思啦。對我來說是件好事，但這不是主要的原因，不是最重要的原因。」他轉頭面向她，牽起她的手，額頭抵著她的額頭。「我必須完成，就這麼簡單，整件事就是這樣。之後，我可以再寫一部，也不會那麼狂飆突進（sturm und drang），或是就此放手。這兩個結果我都接受。」

「換句話說，就是要了結這個心願。」

「不。」他對艾爾是這麼說的，只是因為這是艾爾能夠明白也接受的說法。「不是這樣，是更實質的理由。妳記得布蘭登因為小番茄噎到的時候嗎？」

「永生難忘。」

布蘭登當時四歲，他們去城門瀑布村的鄉村廚房用餐，布蘭登發出噎到的聲音，抓著自己的喉嚨。德魯拉著他，將他轉身，替他施行哈姆立克急救。小番茄完整飛噴出來，還發出啵一聲，彷彿是拔起瓶蓋軟木塞的聲音。沒有造成傷害，但德魯永遠難忘兒子發現自己無法呼吸時，那哀求的眼神，他猜露西大概也不會忘記。

「這就像那次一樣。」他說。「只不過，東西卡在我的腦袋裡，而不是喉嚨。我不算噎到，但也沒辦法得到足夠的空氣。**我必須了結這件事。**」

「好。」她拍拍他的臉頰。

「妳明白嗎？」

「不明白。」她說。「但你明白，我猜這樣就夠了。咱們睡覺吧。」她轉過身去。

德魯躺在原位好一會兒，想著那座西部小鎮，美國那麼大，他從未涉足該處。這不重要，想像力可以帶領他前往，他非常確定。晚點可以進行必要的研究。前提是靈感在接下來這個禮拜沒有化為幻影。

他終於睡著，夢見了那位瘸腿的警長，沒出息的兒子關在小小的監獄裡，屋頂上的人馬。沒有辦法也不可能撐太久的僵局。

他夢到的是懷俄明州的苦河鎮。

4

靈感並沒有化為幻影，反而變得強烈、鮮明，一個禮拜之後的微熱十月早晨，德魯將三箱物資（主要都是罐頭食物）放進他們家做為第二輛交通工具的Suburban後車廂，然後是一個裝滿衣服跟盥洗用品的旅行袋，接著是他的筆記型電腦，還有一個磨損的箱子，裡頭是他爸當年的奧林匹亞攜帶型打字機，這是他的備案。他不信任非建制地區的電力，風颳一颳，電線就壞了，而那種沒人管的鎮區通常都是風雨過後，電力最後一個恢復的地方。

他在兩個孩子上學前，已經向他們吻別，他們回家時，露西的姊姊就會在家裡歡迎他們。現在露西站在車道上，穿了一件無袖罩衫跟褪色牛仔褲。她看起來苗條纖瘦，令人垂涎，但她眉頭糾結，彷彿犯了生理期來之前的偏頭痛一樣。

「你得小心點。」她說。「不只是你的工作。勞動節跟打獵季節之間的北部郊區都沒有人，普雷斯克艾爾出去六十五公里後，手機完全沒有訊號。如果你跑去樹林散步，摔斷了腿……或迷路……」

「親愛的，我不進樹林的。我要散步，如果我要散步，我會沿著馬路走。」他仔細端詳她，不在乎自己看到的狀況。不只是糾結的眉頭，他還捕捉到質疑的神情。「如果妳要我留下來，我會留下來。妳開口就是了。」

「你真的願意嗎？」

「試試看啊。」祈禱她不會開這個口。

她先前一直低頭看著自己的運動鞋，現在抬頭，搖搖頭。「不，我明白這對你來說非常重要，史黛西跟布蘭登也明白。他們跟你吻別時，我聽到小布的話了。」

十二歲的布蘭登當時說：「爸，寫本大書回來。」

「先生，我要你每天打電話回家，五點以前打，就算你文思泉湧也得打。你沒辦法打手機，但還有市內電話。我們每個月都付電話費，我今早還打去確認過了。電話不只會響，我還聽到你爸好久以前的電話答錄機錄音，我是聽了有點毛啦，他好像是在墳墓裡講話一樣。」

「我想也是。」德魯他爸已經過世十年。他們留下小屋，自己去住過幾回，然後出租給打獵的人，一直到管理人老比爾過世為止。之後他們就懶得費心照料了。一組獵人沒有付完尾款，另一組人馬基本上砸爛了那個地方。感覺那裡根本不值得這些麻煩。

「你該錄一條新的留言。」

「會的。」

「德魯，最後警告一聲，如果沒接到你的電話，我就自己殺上去。」

「親愛的，這不是個好主意。前往『茅坑路』的最後二十五公里會刮爛 Volvo 的排氣裝置，大概連傳動裝置也不保。」

「不管，因為……我就直說了，好嗎？寫短篇故事遇到挫折的時候，你可以把它扔去一邊，在家當個一、兩週的行屍走肉，然後你又恢復了。《陵上之村》則完全不是這麼回事，隔年我跟孩子繼續提心吊膽。」

「這本──」

「不一樣，我知道，你講了五、六次，我相信你，但我只知道這個故事不是一堆性慾高漲的教師在如詩如畫的郊區搞抽鑰匙派對。只是……」她拉起他的手臂，認真地望著他。「如果事情開始走下坡，如果你跟寫《陵上之村》的時候一樣開始寫不出字來，你就回家。懂嗎？回家。」

「我保證會回家。」

「現在用你認真的態度吻我。」

他吻了上去，用舌頭分開她的嘴唇，還一手滑進她牛仔褲後方的口袋。他退開時，露西滿臉通紅。「對。」她說。「就是這麼認真。」

他上了車，才開到車道下方，就聽到露西大喊：「等等！等等！」然後跑向他。她這是要跟他說，她改變心意了，她要他留下來，在他樓上的辦公室寫作。他很肯定她會這麼說，他天人交戰了起來，想要踩下油門，拚足馬力沿著梧桐街一路駛出去，看也不看後視鏡。他反而停下車，車尾已經在街上了，他搖下車窗。

「紙張！」她說。她上氣不接下氣，頭髮披在眼前。她下唇突出，將頭髮吹開。「你有紙嗎？我懷疑那邊應該沒有紙。」

他笑了笑，伸手碰觸她的臉頰。「我有兩令紙，差不多是一千張，妳覺得這樣夠嗎？」

「除非你是打算寫《魔戒》，不然應該夠了。」她平視他，眉頭的糾結已經解開，至少目前如此。「德魯，去吧，快離開這裡，寫本大書回來。」

5

當他轉上兩百九十五號州際公路的交流道時（他曾在這裡看人換輪胎），他忽然覺得好像被雷打到一樣。他拋下了他的真實生活，也就是孩子、處理雜事、做家事、在史黛西跟布蘭登課後活動結束後去接他們。他兩個禮拜後就會回歸那種生活，頂多三週，他猜當他回去過喧鬧的真實生活時，他還有大半本書要寫，但眼前這是另一種生活，能夠活在他的想像力裡的生活。他在進行其他三部小說時，他都無法走入這種狀態之中，彷彿就是進不去。這次，他覺得可以。他的軀體也許坐在緬因州樹林不假裝飾的木屋裡，但他的其他部位則在懷俄明州的苦河鎮，瘸腿的警長帶領三名嚇壞的副警長，正面保護一名年輕人，這位年輕人當著至少四十個人的面，冷血殺害另一位更年輕的女性。保護他不受憤怒鎮民的傷害，這只是執法人員一部分的工作，另一部分則是送他抵達郡都，讓他接受審判（懷俄明州在一八八〇年間有郡都嗎？他晚點會查一查）。德魯不曉得普雷史克特老人家去哪找來這麼多持槍暴徒，阻止移轉進行，但他確定他最終會想通。

事情最終都會塵埃落定。

他在加德納併入九十五號州際公路。這輛 Suburban 休旅車已經跑了二十萬公里的里程數，他開到時速九十五的時候，車身有點晃動，他加速到一百一，晃動消失，這老姑娘跑起來非常順暢。眼前還有四小時的路程，最後一小時前往非建制地區的路非常狹窄，當地人稱其為茅坑路。

他期待開到那裡，但他更期待打開他的筆記型電腦，連上他小小的惠普印表機，創造出他所謂的《苦河鎮一》。這一次，想到閃爍游標底下的白色空白裂口沒有讓他感覺到希望與恐懼混合在一起。經過奧古斯塔鎮界的時候，他只感覺到迫不及待。這次會順順利利，不只順利，這次一切都會水到渠成。

他打開收音機，開始跟著何許人合唱團（The Who）哼唱起來。

6

這天下午，德魯將車停進TR-90非建制地區唯一的店家門口，這是一間屋頂凹陷、破破舊舊的店，叫做「大九十雜貨店」（彷彿天底下會有一家小九十雜貨店一樣）。他替休旅車加油，油箱已經快見底，老舊生鏽的手轉加油槍旁有個告示牌，上頭寫著「只收現金」、「只接熟客」，還有「加油不付錢將面臨法律制裁」，最後是「天佑美國」。這裡的汽油是一加侖三點九美金，在北方國度，花高級汽油的錢，只能加到普通汽油。德魯在商店的門廊稍作停留，拿起公用電話那沾滿蟲屍的話筒，這部電話從他小時候就在了，他敢發誓，旁邊的那句話也是一直沒變，現在字跡都模糊看不清楚了，寫著：對方接通後再繼續投幣。德魯聽到電話的嘟嘟聲，點點頭，然後將電話掛回生鏽的基座上，走進店裡。

「哎呦，哎呦，還能用啦。」看起來像《侏羅紀公園》裡跑出來的難民坐在櫃檯後方。「神奇吧？」他雙眼泛紅，德魯在想他是不是大麻抽多了。然後老傢伙從後方口袋抽出一條上頭有結塊鼻涕的大方巾，對著方巾打起噴嚏。「該死的過敏，每年秋天都來。」

「麥可．迪威，是嗎？」德魯問。

「不，麥可是我爸，他二月時過世了，活到九十七歲，但最後十年，他根本搞不清楚自己在幹嘛。我是羅伊。」他把手伸過櫃檯。德魯不想握手，這是剛剛拿鼻涕手帕的手，但他的家教把他教得很有禮貌，所以他還是稍微握了一下。

迪威把眼鏡拉到尖尖的鼻子底部，仔細端詳德魯。「我知道我跟老爹長得很像，真是倒楣，但你跟你老爸也長得很像。你是巴茲．拉森的兒子，對吧？不是瑞奇，另一個。」

「對，瑞奇現在住在馬里蘭州。我是德魯。」

「對，沒錯。跟太太，還有兩個孩子來過，但有陣子了。你是老師，對吧？」

「對。」他將二十元紙鈔交給迪威。迪威將錢放進收銀機，將六張軟爛的一塊錢紙鈔找給他。

「我聽說巴茲過世了。」

「對，我媽也走了。」少了一個要回答的問題。

「真是遺憾。你這時候上來幹嘛？」

「我目前正在放給薪假，想說可以寫點東西。」

「噢，是喔？在巴茲的木屋寫？」

「如果這條路還上得去的話。」他這麼說只是希望自己聽起來不像平地人。就算這條路路況很糟，他還是會想辦法把休旅車開上去。他都跑了這麼遠，不會因此掉頭。

迪威停頓了一下，把痰嚥回去，然後說：「哎啊，他們叫那條路茅坑路可不是叫假的，你知道，春天冰雪融化逕流的時候沖壞了一、兩根排水的涵管，但你有四輪驅動車，應該沒問題啦。當然，你知道老比爾過世了。」

「對，他兒子有寄卡片通知我。我們沒辦法趕來參加葬禮。是心臟出問題嗎？」

「腦子，還打了一枚子彈進去。」羅伊．迪威用很得意的口吻說。「他得了阿茲海默症，懂嗎？警察在他的車子置物櫃裡找到一本筆記本，上頭寫滿各種東西，地址啦，電話號碼啦，他老婆的名字啦，甚至還有他家那條狗的名字。就是記不起來，懂嗎？」

「老天。」德魯說。「真是太可怕了。」的確如此。比爾．柯森是個好人，講話輕聲細語，頭髮總是梳得好好的，衣服紮得整整齊齊，還散發著歐仕派體香劑的味道。當什麼東西需要修理的時候，他總會態度謹慎地通知德魯他爸（後來也通知德魯），以及修理需要多少錢。

「哎呦，哎呦，如果你不知道的話，我猜你應該不曉得他是在你家木屋院子動的手吧？」

德魯愣住。「你在開玩笑嗎？」

「這種玩笑……」大方巾出現，整個看起來濕答答的。迪威把噴嚏打在方巾裡。「……不能亂開。沒錯，先生。他把皮卡車停好，將他的 .30-30 步槍槍口抵在下巴，然後扣下扳機。子彈整個穿過去，打破了車尾的窗戶。葛雷斯員警就站在你現在的位置，跟我說這件事。」

「老天。」德魯說，在他腦袋裡，狀況不一樣了。安迪．普雷史克特（那個沒出息的兒子）不是用槍抵著舞池女孩的太陽穴，而是用槍抵著她的下巴……當他扣動扳機時，子彈會從她後腦噴出，打碎吧檯後方的鏡子。將老比爾的血腥死亡故事寫進他的書裡無疑是很方便，甚至可以說是「剽竊」了，但他也不會因此罷休。這種死法太好了。

「就是很糟。」迪威說。他想用哀傷的口氣說話，甚至帶有一點哲思意味，但他的聲音裡閃爍著激動。德魯心想：這位老兄也知道其中有「太好了」的元素。「但你知道，他到死前最後一刻還是老比爾。」

「什麼意思？」

「意思就是，他在車上搞得一團亂，但沒弄亂巴茲的房子。他不會幹那種事，至少他腦子還正常的時候，他不會破壞房子。」他打住話語，又打起噴嚏，連忙拿起方巾，但這次來不及接住他的噴嚏。這是很大很濕的噴嚏。「他還是『照顧』著那個地方，懂了嗎？」

7

「大九十雜貨店」之後再走八公里就沒有瀝青柏油路了，接著是八公里的噴油硬質地[18]，德魯來到一個岔路。他往左走，行駛在粗糙的礫石上，休旅車底盤發出各種聲響。這就是「茅坑路」，就他目前看來，這條路跟他小時候一樣，完全沒有改變。他兩度必須讓車速放慢到時速五公里之下，才能讓休旅車搖搖晃晃地開過沖蝕地段，這裡肯定就是春天逕流時遭到阻塞的涵管。他還兩度必須停車，下車，將倒地的樹木從路面移開，所幸都是樺樹，很輕。其中一根樹幹擦傷了他的雙手。

他抵達庫倫營地，目前已經荒廢、釘上木板，車道還用鐵鍊圍起來，然後他數起電線桿，他跟瑞奇小時候就這樣數著玩。幾根柱子醉醺醺地東倒西歪，但從庫倫營地到雜草叢生的車道（也有鐵鍊擋在門口）之間還是有六十六根電線桿，車道門口是兒女還小的時候，露西做的牌子，上頭寫著：拉森之家。過了車道，他曉得後面還有十七根柱子，最後一根就在阿傑貝姆湖岸邊的法立頓營地。

在法立頓營地之後是一大片沒有電力的野林，距離加拿大邊界至少一百六十公里。他跟瑞奇有時就會跑到那裡去看他們所謂的「末端之柱」，這根柱子對他們就是很有吸引力。柱子之後就沒有任何光線能夠抵禦夜晚的黑暗了。德魯有次帶史黛西與布蘭登去看「末端之柱」，老爸也沒錯過兩個孩子用眼神互相交流的「有啥了不起」神情。他們以為電力永遠都有，更別說無線網路了。

他下了車，解開鎖鍊，他得用力轉動鑰匙，才打得開鐵鍊的鎖頭。他剛剛在店裡該買罐三合

18. 據說在沒有鋪柏油的泥巴路上噴油可以防止汽車行駛時揚起飛塵。

一鎖頭潤滑噴霧的，但誰能想得這麼周到呢？

車道差不多有四百公尺長，一路上兩旁的樹枝一直擦過車身與車頂。上方有兩條電線，一條是電力供給，一條是電話線。他記得小時候這兩條電線固定得直挺挺的，但現在卻軟弱無力地連接斜對角道路上的北緬因州電力公司纜線。

他抵達木屋，看起來荒涼無比，遭人遺忘。少了比爾．柯森修繕，綠色的油漆斑斑駁駁，鍍鋅的不鏽鋼屋頂上積了許多冷杉針葉與落葉，屋頂上的圓盤衛星（盤子的部分也有許多樹葉與針葉）在這樹林裡看起來就像個笑話。他懷疑露露是不是每個月繼續付電話費跟衛星的錢。如果是的話，這錢根本是丟水溝裡去了，因為他覺得衛星已經壞了。他也懷疑DirecTV直播衛星會不會把支票寄回來，加上一張字條，說：哎呀，費用退回，因為你的衛星本就是個錯誤。門廊飽受風霜摧殘，但看起來還夠堅固（但不是理所當然應該堅固）。他在門廊下看到應該是一、兩考得的木材，用褪色的綠色防水油布蓋著，也許是老比爾最後送來的一批柴火。

他下了車，站在車頭，用手壓在溫熱的引擎蓋上。不知何處的烏鴉叫了起來，遠處另一隻烏鴉回應起這叫聲。除了高飛溪潺潺流向大湖的水聲外，就只有這兩聲烏鴉啞叫的聲音。

德魯在想，他停車的位置是否就是比爾．柯森停好他的四輪驅動車、轟了自己腦袋的地方。是不是有一個思想流派，大概可以回溯到中世紀的英國，認為自殺的鬼魂會被迫留在他們結束性命的地方？

他開始朝木屋前進，告訴自己（責備自己）他已經不再是聽營火故事的年紀了，此時，他聽到有東西朝他前來的笨重聲響。從層層疊疊松樹之後走到小溪與木屋空地的不是鬼魂或喪屍，而是腿長到誇張、走起路來還搖搖晃晃的年幼駝鹿（moose）。牠一路走到木屋旁邊的儲物小棚屋，看到有個人站在那裡，然後停下腳步。他們互看，德魯覺得無論老少，駝鹿都是全天下最醜、最不可能存在的生物，而小駝鹿在想什麼？鬼才知道。

「兄弟，我不會造成任何傷害。」德魯溫柔地說，小駝鹿則扭扭耳朵。

現在傳來更巨大更笨重的聲響，小傢伙的媽媽推推擠擠穿過樹林。樹枝掉在牠脖子上，牠將其甩掉。牠低著頭，望著德魯，蹄子在地上踏步。牠的耳朵向後豎起，平貼著頭部。

德魯心想：**這代表牠要衝過來了。牠似乎覺得我威脅到了牠的寶寶，決定要衝撞我。**

他考慮要不要跑向車子，但也許距離太遠（大概真的太遠）。還有奔跑，就算是逃離，都可能會逼得媽媽衝過來。於是他就站在原地，想要對這三十公尺外、五百公斤重的生物散發出安撫的念頭。**這位媽媽，這裡沒什麼好擔心的，我人畜無害。**

牠也許考慮了十五秒，低下頭，一個蹄子在地上踏啊踏的，感覺更久。然後牠朝幼崽走去（目光持續緊盯不速之客），擋在孩子跟德魯之間。牠又看了他好一會兒，似乎是在思考下一步。德魯一動也不動站在原地。他嚇死了，但也非常欣喜，超怪的。他心想：**如果牠從這個距離衝撞我，我要麼就是會死在這裡，或重傷，最後還是會死掉。如果牠不撞我，我就可以在這裡寫下了不起的小說。**了不起。

就算在這一刻，他也曉得這樣的想法非常不對等，他的生命受到威脅（他彷彿是個孩子，相信只要某片雲擋住太陽，他就能在生日收到腳踏車一樣），但同時，他覺得就是如此。

駝鹿媽媽忽然甩甩頭，後退撞到幼崽。小傢伙發出類似綿羊的叫聲，一點也不像成年雄駝鹿沙啞的嘶吼，然後朝樹林走去。媽媽跟了過去，最後還不忘對著德魯來個白眼，彷彿是在說：**跟過來，你就死定了。**

德魯喘了口大氣，他甚至沒注意到自己屏住了呼吸（這懸疑小說的老套描寫居然是真的），然後朝著門廊走去，握著鑰匙的手還有點顫抖。他已經告訴自己，他沒有任何危險，真的，因為如果你不去惹駝鹿（就算是保護幼崽的駝鹿媽媽），駝鹿也不會惹你。

再說，事情也許會更糟呢，可能遇上的是熊呢。

8

他進屋，以為會看到一團亂，但木屋內部整整齊齊。這當然是老比爾的功勞，也許在他自殺的那天，他還整理了這間房子最後一次。艾姬．拉森的老地毯擺在空間的中央，邊角磨損，但除此之外還很完整。磚牆上是護林員牌的燒柴爐，等著添加柴火，爐子的雲母玻璃窗口擦得跟地板一樣乾淨。左邊是基本的廚房，右邊則是橡木餐桌，在桌邊可以俯瞰樹林地勢愈來愈低，直到溪邊。房間盡頭是一張中間凹陷的沙發、兩張椅子，還有德魯考慮該不該點燃的壁爐。鬼才曉得煙囪裡積了多少燒柴火之後留下的雜酚油，更別說小動物，什麼老鼠、松鼠、蝙蝠的。

煮飯的爐子是英國品牌「熱點」爐，大概在環繞地球的衛星只有月亮的年代，這爐子還很新吧。爐子旁邊跟屍體一樣杵著打開的是沒插電的冰箱。裡頭只有一盒孤零零的小蘇打粉。客廳裡的電視擺在可以推動的架子上。他想起一家四口一起坐在電視機前面看《外科醫生》（*M*A*S*H*），一邊吃電視餐的景象。

木板階梯一路沿著木屋西側的牆壁往上。上頭類似一道走廊，有一列列的書架，主要擺些平裝本書籍，露西說這裡很適合雨天營地閱讀。走廊盡頭各有一間臥房。德魯跟露西睡一間，兩個孩子睡另一間。他們之所以不再來小屋，是因為史黛西開始抱怨她需要隱私了嗎？是這原因嗎？還是他們只是忙著參加夏令營？德魯不記得了。他只是很高興自己在這，很高興租客沒有偷走他母親的破舊地毯……只是他們為什麼要帶走呢？地毯曾經非常漂亮舒適，但現在適合踩上去的只有穿著沾染樹林泥巴的鞋子，或涉溪後滴著水的光腳。

「我可以在這裡寫作。」德魯說。「對。」他自己的聲音讓他嚇了一跳，他猜他還處在與駝鹿媽媽大眼瞪小眼的緊繃狀態裡，接著，他大笑起來。

他不需要檢查電力，因為他看到老爸答錄機的小紅燈還在那閃啊閃的，但他還是打開了固定在天花板上的燈，因為午後天光已經開始昏暗了。他走到答錄機旁，按下「播放」。

「德魯，我是露西。」她的聲音聽起來有點微弱，彷彿是從海底兩萬里打來的一樣，德魯想起這台老舊答錄機基本上還用錄音帶呢，能使用已經夠神奇了。「現在是十點零三分，我有點擔心。你到了嗎？到了就打電話給我。」

德魯覺得很有意思，但也覺得煩。他大老遠跑到這裡就是要遠離讓他分心的事物，他最不需要的就是露西在接下來三個禮拜查勤查不停。不過呢，他猜她還是有恰當的理由擔心。他可能在路上出什麼意外，或是車子在「茅坑路」上拋錨。她當然不是擔心他會因為一本甚至還沒開工的書崩潰。

說到這個，他想起強納森．法蘭岑（Jonathan Franzen）五、六年前來英文系演講，當時座無虛席，主題是小說的藝術與工藝。他說撰寫小說的經驗高峰應該在還沒動筆之前，這個時候一切都還在作者的想像之中。「就算是你腦海中最清楚的部分，在轉譯過程中也會有所耗損。」法蘭岑是這麼說的，德魯想起當時覺得這話講得很自我中心，這位先生以為他的經驗可以套用在每一個人身上嗎？

德魯拿起電話（話筒是老舊啞鈴的形狀，黑色的，拿起來沉甸甸的），聽到大聲的撥號音，然後撥打露西的手機。「我到了。」他說。「非常順利。」

「噢。太好了。路況如何？屋子如何？」

他們聊了一下，然後他跟史黛西講電話，她剛好放學回家，堅持要接過手機。露西回來後，提醒他要記得重錄答錄機的訊息，因為舊的讓她覺得毛毛的。

「我只能承諾我會試試看。這玩意兒大概在七〇年代是先進產品，但那已經是半世紀以前的事啦。」

「你盡量。有看到什麼野生動物嗎？」

他想到駝鹿媽媽，低著頭，思考該不該衝過來踩死他。

「幾隻烏鴉，差不多就這樣。嘿，露露，我想在天黑之前把東西搬進來。晚點再打給妳。」

「差不多七點半很適合。你可以跟布蘭登講話，他那時就到家了。他在藍迪家吃晚餐。」

「遵命。」

「還有什麼要報告的嗎？」她的語氣裡是不是帶著一絲擔憂？也許這只是他的想像？

「沒，西線無戰事。愛妳，蜜糖。」

「我也愛你。」

他把長相滑稽的話筒掛回去，對著空蕩蕩的屋子說：「噢，等等，親親寶貝，還有一件事，老比爾在咱們屋子前院轟掉了他的腦袋。」

他自己的歡笑聲也讓他嚇了一跳。

9

等到他把行李跟物資都搬進來的時候，已經過了六點，他肚子好餓。他試了試廚房水龍頭，水管先是發出怪聲，噗噗噗的，然後斷斷續續噴出髒水，最後終於穩定流出冰涼清澈的水來。他用鍋子裝水，打開「熱點」爐（大大的爐子發出低低的嗡嗡聲，讓他憶起之前在此用餐的時光），等著水開，這樣才可以加入義大利麵條。還有麵醬，露西在他的物資箱裡頭放了一罐番茄肉醬，不然他肯定會忘記帶。

他考慮要不要加入罐頭豌豆，決定作罷。他在營地，就走露營路線。不過沒有酒，他沒帶，也沒在「大九十」補給。如果一切如他預期，進行順利，他下次去商店的時候就會帶一整架三十瓶百威啤酒回來，做為獎勵。他想到也許可以買點沙拉食材，但他覺得說到儲存蔬菜，羅伊．迪威只堆了許多爆米花與熱狗醬料在店裡，然後說這就算沙拉了。也許來瓶味道古怪的德國酸菜吧。

等水開跟麵醬煮滾的時候，德魯打開電視，期待只會看到沙沙雪花。結果他看到藍色畫面，及一條訊息，說明「DIRECTV連線中」。對此他有點懷疑，但還是讓電視盡它的責任。假設電視真的能收到什麼訊號啦。

他正在低矮的櫃子裡翻找時，屋子裡傳來萊斯特．霍特的聲音，著實嚇了他一跳，他慘叫一聲，不小心扔掉剛剛找到的濾勺。他回頭時，看到NBC新聞台的夜間新聞，畫面清楚得不得了。萊斯特正在報導川普最新的胡言亂語，他將畫面轉給記者查克．陶德，進一步解釋各種難登大雅之堂的細節，此時，德魯抓起遙控器，關掉機器。知道電視可以看，很棒，但他可不打算讓腦袋裡充滿什麼川普、恐怖主義或稅收這些沒用的東西。

他煮了一整盒的麵條，幾乎全部吃光光。在他腦海裡，露西會搖著不滿的手指，（再次）提起他中年的「橫向發展」。德魯會提醒她，他今天沒吃午餐。他洗了幾個少少的餐具，想到駝鹿媽媽與自殺。這兩者在苦河鎮能有一席之地嗎？駝鹿媽大概沒有，自殺也許可行。

他猜法蘭岑也許說得對，小說真正動筆之前的時光，那是一段美好的時光，因為你的所見、所聞都是可以用的好東西，一切都充滿了可塑性。心智可以建造出一座城市，重新翻修，然後剷平，同一時間你可能在沖澡、刮鬍子或尿尿。只是，一旦開始動筆，一切就不一樣了。你筆下的每一個場景，你寫下的每一個字，都愈來愈局限你的選項。最後，你就跟牛一樣，沿著窄窄的滑槽前進，沒有出口，一路朝著——

「不，不，完全不是那麼回事。」他說，再次被自己的聲音嚇到。「根本不是那樣。」

10

深山野林裡，黑暗來得很快。德魯到處走，打開檯燈與立燈（總共有四盞，每一盞的燈罩都比上一盞髒），然後去對付答錄機。他聽了過世父親的訊息兩次，就他印象裡，這位老爸從來沒有說過一句難聽的話，或對著兒子動手動腳（難聽的話跟動手動腳是老媽負責的）。刪掉感覺不太對，但因為老爸抽屜裡沒有額外的答錄機卡帶，而露西提出的「解雇通知」讓他別無選擇。他的錄音簡潔明瞭：「我是德魯，請留言。」

任務完成，他穿上輕薄夾克，走到外頭，坐上階梯，仰望星辰。只要遠離光害（即使只是法茅斯這種相對來說規模不大的鎮），都能看到許多星星，這點總是讓他驚豔。上帝有一罈子的亮光，溢流範圍之外就是永恆。這種延展現實背後的謎根本沒有東西可以比擬。微風輕拂，松林哀嘆，德魯忽然覺得孤單渺小。他打起冷顫，回到室內，決定生個小火試試看，只是要確定屋內不會因此充滿黑煙。

壁爐兩邊各有一個條板箱。其中一個裡頭擺著火種，大概是老比爾在儲放門廊下最後一批木頭時順便帶來的。另一個箱子裡則是玩具。

德魯單膝下跪，翻起內容物。一個 Wham-O 飛盤，他依稀還記得，他、露西與兩個孩子在前面院子玩四人飛盤，每次有人把飛盤扔進矮樹林裡，必須去撿的時候，大家就會笑成一團。一個橡皮人阿姆斯壯的娃娃，他確定這是布蘭登的，還有他覺得原本屬於史黛西的芭比娃娃（上半身裸露，非常低俗）。其他的東西呢……他要麼不記得，要麼根本沒看過。只有一隻眼睛的泰迪熊，一盒UNO紙牌，散落的棒球卡，名為「扔豬仔」（Pass the Pigs）的桌上遊戲。一個陀螺，上面有一圈戴著棒球手套的猴子裝飾，他扭起陀螺，陀螺則在地上東倒西歪地轉起來，還發出口哨吹的〈帶我去看棒球賽〉（Take Me Out to the Ball Game）。他不太喜歡最後這項玩具。陀螺轉動時，猴子上下揮舞牠們的手套，彷彿是在求救，且當樂曲逐漸變弱時，聽起來有點可怕。

他望向手錶，正要伸手進箱子底部，結果看到已經八點十五分了，他連忙打電話給露西。他因為遲到而道歉，他說他因為一箱玩具而分心。「我想我認得布蘭登的橡皮人阿姆斯壯——」

露西哀號一聲。「噢，老天。我以前好討厭那玩意兒，聞起來超怪的。」

「這我記得，還有別的我發誓我從來沒看過的東西，扔豬仔？」

「扔什麼？」她大笑起來。

「這是小朋友的遊戲。還有一個陀螺，上頭有猴子？會唱〈帶我去看棒球賽〉。」

「沒印象……噢，等等。三、四年前我們把屋子租給皮爾森一家，記得嗎？」

「依稀彷彿好像。」他完全沒印象。如果那是三年前的時候，那他大概還在埋頭在《陵上之村》裡，更像是無法脫身，遭到束縛，遭到封口，文學的施虐與受虐關係。

「他們有個小男孩，六、七歲吧，某些玩具肯定是他的。」

「他不想念這些東西真讓人意外。」德魯說。他望向泰迪熊，斑斑駁駁的樣子看起來像有人一直熱情抱著。

「想跟布蘭登講話嗎？他到家了。」

「當然。」

「嗨，爸！」布蘭登說。「書寫完沒？」

「很好笑，明天才開工。」

「上面怎麼樣？都還好嗎？」

德魯轉頭張望。大大的一樓空間在天花板燈與檯燈的光線下，看起來相當舒適，就連可怕的黑影感覺起來也還好。如果柴火爐的煙管沒有塞住，那一點小火就能搞定稍微的涼意。

「好啊。」他說。「都很好。」

的確如此，他覺得安全。他也覺得自己身懷六甲，準備生產。對於明天要開始的新書，他只有期待，沒有恐懼。文字會湧動而出，他很確定。

柴火爐很好，通風管是通的，可以把煙抽走。隨著他小小的星火燒成灰燼，他在主臥室整理好床鋪（真是笑話，這房間小到轉身都有問題，還主臥室咧），床單跟毯子聞起來只有一點點陳舊的味道。十點鐘，他躺上床，抬頭望著一片黑暗，聽著風對著屋簷吹嘯的聲音。他想到老比爾在院子裡自殺，但只有短短一下下，他並不覺得恐懼或害怕。當他想到這位老管家生命的盡頭時（圓形金屬管子抵在下巴上，還有最後看到的景象、心跳與思緒），就跟他抬頭看著銀河複雜也誇張的鋪展星斗一樣。現實很深刻，現實遼闊無邊，現實乘載了許許多多的秘密，且永遠如此。

11

隔天一早他就醒了，吃了早餐，打電話給露西。她正忙著趕孩子出門上學，一邊責備史黛西沒寫完功課，一邊告訴布蘭登他把背包扔在客廳，於是這場對話只能草草結束。說完再見，德魯穿上外套，走去小溪邊。遠處的樹不知何時遭到砍伐，打開了別致的景觀，波濤起伏的樹林一路延伸到遠方。天空一直是深藍色的。他站在溪邊差不多有十分鐘，享受著周遭世界低調的美，順便清空腦袋，讓腦袋準備妥當。

他每個學期都會教「英美近代文學」，但因為他是出版過的作家（作品刊登在《紐約客》呢），他主要教的課程是創意寫作。每堂課與每堂研討會，他的開頭都是創造的過程。他告訴他的學生，如同每個人上床睡覺前的某些例行儀式一樣，準備每天寫作工作的儀式也同樣重要。如同催眠師讓個案進入出神狀態前，需要經過的一連串動作一樣。

「有人將寫詩、寫小說跟做夢相比。」他告訴他的學生。「但我覺得這麼說不太正確。我覺得寫作更像催眠，你在準備過程中進行越多儀式，你就越容易進入狀態。」

他實踐他的教誨。回到小屋後，他泡起咖啡。他早上的時候會喝兩杯又香又濃的黑咖啡。等待咖啡泡好的當兒，他會吞維生素，然後刷牙。先前的租客將他爸的老書桌推到樓梯下方的狹窄空間，德魯決定讓桌子留在這。在這工作也許很怪，但這裡怪得很舒適，可以說是跟子宮一樣。他在家裡書房的最後一個儀式是在開工前，將桌上的紙張統統收放整齊，空出印表機左邊的空位擺放新寫好的內容，但這張桌子上沒有東西需要整理。

他打開筆記型電腦，建立新的空白文件。他覺得接下來的動作也算是儀式的一部分，也就是替文件命名（《苦河鎮一》），替文件設定格式，挑選一個字體。寫《陵上之村》的時候，他用的是Book Antiqua，但他完全不想用同樣的字體寫《苦河鎮》，感覺不太吉利。想到也許會停電，他必須使用攜帶型打字機，他便選了「美國打字機」字體。

一切都安排妥當了嗎？不，還有一件事，他打開「自動儲存」。就算停電，他其實不太可能失去檔案，因為筆電還有滿滿的電力，但謹慎總比後悔強。

咖啡泡好了，他倒了一杯，坐了下來。

你真的想寫這本小說嗎？你真的打算寫這部小說嗎？

這兩個問題的答案都是肯定的，所以他將閃爍的游標置中，輸入：

第一章

他按下Enter，挺直身子坐了好一會兒。他猜幾百公里外的露西也坐在自己開機的筆電前面，旁邊也有一杯咖啡，電腦裡有她近期各種會計客戶的紀錄。沒多久，她也會進入屬於她的催眠出神狀態，只不過她是進入數字的國度，不是文字，但她此時此刻心裡掛記的都是他。這點他非常確定。掛記著他，希望，也許甚至還祈禱，他不會……艾爾·史坦普是怎麼說的？……鬧出大亂子。

「不可能出事。」他說。「就跟聽寫一樣。」

他又望著閃爍的游標好一會，然後開始輸入：

女孩放聲尖叫時，聲音尖銳到足以震破玻璃，赫克沒有繼續演奏鋼琴，反而轉過頭去。

之後，德魯就迷失了。

12

他從一開始，就安排中午過後才去教課，因為當他寫小說的時候，他喜歡一大早八點就動筆。他總逼自己寫到十一點，但他經常發現自己會一路掙扎到十點半。他時不時想起一則詹姆斯·喬伊斯（James Joyce）的軼事（大概是假的）。朋友來喬伊斯家，發現這位知名作家坐在書桌前，頭埋在臂彎中，這是如此悲慘絕望的場景。這位朋友問起出了什麼事，喬伊斯告訴對方，他整個早上只寫出七個字。「啊，但詹姆斯，你這樣已經很棒了。」朋友如是說。對此，喬伊斯回答：「也許吧，但我不曉得這七個字的順序該怎麼排！」

無論到底是不是假的，德魯完全可以理解這則故事。在寫作過程最後最折磨人的半小時裡，他就是這種感覺。此時，害怕失去文字的恐懼就會爬上心頭。當然啦，在《陵上之村》最後的一個月左右時間裡，他每分每秒都是這種心情。

今天早上，這些狗屁都沒上演。他腦袋裡有一扇門，打開就能直通那間充滿菸氣、煤油氣味的酒吧——「水牛頭酒館」，而他已經走了進去。他看到每一個細節，聽見每一句對話。他就在現場，透過琴師赫克米爾．貝拉斯柯的雙眼看到一切，姓普雷史克特的孩子將他的點四五手槍（握柄上還有華麗的珍珠裝飾）抵在年輕的舞女下巴，開始大聲訓斥她。當安迪．普雷史克特扣動扳機時，演奏手風琴的樂手遮住雙眼，但赫克米爾的眼睛睜得老大，德魯統統看得清清楚楚：忽然噴發的頭髮與鮮血，一瓶陳年「花花公子」被子彈打得粉碎，這瓶威士忌後方的鏡子也因此破裂。

德魯這輩子從來沒有這種寫作經驗，當飢餓的痛楚終於將他從出神狀態拉回來的時候（他早餐只吃了一碗桂格燕麥粥），他望向筆電的顯示列，發現已經快下午兩點了。他背痛，他眼痠，但他興高采烈，跟喝醉差不多。他把稿子印出來（十八頁，真他媽了不起），但把紙張留在出紙口。他今晚會用筆重新修改，這也是他的儀式之一，但他已經知道要改的不多。偶爾漏掉的一、兩個字，時不時出現的意外重複，也許是力道太強或完全不夠力的明喻。不然頁面應該還是非常乾淨，這他很清楚。

「就跟聽寫一樣。」他咕噥著說，然後起身弄三明治吃。

13

接下來三天他都陷入發條裝置般的例行儀式之中。他彷彿在這間木屋工作了一輩子一樣，總之就是創作的部分。他差不多從七點半寫到兩點，吃東西，睡個午覺或沿著小路散步，一邊走，一邊數電線桿。傍晚，他會在柴爐上生火，在熱點爐上加熱罐頭食物，然後打電話回家跟露西還有孩子聊聊。掛掉電話後，他會編輯他的稿子，然後從樓上書櫃挑一本平裝本書籍出來閱讀。上床前，他會用水澆熄柴爐，去外頭凝視夜空。

故事流暢前進。印表機旁邊的紙張愈堆愈高。他泡咖啡、吞維生素、刷牙的時候毫無恐懼，只有期待。他一坐下來，文字就自動浮現。他覺得每一天都是聖誕節，有新的禮物可以拆。到了第三天，他幾乎沒有注意到自己噴嚏打不停，或是喉嚨開始有點啞啞的。

「你都吃些什麼？」晚上他打電話回家時，露西問起。「先生，老實點。」

「主要是我買的東西，但——」

「德魯！」聲音拖得老長，聽起來像「嘟——嚕——」

「但我明天會去買些新鮮的東西，完成工作就去買。」

「很好，去聖克里斯多福的市場，那邊沒什麼，但比路上那間破爛小店強多了。」

「好啊。」他說，但他根本不想大老遠跑去聖克里斯多福，來回要一百五十公里，等到他回來，天都黑了。在他掛掉電話之後，他才發現自己對太太說謊了。他上一次對她撒謊是寫《陵上之村》的最後幾週，也就是開始出亂子的時候。那時他會坐在眼前這同一台筆記型電腦前面長達十分鐘，躊躇「一林柳樹」或「一片樹林」之類的句子。兩者似乎都對，卻也不太對。蜷在電腦前面，汗流浹背，壓抑住想要用額頭撞擊螢幕的慾望，希望撞一撞就能撞出正確的字眼來。而當露西問他寫得如何時（加上那個「我很擔心」的皺眉神情），他就會說出同樣的答案，簡簡單單的「很好啊」。

寬衣上床，他告訴自己那不重要。如果他撒謊，那也是善意的謊言，只是一個在爭執產生前就先跳過去的裝置。世界上的夫妻動不動就講這種謊，這樣婚姻關係才能維持下去。

他躺下，關掉小燈，打了兩個噴嚏，然後睡覺。

14

德魯的第四個工作天，起床時，鼻塞，喉嚨有點痛，但他覺得沒有發燒。感冒他還是可以工作，這在他的教書生涯已經發生多次，事實上，他很自豪自己能夠咬牙撐過去，如果是露西，她一打噴嚏就會用面紙跟奈奎爾感冒糖漿築起一個安樂窩。德魯從沒為此念過他，但他媽對這種行為有她特別的字眼（「一團爛泥」），而這字眼經常浮現他的腦海。在一年兩次或三次的感冒中，露西縱容自己可以偷懶，因為她是自由接案的會計，因此，她就是自己的老闆。在他的帶薪休假裡，他基本上也是自己的老闆……只不過，事實並非如此。《巴黎評論》上刊過，某個作家（他忘了是誰）說：「寫作時，書就是老闆。」這倒是真的。如果你放慢速度，故事就會逐漸褪色，如同起床後，夢境變得愈來愈模糊一樣。

早上，他就待在苦河鎮，但手邊多了一盒舒潔。結束今天的工作後（又是十八頁，真是讚到不行），他驚訝看到自己已經用了半盒面紙。「餛飩」累積在老爸老書桌旁邊的廢紙箱裡。這倒是光明的一面，當他在《陵上之村》掙扎的時候，桌子旁邊的廢紙箱裡堆的都是廢棄的文稿紙張，到底是「一林」還是「一片」比較好？是駝鹿還是熊？太陽是「刺眼」還是「亮眼」？苦河鎮完全沒有這些狗屁，他也愈來愈不想離開這個世界，但他必須離開。他只剩幾個鹹牛肉馬鈴薯泥及牛肉通心粉罐頭。牛奶喝完了，柳橙汁也是。他需要雞蛋、漢堡肉，也許再買一些雞肉，當然還要六份冷凍晚餐。而且他可以來點止咳喉糖跟奈奎爾感冒糖漿，露西最信賴的好朋友。這些東西大概都能在「大九十」買齊，如果沒有，那他就會勉為其難開去聖克里斯多福，兌現他向露西撒的善意謊言。

他開得很慢，在茅坑路全程顛簸，最後停在「大九十」門口。此時，他不只打噴嚏，也開始咳嗽，喉嚨狀況變得嚴重，一耳塞住了，他覺得說不定他也有點發燒。提醒自己在購物籃裡來罐萘普生或泰諾這種舒緩發燒的藥物，然後走進店裡。

羅伊·迪威不在櫃檯後面，取而代之的是一個瘦巴巴的女人，頭髮是紫色的，打了鼻環，下唇上有個看起來像金屬鉚釘的東西，嚼起泡泡糖。德魯的腦袋還因為今早的工作而亢奮（誰曉得呢，也許加上有點發燒的緣故吧），看到她回家是回底下墊著混凝土空心磚的拖車，還有兩、三個臉髒髒的孩子，頭髮一看就是家裡自己剪的，最小的是還在學走路的幼兒，穿著鬆垮垮的尿布，沾滿食物污漬的T恤上印著：媽咪的小怪獸。這是很糟糕的刻板印象，自以為高人一等到爆，但這不代表這不是真的。

德魯抓起購物籃。「你們有新鮮的肉或農產品嗎？」

「冷凍庫裡有漢堡排跟熱狗，也許有幾包豬排。我們有涼拌捲心菜。」

呃，他想這些東西的確算農產品。「那雞肉呢？」

「沒，但有蛋。也許可以從蛋裡孵出一、兩隻出來，你要把蛋放在溫暖的地方。」對這蠢話，她自己大笑起來，露出黃板牙。她嚼的根本不是口香糖，是菸草。

德魯最後裝了兩籃。沒有奈奎爾感冒糖漿，但有「金醫生的咳嗽風寒藥水」，還有退燒藥安力神膜衣錠跟古迪頭痛藥粉。他在瘋狂採購的東西上又擺了幾罐雞麵湯（他外婆說這是猶太人的盤尼西林）、一大罐人造奶油，跟兩條麵包，這是又軟又白的麵包，工業製造，但乞丐沒得挑。他看到在不遠的未來，他會喝湯吃烤起司三明治。對喉嚨痛的人來說已經很不錯了。

櫃檯小姐一一刷起條碼，一邊刷還一邊嚼嘴裡的東西。德魯津津有味地看著她唇上的鉚釘起伏。她打這玩意兒的時候，媽咪的小怪獸幾歲啊？十五個月？還是十一個月大？他告訴自己，這樣真的很自以為是，事實上還是個自以為是的大混蛋，但他受到過度刺激的大腦還是沿著聯想的道路不斷奔馳下去。歡迎沃爾瑪購物者[19]。靈感來自寶寶的幫寶適。我就愛男人有菸盒印[20]。每天都是時尚日記的新頁。將她關起來，送她回[21]——

「一百八十七。」她彈指讓他從思緒中回神。

「老天，真的？」

她微笑起來，露出他這輩子再也不想看到第二次的牙齒。「你想在這鳥不拉屎的鬼地方買東西……拉……拉森先生？」

「對，德魯．拉森。」

19. 這裡是在說沃爾瑪的消費族群千奇百怪，也有像櫃檯小姐這種刻板印象裡的美國社會底層單親媽媽。從後面的敘述看來，男主的腦子真的自由奔馳，胡思亂想。
20. 出自鄉村歌手葛瑞琴．威爾森（Gretchen Wilson）的〈菸盒印〉一曲。許多工人階級的男人會把金屬菸盒放在牛仔褲後方的口袋裡，久而久之褲子上就有一個褪白的圓形印子。
21. 「將她關起來，送她回老家」，這是川普在二〇一九年造勢活動上群眾高喊的話語，當時川普提到幾位民主黨的女性議員，認為她們不是美國人，應該回到自己的國家。

「你想在這鳥不拉屎的鬼地方買東西，拉森先生，你就要準備大把鈔票。」

「羅伊今天在哪？」

她翻起白眼。「老爸去聖克里斯多福的醫院了，得了流感，不肯看醫生，就愛逞英雄，結果變成肺炎。我妹替我帶孩子，這樣我才能來顧他的店，我就告訴你，她大姑娘很不爽。」

「我很遺憾事情演變成這樣。」事實上，他根本不在乎羅伊．迪威怎麼樣。他在乎，也正在想的是迪威那條鼻涕結塊的大方巾。以及，德魯他自己居然還握了那隻拿過方巾的手。

「你哪有我遺憾？我們明天會忙死了，因為週末有個風暴要進來。」她用兩根分開的手指比著他的購物籃。「我希望你能付現金，刷卡機壞了，老爸一直忘記去修。」

「我可以付現。什麼風暴？」

「北方風暴，他們說從盧普河來的，你知道，魁北克電臺說的。」她說的是「鬼」北克。「風雨會很大喔，明天下午就會進來。你待在茅坑，對吧？」

「對。」

「哎啊，如果你不希望接下來一整個月都困在這裡，你最好打包你買的東西，還有行李，速速回南邊囉。」

這態度德魯不陌生。在這個非建制地區，無論你是不是緬因人，只要你不是來自阿魯斯圖克郡，人家就會把你當成弱不禁風的平地人，分不清雲杉跟松樹的差別。而如果你住在奧古斯塔以南，那你很可能也只是另一個緬因州來的混蛋，哎啊啊。

「我想我會沒事的。」他拿出皮夾。「我住在海邊，我們見過很多東北風暴。」

她望著他的神情彷彿充滿憐憫。「拉森先生，我不是在說東北風暴，我說的是『北方風暴』，直直從北極圈殺進老加拿大過來的風暴。他們說氣溫會降到桌面以下，十八度慢走不送，三度歡迎光臨，可能會更冷。然後你就會看到冰霰以時速五十公里的速度水平噴飛。你會困在茅坑路，你無路可逃。」

「我會沒事的。」德魯說。「就跟——」他沒說下去，他本來要說「就跟聽寫一樣。」

「什麼？」

「沒事，就是沒事。」

「你最好期待沒事。」

15

回小屋路上，陽光非常刺眼，讓他開始頭痛，其他症狀也跟著發作。此時，他想起那條沾滿鼻涕的方巾，還有羅伊．迪威，想要逞英雄，最後卻進了醫院。

他望向後照鏡，短暫地望著他這雙水汪汪又爬滿血絲的眼睛。「我沒有得到他媽的流感，趕稿的時候不能生病。」好吧，但他到底為什麼要跟那個混蛋握手，他明明就知道那傢伙的手上爬滿細菌啊？這些細菌大到用不著顯微鏡都看得到？握手之後，他為什麼不跟人家借一下廁所，把手洗一洗呢？老天，他的小孩都知道要洗手，老爸他本人都是這樣教的。

「我才不會得到他媽的流感。」他再次重申，然後放下遮光板，讓太陽不要一直照到他的眼睛。不要一直刺他眼睛。

刺眼？還是亮眼？亮眼比較好？還是有點過頭了？

他開車回小屋一路上就在想這個。他把買回來的東西拿進屋，發現答錄機在閃，是露西，要他盡快回電。他忽然又有那種很煩的感覺，彷彿她又在他後面盯他，但他隨即發現也許這通電話與他無關。畢竟，地球不是繞著他旋轉。也許是孩子生病了，還是出了什麼意外。

他打電話回去，這是許久以來（自從《陵上之村》後），他們第一次吵架。這次吵架沒有他們剛結婚那幾年吵得那麼兇，當時孩子還小，口袋不太寬裕，吵的內容各有不同，但也夠糟了。她聽說了風暴來襲（當然囉，因為她就愛收看氣象頻道），她要他立刻打包回家。

德魯說，這是個爛主意，事實上，爛到爆了。他才剛養成良好的工作步調，寫出很棒的東西。一天打亂這節奏（最後可能會變成兩天，甚至三天），也許不至於危及整本書，但改變寫作環境可能會。他以為她會理解創作工程的微妙精細（至少為了他，體諒一下），畢竟，他們在一起這麼多年，但她似乎就是不明白。

「你不明白的是這場風暴會有多嚴重，你都沒看新聞嗎？」

「沒。」然後不知為何冒出來的謊言（大概只是想故意氣她）：「沒收訊，天線壞了。」

「好，風暴非常嚴重，特別是北邊接近邊界的非建制鎮區，怕你不知道，但就是你所在的位置。他們認為狂風會造成大規模停電──」

「所幸我帶了老爸的打──」

「德魯，你可不可以讓我講完？就這一次？」

他沒說話，他頭疼，他喉嚨痛。此時，他不是非常喜歡他老婆，愛她，當然，永遠愛她，但不喜歡她。他心想：現在她會說「謝謝你喔」。

「謝謝你喔。」她說。「我知道你帶了你父親的攜帶型打字機，但你得點蠟燭，吃冷的東西好幾天，可能要待上好一陣子。」

我可以用柴火爐加熱。這句話已經在他的舌尖了，但要是他再次打斷她，他們的爭執就會轉向，她會說他都不尊重她之類的，沒完沒了，真的沒完沒了。

「我猜你可以用柴火爐煮東西吃。」她說，現在語氣稍微比較理性一點。「但要是風跟他們說得一樣大，七級強風，颶風級強風，那樹會倒，你就困在那裡了。」

他心想：反正我的計畫就是待在這裡。不過，他這次也沒有回嘴。

「我知道你計畫在那邊待上兩、三個禮拜。」她說。「但樹木可能會砸破屋頂，電話線跟電線也會故障，你就孤立無援了！要是你出了什麼事怎麼辦？」

「我不會有事——」

「也許不會，但如果我們出了什麼事呢？」

「妳可以搞定一切。」他說。「要是我覺得妳不行，我也不會跑來這荒郊野外。而且妳姊也在，再說妳很清楚，氣象都會報得很誇張。他們會把十五公分的粉雪講得跟世紀暴雪一樣。一切都是為了收視率，這次也一樣，妳等著看。」

「感謝你的大男人說教喔。」露西的語氣很冷淡。

好啦，還是走到這一步啦，他一直不願踏進來的痛點。特別是當他的喉嚨、鼻竇、耳朵都隱隱作痛的時候，更別說他的頭。除非他很有技巧，不然他們就會一腳踩進「久有盛名」（應該說蒙羞已久）的「誰搞得清楚狀況」爭執之中。他們（不，她）從這個地方，可以延伸到家長制度社會引發的各種恐怖狀況，露西針對這個主題可以永無止境地發揮下去。

「德魯，你想知道我是怎麼想的嗎？我覺得當男人說出總是掛在嘴邊的『妳很清楚』的時候，他們的意思其實是『我很清楚，但妳蠢到搞不清楚，因此我必須來場大男人說教』。」

他嘆了口氣，但當這口氣讓他想咳嗽時，他強忍著。「是嗎？妳真的想吵到那裡去？」

「德魯……我們已經在那裡了。」

她的語氣充滿無奈，彷彿他是個蠢到無法理解簡單教訓的小鬼，這點讓他不滿。「好。露露，大男人這就繼續說教了。在我成年之後，我都一直想寫一本小說，我知道為什麼嗎？不知道，我只知道這是我生命裡失落的一部分。我必須寫，而我正在寫。這對我來說非常、非常、非常重要，妳這是要我冒險放棄。」

「寫小說有比我跟孩子重要嗎？」

「當然沒有，但我非得選擇嗎？」

「我想的確需要選擇，而你已經做出選擇了。」

他大笑起來，但笑聲變成咳嗽。「實在很胡鬧耶。」

她沒有跟著他的話語前進，反而追逐起另一個議題。「德魯，你沒事吧？不是感染了什麼毛病吧？」

他在腦袋裡聽到下唇打著鉚釘的瘦巴巴女人說：**就愛逞英雄，結果變成肺炎**。

「沒有。」他說。「只是過敏。」

「可以請你至少思考一下回家這個選項，你辦得到嗎？」

「可以。」又說謊，他已經想得很清楚了。

「今晚打電話回來，好嗎？跟孩子聊聊。」

「我可以也跟妳聊聊嗎？如果我保證不會來大男人說教那套？」

她大笑起來。哎啊，事實上比較像咯咯兩聲，但這是好跡象。「行。」

「露露，我愛妳。」

「我也愛你。」她說，而隨著她掛斷電話，他忽然有個想法（他猜英文老師都喜歡說這叫「頓悟」），那就是他們兩人對彼此的感覺可能還是一致的，對，她愛他，這他很確定，但在這個十月初的下午，她大概不是太喜歡他。

這點他也很肯定。

16

根據「金醫生的咳嗽風寒藥水」瓶身上的標籤看來，其中百分之二十六是酒精，但在吞下一大口之後，德魯雙眼泛淚，還咳個不停，因此，他猜測製造商的標示大概是故意少標。也許剛好低到不用擺在「大九十」的酒櫃上，旁邊是咖啡白蘭地、杏桃蒸餾酒，還有火球肉桂威士忌。不過，這「藥水」倒是洗刷了他的鼻竇，他傍晚跟布蘭登講電話的時候，兒子都沒注意到他有什麼異常。問他是否沒事的人是史黛西，他告訴她是過敏，露西接過電話後，他又重複了同樣的謊言。至少今晚不會再跟她吵架了，只有她非常冰冷的語氣，這語氣他認得，非常熟悉。

外頭倒也挺冷的，秋老虎似乎就要過去了。德魯忽然打起冷顫，他在柴火爐上生起好大一盆火。他坐在旁邊老爸的搖椅上，又喝了一大口「金醫生」，然後讀起約翰．D．麥克唐納的舊書。從前面的推薦美言看來，麥克唐納寫了六、七十本書。看來這裡的文字與措辭都非常恰當，到了晚年，他甚至得到更多重要的讚賞。運氣真好。

德魯讀了兩章，上床睡覺，希望早上醒來感冒能舒緩一點，也希望他不會因為感冒藥水而宿醉。他睡得很不安穩，一直做夢。隔天多數夢境都非常模糊，只有一個印象最深，他似乎站在兩旁都是門的無盡走道上。他確定其中一扇門可以逃離這裡，但他不確定該試哪扇門，在他能夠選門之前，他就醒來面對清冷的早晨，滿脹的膀胱，以及痠痛的關節。他前往走道盡頭的廁所，邊走邊咒罵羅伊．迪威與他那條沾著鼻涕的大方巾。

17

發燒沒退，但好像沒有燒得那麼厲害了，古迪頭痛藥粉跟金醫生的咳嗽風寒藥水也舒緩了他的其他症狀。工作相當順利，雖然只寫了十頁不是十八頁，但對他來說也很不錯了。的確，他時不時必須停下來尋找正確的字眼與措辭，但他將責任推到他現在全身都在發炎的緣故。而且這些字眼與措辭一下就出現了，接得天衣無縫。

故事的發展愈來愈好了，吉姆．艾弗瑞爾警長將兇手逮捕歸案，但持槍暴徒出現在意外的列車上，這是安迪．普雷史克特有錢老爸特別買通的列車，現在這些壞蛋正要圍攻小鎮。這本書跟《陵上之村》不同，本書的重點在於劇情，而不是角色與處境。一開始，德魯為此有點擔心，身為一位老師與讀者（這兩者不盡相同，但顯然是有血緣關係），他容易聚焦在主題、語言、象徵上，而不是故事本身，但一片一片線索似乎還是會拼入適合的位置，幾乎可以說是按照自己的方式拼接進去。最棒的是，在艾弗瑞爾與普雷史克特男孩之間似乎開始產生了某種連結，這讓他的故事引發了共鳴，就跟那輛午夜突襲的列車一樣令人意外。

他下午沒有去散步，反而打開電視，在 DirecTV 螢幕指南上搜索了好一番後，終於找到氣象頻道。換作是別的日子，在這鳥不拉屎的鬼地方還能收到這麼多電視畫面會讓他覺得很有意思，但今天不是這種日子。長時間坐在電腦前面已經搾乾了他，甚至可以說是挖空了他，他並沒有覺得活力充沛。他到底為什麼要跟迪威握手啦？人與人之間的禮貌，當然囉，還有體諒與理解，但他為什麼事後不洗手呢？

他心想：**這一切他都已經思考過了。**

對，然後這些思緒又爬上心頭，不斷折磨著他。這種折磨似乎又讓他想起上次嘗試寫小說的時候，在露西睡著之後，他躺在床上久久不能入眠，心裡不斷解構又重建他白天勉強擠出的幾個句子，不斷戳摳這些文字，直到見血。

夠了，那是過去，這是現在。給我看看那該死的氣象報告。

但這不是短短的氣象報告，氣象頻道才不會言簡意賅，這是他媽的唱起末日劫數的歌劇。德魯原本不能理解他老婆為什麼喜歡看氣象頻道，感覺這種頻道似乎聚集了各種氣象狂。彷彿是為了要強調這點一樣，氣象頻道現在也替規模不成颶風的風暴命名。店員警告過他的風暴，他老婆擔心的風暴，現在的名字叫作皮耶。德魯實在想不出更蠢的風暴名字了。風暴從加拿大薩斯喀徹溫省的東北方向直衝下來（這證實了鉚釘妞滿嘴屁話，這就是東北風暴），大約明天下午或傍晚就會抵達TR-90非建制地區。風速將持續在時速七十五公里左右，強烈時可颼到每小時一百零五公里。

「你也許以為聽起來沒那麼糟。」眼前的氣象狂如是說，這位年輕人的時尚落腮鬍邋遢到德魯看了眼睛都痛。邋遢先生是皮耶末日的大詩人，雖然講起話來沒有使上五步抑揚格（Iambic pentameter），但也相去不遠。「但你必須記住，鋒面靠近的時候，氣溫會**嚴重驟降**，我是說，忽然**降到桌面以下**。雨會變成**霰**，而你在新英格蘭北部開車的時候，必須考慮到可能的**地面薄冰**。」

德魯心想：也許我是該回家。

但攔住他的已經不只是那本書了。他今天好無力，想到還要沿著長長的茅坑路把車開出去，他就覺得更累了。而當他終於差不多回到文明世界時，他該不該時不時喝起高濃度酒精的感冒藥水，開在九十五號州際公路上？

「不過，主要的問題在於，」邋遢的氣象狂又繼續說：「這個大寶貝會遇上來自東邊的**高壓脊**，這是非常**罕見**的現象。這意味著我們在**波士頓**北邊的朋友將會遇上老北方佬口中的『三日大風吹』。」

德魯心想：**吹這個吧**。然後抓抓胯下。

之後，經歷了不成功的午睡（翻來翻去就是無法入睡），露西打電話來。「先生，聽我說。」

他不喜歡她這樣叫他，聽起來跟指甲刮黑板一樣刺耳。「氣象預報講得愈來愈嚴重了，你必須回家。」

「露西，這是風暴，我老爸會說，就是風大了點。不是核子戰爭。」

「你必須趁還能走的時候回家。」

他已經聽夠了，受夠她了。「不，我必須待在這裡。」

「你這傻瓜。」她說。然後，這是他印象裡的第一次，她掛他電話。

18

隔天早上，德魯一起床就打開氣象頻道，想到《聖經》裡說的：「如同狗回頭吃自己的嘔吐物，愚人也會重複自己的愚行。」

他希望聽到秋季風暴皮耶轉向了，並沒有。他的感冒也沒有轉向，沒有變得更糟，但也沒有好轉。他打電話給露西，轉進語音信箱。她可能在忙，但大概只是不想跟他講話。不管怎麼樣，德魯都覺得無所謂。她在生他的氣，但火氣會過去，沒有人會因為風暴就拋下十五年的婚姻吧？特別是叫皮耶這種蠢名字的風暴。

德魯炒了兩顆蛋，卻只吃得完一半，然後腸胃就警告他，剛剛塞下去的東西可能要被迫嘔吐出來了。他把吃不完的東西掃進垃圾桶，坐在筆記型電腦前面，打開目前的檔案（《苦河鎮三》）。他拉著捲軸到先前擱筆之處，看著空白處閃爍的游標，開始書寫。剛開始的一個小時左右都很順利，然後就出事，問題在於艾弗瑞爾警長與三名副警長要在苦河鎮拘留所外頭所坐的搖椅。

他們必須坐在門口，讓鎮民與狄克．普雷史克特的持槍暴徒看清他們，因為這是艾弗瑞爾的妙計，他得在這幫子壞傢伙的眼皮子底下將普雷史克特男孩帶離鎮上，這些人會阻止他這麼做。

持槍暴徒必須看見這幾位執法人員，特別是名為卡爾．杭特的副警長，他碰巧跟普雷史克特小子同樣身高，體型也相仿。

杭特穿了一件色彩鮮豔的墨西哥塞拉普披肩，戴著上頭有好幾顆銀扣裝飾的寬簷帽，帽子浮誇的帽簷遮住了他的臉，這就是重點。披肩跟帽子都不是杭特副警長的行頭，他說他覺得戴這帽子感覺非常蠢。艾弗瑞爾警長不在乎，他要普雷史克特的人馬聚焦在服飾上，而不是衣物底下的人。

一切順利，故事說得很好，然後問題出現。

「很好。」艾弗瑞爾對著幾位副警長說。「咱們該出去透透氣了，讓外面那些想看我們的傢伙看個仔細。漢克，壺子帶著，我希望那些屋頂上的男孩看到蠢警長與更蠢的幾個副警長喝個爛醉。」

「我非得戴這頂帽子嗎？」卡爾．杭特幾乎是在呻吟。「我永遠洗刷不了這蠢形象了！」

「你該擔心的是能不能活過今晚。」艾弗瑞爾說。「好了，咱們走吧。把搖椅搬出去，然後

德魯就是在此停筆，驚愕地停在苦河鎮警局居然會有三張搖椅，不，是四張，因為艾弗瑞爾警長也會有一張。這比卡爾．杭特遮住臉的大帽子還要荒謬，不只是因為四張搖椅可能會占去整個警局的空間，搖椅這個概念跟警察局根本互相違背，即使警局位在苦河這種微不足道的西部小鎮上，人家會笑的。德魯刪掉大部分的句子，看看剩下什麼。

咱們就把

把什麼？椅子？警局裡會有四張椅子嗎？感覺不太可能。「那裡又不會有等候室。」德魯說，然後抹抹額頭。「又不是——」噴嚏來得猝不及防，來不及遮住口鼻，飛沫噴濺在筆電螢幕上，扭曲了文字。

「幹！真他媽的去死！」

他伸手想拿面紙擦螢幕，但舒潔的盒子空空如也。他反而拿起抹布，等到他把螢幕擦乾淨之後，他赫然發現軟軟的抹布看起來很像羅伊．迪威的大方巾，沾滿鼻涕的大方巾。

咱們就把

他是不是燒得更嚴重了？德魯不願這麼想，他希望他感覺到的高溫（加上微微抽痛的腦袋）只是一種愉悅感，因為他正在解決這愚蠢的搖椅問題，然後他就可以繼續寫下去，但目前看起來——這次打噴嚏前，他來得及轉頭。不只打了一個，打了六個。他似乎感覺到兩邊鼻竇又一起腫起來了，彷彿是充氣充太飽的輪胎。他的喉嚨抽痛起來，耳朵也是。

咱們就把

此時他終於想到了，長凳！警局裡也許會有長凳，大家等著去辦什麼事情的時候，就可以坐在長凳上。他露出微笑，覺得自己好棒。不管有沒有生病，文字還是會自己落入正確的位置，真的有必要這麼意外嗎？不管身體是否患上疾病，創意似乎都有自己最清晰的迴路，芙蘭納莉．

歐康納（Flannery O'Connor）有狼瘡，史丹利．艾肯（Stanley Elkin）有多發性硬化症，杜思妥也夫斯基患有癲癇，奧克塔維婭．巴特勒（Octavia Butler）則飽受閱讀障礙之苦。相較於這些問題，爛感冒，甚至是流感，算得上什麼啊？他可以繼續工作，長凳證實了他可以，長凳真是太天才了。

「咱們就把長凳搬出去，小酌一番。」

「但我們不是真的要喝酒，對吧，警長？」傑普．萊納問。計畫先前已經仔細向他解釋過了，但他不是吊燈

吊燈裡最亮的燈泡？老天，不，這時代背景錯了吧？還是沒錯？燈泡是沒問題，一八八〇年代就有燈泡了，但這時有吊燈了嗎？當然有。酒館裡就有吊燈啊！如果他有網路，他就可以上網看看古時候的吊燈長什麼樣子，但他就是沒網路，只有可以看兩百台頻道的電視機，但多數都是垃圾。

最好還是換個說法。而且這到底算不算隱喻？德魯不太確定。也許只是比擬……比擬成某個東西。不，這就是隱喻，他很確定，幾乎可以確定。

不管了，這不是重點，這也不是課堂作業，這是在寫書，寫他的書，所以聚焦在寫作上就好。眼睛看著目標。

不是瓜群裡最成熟的甜瓜？不是比賽裡跑得最快的駿馬？不，這些都太糟了，但——

他忽然開竅，太神奇了！他立刻低頭開始打字。

計畫先前已經仔細向他解釋過了，但他不是課堂上最聰明的學生。

滿意了（呃，**算是滿意**），德魯起身，又喝了一口金醫生的咳嗽風寒藥水，然後追加一杯水，漱漱口，因為嘴裡混合了黏液跟感冒藥水的味道。

這就跟之前一樣。就跟寫《陵上之村》的時候一樣。

他可以告訴自己，才不是，這次完全不同，清晰的思緒迴路沒有那麼清晰是因為他在發燒，感覺是很嚴重的高燒，而他會發燒是因為他握了那條方巾。

不，你才沒有，你是握他的手，你握的是握過方巾的那隻手。

「握了握過方巾的那隻手，沒錯。」

他打開冰涼的自來水，用水拍拍臉。感覺稍微好一點。他用水混合古迪頭痛藥粉，一口飲盡，然後走去門口，開門。他很確定駝鹿媽媽就在外頭，確定這一刻，他就看到牠出現在儲物小棚屋旁邊（高燒，感謝你），但結果那只是隨風搖曳的陰影。

他深呼吸幾回。**新鮮空氣進來，污濁空氣出去，我跟他握手的時候，腦子一定是壞了。**

德魯回到屋內，坐在電腦前面。繼續似乎是個爛主意，但不繼續似乎更糟。於是他開始寫，想要重新捕捉一路讓他航行到這麼遠的那陣風。一開始似乎成功了，但到了午餐時間（他完全不想吃東西），他內在的小帆整個鬆垮下來。大概是因為他病了，但感覺還是很像上次的狀況。

我似乎失去文字了。

他上次就是這樣跟露西說的，他也跟艾爾．史坦普這麼說，但事實並非如此，這只是他能解釋的狀況，這樣他們就會以為他遇上寫作瓶頸，最終，他會想辦法度過。說不定瓶頸會自己消失。實際上呢，狀況恰恰相反。是因為文字太多了，到底是一林還是一片？到底是刺眼還是亮眼？還是灼眼？這個角色是眼神空洞還是雙眼無神？噢，如果是雙眼無神，那雙眼空洞呢？

一點時，他整個人都當機了。他寫了兩頁，似乎又變回那個神經崩潰的男人，三年前差點放火燒了自己家，這種感覺已經愈來愈揮之不去。他可以告訴自己，別管什麼搖椅長凳這種小東西，讓故事帶領他前進，但當他望向螢幕的時候，一切似乎都不對了。彷彿每一個字詞後面都藏了一個更適合的字眼，只是他看不到。

他是不是得了阿茲海默症啊？可能嗎？

「別蠢了。」他自言自語，但嚴重的鼻音讓他詫異，還很沙啞。他很快就會完全失聲。反正在這裡也沒有人可以交談，只能自言自語。

收一收回家吧，你可以回家跟老婆、兩個乖孩子談心。

但如果他走，他就會失去這本書。這點他很清楚，就跟他曉得自己姓啥名誰一樣清楚。四、五天之後，他回到法茅斯，感覺身體好一點了，他打開《苦河鎮》的檔案，文字會看起來像別人寫的，他根本沒辦法收尾這陌生的故事。現在離開就像丟掉一份寶貴的禮物，也許再也收不到的禮物。

就愛逞英雄，結果變成肺炎，羅伊．迪威的女兒是這麼說的，弦外之音就是，媽的又一個白痴。他也會步上羅伊的後塵嗎？

女人還是老虎？[22]寫小說，或賠上性命？這個選擇真的必須這麼絕望、這麼誇張嗎？當然不

22. 法蘭克．史塔頓（Frank R. Stockton）筆下的寓言故事，象徵棘手兩難的狀況。競技場上有兩道門，一道門後是會吃掉當事人的老虎，另一道門後是一個女人，當事人打開這扇門雖然會保住小命，但也必須當場與女人結婚。

是，但他覺得非常沉重，這點倒是毋庸置疑。

午睡，我需要午睡，等到我醒來，我就能決定了。

於是他又喝了一大口金醫生的魔法藥水（管他叫什麼名字），然後爬上階梯，走進過往來訪時，他與露西一起睡的臥房。他睡著了，他醒來時，風雨已經抵達，也替他做出了選擇。他必須趁線路還沒斷之前打一通電話。

19

「嘿，親愛的，是我，很抱歉惹妳生氣，真的。」

她完全不理會他的道歉。「先生，聽來你不像過敏，聽起來像生病了。」

「只是感冒。」他清嗓，應該說，嘗試清嗓。「我猜是挺嚴重的感冒。」

清嗓引發了咳嗽。他遮住老舊的電話話筒，但他猜她應該還是聽到了。風颳了起來，雨水打在窗戶上，燈光閃爍了一下。

「所以現在怎麼樣？你就窩在那裡？」

「我想我別無選擇。」他說，然後急忙地補充：「不是書的關係，現在不只這樣了。如果我覺得安全，我就會回家，但現在風暴已經到了。剛剛燈閃了一下，天黑之前，電線跟電話線就會掛掉了，應該是保證會掛掉。現在我可以停下來，聽妳說『早跟你說過了』。」

「早跟你說過了。」她說。「好啊，現在話說開了，狀況到底有多糟？」

「沒那麼糟。」他說，相較之下，跟她說衛星故障還算小謊呢。他覺得他的狀況其實糟到家，但他如果從實招來，實在不確定她會有什麼反應。她會打電話去普雷斯克艾爾警局，要求搜救？就算他狀況很糟，他也覺得那樣算是反應過度。更別說有多尷尬了。

「德魯，我不喜歡這樣。我不喜歡你一個人在上面，與外界斷了聯繫。你真的不能開車嗎？」

「早一點也許可以，但我剛吃了感冒藥，然後午覺就睡過頭了。現在我不敢冒險。去年冬天冰雪融化逕流跟堵塞的涵管還沒處理，這麼大的雨會讓路面泡在水裡。休旅車也許開得出去，但要是不行，我就會卡在距離木屋十公里、距離大九十差不多十五公里的地方。」

接著是一陣靜默，德魯聽到老婆腦子轉動的聲音：**就愛逞英雄，對不對？媽的又一個白痴。**因為，有時「早跟你說過了」還不夠。

風又颳了起來，燈光再次閃爍（也許是忽明忽暗）。電話發出蟬鳴一般的嗡嗡聲，然後又消失。

「德魯？你還在嗎？」

「我在。」

「電話發出怪聲。」

「聽到了。」

「你有食物嗎？」

「很多。」但他不想吃。

她嘆了口氣。「那你待在那吧。如果電話還會通，晚上打給我。」

「會的，而當天氣好轉的時候，我就回家。」

「如果樹倒了就沒辦法了，你要等到有人決定出手清理路面才行。」

「我自己清。」德魯說，「老爸的鏈鋸還在棚屋裡，除非之前的房客偷偷帶走了。裡面的汽油應該揮發了，但我可以從休旅車抽一點出來用。」

「前提是你的病情沒有加劇。」

「我不會——」

「我會跟孩子說你沒事。」她現在是在跟她自己講話。「沒必要也讓他們擔心。」

「這是個好——」

「這他媽的糟透了，德魯。」她不喜歡他打斷她，但她打斷他可是心安理得。「我要你知道這點，當你讓自己陷入這種境地時，你也拖著我們下水。」

「我很抱歉。」

「書進行得還好嗎？最好是喔，最好值得操這些心。」

「進展不錯。」他其實已經不確定了，但他還能怎麼說呢？**露西，我又進入那鬼狀況了，現在還生病了？**這樣她能放心嗎？

「好吧。」她嘆了口氣。「你是個白痴，但我愛你。」

「我也——」風再次吹起，忽然間，屋內唯一的燈光暗了，雨水打進窗口。「露西，燈不亮了。」

他的語氣非常平靜，這是好事。

「去棚屋看看。」她說。「可能會有柯爾曼汽化燈——」

又是一陣蟬鳴般的嗡嗡聲，然後什麼聲音都沒了。他將老式話筒掛回去。他只能靠自己了。

20

他從門邊生舊的掛鉤上拿下一件長黴的舊外套，就著昏暗的午後天光，用手臂抵擋飛過來的樹枝，艱辛地走到儲物棚屋。也許是因為他病了，但感覺這風已經吹到時速六十公里了。他手忙腳亂翻起鑰匙，雖然外套的領子立了起來，冰冷的雨水還是沿著他的後頸流了進去，他試了三把鑰匙，才找到可以插進門上掛鎖的鑰匙。他還要左右扭轉，不然鎖根本沒有動靜，等到他終於轉開時，他已經渾身濕透，咳嗽咳個不停。

雖然門開得很大，棚屋內還是充滿陰影，但光線足以看到老爸的鏈鋸擺在後頭的桌上，桌上還有兩把另外的鋸子，以及一副框鋸，這樣不錯，因為鏈鋸看起來無法使用。鏈鋸沾滿古老的油污，黃色機身已經看不清楚了，生鏽的狀況也很嚴重，而他更是無法想像自己鼓足力氣拉動啟動繩。

不過，柯爾曼汽化燈，露西倒是說對了。門口左邊的架子上就有兩盞，還有一加侖裝的燃料，但其中一盞燈壞了，玻璃燈罩破裂，也沒有把手。另一盞看起來還可以用。絲質燈芯連接著瓦斯噴氣孔，這樣很好，他的手顫抖不已，他不確定自己能不能把燈芯綁好。他自責起來：**早該想到這個，但我當然更該趁我還能走的時候，早點回家才是。**

德魯就著昏暗的午後天光拿起油桶時，他看到上頭黏了一張紙條，老爸歪向一邊的字跡寫著：用這個，別用無鉛汽油！他搖搖油桶，半滿，不是太樂觀，但如果省著點用，大概可以撐過「三天大風吹」。

他提著油桶跟沒壞的汽化燈回木屋，想把東西放在飯廳餐桌上，但考慮後還是作罷。他的手在抖，燃料一定會多少灑出來。於是他反而把提燈放在水槽裡，接著脫下濕透的外套。在他能夠思考該怎麼加燃料前，他又咳嗽起來。他癱倒在飯廳椅子上，咳得太厲害，他以為自己要昏過去了。大風呼嘯，有東西打到屋頂，從聲音聽來，應該是比他剛剛擋住的樹枝還大的枝幹。

咳嗽終於過去後，他旋開汽化燈的儲油槽，然後開始到處找漏斗，他沒找到，於是扯下一片鋁箔紙，稍微扭成漏斗的形狀。油氣又讓他想咳，但他忍住，直到汽化燈小小的儲油槽裝滿。裝好之後，他放下手邊的東西，手臂貼著水槽邊緣，頭壓在上面，狂咳不止，喘不過氣來。

咳嗽終於停歇，但高燒好像惡化了。他心想：**淋雨大概沒辦法降溫**。他點燃汽化燈後（如果真的會亮的話），他就要再吃一點阿斯匹靈，加上頭痛藥粉跟一大口金醫生。

他按下汽化燈邊上的小裝置，增加壓力，打開塞子，然後劃開一根廚房火柴，將火對準點火孔。一度什麼事也沒有發生，然後燈芯燃燒起來，火光又亮又集中，讓他有點退縮。他拿著汽化燈去木屋唯一的櫥櫃，想找手電筒。他找到一堆衣服、狩獵季節用的橘色背心、一雙老舊的溜冰鞋（他依稀記得偶爾在此過冬時，會跟哥哥一起去結冰的溪面溜冰）。還有帽子跟手套，以及一部年事已高的伊萊克斯吸塵器，看起來跟棚屋裡的生鏽鏈鋸一樣，無法使用了。沒有手電筒。

風沿著屋簷呼嘯，發出可怕的聲響，害他頭痛。雨潑灑在窗戶上。最後一點天光持續褪去，他覺得今晚將會非常漫長。前往棚屋跟掙扎點燃汽化燈剛剛霸占他的思緒，但現在事情都搞定，他終於有時間害怕了。他困在這裡，是因為一本他寫著寫著開始跟其他小說一樣瓦解的書（他終於坦承）。他受困荒郊野外，生病，而病況不容樂觀。

「我會死在這裡。」他用沙啞的聲音說。「真的會。」

最好還是別這麼想，最好把柴薪填進柴火爐裡，開始燒柴，因為今晚不只漫長，還會很冷。**鋒面靠近的時候，氣溫會嚴重驟降**，邋遢的氣象狂是不是這麼說的？櫃檯鉚釘妞也講一樣的話，還用同樣的隱喻（如果那稱得上隱喻的話），他們把氣溫比擬成實際的物品，比桌面還低。

他因此想起副警長傑普，他不是班上最聰明的孩子。真的嗎？他真的覺得這種說法可行？這是很爛的隱喻（如果這稱得上隱喻的話），不只是弱，還到院前死亡。隨著他添加柴火，他的高燒的腦袋似乎打開了一扇密門，他想到：**沒帶三明治的野餐**。

好多了。

只有泡泡，沒有啤酒。

也不錯，因為這個故事發生在西部背景。

比一袋鐵鎚還鈍，跟石頭一樣聰明，銳利得像——

「夠了。」他幾乎是在哀求，這就是他的問題所在，暗門就是問題，因為……

「因為我沒辦法控制。」他用沙啞的聲音說，然後想著：**蠢得跟腦殘的青蛙一樣。**

德魯用掌心敲擊太陽穴，頭痛閃現，他又敲了一次，再敲了一次。等到敲夠了，他就將揉得爛爛的雜誌頁面塞進火種下，在爐邊劃起火柴，然後看著火舌往上燒。

手裡還握著燃起的火柴，他望向印表機旁的《苦河鎮》文稿，好奇如果點燃那疊紙會怎麼樣。他在燒《陵上之村》的時候，根本沒燒到房子，火焰只有稍微燻黑了他的書房牆壁，消防隊就趕來了，但茅坑路可是沒有消防隊的，一旦起火，風暴也無法撲滅火勢，因為這棟木屋又老又乾燥。老得跟塵土一樣，乾得跟你祖母的——

火焰沿著火柴燒上去，碰到他的手指。德魯甩掉火柴，扔進已經燃燒起來的柴火爐裡，然後甩上爐柵。

「這本書寫得很好，我也不會死在這裡。」他說。「絕對不可能。」

他關掉汽化燈，節省燃料，然後坐在翼背椅上，他幾乎每晚都坐在這張椅子上，讀約翰．D．麥克唐納或艾爾默．萊納（Elmore Leonard）。現在汽化燈關了，沒有亮光，無法讀書。夜幕已經低垂，小木屋唯一的亮光來自柴火爐雲母玻璃窗透出來的紅色獨眼，這隻眼睛千變萬化。德魯將椅子拉近火爐，雙手環抱身子，驅擋寒意。他該把淋濕的襯衫與褲子換掉，如果他不想病得更嚴重，他必須立刻換衣服。他還在想這件事，但他已經睡著了。

21

吵醒他的是外頭傳來的斷裂聲，接著是第二聲，這次更大聲，然後是撼動地板的碰撞聲。樹倒了，肯定是大樹。

柴火爐的火燒到只剩明亮的紅色餘燼，一下大亮，一下暗去。除了風聲，他現在還可以聽到打在窗戶上的沙沙聲響。木屋一樓溫暖到讓人昏沉，至少目前如此，但外頭的氣溫肯定跟預報說得一樣低（**比桌面還低**），因為雨已經變成霰。

德魯想要查看時間，但手腕空空的，他應該是把手錶留在床邊的小桌上頭了，但他不太確定。他猜他是可以看筆記型電腦顯示的日期與時間，但這麼做意義何在？在北邊的樹林裡，此時已是深夜。他還需要什麼其他的資訊嗎？

他覺得還是需要，他必須看看倒下的大樹有沒有壓在他可靠的休旅車上，將車子砸個稀爛。當然啦「必須」這個字眼不對，「必須」是你非得如此，上下文的脈絡是，採取行動後，你也許還能改善整體狀況，但眼前的狀況已經沒有什麼能夠改善了，「狀況」倒是正確的字眼，還是太通泛了？通常狀況是需要「搞定」的，但眼前的「狀況」已經沒有辦法「搞定」什麼，但——

「夠了。」他說。「你想逼瘋你自己嗎？」

他很確定某部分的他的確想逼瘋自己。在他腦子裡某處的控制面板已經冒煙，迴路開關保險絲燒斷，而幾個瘋科學家正興奮地揮舞拳頭。他可以告訴自己，這是發燒的緣故，但當《陵上之村》出事時，他好得很。其他兩部小說也是一樣，至少身體沒問題。

他起身，疼痛似乎已經蔓延到他全身上下的關節了，他面露難色，走去門邊，盡量不蹣跚前進。大風將門吹開，甩向門邊。他用力拉門，撐住，他的衣服黏在身上，額頭的頭髮整個吹開。夜晚漆黑，跟惡魔的馬靴一樣黑，跟礦坑裡的黑貓一樣黑，跟土撥鼠的屁眼一樣黑，說是這麼說，但他還是可以看得見他的 Suburban 休旅車，以及（也許是）在車子上方遠處搖曳的樹枝。雖然他不確定，但他覺得樹應該是放過他的車，掉在雜物棚屋上，說不定還砸爛了屋頂呢。

他用肩膀推著門，將門關上，鎖上門閂。在這種鬼天氣的夜裡，他是覺得不會有人闖進來啦，但他不希望他上床之後，風把門吹開。而他這就要上床睡覺了。他靠著餘暉與柯爾曼汽化燈搖曳閃爍的光線走進廚房，汽化燈的火光讓小屋看起來很不真實，彷彿是困在閃光燈泡裡的亮光，不會熄滅，會一直亮下去一樣。他把汽化燈拿在面前，照亮階梯。就在此時，他聽到抓門的聲音。

他告訴自己：**只是樹枝，風吹過來的，不知怎麼卡住了，也許掉在進門的踏墊上。沒什麼，去睡覺。**

抓門聲再度出現，要不是風選擇在這一刻停歇下來，他很可能會錯過這聲音。聽起來不像樹枝，像人在抓。像是風暴裡的孤兒，太虛弱，或受了重傷，沒辦法敲門，只能搔搔門這樣。只不過這裡根本沒人啊……還是其實有人？他可以確定嗎？外頭那麼黑，跟惡魔的馬靴一樣黑。

德魯走去門邊，解開門閂，打開大門。他拿起汽化燈，外頭沒人。然後，他正要關門的時候，他低頭看到了一隻老鼠。大概是挪威大鼠，沒有到非常大，但也不小了。老鼠躺在磨損起毛的門口踏墊上，牠的一隻爪子（粉紅色的，好像人手，好像小寶寶的手）伸得長長的，搔著空氣。牠黑褐色的毛上有零星的樹葉、小樹枝，以及點點鮮血。牠睜大的黑色雙眼正抬頭望著他，牠身體一側不斷起伏，粉紅色的爪子持續搔著空氣，彷彿還在抓門，發出微弱的小聲音。

露西討厭囓齒動物，如果她看到像這樣的一隻田鼠沿著護牆板跑過去，她就會尖叫不已，跟她說這油膩瑟縮的小傢伙大概更怕她完全是浪費口舌。德魯自己不太喜歡老鼠，也明白牠們身上會帶有某些疾病（漢他病毒、鼠咬熱，這兩種是最常見的），但他不會跟露西一樣，幾乎是本能地討厭牠們。他對這隻老鼠的感覺只有憐憫。大概是因為那隻小小的粉紅色爪子，一直在搔著空氣。或者，也許是他在老鼠深色的眼睛裡，看到柯爾曼汽化燈反照出來的小小白光。老鼠倒在地上，氣喘吁吁，抬頭望著他，皮毛跟鬍鬚上都有血。受了內傷，大概快死了。

德魯彎腰，一手壓在大腿上，一手則放低汽化燈，看個仔細。「你剛剛在小棚屋，對吧？」肯定是。然後樹倒了，砸爛了屋頂，毀了老鼠先生的安樂窩。「他」逃命亂竄的時候是不是被樹枝或是屋頂打傷了？或是裡頭油漆乾涸的水桶？老爸那台沒用的老鏈鋸是不是從桌子上掉下來，砸在「他」身上？那不重要。無論砸傷「他」的是什麼，也許都砸斷了「他」的背。小小的老鼠油槽裡就只剩這麼點油料爬來這裡。

風又颳了起來，將霰往德魯臉上吹。幾根打在汽化燈圓弧燈罩上的冰針融化，沿著玻璃往下滑。老鼠喘起大氣。德魯心想：**踏墊上的老鼠亟需幫助**，只不過踏墊上的老鼠已經沒有救了。你無需是個火箭科學家也看得出來，

只不過，當然，他有**幫得上忙**的地方。

德魯走到壁爐旁邊的死角，停頓了一下，等咳嗽過去，然後彎腰，站在小小的壁爐工具架旁邊。他考慮用火鉗，但想到戳死那隻老鼠就讓他畏縮。他反而拿了灰鏟。用力拍一下應該足以帶牠脫離苦海。然後他還可以用鏟子將遺體掃到門廊下方，如果他能活過今晚，他可不希望明早一起床就踩到死老鼠的屍體。

他心想：**這可妙了，我第一次看到老鼠時，想到的是「他」。現在我打算解決這個鬼東西了，「他」變成了「牠」**。

老鼠還躺在踏墊上，霰開始在「牠」毛上結冰。那隻粉紅色的小爪（好像人，真的好像人）繼續朝著空中搔抓，雖然現在速度放得比較慢了。

「我會讓你好過一點。」德魯說。他舉起鏟子……高過肩膀，準備動手……但他又放下了。為什麼啊？那隻不斷摸索的小爪爪？又圓又亮的黑色小眼睛？

大樹砸爛了老鼠的家，還打傷了他（**現在又回到「他」了**），而他還有辦法拖著身子來到木屋，鬼才曉得他花了多大的力氣過來，而這就是他的獎賞？再次重擊，最後一擊？德魯這幾天覺得自己也非常受創，不管狀況荒謬與否（大概的確是），他都覺得同情。

同一時間，風吹得他好冷，霰不斷刺痛他的臉，他又打起冷顫。他必須關門，但他不會讓老鼠孤零零死在黑暗之中，還死在他媽的門口踏墊上。

德魯放下汽化燈，用鏟子將「牠」鏟起來（看看這代名詞又流暢轉換）。他走去柴火爐旁邊，傾斜鏟面，讓老鼠滑到地板上，粉紅色的小爪爪還在動。德魯雙手壓在膝蓋上，咳嗽咳到乾咳不止，眼前出現斑點。終於咳完了，他拿著汽化燈回到讀書的椅子上就座。

「現在可以死囉。」他說。「至少你不會死在外頭的爛天氣裡，你可以在溫暖的地方死。」

他關掉汽化燈。現在只剩餘燼微弱的紅光，火光一下亮一下暗的樣子讓他想到那隻小小的粉紅色爪子，不斷搔啊搔……抓啊抓……他看到了，還是同樣的動作。

他心想：**我上床之前，我該生點火。要是不生火，早上醒來，這裡會冷得跟格蘭特將軍國家紀念堂一樣。**

但如果他起來，帶著全身的痰移動，他肯定又會開始咳嗽，好不容易他不咳了啊。再說，他好累。

況且，你把老鼠放得距離柴火爐很近。你不是帶「牠」進來等待自然死亡的嗎？不是要活活烤死「牠」，早上再生火吧。

風持續繞著小屋吹得嗡嗡作響，偶爾發出姑娘般的尖叫聲，然後又恢復嗡嗡聲。霰持續打在窗戶上。他聽著這些聲音，似乎都融和在一起了。他閉上雙眼，又打開來。老鼠死了沒？一開始他覺得應該死了，但他看到那隻小爪子又做出短暫的抓耙動作，還沒啊。

德魯閉上眼睛。

睡著了。

22

另一根樹枝砸在屋頂，害他驚醒。他完全不曉得自己睡了多久，可能只有十五分鐘，也可能過了兩小時，但他只能確定一件事，那就是，老鼠已經不在柴火爐前面了。顯然老鼠先生的傷勢沒有德魯想的那麼嚴重，「牠」跑掉了，現在就藏在屋子某處。他不太喜歡這個念頭，但這也只能怪他自己。畢竟，老鼠是他自己邀請進門的。

德魯心想：**你必須邀請這些東西進門，吸血鬼、北歐神話裡的座狼、穿著黑馬靴的惡魔。你必須邀請——**

「德魯。」

聲音讓他大吃一驚，差點踢翻汽化燈。他就著柴火爐裡昏暗的火光到處張望，看到了老鼠。「他」在階梯下方老爸的書桌上，屁股坐在筆電與攜帶式印表機之間。基本上呢，是坐在《苦河鎮》的手稿上。

德魯想要開口，但他第一個發出來的聲音非常沙啞。他清清嗓（非常不舒服），然後又說：「我以為你說話了。」

「我是說話了啊。」老鼠的嘴巴沒有動，但聲音的確來自「他」，沒錯，不是來自德魯自己的腦袋。

「我是在做夢。」德魯說。「也許是在譫妄，也許兩者一起。」

「不，這夠真實了。」老鼠說。「你醒了，你沒有譫妄。你正在退燒，不信你自己摸摸看。」

德魯一手壓在額頭上。他覺得是沒那麼燙了，但這個方法不是很可靠，對吧？畢竟，他正在跟一隻老鼠對話呢。他用手摸摸口袋，找到之前放進去的廚房火柴，他燃起一根，點亮汽化燈。他舉起燈，期待老鼠會跑掉，但「他」還在原位，一屁股坐在那邊，尾巴繞著身軀，古怪的粉紅色小手手擱在胸前。

「如果你是真的，離我的手稿遠一點。」德魯說。「我寫得很認真，你別給我在書名頁上留下老鼠屎。」

「你的確寫得很認真。」老鼠同意（但沒有要移動「尊臀」的跡象）。他搔搔一隻耳朵後面的部位，現在看起來精神非常好。

德魯心想：**打到他的東西大概只是嚇到他而已。前提是如果這隻老鼠真的存在的話啦，假設他真的出現過。**

「你寫得很認真，一開始也的確寫得很好。你完全在正軌上，列車急速飛奔，火熱不已，然後事情開始出亂子，對嗎？就跟其他幾本書一樣。別難過，全世界想要成為作家的人都撞過同一面牆。你曉得有多少寫不完的小說塞在抽屜或檔案櫃裡？幾百萬部。」

「生病打亂了我。」

「你仔細回想，認真回想，早在那之前就開始出亂子了。」

德魯不願回想。

「你失去了選擇的能力。」老鼠說。「每次你都這樣，至少在寫長篇小說的時候會發作。不是立刻發生，但隨著書本開始成長，開始自己呼吸，需要做很多選擇的時候，你選擇的能力就會開始出問題。」

老鼠四肢著地，沿著老爸的書桌走動，然後又坐直身子，彷彿是要討食點心的狗狗。

「每個作者都有不同的習慣，不同的表現方式，工作速度也不盡相同，但一定要能長時間進行專注敘事。」

德魯心想：**這話我在哪兒聽過，幾乎是一字不差。在哪啊？**

「在這專注階段的每一刻裡，在這些異想天開的時刻裡，作者必須面對至少七個文字措辭與細節上的抉擇。有才華的作家幾乎不用靠意識多想，立刻能夠做出正確的選擇，他們就像是心靈上的職業籃球員，在底線就投籃成功。」

哪裡聽過？是誰講的？

「所謂的創意寫作，就是根據一連串持續淘選作用的過——」

「法蘭岑！」德魯大吼一聲，坐直身子，結果害他的頭忽然痛了起來。「這是法蘭岑演講的內容！幾乎一字不差！」

老鼠完全沒搭理這樣的打斷。「你可以進行淘選作用，但只能短暫爆發。當你要寫小說的時候，寫小說跟短篇就是馬拉松與短跑的差別，你總是會崩潰。你看到這麼多措辭與細節的選項，但合乎邏輯的淘選作用開始辜負你。你不是失去文字，你是喪失了選擇出正確文字的能力。每個字都看起來很適合，但也看起來很不對勁。這很悲慘。你是一部馬力十足的引擎，但你的變速箱壞了。」

德魯緊緊閉上雙眼，緊到眼前冒出黑點，然後猛然開眼。他的風暴孤兒小老鼠還在原地。

「我可以幫你。」老鼠大聲疾呼。「前提是你希望我幫你。」

「你為什麼願意幫我？」

老鼠歪起頭，彷彿難以相信一個應該很聰明的人（作品登過《紐約客》的大學英文系教授呢）居然可以這麼蠢。「你本來要用鑽子殺死我，為什麼不呢？我只是一隻低賤的鼠輩，但你帶我進來，你救了我一命。」

「所以你給我的獎賞就是三個願望。」德魯說著說著就露出微笑。這是很熟悉的故事：安徒生、德諾瓦（Marie-Catherine d'Aulnoy）、格林兄弟都寫過。

「只有一個。」老鼠說。「非常明確的願望，你可以許願希望寫完這本書。」他揚起尾巴，朝著《苦河鎮》的手稿甩了甩，做為強調。「但有個條件。」

「什麼樣的條件？」

「某個你在乎的人必須死。」

真是老套到不行。結果這只是一場夢，他在重新詮釋他與露西的爭執，他當時正在解釋他必須寫這本書（不是講得非常好，但他已經費了九牛二虎之力）。他說寫這本書非常重要。她問，寫小說有比她跟孩子重要嗎？他說沒有，當然沒有，然後又說他非得選擇嗎？

她卻說：**我想的確需要選擇，而你已經做出選擇了。**

「這根本不是什麼魔法的許願。」他說。「比較像是在談生意，或浮士德的交易。肯定不像我小時讀過的童話故事。」

老鼠搔搔耳後，不知怎麼著一邊抓還能一邊保持平衡，真令人佩服。「童話故事裡許的願望都要付出代價，還有《猴掌》（*The Monkey's Paw*）這種恐怖故事，記得嗎？」

「就算是在做夢，我也不會用我的老婆或孩子的性命來交換毫無文學主張的西部小說。」隨著此話出口，他才發現他為什麼如此執迷在《苦河鎮》的概念裡；這部著重劇情的西部小說永遠不會與薩爾曼．魯西迪、瑪格麗特．愛特伍或麥可．謝朋相提並論。更別說法蘭岑了。

「我不會要你這麼做。」老鼠說。「事實上，我想的是艾爾．史坦普，你昔日的系主任。」

德魯因此說不出話來，他只是望著這隻老鼠，老鼠則用小小亮亮的眼珠子回望他。風圍繞著屋子颳，有時力道之大，足以撼動牆板，霰打個不停，發出沙沙聲響。

德魯提起艾爾忽然瘦很多的時候，這位朋友說自己得的是胰臟癌。不過，他又說還不用替他寫訃聞。**醫生發現得算早，很有把握。**

不過，看著他蠟黃的皮膚、凹陷的雙眼、毫無生氣的頭髮……德魯實在沒有什麼信心。艾爾話語裡的關鍵字是「算」早。胰臟癌很狡猾，會躲躲藏藏。診斷出來的時候幾乎已經死刑定讞了。而要是他真的死掉，又會怎麼樣呢？肯定會有哀悼會，娜汀．史坦普會成為「哀悼總長」，他們結婚應該有四十五年了。英文系同事大概會在手上別黑色臂環長達一個月。訃聞會很長，列出艾爾的各種成就與獎項，會提到他替查爾斯．狄更斯與湯瑪士．哈代寫的專書。不過他至少已經七十二歲了，可能是七十四喔，沒有人會說他英年早逝，或說他的一生還沒開始就已經結束。

此時，老鼠正盯著他看，粉紅色的小爪子彎著擱在毛毛的胸口。

搞什麼？德魯心想。**這只是假設的問題，還是在做夢。**

「我猜我這就答應這筆交易，許下願望。」德魯說。不管是不是做夢，不管是不是假設的問題，講這種話都讓他覺得不是很自在。「反正他都要死了。」

「你把書寫完，史坦普翹辮子。」老鼠說，彷彿是要確保德魯明白交易內容。

德魯狡詐地歪頭看著老鼠。「這書會出版嗎？」

「如果你許願，我可以授權你願望成真。」老鼠說。「但我沒有授權預言你文學作品的未來，要我猜的話……」老鼠歪著他的小腦袋瓜子。「我猜會。我說過了，你有才華。」

「好喔。」德魯說。「我寫完書，艾爾死掉。反正他橫豎都會離開，我是覺得還好。」不過並不是這樣，真的不是。「你覺得他至少可以活著讀到這本書嗎？」

「我剛剛才跟你說——」

德魯舉起一隻手。「沒有授權預言我文學作品的未來，好。咱們說定了嗎？」

「我還需要另一個東西。」

「如果要我用鮮血簽約，那就算了。」

「先生，跟你無關。」老鼠說。「我餓了。」他跳到書桌的椅子上，又跳到地板上。他迅速跑到廚房餐桌上，撿起一塊配牡蠣濃湯的小餅乾，肯定是德魯吃烤起司三明治配番茄湯那天掉的。老鼠坐直身子，用兩個小爪子緊抓餅乾，然後大快朵頤了起來。幾秒鐘，餅乾就消失了。

「跟你聊天很愉快。」老鼠說。「牠」消失的速度就跟牡蠣湯餅乾一樣快，迂迴跑在地板上，然後消失進沒有生火的壁爐之中。

「真是的。」德魯說。

他閉上眼睛，猛一睜開，感覺不像夢。他再次閉上眼睛，再次打開眼睛。第三次閉眼後，就沒有立刻張開了。

23

他在床上醒來，完全不記得自己是怎麼上床的……他整晚都在床上嗎？大概吧，多虧了羅伊．迪威及這位老兄沾滿鼻涕的大方巾，把德魯折騰得要死。前一天好像是在做夢，他跟老鼠的對話則是其中最栩栩如生的片段。

風繼續颳，霰繼續下，但他感覺身體好一點了，這點無庸置疑。高燒要麼開始退了，要麼已經完全退燒了。他的關節還在痠，喉嚨還在痛，但都沒有昨晚那麼嚴重，他昨晚以為自己就要死在這荒郊野外了。「在茅坑路上死於肺炎」，訃聞這樣寫也太體面了。

他穿著四角內褲，其他的衣物都堆在地上。他也不記得自己寬衣。他把衣服一一穿回去，走去樓下。他炒了四顆雞蛋，這次全部吃完，每一口都配上柳橙汁，濃縮的，大九十就只有賣這種「貨色」，但還是冰涼順口。

他的目光越過木屋，望向老爸的書桌，想要嘗試工作，也許不要用筆電，省點電，用那台攜帶式打字機。不過，將盤子放進水槽後，他爬上二樓，睡起回籠覺，下次起床就是下午兩、三點左右的事了。

第二次醒來，風暴持續肆虐，但德魯沒放在心上，他覺得自己已經恢復得差不多了。他想吃三明治，他有波隆納火腿跟起司，然後他想寫點東西。艾弗瑞爾警長就要用他的大障眼法戲弄那些持槍暴徒囉，現在德魯休息夠了，身心舒暢，實在迫不及待要動筆。

還在階梯上的時候，他就注意到壁爐旁邊的玩具箱倒了，裡頭的東西散落在舊舊的地毯上。德魯覺得應該是昨晚意識不清上樓時踢翻的。他走過去，蹲在地上，想把玩具收回去，然後開始工作。他一手拿著飛盤，另一手則是橡膠人阿姆斯壯，這時，他愣住了。倒在史黛西沒穿上衣芭比娃娃旁邊的是一隻填充老鼠。

德魯感覺到頭部的血管跳個不停，他撿起玩偶，所以也許他沒有完全好起來嘛。他捏了老鼠一下，玩偶發出聲響。只是玩具，但想到發生的一切，實在有點毛毛的。同一個箱子裡還有完美可愛的泰迪熊（雖然掉了一隻眼睛），誰會讓小孩抱著填充老鼠睡覺啊？

他心想：青菜蘿蔔各有所好啦，然後說起他媽都會接在後頭的話：「老姑娘一邊說，一邊親吻她的牛。」[23]

也許他高燒最嚴重的時候，看到了這隻填充老鼠，引發了那個夢。這樣似乎、應該、也許說得通。他不記得翻箱倒櫃找出這隻老鼠，但見鬼了，他也不記得脫光衣服上床睡覺。

他把玩具一一擺回箱子裡，泡了杯茶，開始工作。他起初還有些疑慮，有點遲疑，稍微害怕，但踏錯一開始的幾步之後，他就掌握住了節奏，開始寫，直到天色黑到不點汽化燈什麼也看不見為止。九頁，他覺得寫得很好。

真他媽的好。

24

皮耶不是「三天大風吹」，實際上，它吹了四天。風雨有時和緩下來，然後風暴又忽然猛烈起來。有時樹會倒下，但都沒有近到打到棚屋。那部分可不是夢，他親眼看到了。雖然那棵又老又大的松樹饒過了他的Suburban休旅車，卻還是近到砸斷了副駕駛座的鏡子。

德魯幾乎沒有注意到這些事，他寫小說、吃東西、午睡，然後繼續寫。他偶爾會連續打好幾個噴嚏，他偶爾會想起露西與兩個孩子，急著想跟他們說說話。不過，大部分時間他都沒有想到他們，這叫自私，他很清楚，但他不在乎。這一刻他活在苦河鎮。

23. 這句話原本應該是「青菜蘿蔔各有所好，老姑娘一邊說，一邊親吻她的牛。」這個句型在英文裡稱作Wellerism，中文姑且可以翻為「韋勒反差語」，由前面一句看似正經的話語（青菜蘿蔔各有所好）加上一個說話的人（老姑娘），以及這個人做的荒謬動作（親吻她的牛）組成。Wellerism出自狄更斯的《匹克威克外傳》（*The Pickwick Papers*），其中的角色韋勒（Sam Weller）就喜歡用這種方式講話，表示幽默或滑稽。

他偶爾需要暫停，等著正確的字眼出現（猶如他小時候玩的神奇八號球一樣，等著訊息飄到顯示的小螢幕上），而他偶爾也必須起身，在房子裡走一走，想著要怎麼樣流暢轉場，但這些時候，他都沒有感到驚慌，沒有覺得挫敗。他曉得文字就是會浮上來，它們的確很聽話。他是從球場底線投籃得分，從遠離市中心的地方得分。他用老爸的打字機寫小說，一個鍵一個鍵敲到手指發痛，他也不在乎這個。他乘載著這本書，這個不曉得從何而來的靈感在他佇立街角時降臨，現在，這個想法乘載著他繼續前進。

這是多麼愉快的旅程啊。

25

他們坐在潮濕的地窖裡，沒有燈，只有警長從樓上找來的煤油燈，吉姆．艾弗瑞爾坐在一邊，另一邊則是安迪．普雷史克特。在煤油燈橘紅色的火光裡，這孩子看起來不會超過十四歲。他也顯然不像先前那個半醉半瘋轟了女孩腦袋的小惡霸。艾弗瑞爾覺得邪惡的確是很奇妙的東西，奇妙也狡猾。邪惡趁虛而入，如同鼠輩尋縫進屋，啃食你因為懶惰或愚蠢而沒有收拾好的一切，等到飽餐一頓，它又悄悄消失。而當殺人的鼠輩離開後，剩下的是什麼呢？這個，眼前這名驚恐害怕的孩子。他說他不記得自己做了什麼，艾弗瑞爾相信他，但不管怎麼樣，他還是會因此面臨絞刑。

「現在幾點？」普雷史克特問。

艾弗瑞爾望向懷錶。「快六點了，距離你上次問我，才過五分鐘。」

「馬車八點到？」

「對。出小鎮一點六公里左右，我的副警長會德魯停下動作，盯著打字機上的紙張，一束陽光正巧灑在上頭。他起身，走去窗邊，外頭是一片藍天。老爸會說，足以做一件牛仔連身工作褲，藍天一路延伸出去。而他聽到了聲響，微弱但錯不了，電動鏈鋸的運轉聲。

他穿上發霉的外套，往外頭前進。聲音還是很遠。他穿過院子，整個院子裡都是樹枝，他走進儲物小棚屋的殘骸。老爸的框鋸倒在些許坍塌的牆邊，德魯還搆得到。這副鋸子需要兩手一起操作，但只要他遇上的樹木不是太粗就沒問題。他告訴自己：**慢慢來，放輕鬆，除非你希望老毛病復發。**

他一度只想回到屋內，繼續寫作，而不去會一會在路上砍掉風暴殘骸、清出路面的人究竟是誰。一、兩天前他也許會直接回屋，但現在狀況已經不同。他腦海裡出現一個畫面（畫面總會不請自來），讓他微笑的畫面：一個屢敗屢戰的賭徒，阻止荷官加快速度發牌。他不再是那個人了，謝天謝地。等到他回來，這本書還會在。無論他是在樹林裡還是回到法茅斯，書都安在。

他把鋸子扔進休旅車的後座，開始慢慢駛上茅坑路，不時停下來把掉落的樹枝清掉，然後繼續前進。他差不多開了八百公尺，抵達第一棵大樹橫躺擋路之處，但這是樺樹，他可以迅速解決。

鏈鋸的聲音現在變得非常大聲了。每次電鋸聲停下，德魯就可以聽到大型引擎加速的聲音，他的救兵愈來愈近，接著，電鋸聲又會再起。德魯正想鋸開一棵大一點的樹，但運氣不好，此時，一輛專門客製化在樹林裡移動的雪佛蘭四輪傳動車笨重地出現在下一個轉角。

駕駛停車，走了下來。他是一個大傢伙，肚腩也大，穿著綠色的連身工作服，還有長到足以拍打到膝蓋的迷彩外套。他的鏈鋸是工業尺寸，但在這位老兄戴著手套的手裡，看起來就像玩具。

德魯立刻認出他來，長得太像，不可能認錯人，加上歐仕派體香劑，以及木屑跟鏈鋸汽油的味道。

「嘿，你好！你肯定是老比爾的兒子！」

大塊頭笑了笑。「哎啊，你一定是巴茲・拉森的兒子。」

「沒錯。」在這一刻之前，德魯都不曉得自己多想見到其他人。彷彿是有人把一杯冷水遞給你之後，你才意識到自己有多渴一樣。他伸出手，他們在倒下的大樹旁握手。

「你是強尼，對嗎？強尼・柯森。」

「差不多了，我是傑克。後退點，讓我幫你解決這棵樹，拉森先生。用你那副框鋸會耗上一整天。」

德魯退去一邊，看著傑克啟動他的Stihl電鋸，劃進樹幹裡，在掉滿落葉樹枝的道路上，留下一堆整整齊齊的木屑。他們把比較小的那一半推往溝渠之中。

「剩下的路程如何？」德魯問，稍微氣喘吁吁。

「不差，但有處嚴重坍方。」他瞇起一眼，用另一隻眼睛打量德魯的Suburban休旅車。「那輛車也許過得去，性能看起來不錯。如果過不去，我就拖你過去，但你的排氣系統可能會稍微受損。」

「你怎麼知道要來這裡？」

「你太太的舊電話簿裡有老爸的號碼。她跟我媽聯絡，我媽跟我聯絡。太太真的很擔心你啊。」

「對，我猜她是，還覺得我是個大白痴。」

這次老比爾的兒子（就叫他小傑克吧）瞇起眼睛望向路邊的大松樹，沒有接話。不評價其他人的婚姻狀況，這好像是北方人的規矩一樣。

「好，那這樣吧。」德魯說。「你跟我回老爸的小屋，如何？你有時間嗎？」

「哎啊，我有一整天的時間。」

「我打包一下，不會太久，然後我們可以一起去大九十商店。那邊沒有手機訊號，但我可以打公用電話。前提是如果風暴沒把它吹壞的話。」

「沒，電話還在。我剛也是用那部電話跟我媽聯絡的。你大概不曉得迪威的事，對吧？」

「只知道他病了。」

「沒有，不是病了。」傑克說。「死了。」他大聲清嗓，啐了一口，然後仰望天空。「看來他錯過了一個好日子啊。拉森先生，快上車，跟我去派特森他們家八百公尺外的土地，我們可以在那邊掉頭。」

26

德魯覺得大九十櫥窗上的告示與照片看起來哀傷又有趣。這個時候覺得有趣真的很糟糕，但一個人的內在風景有時（甚至是常常）都很糟糕。告示上寫著：「辦葬李不營業」。照片則是羅伊．迪威站在後院塑膠泳池旁邊。他穿著夾腳拖鞋、大肚皮下方是滑到很低腰的百慕達短褲。他一手拿著啤酒，顯然是剛好跳舞跳到一半。

「羅伊就喜歡他的『百威漢堡』。」傑克．柯森看了看照片。「拉森先生，從這邊開始你一個人沒問題吧？」

「當然。」德魯說。「謝謝你。」他伸出手。傑克．柯森向他握手，跳上他的四輪傳動車，沿著小路下去了。

德魯走上門廊，在公用電話的架子上擺了好幾枚零錢，然後撥電話回家。露西接起。

「是我。」德魯說。「我在大九十，要回家了。還在生氣嗎？」

「回來你就知道了。」然後是：「你聽起來好多了。」

「我是好多了。」

「你今晚回得來嗎？」

德魯望向手腕，這才發現他帶了手稿（當然！），卻把手錶留在老爸木屋的臥室了，手錶會在那邊待到明年。他望向太陽。「不確定。」

「如果你累，你就別開車。停在艾蘭福爾斯或德利（Derry），我們可以多等一晚。」

「好啊，但如果妳半夜聽到聲響，拜託別開槍。」

「不會的。你寫出來了嗎？」他聽到她聲音裡的遲疑。「我是說，因為你生病什麼的？」

「有啊，我覺得寫得不錯。」

「沒有……你知道……那個問題……」

「文字問題？完全沒有。」至少在那個怪夢之後就沒有卡住了。「我覺得這次會成功。露露，我愛妳。」

他說完後的靜默好像有點太長。然後她嘆口氣，說：「我也愛你。」

他不喜歡這聲嘆息，但可以理解這種心情。路有顛簸，不是第一次，也不會是最後一次遇到，但他們會一起撐過去。這樣很好。他掛上電話，隨即上路。

隨著這天慢慢過去（傑克．柯森說的沒錯，天氣的確很好），他開始看到艾蘭福爾斯的汽車旅館招牌。他受到誘惑，但決定繼續前進。車子行駛得很順暢，茅坑路的顛簸起伏似乎把車頭撞順了，而要是他稍微超速一點，還不被州警攔下，晚上十一點前他就能到家。睡在自家的床上。

而明早可以起來繼續寫作，這個也別忘了。

27

剛過十一點半，他就走進臥室。他先前把沾滿泥巴的鞋子脫在樓下，想要低調點，但他聽到黑暗裡的寢具裡發出低低聲響，知道太太醒來了。

「先生，過來這裡。」

就這一次，「先生」二字聽起來沒那麼刺耳。他很慶幸自己到家，更慶幸她在身邊。他一上床，她就用手臂環抱著他，給他一個擁抱（沒有抱很久，但很大力），然後轉回去繼續睡。隨著德魯自己也開始陷入夢鄉（就是心智開始變成塑膠的邊緣過渡時刻），一個古怪的想法浮上心頭。

要是那隻老鼠跟蹤他怎麼辦？要是「牠」此刻就在床底下呢？

他又想：根本沒有什麼老鼠。然後沉沉睡去。

28

「哇。」布蘭登說。他的語氣充滿敬佩與一點點讚嘆。他跟他妹站在車道上等校車，背包揹在肩上。

「爸，你對它做了什麼？」史黛西問。

他們看著的是Suburban，門把以下全部都是乾掉的噴濺泥巴污痕。擋風玻璃髒到不行，只有雨刷刮出來的兩個半圓是乾淨的。當然，別忘了消失的副駕駛座鏡子。

「風暴來襲。」德魯說。他穿著睡褲、波士頓大學T恤，踩著臥室拖鞋。「那邊的路面不是很平。」

「茅坑路。」史黛西說，顯然很喜歡這個路名。

現在露西也出來了。她雙手扠腰，看著不幸的休旅車。「我的媽呦。」

「我今天下午就洗車。」德魯說。

「我喜歡車子這樣。」布蘭登說。「超酷的，爸，你一定開得很瘋狂。」

「噢，他的確很瘋。」露西說。「你們的瘋子老爸，這點無庸置疑。」

此時，校車到了，他也省得回嘴了。

他們看著兩個孩子上車，然後露西說：「進屋吧。我煎點鬆餅什麼的給你吃，你看起來都瘦了。」

她轉身時，他牽起她的手。「妳有沒有艾爾．史坦普的消息？也許跟娜汀聊過？」

「你出發那天我跟她講過電話，因為你跟我說艾爾病了，胰臟癌，真是太可怕了。娜汀說他狀況還不錯。」

「之後就沒聯絡了？」

露西皺起眉頭。「沒啊，為什麼？」

「沒有為什麼。」他說，也是啦。夢就是夢，他在小木屋看到的唯一一隻老鼠就是玩具箱裡的填充老鼠。「只是擔心他。」

「那你自己打電話給他，省去中間人的麻煩。所以你到底要不要吃鬆餅？」

他想要的是立即動筆，但先吃鬆餅吧，這樣才能保持家裡風平浪靜。

29

吃完鬆餅，他上樓前往他的小書房，將筆電插上充電線，然後看著他用老爸打字機一字一句敲出來的紙本稿件。開始輸入到電腦裡，還是繼續前進？他決定要接著寫下去。最好還是快點看看《苦河鎮》的魔法還在不在，或是隨著他離開小屋，魔法也跟著失效了。

結果還在。他在樓上書房差不多前十分鐘的時間裡，依稀還聽得到樓下傳來的雷鬼樂，這意味著露西也在她的書房處理數字。然後音樂沒了，牆壁消失，月光灑落在迪威路上，這是苦河鎮與郡都之間滿是車轍與坑洞的小徑。馬車來了，艾弗瑞爾警長會高舉警徽，攔下馬車。沒多久，他跟安迪．普雷史克特就會上車。這孩子在郡立法院有場約會，之後，他的約會對象會是絞刑劊子手。

德魯寫到中午，打電話給艾爾．史坦普。沒必要擔心，他告訴自己，他一點也不擔心，但他實在無法否認他的脈搏加快了一點。

「嘿，德魯。」艾爾的語氣聽起來像昔日的他，比較有力氣的樣子。「荒郊野嶺的北邊怎麼樣啊？」

「還不錯，在風暴來臨前，我差不多寫了九十頁——」

「皮耶。」艾爾說，明顯的不屑語氣讓德魯心裡暖洋洋的。「九十頁，真的假的？你耶？」

「我知道，難以置信，今早又寫了十頁，但別管這個。我只是想知道你怎麼樣。」

「好得不得了。」艾爾說。「只不過我現在得應付這該死的『耗子』。」

德魯原本坐在廚房餐椅上，現在他猛然起身，瞬間又覺得自己生病了，發起高燒。「什麼？」

「噢，別這麼擔心。」艾爾說。「這是醫生替我開的新藥，應該什麼副作用都會出現，但我目前只有這樣，這該死的『疹子』，長滿我的後背。娜娜篤定是帶狀皰疹，但我檢查過了，就是皮疹，但癢得要死。」

「只是疹子。」德魯附和道。他用手抹抹嘴，心想：辦葬『李』不營業。「呃，那也不算太糟，艾爾，你多保重。」

「會的，等你書寫完，我還想看咧。」他停頓了一下。「注意到我說的是等你的書寫完，不是『假如』你寫完。」

「露西之後就給你看。」德魯說完就掛斷電話。真是好消息，都是好消息。艾爾聽起來精神很好，像是以往的他。都好，除了該死的「耗子」。

德魯發現自己可以對此一笑置之。

30

十一月變冷開始下雪，但德魯．拉森幾乎沒注意到。當月的最後一天，他（透過艾弗瑞爾警長的雙眼）看著安迪．普雷史克特走上郡都絞刑架的階梯。德魯好奇男孩會如何面對，結果呢，隨著文字自動浮現，他坦然面對，他長大了。悲慘的是，這個孩子永遠也不會垂垂老矣（艾弗瑞爾非常清楚）。酒醉之夜，為了舞女醋意大發，斷送了其他一切的可能。

十二月一日，吉姆．艾弗瑞爾將警徽交給來到鎮上見證絞刑的巡迴法官，然後騎馬回苦河鎮，他收拾簡單的行囊（一個皮箱就足夠），向多位副警長道別，他們在關鍵時刻的表現都相當出色。對，就算是傑普．萊納也很不錯，跟石頭一樣聰明的角色，或該說，跟大理石一樣精明，你自己選一個喜歡的說法吧。

十二月二日，警長替馬裝上輕便的拖車，將皮箱與馬鞍扔上去，然後朝西方前進，想著也許可以去加利福尼亞碰碰運氣。淘金已經結束，但他渴望看看太平洋。他完全沒有注意到安迪．普雷史克特哀傷的父親躲在距離鎮外三公里的岩石後方，低頭望著「銳利大五十」的槍管，這把步槍之後會成為「改變西部歷史的槍」。

輕便馬車出現，坐在坐墊上頭、腳踩擋板的人必須替他的哀傷與絕望負責，這個人害死了他的兒子。不是法官，不是陪審團，更不是絞刑劊子手。不，殺人兇手就在那裡，要不是吉姆・艾弗瑞爾，他的兒子現在就會在墨西哥，活得長長久久，足以看到新世紀！

普雷史克特敲起擊錘，目光望向馬車上的男人。他的手指在冰冷的半圓形鋼材扳機上遲疑，他有四十秒鐘可以決定該怎麼做，然後馬車就會挺進下一座山丘，消失在眼前。開槍？還是放過他？

德魯想要加上最後一句話──「他最終做出決定」。不過沒有加上去，這句話會讓某些（也許很多）讀者相信普雷史克特決定開槍，德魯希望能夠保留模糊空間。於是，他按了兩次空白鍵，輸入：

全書完

他望著這三個字良久。他看著筆記型電腦與印表機之間的一疊手稿，加上最後這一部分，整份稿件差不多將近三百頁。

我寫完了。也許會出版，也許不會，也許我會再寫一本，也許不會再寫，這些都不重要。重點是我寫完了。

他雙手掩面。

31

兩個晚上之後，露西翻過最後一頁，用他很久沒見過的神情望著他，看了好久。也許是他們結婚一、兩年後就再也沒有出現過的表情，早在孩子還沒出生的時候。

「德魯，這太了不起了。」

他笑了笑。「真的嗎？不只是因為這出自妳老公之手？」

她猛然搖頭。「不，寫得很好，西部小說！我怎麼也猜不到。你哪來的靈感？」

他聳聳肩。「忽然就冒出來了。」

「那個可怕的農場主人最後有開槍射殺吉姆．艾弗瑞爾嗎？」

「我不知道。」德魯說。

「哎呦，出版社可能會要你寫清楚。」

「如果真的有出版社想買版權，那他們就要失望了。妳確定寫得還可以？妳是認真的？」

「比還可以好多了。你會讓艾爾看看嗎？」

「會，我明天就拿一份手稿過去。」

「他知道這是西部小說嗎？」

「不知道，甚至不確定他喜不喜歡這種類型。」

「他會喜歡這本的。」她停頓了一下，牽起他的手，說：「風暴要來的時候，我很氣你不肯回家，但我錯了，你『鼠』對的。」

他把手抽回來，覺得自己又發燒了。「妳說什麼？」

「我說我錯了，你『是』對的。德魯，你怎麼了？」

「沒事。」他說。「什麼事也沒有。」

「所以呢？」三天之後，德魯問起。「判決結果如何？」

他們在前系主任的書房，手稿擱在艾爾書桌上。露西對《苦河鎮》的反應讓德魯緊張，但他更擔心艾爾提出的評價。艾爾是飢渴的雜食讀者，這輩子的工作就是在分析、拆解文字。就德魯所知，敢在同一個學期裡教《火山下》（*Under the Volcano*）與《無盡的玩笑》（*Infinite Jest*）的人也只有艾爾一人。

「我覺得寫得非常好。」艾爾不只聽起來像昔日的自己，看起來也很像。他的氣色恢復了，稍微長胖了點。化療讓他掉頭髮，但紅帽隊的鴨舌帽遮住了他大光頭新造型。「著重在劇情上，但警長與年輕人犯之間的羈絆讓這故事與讀者產生絕佳共鳴。當然沒有《龍城風雲》或《歡迎來到坐困城》那麼好啦，我會說——」

「我知道。」德魯說……但他覺得就是有那麼好。「我絕對不會這麼說。」

「但我覺得可以跟奧克力．霍爾（Oakley Hall）的《瓦勒克》（*Warlock*）並駕齊驅，你知道這本就是排在剛剛那兩本後面而已。德魯，你有話要說，而你說得非常巧妙。這本書並沒有用其概念性主題重擊讀者的腦袋，我猜多數人會因為這本書強烈的故事性而讀它，這是本書的另一個重點，但主題的基礎依然存在，噢，的確存在。」

「你覺得會有人讀它？」

「當然。」艾爾似乎是想打包票。「除非你的經紀人是天字第一號大白痴，不然賣這本書的版權應該是很簡單的事情，甚至可以談到不錯的價錢呢。」他望向德魯。「雖然我猜這對你來說不是最重要的事情，前提是如果你思考過這件事的話。你只是想寫書，我說對了嗎？就這麼一次，從鄉村俱樂部游泳池的三米跳板跳下去，沒有恐懼，沒有沿著階梯偷偷爬下來。」

「說得真好。」德魯說。「而你……艾爾，你看起來氣色非常好。」

「我感覺非常好。」他說。「醫生差點就說我是醫學奇蹟了，我接下來這一年只要每三個禮拜回診檢查就好，但我最後一次化療是今天下午要做。至於『線鼠』，所有的檢測都說我沒有癌症了。」

這次德魯沒有嚇一跳，他也懶得請對方重說一遍，他曉得前系主任要說的是「至於現在」，就跟他心裡某部分確定他時不時會誤聽成另一個字眼一樣。好像小碎片，沒有插在他的皮膚裡，反而是躲在他的心靈之中。多數小碎片都不會造成感染，他卻很有把握這個碎片會感染。畢竟艾爾好端端的，在小木屋裡進行交易的老鼠肯定只是一場夢，或是填充玩具，或徹頭徹尾的狗屁。

你自己選一個順眼的說法吧。

33

收件人：drew1981@gmail.com

愛麗絲．迪頓版權經紀公司

二〇一九年一月十九日

德魯，我親愛的，聽到你的消息真是太好了，我以為你死了，而我錯過訃聞了呢！（開玩笑的！）這麼多年過去，有新的小說，真令人期待。親愛的，快快寄過來，咱們看看能幫上什麼忙。不過我得先警告你一聲，除非是寫川普跟他的狐群狗黨，不然市場都熱不起來。

許多親吻，

愛麗絲

從我的電子穿戴手環傳送

收件人：drew1981@gmail.com
愛麗絲．迪頓版權經紀公司
二〇一九年二月一日

德魯！我昨晚讀完稿子了！這本書真是太讚了！我希望你不要期待因此一夜暴富，但我猜這本書會出版，而我覺得我能談到不錯的預付金。也許比不錯還不錯！競價是肯定的，而且而且而且我覺得這本書能夠（也應該）讓你闖出名號。我相信等到《苦河鎮》出版時，評論一定都很正面。感謝你帶領我們一探昔日的西部世界！

許多親吻，

還有：你吊人胃口！那個鼠輩農場主人到底有沒有射殺吉姆．艾弗瑞爾？？？

愛麗絲

從我的電子穿戴手環傳送

34

《苦河鎮》的確進行了競標，就在三月十五日舉行，同一天，這個季節的最後一個風暴襲擊了新英格蘭地區（根據氣象頻道，是名為塔妮亞的冬季風暴）。紐約五大出版社有三家參與競標，最後由Putnam得標。預付金是三十五萬美金，不是丹．布朗或約翰．葛里遜等級的預付金，露西擁抱他時說，但這錢足夠讓史黛西與布蘭登上大學了。她開了一瓶原本捨不得喝的唐培里儂香檳王。此時是下午三點，他們還有心情慶祝。

他們替書、替作者、替作者的太太，以及從作者與太太腰到腿之間部分生產出來的兩個好孩子乾杯，電話響的時候，他們已經喝得大醉。打電話的人是凱莉．方譚，在英文系做了一輩子的行政助理。她哭哭啼啼的，艾爾跟娜汀．史坦普死了。

他原本今天要去緬因州醫學中心進行檢查（德魯記得他說：**接下來這一年只要每三個禮拜回診檢查就好**）。凱莉說：「他原本可以延後的，但你知道艾爾，娜汀也一樣。一點點風雪根本阻擋不了他。」

事故發生在兩百九十五號公路上，距離醫院不到一點六公尺。一輛半掛式卡車在冰上打滑，擦邊撞擊娜娜．史坦普的 Prius 小車，車子像小圓片一樣飛甩出去，整個翻滾，落地時車輪朝上。

「噢，我的天啊。」露西說。「他們兩人，死了。怎麼會發生這麼可怕的事？他明明都要康復了！」

「對。」德魯說，他覺得渾身麻木。「他都要好起來了，對不對？」只不過他還得「應付這該死的『耗子』」，艾爾之前是這麼說的。

「你得坐下來。」露西說。「你蒼白得跟鬼一樣。」

不過，德魯需要的不是坐下，至少此時不是。他衝到廚房流理台，把香檳統統吐了出來。他撐在那裡，上氣不接下氣，幾乎沒有注意到露西正在搓揉他的背，他想到愛麗絲說，**書會在明年二月出版。從這一刻到出書為止，編輯要我做什麼，我統統配合，還有出書後的所有宣傳活動。我會乖乖配合。我會替露西與兩個孩子做到這些，但再也沒有下一本了。**

「沒有。」他說。

「怎麼了？親愛的？」她還在搓揉他的後背。

「胰臟癌，我以為他會死於胰臟癌，幾乎每個得病的人都會因此死掉。我沒有想過他會因為車禍離開。」他在水龍頭下漱口，吐掉。「真的沒有。」

35

葬禮（德魯一直想成「葬李」）在車禍四天後舉行。艾爾的弟弟問德魯是否願意致詞幾句，德魯拒絕了，說他還是很震驚，沒辦法訴諸語言。他是很驚嚇，這點無庸置疑，但他真正的恐懼是文字會跟他寫《陵上之村》以及之前兩本失敗小說時一樣背叛他。他怕（怕，真的怕）自己站在講台上，面對禮拜堂裡滿滿的哀悼親友、同事、學生時，他脫口而出的話語會是：老鼠！都是那該死的老鼠！是我放牠出來的！

露西全程都在哭，史黛西也跟著她一起掉眼淚，不是因為她跟史坦普夫婦很熟，而是同情她媽。德魯靜靜坐著，一手攬著布蘭登。他沒有看著兩具棺材，反而望向唱詩班的樓座。他很確定他會看到一隻老鼠在桃花心木扶手上繞場跑一圈慶祝勝利，但他沒看見，他當然沒看見，根本沒有什麼老鼠。隨著葬禮慢慢進行，他發現認為老鼠在這感覺非常蠢。他曉得老鼠在哪，而那個地方距離這裡十分遙遠。

36

八月的時候（非常熱的八月天），露西決定帶兩個孩子去羅德島的小康普頓，在海邊跟她父母及她姊的家人待上兩個禮拜，讓德魯一個人在家清靜，這樣他才能整理《苦河鎮》編輯修改過的手稿。他說他會把工作分成兩個段落，中間會找一天開車去老爸北邊的小木屋。他說他會在那裡過一夜，然後隔天回來繼續完成手稿的工作。他們花錢請傑克．柯森，也就是小傑克，將棚屋的殘骸拆掉，傑克還找了他媽來幫忙清理小屋。德魯說他想看看他們工作的成果。順便取回手錶。

「你確定不想在那邊開始寫新書嗎？」露西笑著問。「我是不介意啦，上一次的成果就很棒。」

德魯搖搖頭。「沒這回事，親愛的，我考慮把那邊賣掉。我這次的真正目的是上去道別。」

37

大九十商店加油槍的告示牌還是寫著同樣的字眼：「只收現金」、「只接熟客」，還有「加油不付錢將面臨法律制裁」，最後是「天佑美國」。櫃檯後面的瘦巴巴女人也差不多跟之前一樣，只不過金屬鉚釘拆掉了，但鼻環還在。她還染了金髮，應該是因為金髮樂子才多[24]。

「又是你。」她說。「只不過看來你換車了。之前你不是開 Suburban 嗎？」

德魯望向外頭停在唯一一支生鏽加油槍旁邊的雪佛蘭 Equinox，車款付清，才跑了一萬出頭公里。「我上次過來之後，Suburban 就不一樣了。」他說。**事實上，我也是。**

「會待很久嗎？」

「沒，這次不會待太久。羅伊的事我很遺憾。」

「早該去看醫生，你要牢記這個教訓。還要什麼嗎？」

德魯買了一點麵包、火腿，還有半打啤酒。

38

後院遭到吹壞的東西都用卡車載走了，儲物棚屋也沒了，彷彿不曾存在過。小傑克鋪了草皮，原本棚屋的位置長出新的草，還有一些看了心情愉快的花朵。變形的門廊階梯翻新了，門廊上還擺了兩張新椅子，雖然只是普雷斯克艾爾沃爾瑪大賣場的便宜貨，大概啦，但也挺賞心悅目。

屋內整整齊齊，乾乾淨淨。柴火爐的雲母玻璃窗戶煤灰都擦掉了，火爐本身光可鑑人，窗戶也是，飯桌也是，松木地板也是，看起來都洗刷了一番，還上油打蠟過。冰箱的插頭再次沒插，門都開著，裡頭又是只有一盒小蘇打粉，大概是新的一盒。老比爾的遺孀的確很會打掃房子。

他去年十月來過的痕跡只存在於水槽旁邊的檯面上——一盞柯爾曼汽化燈、裝在金屬桶子裡的燃料、一袋止咳喉糖、幾包小包裝的古迪頭痛藥粉，以及喝了一半的金醫生咳嗽風寒藥水，當然，還有他的手錶。

壁爐上的灰燼也刷得乾乾淨淨，裡頭擺了新砍的橡木柴薪，德魯猜小傑克要麼找人來清煙囪，要麼他自己來，非常有效率，但在八月的高溫裡，實在沒必要生火。他走到壁爐前，跪了下來，扭頭往黑黑的煙囪裡看。

「你在上頭嗎？」他完全沒有意識到自己大喊。「如果你在上頭，快下來，我想跟你談談。」

當然什麼動靜也沒有囉。他再次告訴自己，根本沒有什麼老鼠，從一開始就沒有，啊，是有一隻。小碎片還沒挑出來，老鼠就存在於他的腦袋之中。只不過，也不全然如此，對吧？

洗刷乾淨、補好柴薪的壁爐兩旁還是有兩箱玩具，他兩個孩子留下來的玩具，還有這幾年來租屋房客沒帶走的玩具。他抓起箱子，開始亂翻。一開始，他以為填充老鼠不會在裡面，他感覺到一陣驚慌，很不理性，卻是真真切切的感受。然後，他看到了，老鼠玩偶掉到深處，只有布料覆蓋的屁股與纖維尾巴露出來，還真是醜陋的玩具啊！

24. 出自洛・史都華（Rod Stewart）一九七八年發行的專輯名稱《金髮妞樂子多》（*Blondes Have More Fun*）。

「以為你能躲起來，是不是？」他問。「先生，沒有用。」

他將玩偶拿去水槽，扔了進去。「還有什麼要說的嗎？有什麼要解釋的嗎？也許道個歉？沒有？那遺言呢？你先前話不少耶。」

填充老鼠沒有答腔，於是德魯用汽化燈的燃料澆它，然後點火。現在老鼠燒成黑煙不斷、發出惡臭的熔渣，他開水對著「遺骸」沖。水槽底下有幾個紙袋，德魯用炒菜的鏟子把剩下的老鼠鏟進紙袋裡。他拿著袋子去高飛溪，將袋子往溪裡扔，眼睜睜看著它漂走。事後他坐在岸邊，看著景色，今天無風晴朗，美不勝收。

太陽開始西沉，他回到屋內，做了兩個波隆納火腿三明治，很乾，他該記得買芥末醬或美乃滋的，但他還有啤酒可以配著喝。他喝了三罐，坐在老舊扶手椅上，讀起艾德·麥可班恩八十七分局的平裝本小說。

德魯考慮要不要喝第四罐啤酒，決定作罷。他覺得多喝一罐就會引發宿醉，而他早上想早點離開。他已經受夠這個地方了，就跟他受夠寫小說一樣。他只會出一本書，他唯一一本的寶貴作品，這本書還等著他做最後的整理呢。就是這本書，賠上了他朋友與朋友太太的命。

「我才不相信。」他一邊爬樓梯，一邊說。到了樓上，他低頭望著下方偌大的空間，也就是他開始寫書的地方，當時他一度覺得自己會死掉的地方。「只不過我信，我的確相信我會死掉。」

他脫了衣服，上床。啤酒讓他一下就睡著了。

39

半夜，德魯醒來。八月的滿月將臥房鍍成銀色的。老鼠就坐在他胸口，用那雙突出的黑色小眼睛看著他。

「德魯，你好。」老鼠的嘴巴沒有動，但聲音的確是「他」發出來的。他們上次交流的時候，德魯生病又發燒，但這聲音他記得很清楚。

「離我遠一點。」德魯低語。他想把老鼠拍開（應該是說，他想拍這隻老鼠），但他的雙手似乎沒有力量舉起。

「好了，好了，別鬧脾氣。你叫我，我就來啦。這種故事不就是這樣運作的嗎？現在說說我有什麼幫得上忙的地方？」

「我想知道你為什麼要那樣。」

老鼠坐起身，小小的粉紅色爪子擱在毛毛的胸口。「因為你叫我做的啊，那是你的願望，記得嗎？」

「那是一場**交易**。」

「噢，你們大學教授就愛鑽研文字。」

「交易代價是**艾爾**。」德魯強調。「只有他，因為他本來就會死於胰臟癌了。」

「我不記得有特別提到胰臟癌耶。」老鼠說。「是我記錯了嗎？」

「沒有，但我猜……」

老鼠用他的小爪子做起洗臉的動作，還轉身兩次，雖然隔著被毯，但還是感覺到他小爪子的動作，挺噁心的。他忙完後，又望著德魯。「魔法願望就是這樣整你的。」他說。「這種東西就是很棘手，很多小字。寫得好的童話故事都會強調這點，我以為我們討論過了。」

「好，但娜汀．史坦普從來沒有出現過！根本不是我們……協議的一部分！」

「她從來『沒有』不是協議的一部分。」老鼠非常重視細節。

德魯心想：**這是在做夢，另一個夢，肯定是。在哪個版本的現實裡，老鼠會跟人講這麼多條**

約細節啦？

德魯覺得力氣恢復了，但他沒有動作。還沒而已，等到他採取行動的時候，將會非常迅速，不會是拍，也不會是打這老鼠。他想抓住老鼠，用力捏爆他。老鼠會掙扎，會尖叫，肯定也會咬人，但德魯只會繼續捏，直到老鼠肚皮破裂，內臟從嘴巴跟屁眼噴發出來。

「好吧，你的確有道理，但我不明白。我要的只是那本書，你卻毀了它。」

「噢，哭哭。」老鼠說，然後又乾洗臉起來。德魯差點就動手了，但還是按捺住，還沒，他必須問清楚。

「去你的哭哭。我本可以用鏟子殺了你，但我沒有。我可以讓你留在風暴裡，但我沒有。我帶你進屋，讓你靠在火爐旁邊取暖。你就是這樣報答我的？殺害兩個無辜的人，我這輩子就只寫得完這本書，你卻偷走寫完書的愉悅感？」

老鼠想了想，最後終於開口：「哎啊，讓我改一下那句老話——你帶我進來的時候就知道我是鼠輩了。」

德魯忽然出擊。他動作很快，但他握拳緊捏的掌心裡只有空氣。老鼠跑過地板，抵達牆邊前，還轉頭望向德魯，似乎是在月光中微笑。

「再說，你沒寫完，你永遠都寫不完。是我寫的。」

護牆板上有一個洞，老鼠鑽了進去。德魯一度還看得到他的尾巴，然後他就消失了。

德魯仰躺，望著天花板。他心想：**到了早上，我會告訴自己，一切只是一場夢**。到了早上，他的確這麼說。老鼠不會說話，也不可能滿足願望。艾爾躲過了癌症，卻死於車禍，非常諷刺，但不是前所未聞，可惜他老婆一起陪葬，但這也不是毫無先例的事件。

他開車回家，走進他那靜得詭異的家。他上樓前往書房，打開檔案夾，裡頭有編輯修改過的

《苦河鎮》手稿，準備要開始工作。事情發生了，有些事在真實世界發生，有些發生在他腦袋裡，而有些事永遠不會變，要記得的是，他活了下來。他會盡力去愛老婆孩子，他會盡力教書，他會盡力活出最好的自己，他也會很慶幸，自己擠進了「一本作家」的行列。真的，你仔細想想，他根本沒有什麼好抱怨的。

說真的，你仔細想的時候，一切都「耗」得不得了。

後記

我媽媽或她的四個姊妹如果走在路上看到女性推著娃娃車，她們就會唱起她們應該是跟她們的媽媽學到的歌謠：「親愛的寶貝，你打哪兒來？莫名其妙出現，跑到這裡來。」每次人家問我這篇或那篇故事靈感從何而來時，我有時也會想起這首打油詩。我通常不知道真正的答案是什麼，我會因此覺得尷尬，甚至有點不好意思（這裡無疑有些童年情結作祟）。有時，我會老實說（「不知道！」），但在其他場合裡，我可能會編出點狗屁說詞，這樣才能用還算理性的因果關係解釋滿足我的提問人。在此，我想盡量老實作答（我當然會這麼說了，是不是啊？）。

我小時候應該看過某些電影（好比說我跟我的朋友克里斯·查斯利都會搭便車去路易斯頓的麗池戲院看的美國國際恐怖電影），演的是一個人很怕被活埋，所以他帶著手機進墳墓。或者，也許是《希區考克劇場》（*Alfred Hitchcock Presents*）某一集的內容。總之呢，這個想法在我孩童時期過度活躍的腦袋裡產生共鳴，也就是手機在死者國度響起。多年後，我一位好友驟然離世，我想聽聽他的聲音，於是最後一次撥打他的手機。結果並沒有安慰到我，反而讓我覺得很毛。我再也沒有做過這種事，但那通電話加上我小時候對電影或電視節目印象，就成了《哈洛根先生的電話》這篇故事的種子。

故事自己領頭前進，這則故事的有趣之處在於（對我來說），回到一般手機，特別是iPhone還很新穎的年代，手機種類也不多的時候。在研究的過程裡，我的資訊科技人員傑克·洛克伍德在eBay買了一支第一代的iPhone，還讓其運作了起來。我寫作的時候，手機就放在旁邊（必須一直充電，因為不知是誰摔到它，所以開關機有點問題）。我可以用這支手機上網，可以看股市報告，也可以查看氣象。不過不能打電話，因為它是2G的，這項科技已經跟Betamax錄影帶一樣入土為安了。

我完全不曉得〈查克的一生〉從何而來。我只知道有一天，我想到一塊告示牌，上頭寫著「謝了，查克！」，然後是一個人的照片，以及「美好的三十九年」。我想我寫這個故事就想搞清楚這塊告示牌的作用，但我其實不太確定。我只能說，我總覺得我們每一個人，從國家的國王與王子，到在鬆餅屋的洗碗工，以及在路邊汽車旅館換床單的女孩，每個人腦袋裡都有一整個世界。

我在波士頓的時候，碰巧看到一個人在博尤斯頓街上打鼓。經過的人根本連看都不看他一眼，而擺在他前方的籃子（不是魔法帽）裡頭的打賞少得可憐。我在想，如果有個人，一身商務人士的打扮，停下腳步，開始跳舞，有點像是克里斯多福．華肯（Christopher Walken）在流線胖小子（Fatboy Slim）〈招牌武器〉（Weapon of Choice）精采音樂錄影帶裡跳的那樣。連結上查克．克蘭茲非常自然，就是商業人士類型，如果這稱得上一種類型的話。我將他寫進故事裡，讓他跳舞。我愛跳舞，跳舞可以解放一個人的心與靈魂，這篇故事我寫得非常愉快。

寫了查克的兩則故事，我想寫第三則，這樣才能將每個故事編織出統一的敘事。「我包羅萬象」這篇則是在前兩篇結束後一年才寫的。這三幕（以倒敘手法呈現，就像倒敘的電影一樣）是否成功，就由讀者來定奪了。

讓我先跳到〈老鼠〉，我真的不曉得這則故事從何而來。我只知道它感覺像邪惡的童話故事，且提供我機會聊聊想像力這個謎，以及想像力該如何轉譯到紙張上。我該補充一句，那就是德魯口中法蘭岑的演講內容皆為虛構。

最後但也很重要的〈如果它流血〉。這則故事的基礎在我腦中已經存在了至少十年。我開始注意到某些電視連線記者總會出現在災難現場，好比說飛機失事啦，槍擊案啦，恐怖攻擊，還有名人過世。這種消息總會成為重要的地方或國家新聞，媒體界的人都聽過這句話：見血上頭條。這個故事遲遲沒有動筆，因為必須有人追蹤超自然生物的痕跡，這個生物打扮成電視新聞連線記者的樣子，靠著無辜之人的鮮血維生。我實在想不到誰是最好的人選。接著，在二〇一八年十一月的時候，我這才發現這個人選一直盯著我，當然就是荷莉．吉卜尼啦。

我愛荷莉，就是這麼簡單。她應該只是《賓士先生》裡的一個配角，頂多是個古怪的龍套角色。結果呢？她卻偷走我的心（也幾乎偷走了整本書）。我總是很好奇她在忙什麼，過得怎麼樣。找到她的時候，我鬆了口氣，因為她繼續吃她的立普能，也沒有抽菸。老實說，我也很好奇，她經歷了一些事件，讓她成為今天這個樣子，我猜我可以稍微探索一下……只要寫得進故事裡就好。這是荷莉第一次單獨出任務，我希望我寫得還可以。特別感謝電梯專家艾倫．威爾森，他向我解釋先進電腦化電梯的運作方式，以及哪些環節可能會出錯。顯然我使用了他提供的資訊，還順便（嗯哼）美化了一點，如果你懂這些東西，覺得哪裡寫錯了，別怪艾倫，怪我（跟我寫作的需求）吧。

已故的羅斯．杜爾和我一起合作〈哈洛根先生的電話〉，這是我們最後一次合作，我很想他。感謝我的經紀人查克．維瑞爾（他特別喜歡〈老鼠〉），以及我在Scribner出版社的團隊，包括（但不止）南．葛拉漢、蘇珊．莫爾道、洛茲．利佩爾、凱蒂．茲羅、潔雅．米瑟利、凱瑟琳．莫納漢跟卡洛琳．雷迪。特別感謝我的海外版權經紀人克里斯．洛茲，還有洛杉磯Paradigm經紀公司的蘭德．霍斯頓，他負責電影跟電視的改編授權。也大大感謝我深愛的孩子、我的孫子，還有我的太太塔比莎。親愛的，我愛妳。

最後，還沒忘呢，感謝你，忠實的讀者，再度陪我走了一遭。

史蒂芬．金

二〇一九年三月十九日

國家圖書館出版品預行編目資料

如果它流血/史蒂芬·金 (Stephen King)著；楊沐希譯. -- 初版.-- 臺北市：皇冠, 2022.02 面；公分. --（皇冠叢書；第5003種；史蒂芬金選；46）
譯自：If It Bleeds
ISBN 978-957-33-3845-1（平裝）

874.57　　110022180

皇冠叢書第5003種
史蒂芬金選 46

如果它流血

If It Bleeds

Copyright © 2020 by Stephen King
This edition arranged with The Lotts Agency Ltd.
through Andrew Nurnberg Associates International Limited
Complex Chinese edition copyright © 2022 by Crown Publishing Company, Ltd.
All Rights Reserved.

作　　者—史蒂芬・金
譯　　者—楊沐希
發 行 人—平雲
出版發行—皇冠文化出版有限公司
台北市敦化北路120巷50號
電話◎02-27168888
郵撥帳號◎15261516號
皇冠出版社(香港)有限公司
香港銅鑼灣道180號百樂商業中心
19字樓1903室
電話◎2529-1778　傳真◎2527-0904
總 編 輯—許婷婷
責任編輯—陳思宇
美術設計—倪旻鋒、李偉涵
行銷企劃—許瑄文
著作完成日期—2020年
初版一刷日期—2022年2月
法律顧問—王惠光律師
有著作權・翻印必究
如有破損或裝訂錯誤，請寄回本社更換
讀者服務傳真專線◎02-27150507
電腦編號◎508046
ISBN◎978-957-33-3845-1
Printed in Taiwan
本書定價◎新台幣550元/港幣183元

•史蒂芬金選官網：www.crown.com.tw/book/stephenking
•皇冠讀樂網：www.crown.com.tw
•皇冠 Facebook：www.facebook.com/crownbook
•皇冠 Instagram：www.instagram.com/crownbook1954
•小王子的編輯夢：crownbook.pixnet.net/blog